Liane Mars

Queen of Magic – Das Zeichen der Königin

Liane Mars schreibt seit Jahren Fantasy- und Liebesromane mit viel Romantik, skurrilen Orten und zauberhaften Heldinnen. Sie liebt überraschende Wendungen und wechselt gerne von düsteren Geheimnissen zu Dialogen zum Schmunzeln – Wohlfühlbücher, die gleichzeitig fesseln und die Zeit vergessen lassen.

Liane Mars

Queen of Magic – Das Zeichen der Königin

PIPER

Mehr über unsere Autoren und Bücher:
www.piper.de

Wenn Ihnen dieser Roman gefallen hat, schreiben Sie uns unter Nennung des Titels »Queen of Magic – Das Zeichen der Königin« an empfehlungen@piper.de, und wir empfehlen Ihnen gerne vergleichbare Bücher.

Wir produzieren nachhaltig
www.piper.de

ISBN 978-3-492-50456-0

Dieses Werk wurde vermittelt von
Michael Meller Literary Agency GmbH
Redaktion: Friedel Wahren
Satz auf Grundlage eines CSS-Layouts
von digital publishing competence (München)
mit abavo vlow (Buchloe)
Covergestaltung: Emily Bähr, www.emilybaehr.de
Covermotiv: Shutterstock (Guschenkova, Ironika);
Freepik (tirachard, vanfree)
Printed in Germany

Für meine Testleser. Ich danke euch!

Kapitel 1

Shay

Ihr Tattoo veränderte sich erneut. Es begann mit einem Prickeln, aus dem schnell ein Brennen wurde. Heute Morgen hatte auf ihrem Handgelenk noch die Nummer 371 in verschnörkelter Schrift gestanden. Ohne hinzusehen, wusste Shay, dass sich die Zahl gerade auf magische Weise umformte. Warum, war ihr schleierhaft. Sie wusste nur, dass es niemand sehen durfte.

»Ich gehe ins Bett«, sagte sie hastig zu ihrer Pflegemutter und wartete die Antwort nicht ab. Mit großen Sprüngen rannte sie aus der Küche, die Treppe hinauf und in ihr Zimmer. Kaum hatte sie die Tür hinter sich geschlossen, riss sie ihren Ärmel hoch.

Ihr Tattoo war noch in der Umwandlung. Aus Erfahrung wusste Shay, dass es gut eine Minute dauern konnte, bis die neue Zahl erkennbar wurde. *Zu lange*, dachte sie nervös. *Das dauert zu lange!*

In diesem Moment fuhr ein so scharfer Schmerz durch ihren ganzen Körper, dass sie in die Knie ging. Sie konnte kaum atmen, nicht mehr sehen. Und instinktiv wusste sie: Ab sofort ging es um ihr Überleben.

Ein Prickeln überlief ihren Körper, gefolgt von einem eisigen Gefühl in jedem Muskel. Was war hier los? Hilflos hockte sie vor dem Bett, krallte die Finger in die Decke und krümmte sich.

Ein Schlaganfall? Ein Herzinfarkt? Eine Gehirnblutung? Gerade war sie siebzehn Jahre alt geworden, verdammt noch mal. Sie war zu jung zum Sterben.

Ihre Finger zerknüllten die Bettdecke, suchten nach Halt. Mit zusammengebissenen Zähnen schob sie sich nach vorn, aufs Bett hoch. Dann lag sie bäuchlings darauf und presste das Gesicht in den muffigen Stoff. Früher einmal war er rot gewesen, die albernen Prinzessinnen darauf hatten blondes Haar gehabt und blaue Kleider getragen. Nach zehn Jahren Dauerbenutzung waren die Damen nur noch ein Schatten ihrer selbst, unförmige Punkte, umgeben von fleckigem Rosa.

Die nächste Schmerzwelle überkam sie. Halb lag, halb hockte sie auf der Matratze und wünschte sich, ohnmächtig zu werden. Leider ließ das ihre Sturheit nicht zu. Diese verdammte, alles beherrschende Sturheit.

Atmen, Shay, dachte sie dumpf. *Was immer es ist, entweder es bringt dich jetzt sofort um, und dann ist diese elende Quälerei vorbei, oder es hört gleich auf. Bestimmt hört es gleich auf. Es muss aufhören!*

Doch es hörte nicht auf. Zehn endlose Minuten vergingen, und sie glaubte schon, allein zu verrecken, da entdeckte sie endlich einen Schatten im Zimmer. Sie kannte ihn von Kindesbeinen an, und er war ihr so vertraut wie sie sich selbst. Ein lebendiges Geschöpf, das sie auf ihrem Weg durch die vielen Waisenhäuser begleitet hatte. Shay war sich von Anfang an sicher gewesen, dass dieses Wesen sie beschützte. Dass es ihr Freund war, ihre Familie. Selbst wenn es sich in der Regel nur an der Wand entlang bewegte und niemals mit ihr sprach. Allein seine Anwesenheit beruhigte sie. Der Schatten hockte wie üblich auf dem Schreibtisch, dicht an der Wand, verborgen vom Licht. Shay wusste aus Erfahrung, dass es eine Zeit lang benötigte, um sich zurechtzufinden.

Doch Shay unterbrach diesen Moment mit einem Stöhnen. Sie brauchte Hilfe! Sofort!

Die Eiszapfen, die sich in ihren Unterleib bohrten, kehrten zurück. Diesmal schrie sie in die Decke hinein, dämpfte den Laut mit dem Kissenstoff und hoffte, dass er ungehört verklang. Eigentlich kümmerte es den Rest der Hausbewohner nicht, was in diesem Zimmer vor sich ging, doch Schreie … ja, Schreie führten vielleicht dazu, dass ihre unwissende, kettenrauchende Pflegemutter nach dem Rechten sah. Es hätte gerade noch gefehlt, dass die Fürsorge auf der Matte stand und das Betreuungsgeld zurückverlangte.

Das Haus blieb zum Glück weiter gespenstisch still. Einzig das Wesen in der Ecke reagierte. Es sprang vom Schreibtisch und huschte zu ihr herüber. Dieser Schatten hatte allerdings mit gewöhnlichen Schatten aus Licht und Dunkelheit nicht viel gemein. Er war dreidimensional, aber seltsam konturlos. Die Ränder zerfaserten, sodass seine Gestalt nur undeutlich zu erahnen war. Kein Gesicht, keine Haare, keine Körperformen. Er sah ein bisschen so aus, als hätte man ihn erst mit schwarzer Farbe übergossen, danach mit fieser Wischtechnik malträtiert und schließlich mit einem Radiergummi aus dieser Welt getilgt. Allerdings hatte er sich nicht wegradieren lassen.

Der Schatten beugte sich zu ihr vor und betrachtete sie mehrere Atemzüge lang. Sie grunzte leise, um ihm zu zeigen, dass sie noch wach und bei Bewusstsein war.

Verteufelt, tat das weh! Jetzt bloß nicht heulen! Wenn sie heulte, dann geriet *Schatten* in Panik. Das war schon einmal passiert, als sie sich versehentlich ein Küchenmesser in die Handinnenfläche gerammt hatte und ohnmächtig geworden war. In dieser Zeit hatte *Schatten* das halbe Zimmer zerlegt, um in diesem verfluchten Haus irgendjemanden auf ihre Lage aufmerksam zu machen. Natürlich war niemand gekommen. Tobende Teenager waren an der Tagesordnung und wurden gemeinhin nicht beachtet … oder eingesperrt, damit sie nicht auch noch den Flur demolierten.

Shay war natürlich nicht gestorben, aber der Vorfall hatte ihr gezeigt, dass *Schatten* durchaus Gegenstände berühren konnte, doch offenbar hatte er seitdem keinen Anlass dazu mehr gesehen. Bisher ...

So etwas wie eine Hand schwebte über ihrem Kopf. Sie spürte die aufgepeitschte Aura des fremdartigen Wesens, die Unruhe in jeder Bewegung seiner Muskeln. Nat. Das war eindeutig Nat. Es gab noch einen zweiten Schatten, der immer dann auftauchte, wenn Nat längere Zeit verschwunden war. Den hatte sie Theon genannt. Warum, wusste sie selbst nicht. Die Namen waren einfach in ihrem Kopf aufgetaucht, genau wie die Schatten in ihrem Zimmer. Im Gegensatz zu Nat war Theon vollkommen ausgeglichen, ruhte in sich selbst. Er wäre bestimmt nicht so ausgerastet wie Nat.

In der jetzigen Situation war sie jedoch froh, dass Nat bei ihr war. Dieser Schatten würde reagieren und nicht abwarten. Er würde ihr helfen, irgendwie.

»Nat«, flüsterte sie und runzelte die Stirn. Himmel, sie klang wie eine Sterbende! Tatsächlich war ihre Kehle staubtrocken, ihr Hinterkopf wurde eisig. Endlich erkannte sie auch die neue Zahl auf ihrem Handgelenk. *131.* »Nicht durchdrehen!«, konnte sie gerade noch hervorstoßen, dann wurde alles um sie herum schwarz.

Nat

Kaum hatte Shay die Augen verdreht und sie schließlich ganz geschlossen, war Nat losgesprintet. Er hetzte zum Schreibtisch und warf sich regelrecht durch den Weltenriss, um von Shays in seine Welt zu wechseln. Wie immer war es ein Schock, innerhalb eines Atemzugs von einer seltsam zerknautschten, unförmigen Schattengestalt in den eigenen Körper gepresst zu werden. Sein Magen drehte sich, bittere Galle schoss ihm in den Rachen. Gewöhnlich blieb er einfach zwei Sekunden lang reglos sitzen und wartete, bis sich sein Gehirn sortiert hatte, doch dafür hatte er keine Zeit. Er sprang auf die Füße und verließ die Krypta, so schnell er konnte. In letzter Sekunde warf er sich hinter den nächsten Busch, um sich zu verstecken.

Mist! Wenn Theon das jetzt gesehen hätte, wäre er ausgerastet. Die Krypta zu schützen war von allerhöchster Wichtigkeit. Entdeckte ein anderer Wächter den Weltenriss, konnten sie nicht mehr nach Shay sehen. Allein bei dem Gedanken wurde ihm heiß und kalt.

Diesmal gönnte er sich zwei Atemzüge und sicherte die Umgebung. Wie immer war der Rosengarten wie leergefegt. Theons Werk. Irgendetwas hatte er den armen Blumen angetan, um sie qualvoll und möglichst dramatisch sterben zu lassen. Früher war dieser Bereich der ganze Stolz des Schlosses gewesen. Rosen in allen Farben des Regenbogens hatten um das Auge des Betrachters geliebäugelt. Doch das war gewesen, bevor die Sonne über Amenthes verblichen war. Bevor es kalt und dunkel geworden war. Theon hatte nicht mal viel machen müssen, um den Stolz des Anwesens zu zerstören.

Die Gärtner hatten sich noch jahrelang bemüht, diesem Fleckchen Erde Leben einzuhauchen. Ohne Erfolg. Seitdem war der Rosengarten wie ausgestorben und damit die Barriere, um etwaige Verfolger abzuschütteln. Allerdings kümmerte sich niemand darum, was Nat den Tag über trieb. Er war unwichtig. Bei Theon sah die Sache allerdings ganz anders aus.

Geduckt schlich Nat an den Rosenbüschen entlang. Sie waren mit einem seltsam gräulichen Schleim behangen, der einen hervorragenden Sichtschutz bot. Nat hatte keine Ahnung, was das für ein Zeug war und aus welchem Höllenloch Theon es geholt hatte. Eins aber musste er ihm lassen – sein Bruder hatte sich dabei selbst übertroffen. Wieder einmal.

Drei Schritte weiter hatte Nat den Garten auch schon wieder verlassen, huschte im Zickzack durch den albernen Irrgarten dahinter und ließ gleich darauf alle Vorsicht fahren. Hierher war er so oft mit seinen Liebschaften gekommen, dass sein Auftauchen nicht verwunderlich war. Ein perfektes Alibi, das er sich mit viel Mühe und Charme erarbeitet hatte.

Die verwinkelten Pfade wurden geradliniger, der Kies verschwand und endete in kunstvoll verzierten Pflasterwegen. Früher hatte der Stein im Sonnenlicht wie Gold gefunkelt. Heute war ihre Farbe verblichen und kränklich gelb. Nat holte alles aus seinen langen Beinen heraus, spürte den Wind um die Ohren pfeifen. Es stürmte wieder einmal. Sobald die Königin schlechte Laune hatte, veränderte sich entsprechend das Wetter auf Amenthes. Der Grund war einfach, denn die Welt war auf unheimliche Weise an ihren Gemütszustand gekoppelt. Und da die Königin in letzter Zeit selten glücklich war, schien die Sonne eigentlich nie. Das hatte zumindest den Vorteil, dass er nicht schwitzte.

In Rekordtempo preschte er an Kriegern der ersten Garnison vorbei, schnitt die nächste Kurve und sprang mit einem Satz drei Duatwächtern aus dem Weg. Die warfen ihm böse Blicke zu.

»Hast du wieder etwas ausgefressen?«, schrie einer der Männer empört, aber Nat antwortete nicht.

Sollten die doch denken, dass ein erboster Vater hinter ihm her war, weil er verbotenerweise seine zuckersüße Tochter umgarnt hatte ... oder umgarnt zu haben schien. Nicht immer war es so eindeutig, wie Nat seiner Umwelt glauben machte. Letztlich lief alles auf eins hinaus: Was juckte es ihn, was die anderen dachten? Solange sie nicht erfuhren, warum er wirklich wie der Teufel rannte, war alles in Ordnung.

Mit der linken Hand fuhr er sich über die verschlungene Rune auf Pulshöhe seines rechten Arms. Die tätowierte

Nummer brannte, pulsierte aufgrund der Magie, die er geweckt hatte. Sofort reagierte sein innerer Kompass, und er wusste, wo er Theon finden würde.

Hoffentlich war sein Bruder nicht gerade damit beschäftigt, den Angriff der Schattenbestien vom Tag zuvor aufzuklären oder der Königin den neuesten Bericht vorzulegen. Oder ... Theon konnte überall stecken. Gleichgültig wo, es war niemals ideal, ihn mit Gewalt aus einer Situation herauszureißen.

Schließlich gelangte Nat zu den Wohnräumen. Die steinernen Gewölbe leuchteten von innen heraus, was ganz praktisch war. Immerhin mussten die Bewohner von Amenthes seit einigen Jahren ohne echten Sonnenschein auskommen. Tatsächlich strahlten die weißen Steine so viel Licht aus, dass Nat einen Moment lang geblendet wegsehen musste, bevor er sich einfach durch die nächstbeste Tür warf und den nach links zum Innenhof offenen Gang entlangpolterte.

Irgendjemand schrie seinen Namen. Dem Ton nach eine eindeutige Ermahnung. Er beachtete den Ruf nicht, gelangte über den Bogengang ins Innere der Schulbereiche und prallte mit Wucht gegen eine grazile Lehrerin, die gerade ihren Lehrlingen eine komplizierte Drehung vorführen wollte. Er riss sie unsanft zu Boden und stützte sich auf ihrem Körper ab, um sich wieder aufzurichten. Ungebremst stürmte er weiter, verfolgt von wüsten Beschimpfungen und dem Gekicher der Schülerinnen.

Links von ihm unterbrachen die Benu, die Königinnenanwärterinnen von Amenthes, ihre Übungen und sahen ihm verblüfft hinterher. Sie saßen oder standen auf einer Wiese, die früher aus grünem, akkurat getrimmtem Rasen bestanden hatte. Heute wuchs dort höchstens noch Schattenmoos. Die triste, braune Erde war staubig und voller Risse. Der Beweis dafür, wie ernst die Lage auf Amenthes war.

Einzig die rotgoldenen Roben der Anwärterinnen brachten ein wenig Farbe hinein, allerdings hatten auch sie längst ihren hellen Schein verloren. Es war, als sei die Dunkelheit ein Teil des Stoffes geworden.

Endlich erreichte Nat die Klassenräume. Nat wusste ganz genau, hinter welcher Tür Theon saß, und betete, dass er gerade harmlose Fünftklässler unterrichtete. Sekunden später war die Tür offen, und er stolperte in den Raum.

Die Blicke der obersten Führungselite richteten sich fragend auf ihn, während Theon erstarrte. Nats Bruder stand an der Tafel und malte kompliziert aussehende und garantiert geheime Gleichungen und Runen auf verschlungene Diagramme. Aber das kümmerte Nat nicht.

»Entschuldigung«, keuchte er und verbeugte sich hastig. Es gab Regeln, die man übergehen konnte, und Regeln, die einem das Genick brachen, wenn man sie überging. Das respektvolle Verbeugen gehörte zu Letzterem. Das hieß allerdings nicht, dass Nats Verbeugung elegant ausfiel.

»Ich muss euch Theon kurz entführen.« Er griff nach dem Handgelenk seines Bruders. Der riss entsetzt die Augen auf, ließ sich aber mitziehen. Tatsächlich hätte Nat in dieser Sekunde keine Ausrede parat gehabt, um seinen Auftritt zu erklären, zumindest keine, die halbwegs plausibel geklungen hätte. Er vertraute darauf, dass sich Theon etwas einfallen ließ.

Natürlich warf ihm sein Bruder einen seiner tödlichsten Blicke zu, die besagten: *Wenn das jetzt nicht ernsthaft wichtig ist, dann wird es richtig ungemütlich für dich.* Leider verstand sich Theon auf richtig unangenehme Bestrafungen.

Nat wäre mit Theon im Schlepptau genauso zurückgehetzt, wie er gekommen war, doch das verhinderte sein Bruder. Er ging schnell und zügig, rannte aber nicht. Stattdessen machte er sich mit einem Ruck los und hob den Finger. Diese Geste nannte Nat im Stillen den Papakomplex. Ihr Vater hatte genau die gleiche Körperhaltung eingenommen, um von ihnen Gehorsam einzufordern.

Bevor Theon ihn rügen konnte, sagte Nat nur ein einziges Wort: »Shay.« Sofort verdunkelte sich Theons Gesicht vor Sorge. Seine Schritte wurden unwillkürlich länger. »Sie hat starke Schmerzen. Ich weiß nicht, was los ist.«

Theon wechselte augenblicklich in den Krisenmodus. »Dann sollten wir uns beeilen«, sagte er lediglich und wurde noch schneller. Während sie zur Krypta eilten, brachte Nat seinen Bruder auf den neuesten Stand, beschrieb die Symptome und den Moment, als es angefangen hatte.

»Welchen Rang hat Shay gerade?«, fragte Theon angespannt.

»Das weiß ich nicht. Sie schrie. Da habe ich nicht auf ihr Handgelenk geschaut.«

»Nat ...«

»Spar dir bitte deine Ermahnung. Du hättest auch nicht daran gedacht. Sie hat so mit den Zähnen geknirscht, dass ich dachte, ihr bricht gleich der Unterkiefer auseinander.«

Theon hörte Nat eindeutig nicht zu, denn er war tief in Gedanken versunken. Dabei rieb er sich nervös über den wie immer kurz gehaltenen Vollbart. »Gestern sind fünfundachtzig Benus gestorben«, sagte er leise, mehr zu sich selbst.

Nat sah ihn entsetzt an. »Fünfundachtzig? Aber ... das hat sie ja mit einem Mal knapp auf Platz einhundert katapultiert!«

»Es gab auch ein Beben in der Magie. Die Königin rief ihre Berater zu sich, um den Grund dafür zu diskutieren. Ich fürchte, ich weiß, was es war.« Mittlerweile waren sie im Rosengarten angekommen und huschten geduckt von Schatten zu Schatten. Sie waren jedoch so geübt darin, dicht beieinanderzubleiben, dass sie ihr Gespräch nicht unterbrechen mussten. Theon konzentrierte sich zunächst darauf, ungesehen in die Krypta zu huschen. Hier war es stockdunkel, immerhin war es das Familiengrab ihrer Eltern. Ohne nachzudenken, flüsterte er die übliche Begrüßung. »Ruhet sanft, ihr letzten der Shenai.« Damit aktivierte er das leuchtende Moos, das sie überall an den Ritzen gezüchtet hatten. Es schimmerte leicht grünlich, während in der Ecke ein Feuerchen loderte. Sein leuchtendes Dunkelrot war ein eindeutiges Zeichen, dass es einen magischen Ursprung hatte. Vom Eingang war es zum Glück nicht zu sehen, da Theon und Nat geschickt mehrere Felsnischen eingerichtet hatten, die es verdeckten.

»Was war der Grund für das Beben?«, fragte Nat ungeduldig, nachdem sein Bruder beharrlich schwieg.

»Ich glaube, dass Shay ihre Tage bekommen hat, fruchtbar geworden ist. Das erklärt das Beben in der Magie. Sie ist ab jetzt eine vollwertige Benu.«

»Aber sie ist doch siebzehn. Also hätte sie ... hätte sie da nicht längst schon ... also die Sache mit den Tagen ...«

»Hör auf herumzustammeln, und sieh ein, dass unsere kleine Shay nicht mehr so klein ist! Wir hatten bislang Glück, dass sie nicht längst fruchtbar geworden ist. Bei Amenthes, Nat, jetzt sieh mich nicht an, als wäre das etwas Ekliges. Ist es nicht. Es ist etwas ganz Natürliches, was uns nun jedoch vor riesige Probleme stellt. Hast du dein Runenbuch dabei?«

»Ich habe mein Runenbuch immer dabei. Nicht auszudenken, wenn es in falsche Hände gerät.«

»Gut. Dann lass uns zu Shay wechseln.«

Nat atmete tief durch, sammelte sich und beschäftigte sich mit dem Duatfeuer in der Ecke. Darauf verstand er sich wenigstens. Mädchen, Tage, Fruchtbarkeit und die damit erwachende Magie der Benu waren keine Themen, mit denen er sich in Zusammenhang mit Shay beschäftigen wollte. Das klärten Frauen gewöhnlich unter sich. Dumm nur, dass sie unmöglich eine Benu um Rat fragen konnten. Das wäre zu auffällig gewesen. Also konnten sie nur hoffen, dass ihnen Nats gestohlenes Wissen weiterhalf.

Schweigend beobachtete Theon seinen Bruder, der das Feuer vorbereitete und die Runen für zwei Übergänge in den feinen Sand malte. Da Nat im Runenzeichnen deutlich geschickter war als Theon, überließ er ihm nur zu gerne diese Aufgabe. Gleichzeitig sah Nat, wie es in seinem klugen Köpfchen arbeitete. Wahrscheinlich ging er gerade sämtliche Notfallpläne durch, die sie sich ausgedacht hatten.

Shay war jetzt eine Benu. Das veränderte alles. Nat konnte nur hoffen, dass die Runen hielten und Shay unentdeckt blieb, dass Theon die Nerven behielt und sie Shay helfen konnten, die nächsten sehr, sehr schwierigen Tage zu überstehen.

Kapitel 2

Theon

Er versuchte optimistisch zu bleiben. Das versuchte Theon grundsätzlich, doch in den meisten Fällen wurde die Hoffnung von der grausamen Realität vernichtet. Was, wenn er die Schutzrunen nicht nachziehen konnte? Was, wenn die für Shay gestohlenen Schutzzauber unwirksam waren?

Er straffte sich. Darüber konnte er sich Sorgen machen, wenn ihr Rettungsversuch schiefgegangen war. Nat beendete soeben die letzten Zeichen und drückte einen Daumen als Aktivierung in den Sand. Das Feuer flammte kurz auf und wurde seltsam durchsichtig. Gleichzeitig verdunkelten sich die Schatten an den Wänden, nahmen Konturen an.

Nat zog eine Grimasse, als er seinen Schatten sah. »Habe ich zugenommen?«, fragte er und drehte sich im Schein des Feuers um die eigene Achse. Sein Schatten machte die Bewegung bereits nicht mehr mit und verharrte wie mit der Wand verhaftet, das Gesicht ihm zugewandt, reglos, leblos.

Theon wusste, dass Nat die Situation auflockern wollte. Er tat immer so, als ginge ihm dieses Getue gehörig auf die Nerven, war aber in Wirklichkeit ganz froh darüber. Solange Nat herumalberte, war nicht alles verloren.

Statt auf Nats Gefrotzel einzugehen, setzte er sich im Schneidersitz dicht vor das Feuer und atmete tief durch. Nat tat es ihm gleich, wobei der Platz in der kleinen Gruft äußerst begrenzt war. Ihre Knie berührten sich. Ein beruhigendes Gefühl. In Gegenwart seines Bruders entspannte Theon sich immer, obwohl der ihn in schöner Regelmäßigkeit zur Weißglut trieb.

Er fühlte die Kraft der Runen als Sog auf der Haut, ein Ziehen und Zupfen. Nach jahrelanger intensiver Übung reagierte sein Geist sofort darauf. Er löste sich von seinem irdischen Körper, glitt hinüber zum wartenden Schatten und beseelte ihn. Sekunden später sprang er mit Nat in Schattengestalt durch das Feuer und wechselte von Amenthes' in Shays Welt, nach Eatu.

Ein Zauber, den nur die Duatkrieger ausführen konnten.

Wie immer landeten sie auf Shays Schreibtisch. Theon steckte sich zunächst, um sich an seine Schattenhaut zu gewöhnen. Sie war seltsam gummiartig. Zäh wie Leder. Es war schwierig, sich damit aufrecht fortzubewegen. Nat schüttelte sich neben ihm wie ein Hund. Sein Bruder hasste die Übergänge noch mehr als er selbst, denn ihm wurde immer schlecht dabei. Theon wollte im ersten Moment warten, bis Nat sich erholt hatte, da fiel sein Blick auf Shay.

Die junge Frau lag zusammengekrümmt auf dem Bett und zitterte so heftig, dass das alte Gestell im Rhythmus gegen die Wand stieß. Sie war kalkweiß.

Theon vergaß augenblicklich Nats Unwohlsein und hastete zu Shay hinüber. Jeder Schritt kostete ihn viel Kraft, bei jeder Bewegung schmerzten die Muskeln in seinem Schattenkörper. Ein Sprint durch tiefsten Morast wäre einfacher gewesen.

Keuchend erreichte er das Bett und beugte sich über Shay. Ihre langen blonden Locken lagen wie ein Fächer auf dem Kopfkissen. Theon wusste, dass er die Haare nicht berühren durfte. Shay anzufassen konnte gefährlich werden, für alle.

Er sprach sie an, doch sie hörte ihn nicht. Geräusche von Amenthes nach Eatu drangen leider nicht über den Riss hinweg. Theon und Nat konnten untereinander reden und Shays Worte hören, aber sie konnten nicht mit ihr sprechen. In die Richtung funktionierte die Übertragung nicht. Vielleicht spürte Shay aber zumindest ihre Anwesenheit und wurde auf sie aufmerksam. Oder war sie gar in Ohnmacht gefallen? Ihre Augen waren geschlossen. Die vollen Lippen hatte sie aufeinandergepresst. Speichelblasen bildeten sich in den Winkeln. Kein gutes Zeichen.

Mittlerweile war auch Nat ans Bett getreten und lehnte sich vor, um mehr zu sehen. »Mist«, war alles, was er sagte, und das traf die Lage recht gut. Großer Mist.

Immerhin atmete Shay, wenn auch hastig und flach. Den Puls konnte Theon natürlich nicht messen, ohne sie zu berühren, also starrte er auf ihre Brust, beobachtete, wie sie sich hob und senkte. Zu schwach. Viel zu schwach. »Sie stirbt«, stellte Theon fest.

»Das sehe ich auch, aber was unternehmen wir dagegen?« Nat war mittlerweile noch blasser als Shay, was in Anbetracht seines bronzenen Hauttons umso mehr auffiel. Nervös fuhr er sich durch das wirre Haar, eine Angewohnheit, die Theon stets an ihren verstorbenen Vater erinnerte. Er hatte seinem Jüngsten ständig die Haare gezaust.

»Du musst sie wecken. Wirf irgendetwas neben ihren Kopf, was auch immer! Ich verstärke die Schutzrunen an der Tür und hoffe, dass das reicht.«

Nat suchte bereits nach Möglichkeiten, um Shay wach zu machen. Daher wandte sich Theon seiner eigenen schwierigen Aufgabe zu. Mit nicht vorhandenem Blut eine Rune auf die Tür einer anderen Welt zu malen war eine echte Herausforderung. Dieses Kunststück war ihm im Alter von vierzehn Jahren schon einmal geglückt, also würde er es sicher auch mit fünfundzwanzig schaffen. Tief durchatmend, zwang er seinen Schatten zur Tür und versuchte seinen seltsam zähen Schattenkörper mit den stumpfen Fingernägeln zu verletzen. Schließlich erinnerte er sich an den kleinen Schnitt vom Rasieren und zupfte sich im Gesicht herum.

In der Zwischenzeit bemühte sich Nat, Shay die Bettdecke ins Gesicht zu werfen. Das erwies sich als schwierig, denn für die Schattengestalten waren selbst kleinste Gegenstände auf Eatu tonnenschwer. Ein Kissen brachte gut hundert Kilogramm auf die Waage, eine Decke noch mehr.

»Kommst du klar?«, fragte Theon und beobachtete aus den Augenwinkeln, wie Nat durch pure Willenskraft zumindest einen Zipfel anhob.

»Einigermaßen«, ächzte sein Bruder mit belegter Stimme.

Endlich riss die Haut auf Theons Gesicht, sodass er zu keiner Antwort kam. Rasch tupfte er etwas von dem geisterhaft dunklen Blut ab und strich es über die alte Rune an der Tür. Die leuchtete auf. Sie war noch aktiv, aber recht schwach. Kein gutes Zeichen.

Als er etwa die Hälfte der Rune nachgezeichnet hatte, japste Nat erfreut auf. »Sie öffnet die Augen«, rief er aufgeregt. Theon hatte keine Zeit, nach seinem Bruder und Shay zu sehen, also nickte er lediglich.

So schnell und genau wie möglich führte er sein Werk fort, während es hinter ihm rumorte. Shay stöhnte und fluchte leise, ganz wie bei Teenagern üblich. Nat stieß beruhigende Laute aus, die sie garantiert nicht hörte, aber mit ein bisschen Glück fühlte.

»Nat? Theon?«, fragte sie. Als Theon ihre Stimme hörte, atmete er vor Erleichterung tief durch. Fast hätte er sich verschrieben und konzentrierte sich im letzten Moment auf die Rune.

»Wir müssen mit ihr in Kontakt treten«, murmelte Nat. Das hatte er bestimmt schon an die hundert Mal angesprochen, und bisher hatte Theon ihn jedes Mal davon abgebracht. In ihrer realen Gestalt nach Eatu zu kommen war gefährlich. Über die Schattengestalten mit ihr zu sprechen erwies sich jedoch als unmöglich. Da blieben nicht mehr viele Alternativen.

Nur noch der untere Teil der Rune, dann konnte er sich diesem Problem zuwenden. Hast konnte tödlich enden. Für Shay.

Der letzte Blutstropfen rann über die Zeichen. Als Vierzehnjähriger hatte Theon sie mit bemerkenswerter Genauigkeit gezogen. Das kam ihm jetzt natürlich zugute. Nat hätte sie noch exakter zeichnen können, allerdings konnte er keine fremden Runen übernehmen. Sie neu zu schaffen hätte zu lange gedauert.

Als Theon sich zu seinem Bruder umwandte, zerrte dieser gerade mit schweißnassem Gesicht ein Blatt Papier vom Schreibtisch. Er stieß es über die Tischkante, und es segelte in Richtung Bett. Kurz davor fiel es zu Boden.

Shay hatte die Bewegung ebenfalls wahrgenommen. Sie lag noch immer zusammengekrümmt auf der Matratze, hielt sich den Oberkörper, hob aber zumindest den Kopf und runzelte die Stirn.

»Wir schreiben ihr jetzt einen Brief«, erklärte Nat entschlossen. »Und du hältst die Klappe, weil du selbst keinen besseren Einfall hast.«

Das stimmte, und so gab sich Theon ohne Protest geschlagen und trat neben seinen Bruder, der sich einen Kugelschreiber vornahm, dessen Mine bereits aus der Hülle gesprungen war.

»Ein Bleistift ließe sich leichter tragen«, bemerkte Theon.

»Aber die stecken alle im Etui. Die bekommen wir niemals rausgehebelt, ohne uns etwas zu zerren. Wir nehmen den hier, und damit hat die Diskussion ein Ende. Pack du unten an, ich oben.«

Theon gehorchte. Wann immer Nat diesen Ton anschlug, war mit ihm nicht mehr zu spaßen, und er ordnete sich einfach besser unter. Wenn er ehrlich war, genoss er solche seltenen Momente. Einmal nicht Anführer sein. Einmal nicht Lösungen parat haben müssen. Einmal nicht die Verantwortung tragen.

Es war seltsam, einen so winzigen Gegenstand mit aller Kraft anheben zu müssen. Ihre vier Hände fanden kaum

Platz auf dem winzigen Stift, und trotzdem mussten sie all ihre Kraft aufwenden, um ihn zum Blatt Papier zu wuchten.

Als sie dort ankamen, waren sie schweißnass und außer Atem. Während Theon den Kugelschreiber aufrecht hielt, schubste Nat die Mine in die richtige Richtung, damit sie schreiben konnten.

»Shay schreibt man mit *h*«, erwähnte Theon möglichst beiläufig. Nat warf ihm einen bösen Blick zu.

»Das ist mir klar, aber in der Kürze liegt die Würze. Wir sind hier nicht beim Buchstabierwettbewerb«, knurrte er. »Was sagen wir ihr überhaupt?«

»Es war dein Vorschlag. Keine Ahnung.«

»*Du stirbst,* kann ich schlecht schreiben«, überlegte Nat. Theon sah ihm eine Weile beim Denken zu und seufzte innerlich. Wie es schien, musste er doch das Ruder übernehmen. »Schreib: *Bleib ruhig. Wir helfen Dir*«, schlug er vor.

»Das ist gelogen. Wir haben keine Ahnung, wie wir ihr helfen können.«

»Aber es beruhigt sie und macht ihr Mut. Sie muss nicht alles wissen.«

»Ich lüge Shay nicht an.«

Typisch Nat. Er log ständig, nur bei Shay hatte er seine Prinzipien. »Gib mir das Runenbuch.« Theon ließ den Kugelschreiber los und schüttelte die tauben Finger. Seine Muskeln protestierten nach der ungewohnten Anstrengung.

Nat reichte ihm blitzschnell das Runenbuch, eindeutig froh, dass Theon das Kommando übernahm. Der blätterte darin herum, bis er fand, was er suchte. »Dies ist die Rune für die Stärkung einer Benu, die hier ist gegen Magieblutungen. Wenn Shay sie selbst zeichnet, müsste es ihr besser gehen.«

Nat sah ihm über die Schultern und betrachtete das eigene Gekrakel. Duatwächtern war es strengstens untersagt, Benu-Runen zu zeichnen oder etwas über die Magie der Prinzessinnen zu lernen. Nat hatte sich im Auftrag von Theon darüber hinweggesetzt und heimlich so viele Runen wie möglich abgezeichnet, sogar mitsamt der Anwendung und dem Hinweis, in welche Richtung sie gezeichnet werden mussten. Dafür hatte sich Nat an sehr vielen Tagen sehr lange bei sehr vielen Unterrichtsstunden der Anwärterinnen herumdrücken müssen. Die Damen hatten gedacht, Nat sei ein Tunichtgut, der nur Interesse an ihren Brüsten hatte. In Wirklichkeit hatte er sich die Runen eingeprägt. Sollte jemand dieses Buch entdecken, würden beide in gewaltige Schwierigkeiten geraten.

»Ich hoffe, ich habe die verdammten Runen richtig aufgezeichnet«, grummelte Nat. Theon spürte die Angst seines Bruders. Sie befanden sich jetzt auf vollkommen unbekanntem Gebiet.

»Das wird schon«, beruhigte ihn Theon. Gemeinsam richteten sie den Kugelschreiber auf und schrieben: *Mal diese Rune mit Blut auf die Decke über deinem Bett.* Darunter zeichneten sie recht krakelig die Rune und hofften, dass Nat bei seinen Aufzeichnungen keinen Strich vergessen hatte.

Shay hatte sie bei ihrer kräftezehrenden Schreibarbeit beobachtet, war sogar an den Rand des Bettes gekrochen, um besser sehen zu können. Einige ihrer blonden Haarsträhnen fielen bis auf den Boden, während sie das Kinn in die Matratze grub und die eisblauen Augen weit aufriss.

»Ihr könnt schreiben?«, fragte sie ungläubig. Es klang gepresst und schmerzvoll. »Ernsthaft jetzt? Und das macht ihr erst, nachdem ich mich siebzehn lange Jahre frage, wer oder was ihr seid? Die Antwort darauf könnt ihr gleich dahinterschreiben.« Um ihre Aufforderung zu unterstreichen, wedelte sie schwach mit einer Hand.

Theon und Nat konnten ihr den Wunsch nicht erfüllen. Sie waren ja schon vollkommen fertig, nachdem sie nur diese eine Rune gezeichnet hatten. Mit vereinten Kräften zogen sie das Blatt näher an Shay heran, damit sie besser sehen konnte.

»Ich soll diese unheimliche Rune zeichnen? An die Decke? Mit Blut? Seid ihr etwa Satanisten?« Theon nahm die Unsicherheit in ihren giftigen Worten wahr. Shay hatte seit Jahren große Angst, dass die Schatten Dämonen oder Teufelszeug sein könnten.

Theon verstand sie gut, allerdings hatten sie keine Zeit für großartige Diskussionen. Doch wie sollte er mit einem Mädchen diskutieren, das in einer anderen Welt feststeckte?

»Wenn sie sich weigert, stirbt sie.« Nat wischte sich den Schweiß von der Stirn und ließ Shay keine Sekunde lang aus den Augen. Dabei öffnete und schloss er die Finger vor Anspannung.

Auch Theon rollte den Kopf hin und her, damit der Nacken für die nächste Runde Schreiberei gelockert war. Sie hatten noch die zweite Rune auf Papier zu bringen, da half alles nichts. Doch zunächst musste Shay mitmachen.

Shay starrte auf das Papier, als hätte sie Angst, es könne sie verschlingen. Tiefe Sorgenfalten bildeten sich auf ihrer Stirn. Sie war noch immer bleich vor Angst. Allerdings war sie sowieso eher der helle Typ. Sie hatte flachsblondes Haar, kaum sichtbare Brauen, eisblaue Augen und einen dunkelroten Mund, der bei ihrer Blässe noch mehr auffiel. Irgendwann war Shay, ohne dass Theon es gemerkt hatte, zu einer Frau geworden. Das rundliche Gesicht war jetzt erwachsener, hatte härtere Konturen als früher. Auch die Entschlossenheit in ihrem Blick war ihm vorher nicht aufgefallen.

»Komm schon«, flüsterte Nat neben ihm und meinte Shay damit. Er musterte sie so eindringlich, dass sie vermutlich ein merkwürdiges Prickeln auf der Haut verspürte. Nat konnte das … sein Gegenüber in Grund und Boden starren.

Gut eine Minute verging, während Shay nachdachte und die Möglichkeiten abwog. Theon hätte schwören können, dass sie sich weigern würde, doch die nächste Schmerzwelle überzeugte sie. Nachdem sie wieder atmen konnte, richtete sie sich langsam auf allen vieren auf, kroch über den Boden zum Schreibtisch und holte ihr Cuttermesser. Damit schnitt sie sich ziemlich rabiat in den Unterarm und warf den Schatten böse Blicke zu.

»Wehe, ihr verdammt mich zu unendlicher Seelenqual«, stieß sie hervor, hob das Blatt vom Boden auf und malte auf dem Bett stehend eine extrem krumme Rune an die Decke.

Die beiden Schatten beobachteten sie mit gerunzelter Stirn. »Wir müssen sie unterrichten«, seufzte Theon. »Das Zeichen ist ja kaum als Rune zu erkennen.«

Nat zuckte mit den Achseln und schob sich eine Haarsträhne hinter das Ohr. »Und wie willst du sie unterrichten, wenn wir keine Ahnung von den Themen haben und sie für uns unerreichbar ist?«

»Wir müssen uns einfach etwas einfallen lassen. Finden wir keine Lösung, bedeutet das das Ende. Für uns alle.«

Lionee

Sie stand reglos am Fenster und beobachtete Nat, wie er in Richtung der Unterrichtsräume sprintete. Viel zu schnell, viel zu rücksichtslos. Lionee kannte den jungen Mann zwar nicht persönlich, hatte aber schon viel über ihn gehört. Ein Taugenichts, ein Tunichtgut, ein Frauenverführer und Frauenheld.

Sie musste zugeben, dass sie ihn durchaus attraktiv fand mit seinem störrischen kurzen Haar und den langen Beinen. Verwegen, spannend, anders als alle anderen.

Allerdings fand sie seinen Bruder noch viel interessanter.

Als Theon wenig später mit seinem Bruder in ihr Sichtfeld trat, musste sie ein Lächeln unterdrücken. Sie freute sich immer, den älteren der Shenai-Brüder zu sehen. Natürlich hätte sie das niemals zugegeben. Es war ihr Geheimnis, wie so vieles.

Die beiden bekamen Ärger von einer Lehrerin. Bis hierher konnte Lionee nicht verstehen, worum es ging, doch sie wusste es auch so. Theon musste oft den Kopf für seinen Bruder hinhalten. Nats Ausschweifungen hatten schon das ein oder andere Mal dafür gesorgt, dass Theon bei einer Beförderung übergangen worden war. Wenn er nicht einmal seinen Bruder zur Vernunft bringen konnte, wie sollte er da eine ganze Garnison führen?

Eine Sache war jedoch merkwürdig. Lionee war sich absolut sicher, dass Theon großen Einfluss auf seinen kleinen Bruder hatte. Deshalb wurde sie das Gefühl nicht los, dass Theon stets wusste, was Nat so trieb, und ihn sogar unterstützte. Das war eine Beobachtung, die Lionee sofort misstrauisch machte. Mit den Brüdern stimmte etwas nicht, und sie war entschlossen, der Sache auf den Grund zu gehen.

Sie beobachtete, wie Theon neben Nat herging. Er hatte eine gebieterische Art, sich zu bewegen, beinahe erhaben, während Nat eher leichtfüßig vor sich hintänzelte. Wie ein ungeduldiges Fohlen. Wie ein Rennpferd, das zurückgehalten wurde. Theons Gang hingegen zeigte, dass er wusste, wohin er wollte. Er hatte ein Ziel, im Gegensatz zu Nat ... oder, was sie ungern zugab ... im Gegensatz zu ihr.

Wohin wollte sie? Mit ihrem Leben, mit ihrem Lernen, mit ihrer Art, Menschen zu behandeln?

Als die beiden aus ihrem Sichtfeld verschwanden, fühlte sie sich seltsam verlassen. Leer. Einsam. Tatsächlich war sie das auch, doch solange sie einen der Shenai-Brüder beobachtete, hatte sie zumindest den Eindruck, ein wenig Teil von etwas zu sein. Und sei es nur als Beobachterin. Unerkannt. Ungesehen. Unsichtbar.

Sie unterdrückte einen leisen Seufzer. Im sterilen Zimmer hätte er sonst wie ein Donnerschlag geklungen und den Wächter auf sie aufmerksam gemacht. Der stand wie immer reglos an der Tür und starrte vor sich hin. Teilnahmslos. Gelangweilt.

Wie gerne hätte sie einen persönlichen Wächter, einen Duatkrieger gehabt, der ihr seit ihrer Geburt als Schutz zur Seite gestellt worden wäre. Doch das war ihr nicht vergönnt gewesen. Die Magie hatte ihr nie einen zugeteilt. Ebenso wenig besaß sie ein lebendiges Tattoo, das ihr einen Platz in der Thronfolge gesichert hätte. Nur Narben und Schmerz. Sie musste sich damit abfinden. Sie war keine Benu und hatte damit auch keinen Wächter. Die Männer, die auf sie aufpassten, wechselten sich ab. Sie kamen und gingen wie Lionees Launen.

Sie warf ihm einen bösen Blick zu und hatte große Lust, ihn hinauszuschicken, ganz einfach weil sie es konnte. Um irgendetwas zu tun und die Oberhand zu behalten. Letztlich ließ sie es bleiben. Ein Streit hätte sie nicht weitergebracht.

Langsam und ungelenk bewegte sie sich vom Fenster fort. Sie hatte dort fast eine Stunde gestanden, reglos, nur um einen kurzen Blick auf ein winziges Stück Shenai-Leben zu erhaschen. Jetzt rächten sich ihre Muskeln mit heftigen Schmerzen.

Bei jedem Schritt erzeugte ihr geschientes Bein ein unangenehmes Geräusch auf dem Boden. *Klonk, klonk, klonk.* Sie hasste diesen Laut und entkam ihm doch nicht. Genauso wenig wie dem lästigen Wächter, der sie aus den Augenwinkeln beobachtete.

Lionee versuchte möglichst würdevoll zum Lesesessel zu gelangen. Mit zitternden Gliedern und einem Metallfuß, der nicht richtig saß, war dies jedoch ein schwieriges Unterfangen. Vorsichtig drehte sie sich auf der Stelle, bis ihre Kniekehlen den Sessel berührten. Erst dann ließ sie sich hineinsinken, verharrte, wartete auf den Schmerz, der sofort kam. Ihre Hüfte kam mit dem Sitzen nur schlecht zurecht.

Mit zusammengebissenen Zähnen angelte sie nach dem Buch, das neben ihrem Sessel auf einem kleinen Beistelltisch lag, und klappte es auf. Es war eine alte Fibel, die sie fast auswendig kannte. Darin waren die Mythen ihrer Welt zusammengefasst. Aktuell war sie bei ihrer Lieblingsgeschichte angekommen: Beim Feuervogel, dem Wappentier ihrer Welt. Er wurde von einem löwenartigen Hund in den Tod begleitet, bis er wiedergeboren wurde und gemeinsam mit dem Vogel zu einem neuen Lied tanzte. Eine bittersüße Liebesgeschichte. Dramatisch und traurig wie ihr Leben.

Sie las die Zeilen zwar, bekam allerdings kaum etwas von der Handlung mit. Ihr Blick war in ihr Innerstes gerichtet, darauf konzentriert, nicht vor Schmerzen zu stöhnen.

Es war nicht gerecht. Diese Qualen waren nicht gerecht, das leere Zimmer nicht und der mitleidige Blick des Wächters schon gar nicht. Sie hasste es, doch so war ihr Leben. *Finde dich damit ab, Lionee*, dachte sie, und ließ sich gegen die Lehne sinken. *Akzeptier endlich, dass dein Leben fernab von anderen Schicksalen stattfindet.*

Kapitel 3

Shay

Shay lag auf dem Rücken im Bett und starrte das blutige Mal an, das sie auf die Decke gemalt hatte. Das Unglaubliche war tatsächlich eingetreten. Kaum hatte sie die Rune – oder was immer das Zeichen auch war – fertiggestellt, war es ihr schlagartig besser gegangen. Dank der zweiten Rune, die ihr die Schatten gezeigt hatten, war der Schmerz fast vollständig verschwunden. Sie konnte endlich wieder denken.

Allerdings bekam sie vom vielen Grübeln erneut Kopfschmerzen.

Die Schatten hatten also zum ersten Mal Kontakt aufgenommen. Sollte sie sich darüber freuen? Zum Teil ja, entschied sie. Die fremden Wesen gehörten zu ihrem Leben, waren ein Teil ihrer Familie. Mit dem Zeichnen der Runen hatten sie bewiesen, dass sie nicht nur in ihrer Einbildung lebten. Sie konnten denken und handeln. Also waren sie Menschen. Oder zumindest menschenähnlich.

Aber warum hatten sie sich jetzt, nach so vielen Jahren, dazu durchgerungen, etwas aufzuschreiben? Hätten sie das nicht schon längst tun können? Und warum waren sie wieder verschwunden? Ihr Zimmer fühlte sich ohne sie schrecklich leer an. Sonst war immer einer von beiden da. Dass niemand sie bewachte, war in den letzten Jahren höchstens zweimal oder dreimal vorgekommen. Etwas veränderte sich. Sie spürte es bis in ihr Innerstes.

Was geschah, wenn sie den schützenden Runenkreis und damit ihr Bett verließ? Würde sie wieder zusammenbrechen? Diese Frage beschäftigte sie seit Stunden, doch allmählich musste sie aufstehen. Abends arbeitete sie in der Tankstelle ein paar Straßen entfernt. Sie brauchte den Job dringend, denn sie bekam kein Taschengeld von ihrer Pflegemutter. Wollte sie sich Kleinigkeiten leisten, musste sie selbst dafür aufkommen.

Sie warf einen Blick auf ihren Fünfjahresplan, den sie in Postergröße über ihrem Schreibtisch aufgehängt hatte. Er zeigte ihr Leben mit ihren großen und kleinen Zielen. Ganz oben standen eine eigene Wohnung, eine Familie und ein guter Job. Um das zu erreichen, hatte sie jede Menge Zwischenziele eingefügt. Die Abschlussprüfung war die nächste. Dafür musste sie eine so gute Note schaffen, dass sie ein Studienstipendium ergattern konnte.

Auf der Rückseite hatte sie in einer kindlichen Geheimsprache ihre heimlichen Ziele aufgeschrieben: ihre seit Langem vermisste Freundin Jenny wiederfinden, Klassensprecherin werden, einer Clique angehören und ja … einen Freund finden. Auch den ersten Kuss und Sex hatte sie notiert. Was das anging, war sie der klassische Spätzünder.

Sie hatte noch immer ihre ehemalige Heimkollegin Jenny nicht gefunden, gehörte zu den unauffälligsten Mädchen in der Klasse und gehörte zu keiner Clique. Vom ersten Kuss ganz zu schweigen. Sie mied Jungs. Wie sollte sie da jemals geküsst werden?

»Streich das von der Liste«, sagte sie leise zu sich selbst. »Genau wie die komplette Rückseite.« Dafür lag sie bei der Vorderseite im Zeitplan.

Wie immer verlieh ihr die Übersicht Kraft und Trost. Der Fünfjahresplan spornte sie an und sorgte dafür, dass sie nicht in Selbstmitleid versank oder im Bett vergammelte. Also los!

Tief durchatmend schwang sie die Füße von der Matratze und setzte die Fußsohlen auf das zerfetzte alte Linoleum. Sie hatte einmal versucht, den Boden mit einem besonderen Reinigungsmittel zu bearbeiten. Seitdem war der eitergelbe Boden von seltsamen Schlieren verunziert. Immerhin hatte sie danach nicht mehr den Eindruck gehabt, von Keimen zerfressen zu werden, nur sah es jetzt beschissen aus. Da sie aber ohnehin nie Besuch empfing, war ihr das auch egal. Sie war eine Eigenbrötlerin. Eine Einzelgängerin. Was scherte es sie da, was andere von ihrem Zimmer hielten?

Sie stand auf und trat einen Schritt unter den Runen hervor. Kein Schwindel, kein Schmerz. Das war doch schon mal ein gutes Zeichen. Da ihre Muskeln von den Krämpfen noch verspannt waren, zog sie sich sehr langsam an. Den unauffälligen kackfarbenen Pulli mit den ausgefransten Nähten. Die graue Hose, deren Löcher keineswegs gewollt, die aber wenigstens halbwegs ansehnlich war. Die durchgelatschten Chucks, ihr einziges Diebesgut. Sie hatte die schwarz-weißen Schuhe gesehen, gewusst, dass sie unbezahlbar waren, und sie geklaut. Seitdem verspürte sie wegen ihres schlechten Gewissens jedes Mal einen Stich, sobald sie sie anzog.

Sie band die langen Haare zu einem unordentlichen Knoten im Nacken zusammen, dann konnte es losgehen. Da sie keine Jacke besaß, verließ sie nur im Pulli das Zimmer und polterte die ausgetretene Treppe hinunter. Schmutz und Staub sammelten sich in den Ecken, aber das beachtete niemand. Auch Shay fühlte sich nicht zuständig. Die Wohnung zerfiel langsam in ihre Bestandteile, und nichts konnte das verhindern. Das gewohnte Gefühl der Trostlosigkeit stieg in ihr auf, ein Gefühl, das sie verzweifelt verdrängte. Sie hasste es, sich so ziellos zu fühlen, so verloren.

Als sie die letzte Treppenstufe hinter sich gebracht hatte, senkte sie den Blick. Es war am besten, möglichst schnell, leise und unauffällig durch die Haustür zu verschwinden.

Shay wusste genau, welchen Dielen sie ausweichen musste, damit sie nicht verräterisch knarrten.

Ihre Pflegemutter hatte sie dennoch gehört. »Shay?«, krähte sie ihr hinterher. Wie immer schwebten weiße Rauchwölkchen aus der geöffneten Küchentür. Zigarettenqualm aus fünf Schachteln am Tag.

Shay zögerte. Einfach weiterzugehen und den Ruf zu überhören konnte bei der Rückkehr unangenehm werden. Auf der anderen Seite war eigentlich jedes Gespräch mit der Pflegemutter unangenehm. Sie hatte eine kalte, seltsame Aura an sich.

»Shay?«

Sie gab auf und huschte hinüber zur Küche, blieb im Türrahmen stehen. Die Pflegemutter saß auf ihrem Stammplatz in der Eckbank, die Ellbogen auf den Tisch gestützt, Zeitschriften vor sich ausgebreitet. Der überfüllte Aschenbecher qualmte genauso vor sich hin wie die Zigarette zwischen ihren Fingern. Hinter einer dicken Hornbrille blinzelte sie Shay an.

»Wo willst du hin, Shay? Und wo warst du heute den ganzen Tag?« Vom vielen Rauchen klang die Stimme der Pflegemutter wie eine schlecht gestimmte Geige, hoch, schrill und gleichzeitig kehlig und heiser. Ein sehr seltsamer Laut, der Shay wie stets in Unruhe versetzte.

Sie hatte sich schon oft geschworen, sich von der Pflegemutter nicht mehr aus dem Takt bringen zu lassen, doch wie so oft zerfielen ihre guten Vorsätze, sobald sie ihr gegenüberstand. Shay hasste diese Frau und hatte gleichzeitig Angst vor ihr, obwohl sie ihr körperlich noch nie etwas angetan hatte. Es war nur so, dass sie so viel Macht über Shay hatte und dass es ihr völlig egal war, was ihre Pflegetochter dabei empfand. Shay war ihr ausgeliefert. Ein schreckliches Gefühl.

»Ich will zur Arbeit«, nuschelte Shay und versuchte das schrumpelige Gesicht der Frau in den Rauchschwaden zu erkennen. Wie alt die Pflegemutter war, blieb für ihre Pflegekinder ein Rätsel. Sie mochte fünfzig, vielleicht auch sechzig sein. Das Nikotin hatte ihre Haut so fahl und faltig gemacht, dass es kaum einzuschätzen war.

»Und wieso warst du nicht in der Schule?«

»Ich war krank.«

»O Wunder, o Wunder! Zur Schule schaffst du es nicht, aber zur Arbeit? Das soll ich dir abnehmen?« Die Alte stand langsam auf. Das war immer ein schlechtes Zeichen. Trippelnd quetschte sie sich zwischen Bank und Tisch hindurch. Sie war klapperdürr und nicht sonderlich gelenkig. Die fehlende Bewegung und der mangelnde Appetit hatten ihren Körper ausgezehrt. »Du hast geschrien«, stellte sie fest und kam langsam auf Shay zu. Die hatte Mühe, ihren Fluchtinstinkt zu unterdrücken.

Selbst nach drei Jahren in diesem Höllenloch war die Angst vor der Pflegemutter ihr ständiger Begleiter. Wenigstens gab es hier keine Pflegeväter, die ihr nachstellten, oder männliche Mitbewohner, die nachts in ihr Zimmer einzudringen versuchten. Trotzdem fühlte sich Shay alles andere als wohl.

Die Pflegemutter stand jetzt kaum fünf Schritte von ihr entfernt, spreizte die Zigarette seltsam ab und nahm gleichzeitig ihre riesige Brille von der Nase, blinzelte wie eine Eule. »Bist du krank? Schwanger? Wieder verrückt?«

Innerlich zuckte Shay zusammen, äußerlich versuchte sie möglichst gelassen und selbstbewusst zu wirken. *Wieder verrückt.* Allein diese Aussage konnte sie in Schwierigkeiten bringen. Sie schluckte.

»Nein. Ich hab meine Tage bekommen, zum ersten Mal«, erklärte sie leise. Es war immer klug, Halbwahrheiten zu erzählen. Lügen roch die Pflegemutter sofort, und dann wurde es ungemütlich. »Ich hatte ziemliche Schmerzen, aber jetzt geht es mir besser.«

Die Pflegemutter hob eine graue Braue und musterte Shay, dachte offenbar nach. Schließlich schien sie ihr zu glauben, denn sie schnaubte verächtlich. »Die Jugend heutzutage«, brummte sie und wandte sich der Spüle zu. Die war im Gegensatz zum Rest des Hauses blitzsauber. Eine Kaffeemaschine blubberte vor sich hin und spuckte teerartiges Gebräu in die Kanne darunter. »Alle viel zu weich für diese Welt«, sagte sie zu niemand Bestimmtem.

Shay blieb reglos stehen und hoffte, dass jetzt gleich das Wedeln mit einer Hand kam, das Zeichen, entlassen zu sein. Doch die Pflegemutter wedelte nicht. Sie goss sich die schwarze Flüssigkeit in ihren Lieblingsbecher mit der Aufschrift *Mama ist die Beste* und kaute auf den Lippen herum, als wolle sie Shay auffressen. Als sie sich ihr zuwandte, war der lauernde Ausdruck in ihren Augen zurück.

»Wir müssen bald mal wieder zum Psychodoktor«, gab sie zwischen zwei schlürfenden Schlucken bekannt. »Ich will nicht, dass du dir die Pulsadern aufschneidest, weil du ein typisch leidender Teenager ohne Eltern bist, der seine Seelenqualen nicht länger erträgt.« Erneut das verächtliche Schnauben.

Shay stand seit jeher unter besonderer Beobachtung, immerhin war bei ihr in Kindertagen Schizophrenie festgestellt worden. Als Kind hatte sie Medikamente nehmen müssen, mittlerweile galt sie als geheilt. Vielmehr hatte der Arzt eingesehen, dass sie gar nicht krank war.

Die Schatten, mit denen sie sich unterhielt, waren echt. Sie war nicht verrückt. Sie hatte nur zunächst herausfinden müssen, dass sie das niemandem erzählen durfte. Sich mit Schatten zu unterhalten, entsprach nicht der Norm und konnte üble Folgen haben. Seitdem Shay ihre Schatten nicht mehr erwähnte, galt sie auch nicht mehr als behandlungsbedürftig. Bisher.

Shay wusste, dass Diskutieren zwecklos war. Wollte sie nicht wieder mit Psychopharmaka zugedröhnt werden, musste sie sich fügen. Also fügte sie sich. »Natürlich«, sagte sie brav. »Ich komme mit.«

Die Pflegemutter musterte sie noch ein letztes Mal aus halb zugekniffenen Augen, nickte schließlich, und endlich, endlich kam das Handzeichen. Der lässige Wink.

Shay wandte sich um und ging steif zur Haustür. Nicht rennen, die Angst nicht zu deutlich zeigen. Zu viel Selbstbewusstsein war gefährlich, aber zu viel Schwäche noch schlimmer. Kaum war sie an der Tür angekommen, riss Shay sie auf und huschte hinaus, schloss sie möglichst lautlos hinter sich und atmete tief durch.

Das war überstanden.

Etwas gelöster stieg sie die drei Stufen hinunter zur Straße. Neunzehn Uhr, da leerten sich die Bürgersteige bereits. Die meisten Geschäfte hatten geschlossen oder bereiteten den Feierabend vor. Jugendliche und Kinder aus besseren Familien waren jetzt längst zu Hause, um zu Abend zu essen und den Fernsehabend einzuläuten, nur die Hundegassigeher trieben sich noch herum.

Gemeinsam mit vier anderen Kindern und der Pflegemutter lebte Shay in einem einfachen Reihenhaus, genau zwischen Brennpunkt und Stadtzentrum. Die Mieten waren erschwinglich, die Sicherheit auf den Straßen erwies sich als weit besser als der Ruf. Immerhin hatten Shay und die anderen Pflegekinder zumindest ein eigenes Zimmer. Luxus für ein Pflegekind. Der einzige Luxus, der ihnen vergönnt war.

Wie gewohnt senkte Shay den Blick auf das graue Pflaster, zog den Kopf zwischen die Schultern und stapfte möglichst selbstbewusst los. Solch eine Haltung verunsicherte die meisten Menschen, und man ließ sie in Ruhe.

Tatsächlich hatte sie sich mit Beginn ihrer Pubertät vor etwa drei Jahren entscheiden müssen. Wurde sie eine Rotzgöre, die sich durch ein lautes Maul Respekt verschaffte? Oder wurde sie zu einem schüchternen Wesen, von dem niemand Notiz nahm?

Shay war weder das eine noch das andere. Ein großes Problem, besonders bei dieser Pflegemutter. Rotzgören gingen bei dieser Frau unter, also konnte Shay nur die Brave und Fleißige spielen und hoffen, damit durchzukommen. Bislang hatte das einigermaßen geklappt, wobei sie oft das Gefühl hatte, innerlich zu bersten. Eines Tages würde sie ihrer Pflegemutter die Meinung sagen. Eines Tages. Wenn sie diese seltsame, instinktartige Angst vor ihr losgeworden war.

Sie passierte einen Mann und eine Frau, die sie hier in letzter Zeit öfter gesehen hatte. Vermutlich arbeiteten sie in der Nähe. Jedenfalls aßen sie fast jeden Tag ein ähnlich belegtes Brötchen und wirkten dabei grundsätzlich genervt. Wie immer saßen sie auf einer Bank direkt hinter einer Mauer voller Graffiti. Der Sprayer des Blocks hatte sich hier fast überall verewigt und seine seltsamen Logos auf jede freie Fläche gesprüht. Sein Markenzeichen war dabei ein B mit zwei Augen darin. Shay nickte dem Pärchen aus Gewohnheit zu und mied ansonsten jeden Kontakt mit ihnen.

Etwa fünfzehn Minuten später war Shay bei der Arbeit angekommen. Die alte Tankstelle wurde von einem Ehepaar geführt, das kaum noch ein Wort miteinander wechselte. Zu ihr waren sie aber sehr nett, wobei Shay genau wie die Alten eher die Schweigsame war. Sie hatte es irgendwann in ihrer Heimkarriere verlernt, normale Gespräche zu führen.

Shay betrat die Tankstelle und grüßte die Mitarbeiterin, die hinter der Theke stand. Wie sie hieß, hatte Shay vergessen, und sie jetzt noch zu fragen erschien ihr unhöflich. Die junge Frau mit den Rastalocken und den vielen Piercings im Gesicht nickte ihr auch nur schweigend zu und beachtete sie nicht weiter.

Shay huschte rasch ins Lager, um die leeren Getränkekisten umzustapeln und die vollen nach vorn zu holen. Hilfsarbeiten. Zum Glück wurde sie gut bezahlt.

Aus den Augenwinkeln suchte sie die Ecken nach Nat oder Theon ab, doch keiner von beiden ließ sich blicken.

Dass sie ihr nicht auf der Straße folgten, war normal. Ganz offensichtlich war es schwierig, sich in der Schattengestalt fortzubewegen. In der Regel kamen sie ihr erst hinterher, wenn sie einen geschlossenen Raum betreten hatte. Bei der Arbeit leisteten sie ihr daher in den meisten Fällen Gesellschaft. Nur heute nicht. Anscheinend gab es gerade Wichtigeres, als ihr beim Kistenstapeln zuzusehen.

Zum Glück war Shay alles andere als ein filigranes Wesen, sonst hätte sie den Job garantiert nicht bekommen. Sie war kräftig und zäh, gut einssiebzig groß und keineswegs zierlich. Dem klassischen Schönheitsideal entsprach sie also eher weniger, allerdings wusste sie, dass Jungs sie durchaus ansprechend fanden. Auf der Habenseite verbuchte sie sehr geschwungene weibliche Hüften und eine ordentliche Oberweite. Aus den bewundernden Blicken der männlichen Bekannten hatte sie abgeleitet, dass der normale Mann auf so etwas stand, was ihr aber ziemlich gleichgültig war. Ihr war hauptsächlich daran gelegen, nicht belästigt zu werden.

Sie war schon mehr als genug damit beschäftigt, eine verrückte, angeblich schizophrene Waise mit schattenhaften Begleitern, einem sich verändernden Tattoo und einer unbekannten, rätselhaften Krankheit zu sein.

Als sie die fünfte Kiste in den Laden schleppte, bemerkte sie endlich auch einen geisterhaften Schatten. Er kam zu ihr herüber und hockte sich oben auf die gestapelten Getränkekästen, ließ die Füße baumeln. Unwillkürlich lächelte sie. Nat war zu seiner Wache angetreten. Sofort fühlte sie sich weniger allein.

»Wir müssen dringend reden«, knurrte sie ihm zu, doch der Schatten reagierte nicht. Er tat erneut so, als könne er nicht kommunizieren. Verärgert knirschte Shay mit den Zähnen, hielt dann aber unvermittelt inne. Ihr Tattoo veränderte sich schon wieder.

Und diesmal zog sie in die Top einhundert ein.

Nat

Das hatte Ärger gegeben, aber so richtig. Erst hatte er sich vom Oberst der Wachleute eine Standpauke anhören dürfen, danach von seinen Lehrern (deren Unterrichtsstunden er geschwänzt hatte), anschließend vom zweiten Duatoberst und zuletzt von seinen Kameraden (die er aufgrund seiner Abwesenheit in Schwierigkeiten gebracht hatte, da sie mit einem Mann weniger gegen die andere Klasse hatten antreten müssen).

Nat hatte es gehalten wie immer. Nicken und lächeln, die Schelte über sich ergehen und abperlen lassen wie Wasser. Natürlich hatten seine Vorgesetzten bemerkt, dass ihn die Moralpredigten kalt ließen, was zur Folge hatte, dass er vorerst jede Menge Strafarbeiten zu erledigen hatte.

Den Flur putzen. Doppelte Runden laufen. Die Schwerter polieren. Als Vorführobjekt bei der ersten Duatklasse dienen (was wirklich wehtat und äußerst peinlich war). Die Waschräume auf Vordermann bringen. Nachsitzen.

Kurzum, er hatte in den nächsten Tagen keine Zeit für andere Dinge. In den Stunden, in denen er eigentlich schlafen sollte, hielt er bei Shay Wache. Und so konnte er sich vor Müdigkeit kaum auf den Beinen halten.

Das Dumme war nur, dass auch Theon Ärger bekommen hatte und noch viel weniger in der Lage war, sich von den alltäglichen Zwängen eines Duatwächters zu befreien. Auch er versuchte sich zwischendurch davonzustehlen, doch in seiner Stellung fiel es mehr auf, wenn er wie vom Erdboden verschluckt war.

»Diesen Takt halten wir nicht mehr lange durch«, merkte Nat am vierten Tag an. Theon hatte sich zu ihm gestohlen und half ihm bei den Waschräumen, damit er schneller fertig wurde. Natürlich hätte Theon in dieser Zeit auch bei Shay sein können, doch sein älterer Bruder wagte es derzeit nicht, sich weit vom Haupthaus zu entfernen. Eigentlich suchte ihn ständig irgendjemand.

»Schraub deine Eskapaden für die nächste Zeit mal runter«, riet ihm Theon griesgrämig.

Nat mustert ihn empört. »Das mit Shay war ein Notfall. Meine übrigen Eskapaden sind notwendig, um meine Tarnung aufrechtzuerhalten. Wenn ich auch für den nächsten hoheitsvollen Posten ausgewählt werde, passt bald niemand mehr auf Shay auf.«

»Nicht so laut«, zischte ihn Theon an. »Wenn uns jemand hört, ist es aus und vorbei.«

»Wer sollte uns denn belauschen?« Genervt tunkte Nat den Lappen ins schmutzige Wischwasser und versuchte, einen schmierigen Fleck wegzubekommen, der dort schon seit fünf Jahren auf den Fliesen haftete. Gleich darauf gab er auf. Egal, wie sehr er schrubbte. Diese Fliesen bekam niemand mehr sauber. Es war, als sei der ganze Staub von Amenthes an ihnen haften geblieben – genau wie an den restlichen Waschbereichen. Nat hatte die kleinen in den Boden eingelassenen Seen geliebt. Sie waren stets mit warmem Wasser gefüllt gewesen. Ein unterirdischer Fluss speiste sie und sorgte dafür, dass jederzeit sauberes Badewasser zur Verfügung stand. Heutzutage war das Wasser leider kalt und stank ganz leicht nach modriger Erde. Ein Jammer, was aus diesem ehemals prunkvollen Bereich geworden war.

»Strafarbeiter sind nicht besonders interessant«, nahm Nat das Gespräch wieder auf. Über den Verfall des Schlosses nachzudenken stimmte ihn traurig.

Theon antwortete zunächst nicht, sondern polierte verbissen an einer längst blind gewordenen Fliese herum. Nat beobachtete ihn besorgt aus den Augenwinkeln. Wenn sich Theon so verhielt, war meist irgendetwas passiert. Er gab ihm noch fünf Minuten, um von selbst zu antworten. Als nichts kam, packte er Theons wild herumwerkelnde Hände und hielt sie fest.

»Also schön, Bruderherz. Was ist los?«

Theon sah schrecklich aus, das musste Nat zugeben. »Wir müssen mit Shay reden«, erklärte er schlecht gelaunt. »Sie steht kurz davor, unter die ersten hundert Anwärterinnen zu kommen. So geht es nicht weiter.«

Nat gab sich Mühe, nicht allzu triumphierend auszusehen. Das breite Grinsen konnte er jedoch nicht unterdrücken. »Genau das sage ich doch schon die ganze Zeit, alter Mann.« Er knuffte Theon in die Seite, aber der reagierte nicht auf den kumpelhaften Versuch. Stattdessen sah er noch erschöpfter aus. »Das heißt, wir besuchen unser Mädchen bald mal in realer Gestalt?«, hakte Nat nach.

Sofort beschleunigte sich sein Herzschlag. Er hatte sich schon an die tausendmal vorgestellt, Shay persönlich gegenüberzustehen, sie berühren zu können, mit ihr zu sprechen, sie zu riechen. Es war ein Wunsch, der über die Jahre so quälend geworden war, dass er es kaum noch aushalten konnte. Endlich hatte Theon ein Einsehen. Allerdings war sein Bruder keineswegs glücklich darüber.

»Unser Mädchen geht drauf, wenn wir nichts unternehmen«, prophezeite Theon düster und betonte dabei das Wort *unser* besonders süffisant. War ja klar. Theon hasste es, wenn Nat allzu vertraut über Shay sprach. »Also ja, wir wechseln demnächst die Welt. Weißt du überhaupt, wie das geht?«

»Wo denkst du hin? Zum Glück weißt du es garantiert und wirst es mir zeigen können«, sagte Nat gelassen. »Und was sagen wir ihr?« Nat fielen tausend Worte ein, die er mit Shay bereden wollte, doch das waren alles Kleinigkeiten, die ihr nicht das Leben retten würden. Er wollte sich vor allem bei ihr entschuldigen. Für ihr bisheriges Leben, die schlechte Bleibe und vor allem dafür, dass Theon und er sie auf einer fremden Welt ausgesetzt hatten, ohne Erklärung und ohne Familie.

Theon wollte allerdings anderes besprechen als er. Das sah er ihm an der Nasenspitze an. »Wir geben ihr dein Skizzenbuch. Außerdem habe ich ein Schulungsbuch aus der Bibliothek gestohlen. Sie sollte mehr über unsere Welt erfahren und lernen, die Runen zu gebrauchen.«

Nat hob die Brauen und schnaubte. »Du hast etwas gestohlen? Das hätte ich doch tun können. Bist du verrückt geworden? Wofür haben wir schließlich unsere Rollen?«

»Du konntest nicht zur Bibliothek, denn du stehst unter ständiger Beobachtung. Die Lehrer überprüfen ganz genau, wo du steckst, was du machst und wie du dich benimmst. Die wollen dich strafversetzen oder sogar unehrenhaft entlassen. Offenbar hast du einmal zu oft über die Stränge geschlagen. Es tut mir leid. Das hätte ich voraussehen müssen.« Theon ließ die Schultern hängen.

Nat verdrehte daraufhin die Augen, ließ den Putzlappen mit einem Platschen ins Wasser fallen und legte seinem Bruder die nassen Hände auf die Schultern. »Entspann dich bitte. Hättest du alles vorausgesehen, müsste ich dich mit Gott ansprechen, und das wäre mir äußerst unangenehm. Du bist nicht allwissend, gib das endlich zu. Dann ist das Leben viel entspannter. Geh schlafen, und überlass die Probleme deinem jüngeren Bruder. Der verkraftet Schlafmangel besser als du und dreht nicht gleich durch.«

Theon musterte ihn böse, merkte dann aber, dass Nat nur herumalberte. Er boxte ihm spielerisch in die Magengegend und trat einen Schritt zurück, machte sich frei von der Nähe seines Bruders. So viel menschliche Wärme war ihm unangenehm, was Nat nur veranlasste, ihm ständig näher zu kommen, als ihm lieb war.

»Wir haben noch eine weitere Möglichkeit«, sagte Nat plötzlich ernst. »Wir könnten sie zurückholen, nach Amenthes, ins Schloss. Wir könnten ausnahmsweise die Wahrheit sagen, uns entschuldigen und als ganz normale Benu und Duatwächter leben. Das wäre für uns alle garantiert angenehmer. Du könntest deinen wichtigen Posten in Ruhe ausführen, ich könnte mich auf meine Ausbildung konzentrieren, Shay käme aus dem Loch heraus und müsste keine Schmerzen leiden.«

Sie sahen sich an, schweigend. Theon hatte das Für und Wider schon tausendmal abgewogen, genau wie Nat. Bislang hatten sie die Entscheidung stets verschoben, doch mit Shays Frauwerden war alles anders geworden.

»Vor fünf Tagen sind fünfundachtzig Benu gestorben«, sagte Theon langsam. »Achtzehn von ihnen haben in der Festung gelebt. Die Venatoren sind trotzdem an sie herangekommen. Wenn wir Shay hierherholen, wird sie noch mehr in Lebensgefahr sein als jetzt. Wir bilden sie in ihrer Welt aus. Das ist ihre einzige Chance.«

Nat seufzte und gab nach. Theon hatte recht, da gab es nichts zu diskutieren. Außerdem wollte er sie gar nicht unbedingt nach Amenthes holen. Natürlich wäre es einfacher, und er könnte ihr näher sein, doch die Venatoren und die vielen Zwänge als Benu und Duat würden es schwer machen, sie zu beschützen.

»Du musst dich auf deine Prüfungen konzentrieren«, setzte Theon hinzu. Der eindringliche Unterton in seiner Stimme ließ Nat aufhorchen. Sobald der auf diese Weise sprach, wurde es wichtig. »Wenn du durchfällst, wirst du zur Grundwache in die Mienen eingeteilt oder in ein weit entferntes Dörfchen versetzt. Dann wird es richtig kompliziert. Keine Alleingänge mehr, kein arrogantes Frotzeln. Du musst dich benehmen, sonst geraten wir in echte Schwierigkeiten.«

»Wir stecken doch schon unser ganzes Leben in echten Schwierigkeiten«, murmelte Nat und hob abwehrend die Hände, als sich die Miene seines Bruders augenblicklich verdunkelte. »Ist ja gut. Ich hab's verstanden. Wann besuchen wir Shay?«

»Morgen nach deinem Unterricht. Das ist nicht ideal, aber wir können nicht einfach mitten in der Nacht in ihr Zimmer stürmen. Wir fangen sie nach der Schule ab und sprechen mit ihr.«

Nat nickte. »Dann haben wir etwa eine Stunde, bis unser Fehlen entdeckt wird. Das ist wenig Zeit, um ihr sämtliche Geheimnisse dieser Welt zu erklären. Ein Besuch bringt wenig.«

»Deshalb werden wir sie markieren und sie in ihren Träumen unterrichten.«

Nat stöhnte laut auf. Über diese Möglichkeit hatten sie seit Jahren diskutiert. Mithilfe von Träumen zu lernen war äußerst unangenehm, sowohl für Lehrer als auch für Schüler. Man gab dabei mehr über sich preis, als einem lieb war. Er war nicht scharf darauf gewesen, dass Shay versehentlich mitbekam, auf welchen Frauentyp er stand oder was sein Herz höher schlagen ließ. Das war privat.

Er sah aber ein, dass dieser Plan ihre beste Chance war.

»Ich weiß, dass du das nicht willst«, sagte Theon erstaunlich sanft. »Für den Anfang kann ich ihr erst einmal zeigen, was sie wissen muss. Was du ihr zeigst, bleibt dir überlassen.«

»Lass uns erst einmal dieses Gespräch hinter uns bringen«, sagte Nat. »Und jetzt verschwinde. Du lenkst mich ab, und ich muss noch den Abort putzen. Um Shay zu retten, übe ich mich schließlich gerade im Bravsein.«

Kapitel 4

Shay

Sie hatte sich auf die Schultoilette zurückgezogen, um sich die Seele aus dem Leib zu kotzen. Der Unterricht lief noch, aber sie hatte ihn verlassen müssen. Ihr war einfach zu schlecht geworden. Und das ausgerechnet so kurz vor den Abschlussprüfungen. Wie sollte sie gute Noten bekommen, wenn sie nicht lernen konnte?

Stattdessen hockte sie vor einer dreckigen Toilette auf dem versifften Boden und versuchte tief durchzuatmen. Keine gute Idee. Allein der Klogeruch drehte ihr abermals den Magen um. Verdammt! Was war nur los mit ihr? Was war das für eine rätselhafte Krankheit?

Auf keinen Fall wollte sie ihr ganzes Leben unter der selbstgemalten Rune in ihrem Zimmer verbringen. Das war keine Dauerlösung. Müde zog sie sich an der Toilette hoch und setzte sich angezogen, wie sie war, auf die Klobrille. Nach und nach beruhigte sie sich, doch ihr war weiterhin heiß. Vermutlich hatte sie Fieber.

In dieser Sekunde flimmerte die Luft vor ihr. Es sah so aus, als würde sich die Toilettentür in sich zusammenziehen und wie eine Fata Morgana verschwimmen. Ein Summen ertönte, gefolgt von einem Geräusch, das ähnlich klang wie ein Sektkorken, der gegen die Decke knallt.

Und dann stand da ein Typ in ihrer Toilettenkabine. Einfach so. Als hätte ihn die Luft höchstpersönlich ausgespuckt.

Shay quiekte vor Entsetzen und wäre beinahe seitlich vom Sitz gefallen. Auch der Typ erschrak. Er sprang zurück und donnerte so heftig gegen die Tür, dass es krachte. Holz splitterte.

»Beim Feuervogel von Amenthes«, keuchte er. »Shay! Hast du mich erschreckt!«

Shay hätte viel dazu zu sagen gehabt, doch ihr hatte es die Sprache verschlagen. Vor allem, weil sie ihr Gegenüber soeben erkannte. Sie hatte ihn zwar noch nie gesehen, aber jeden Tag gespürt.

»Nat?«, fragte Shay ungläubig und ließ ihre zum abwehrenden Tritt erhobenen Beine wieder sinken.

»Leibhaftig«, bestätigte er. Dann sah er an sich hinunter. »Es ist geglückt. Ich war mir unsicher, ob Theons Plan wirklich funktioniert.« Er klopfte seinen Körper ab, als suche er nach Verletzungen. Zufrieden nickte er. »Alles dran.«

Shay holte tief Atem, versuchte sich zu beruhigen. Vor Schreck schlug ihr Herz noch immer viel zu schnell, und ihr Puls pochte unangenehm am Hals. Aber so langsam verstand sie, was geschehen war.

Nat stand vor ihr. In seiner wahren Gestalt.

Das war … das war … unglaublich! Aber warum war sie dann nicht froh und erleichtert, sondern vor allem wütend? Nein, stinksauer traf es besser!

Ihr Gegenüber bemerkte ihren Gesichtsausdruck und hob beruhigend die Hände. »Jetzt reiß mir nicht gleich den Kopf ab, Shay. Lass uns in Ruhe über alles reden.«

»In Ruhe reden?«, schrie sie und sprang auf. Wie immer brannten bei ihr die Sicherungen durch, sobald sie sich von einem Riesenschrecken erholt hatte. »Du bist gerade wie aus dem Nichts in der Toilettenkabine aufgetaucht und redest mit mir, als wäre das völlig normal. Mal ganz davon abgesehen, dass ein Mann die Intimsphäre einer Dame nicht so rücksichtslos verletzen sollte, materialisieren sich gewöhnliche Menschen nicht aus der Luft! Und erzähl mir nicht, dass alles gut wird. Nichts wird gut.« Sie hob ihr Handgelenk und präsentierte ihr glühend rotes Tattoo, das sich zum dritten Mal an diesem Tag auf ihrer Haut verformte. Die Zahl war noch nicht ganz erkennbar, aber eindeutig nur noch zweistellig. »Ich habe ein sich selbst veränderndes Tattoo mit einem Countdown auf der Haut. Seit Jahren rätsle ich, was das zu bedeuten hat. Seit Jahren starre ich panisch darauf und kämpfe mit meiner aufkommenden Todesangst. Also, Nat, verrat mir endlich, was passiert, wenn die Zahl bei null angekommen ist! Falle ich dann tot um?«

»Nein, aber dann wirst du die Königin meiner Welt.«

Shay starrte ihn an. *Atme*, dachte sie dumpf. *Atme*! Ihr wurde trotzdem schwindelig. Langsam sank sie auf den Toilettensitz zurück. »Königin«, flüsterte sie fassungslos. Dann wurde ihr der Rest des Satzes bewusst. »Deiner Welt? Wie viele Welten gibt es denn?«

»Tausende, aber eigentlich kenne ich nur diese beiden. Sie sind durch einen Weltenriss miteinander verbunden. Ich komme aus Amenthes, einer Welt voller Magie. Um dich von der Thronfolge auszuschließen, haben wir dich auf der Erde in Sicherheit gebracht. Leider ist das fehlgeschlagen. Du bist weiterhin Anwärterin für den Königinnenposten. Das ist unangenehmer, als es klingt, denn die Sache hat einen Haken: Jemand, oder besser gesagt etwas, bringt die möglichen Nachfolgerinnen um. Deswegen zählt dein Tattoo auch rückwärts. Sobald eine ranghöhere Anwärterin stirbt, rückst du dem Thron um einen Platz näher. Und damit meine ich einen deutlich hübscheren Thron als den da.« Er deutete auf die dreckige Toilette hinter ihr.

Shay drehte sich nicht um, sondern starrte Nat einfach nur an. All die Jahre hatte sie gerätselt, was ihr Tattoo zu bedeuten hatte. Sie war sich so sicher gewesen, dass es ihre Lebenszeit symbolisierte. Dass es etwas mit einem Thron und einer Königin zu tun haben könnte ... darauf war sie keine Sekunde lang gekommen.

»Und wer bist du?«, fragte sie ergeben und drückte alle Daumen, dass diese Antwort etwas ermutigender war als die vorherige.

Nat zog einen imaginären Hut und deutete eine Verbeugung an. »Ich bin Nat Shenai, dein Wächter.« Mit Schwung schob er seinen Ärmel hoch und offenbarte an genau der gleichen Stelle, wo Shays Tattoo saß, ein eigenes. Allerdings sah es in Farbe und Form völlig anders aus. Ein wunderschöner, filigraner Vogel war zu erkennen, der regelrecht in Flammen stand. Wenn sie genau hinsah, erkannte sie eine Zahl auf seiner Brust. Es war genau die gleiche, die auch auf ihrem Handgelenk leuchtete.

»Wir sind magisch miteinander verbunden. Unsere Zeichen zeigen immer die gleiche Zahl an. Dadurch sind wir als Wächter und Schützling von Anfang an verknüpft. Sobald sich deine Zahl ändert, geschieht das auch bei mir und meinem Bruder Theon. Der ist nämlich mit von der Partie. Theoretisch sollte auf unseren Tattoos nichts mehr zu sehen sein, immerhin giltst du als tot. Wir verstecken unser Zeichen deshalb so gut es geht und verzaubern sie. Schau!« Nat fuhr sich mit dem Finger über den in Flammen stehenden Vogel und die Zahl auf dessen Brust verblasste. »Ein Taschenspielertrick. Sollte das jedoch die Königin sehen, sind wir überführt. Sie würde unsere Finte sofort durchschauen.«

»Was ist das für ein Wesen? Sieht aus wie ein Phönix.«

»Ja, in eurer Mythologie sagt ihr zu diesen Wesen Phönix. Bei uns heißen sie Feuervögel. Sie sind das Zeichen der Duatkrieger. Sozusagen unser Wappentier. Es steht für die Magie in unserer Welt. Wird unsere Königin zu schwach und zu alt, vergeht sie in einem magischen Feuer, damit eine neue Königin erwachen kann. Wie der Feuervogel. Er wird durch Feuer ebenfalls wiedergeboren.«

»Eure Königin geht in Flammen auf? Wie schrecklich!«

»Nur sinnbildlich. Es gibt eine spektakuläre Übergabe der Magie, in der die alte Königin wirklich zu verbrennen scheint. Sie überlebt. Es sieht schlimmer aus, als es ist.« Nat räusperte sich. »Doch zurück zu uns. Ich bin nicht dein einziger Wächter. Vielmehr sind wir ausnahmsweise zu zweit. Mein Bruder Theon trägt die gleiche Zahl wie du und ich. Seit deiner Geburt beschützen wir dich vor den unbekannten Gefahren, die eine Anwärterschaft auf den Thron einer Königin eben so mit sich bringt. Je nach Betrachtungsweise haben wir unseren Job als Wächter entweder besonders gut oder extrem schlecht gemacht. Eine angehende Benu auf die Erde zu bringen ist jedenfalls recht unorthodox und um ehrlich zu sein höchst illegal. Aber zumindest lebst du noch – was man von etwa dreitausend anderen Anwärterinnen nicht mehr behaupten kann.«

»Dreitausend? Wurden die etwa alle umgebracht?« Shays Stimme quiekte beim letzten Wort besonders hoch.

»Etwa ein Prozent dürfte eines natürlichen Todes gestorben sein, aber der Rest ... ja, der wurde umgebracht.« Nat legte auf seltsame Weise den Kopf schräg, was ihn gleichzeitig niedlich und unheimlich aussehen ließ. Erst jetzt registrierte Shay, wie unglaublich riesig der Mann war. Nat konnte bequem über die Toilettentür hinweglinsen. Trotz seiner Größe wirkte er jedoch freundlich. Zugewandt. Vor allem, weil er gerade sehr zerknirscht aussah. »Mist. Das mit dem Umbringen hätte ich anders formulieren sollen. Theon hätte mich für diesen Satz erwürgt. Er hat mir aufgetragen, es dir schonend beizubringen.«

»Wo ist Theon überhaupt?«, fragte Shay schwach. Tote? Darüber konnte sie gerade nicht nachdenken!

»Der wartet vermutlich außerhalb des Gebäudes. Wir waren uns uneinig, wo wir rauskommen. Zur Sicherheit haben wir uns getrennt. Dass ich dir jedoch so nahe komme, war nicht geplant. Das tut mir ehrlich leid. Aber es gibt auch gute Neuigkeiten. Immerhin warst du schon fertig mit deinem Geschäft. Hätte also schlimmer ausgehen können.«

Shay wusste nicht recht, ob sie lachen oder weinen sollte. Dieser Mann sollte ihr Wächter sein? Derjenige, der für ihr Leben verantwortlich war? Sie konnte einpacken. Als Schatten hatte er definitiv kompetenter und eindrucksvoller gewirkt.

»Du heißt wirklich Nat?«, fragte sie nach einer ganzen Weile. »Ich dachte immer, ich hätte mir diesen Namen für dich ausgedacht.«

»Nein, wir heißen wirklich so. Als du noch klein gewesen bist, haben wir dich im Traum besucht und dir erzählt, wer wir sind. Deswegen hattest du auch nie Angst vor uns. Das meiste hast du vermutlich wieder vergessen oder für Hirngespinste gehalten, aber die Namen sind hängengeblieben. Wollen wir?«

Shay war überfordert von den Informationen und Nats Art, ein Gespräch im Zickzackkurs zu führen. »Wohin?«, fragte sie misstrauisch. Auf keinen Fall würde sie in eine andere magische Welt wechseln, um dort für einen Thron zu kämpfen. Sie mochte zwar ihr Erdenleben als Waise verflucht haben, aber es war wenigstens sicher und bequem. Die ganze Anwärterinnensache roch nach Ärger. Nach sehr viel Ärger.

»Wir gehen zu Theon nach draußen. Der macht sich bestimmt große Sorgen um uns. Außerdem habe ich den Eindruck, mich hier um Kopf und Kragen zu reden. Theon kann so etwas besser als ich – also, das mit dem schonend Beibringen.«

Na, hoffentlich!, dachte Shay. Ergeben stand sie auf und wartete, bis Nat die Tür entriegelt hatte. Solch ein Drehschloss hatte er offenbar noch nie gesehen. Im Licht der Neonröhren erkannte Shay jetzt, dass ihr Wächter recht dunkle Haut hatte. Er trug eine hellblaue Jeans mit Löchern und einen dicken Pullover wie sie. Sogar die Chucks ähnelten ihren Schuhen.

»Sag mal, hast du meinen Kleidungsstil kopiert?«, fragte sie, während sie zum Waschbecken ging und sich den Mund ausspülte. Dass sie kurz zuvor gekotzt hatte, verschwieg sie lieber. Ihr Magen hatte sich zum Glück wieder beruhigt. Wenigstens das.

Nat sah an sich hinunter und zuckte mit den Achseln. »Ich dachte mir, so sehe ich vertrauter aus als mit Kettenhemd und Lederhose.«

Shay spuckte das Wasser in ihrem Mund mit einem Prusten aus und war sich nicht ganz sicher, was sie schlimmer fand: das Kettenhemd oder die Lederhose.

Nat reichte ihr zuvorkommend einige Papiertücher, nachdem er eine Weile gebraucht hatte, um das Spendersystem zu verstehen.

»Du sprichst meine Sprache? Obwohl du aus einer fremden Welt kommst?«, fragte sie.

»Aber sicher. Ich hatte viel Zeit, um sie zu lernen und eure Gepflogenheiten anzunehmen. Die Sprache der Jugend ist mir noch etwas fremd, aber ich übe mich in Coolness, Lässigkeit und dem allgemeinen Duktus deiner Welt. Das treibt Theon allerdings in den Wahnsinn.« Nat grinste breit, was Shay irritierend anziehend fand. Der Kerl hatte was gefährlich Charmantes an sich. Vermutlich stand ihr ein Herzensbrecher gegenüber.

Auch sie konnte sich seiner herzlichen Aura nur schwer entziehen. Seine Augen sprühten vor Energie und Übermut. Eine gefährliche Mischung.

Unwillkürlich ging Shay auf Abstand. Solche Kerle waren ihr von jeher suspekt. Sie waren schwerer zu durchschauen als ihre Pflegemutter.

Shay wollte gerade etwas Spitzes erwidern, als die Tür mit einem Knall aufging und eine Horde Sechstklässler hereinstürmte. Sobald die Mädchen Nat sahen, blieben sie abrupt stehen und rissen die Münder auf.

»Der neue Hausmeister«, stellte ihn Shay geistesgegenwärtig vor. Im Improvisieren war sie eine Meisterin geworden. Nicht auszudenken, wenn die kleinen Quälgeister überall erzählten, dass Shay sich mit einem Mann auf der Damentoilette rumgetrieben hatte. Während des Unterrichts.

Die Mädchen kicherten nervös. Nat zog abermals seinen imaginären Hut und setzte zu einer Verbeugung an, doch Shay zog ihn rasch aus dem Raum. Die Gänge füllten sich bereits bedenklich. Gleich läutete es zur Pause.

»Hör auf, dich zu verbeugen«, zischte sie ihm zu und zerrte ihn hinter sich her zum Ausgang. »Das macht kein Mensch mehr. Und lass das mit dem Hut!«

»Aber ich hab das auf der Straße gesehen und dachte mir, ihr macht das so als Begrüßungsgeste«, protestierte Nat.

»In welchem Jahrhundert war das denn?« Bevor er darauf antworten konnte, hob Shay rasch die Hand. »Nein, bitte! Erklär es mir nicht. Überlass das Theon, sonst bekomme ich von deiner schonenden Art noch einen Herzinfarkt.« Endlich waren sie draußen, und Shay wagte es, aufzuatmen. Zumindest ein bisschen. Bis sie nämlich Theon entdeckte, der auf der anderen Straßenseite auf sie wartete und sich bei ihrem Anblick aufrichtete.

Im Gegensatz zu Nat trug er Kettenhemd und Lederhose, allerdings wirkte er damit keineswegs lächerlich. Eher bedrohlich, martialisch und extrem unheimlich. Wie nicht von dieser Welt.

»Verdammt«, brachte Shay schwach hervor. Sie bemerkte bereits die neugierigen Blicke der Passanten und eilte auf Theon zu.

»Shay«, begrüßte er sie mit erstaunlich sanfter und dunkler Stimme. Er setzte zu einer formvollendeten Verbeugung an, doch Shay ging hastig dazwischen.

»Lass das! Wenn wir nicht von der Polizei kontrolliert werden wollen, sollten wir schnellstens abhauen. Stundenlang vor einer Schule in diesem Outfi… Ist das ein *Schwert*?«

Theon folgte ihrem Blick und nickte. »Selbstverständlich. Ich gehe niemals unbewaffnet in eine fremde Welt.«

»Natürlich nicht«, sagte Shay ironisch. Womit hatte sie das nur verdient? Sie packte beide Brüder an den Ellbogen und zog sie fort von der Straße in eine etwas unbelebtere Gasse. Dort baute sie sich vor ihnen auf. »Ich will Antworten. Sofort. Aber erst müssen wir hier weg. Dafür solltest du deinen Säbel wegpacken und das Kettenhemd ausziehen.«

»Ich hab's dir doch gesagt«, mischte sich Nat ein. »So wie du aussiehst, ist das unüblich.«

»Nat! Schwarze Kapuzenpullis wirken bei einem Hünen wie dir auch nicht gerade vertrauenerweckend«, fauchte Shay. Dann hielt sie unvermittelt inne, schloss die Augen und zählte bis drei. Dabei kämmte sie sich nervös eine Haarsträhne. Ihre Art, sich zu beruhigen. Als sie sie wieder öffnete, stand Theon in einem löchrigen Unterhemd vor ihr. Er hatte sich wirklich und wahrhaftig auf ihr Anraten das Kettenhemd vom Leib gerissen. Seine Brustmuskeln waren beachtlich, genau wie seine vielen Narben. Sie seufzte. »Lassen wir das mit eurer Kleidung. Ihr könntet perfekt angezogen sein, und trotzdem weiß jeder, dass mit euch was nicht stimmt. Theon. Nat meint, du hättest mir etwas zu sagen.«

»Ist dem so?« Theon sah Nat fragend an. »Hast du ihr schon das Grundlegendste erklärt?«

»Hat er, allerdings nicht sonderlich feinfühlig«, antwortete Shay an Nats Stelle. »Ich weiß das von dem Tattoo und der anderen Welt. Die Königinnensache müsstest du mir noch mal genauer erklären.« *Bevor ich schreiend davonlaufe*, fügte Shay in Gedanken hinzu. Die Brüder hatten Glück, dass sie in ihrem Leben schon lange an seltsame Vorkommnisse gewohnt war. Das Tattoo war ein eindeutiges Indiz gewesen, dass es Magie geben musste. Oder dass sie vollkommen durchgeknallt war.

Nachdem sie nun aber sicher war, nicht verrückt zu sein, blieb nur die erste Möglichkeit übrig. Daher hatte sie sich schon seit Jahren auf diesen Moment vorbereitet: Sie hatte sich fest vorgenommen, nicht auszurasten oder durchzudrehen, sondern sich möglichst cool und erwachsen die Erklärungen anzuhören.

Cool und erwachsen sein, dachte sie und straffte sich. Für Panik blieb später noch Zeit.

Theon warf Nat einen strafenden Blick zu, dann verbeugte er sich trotz Shays Protest vor ihr. »Ich bin Theon, dein zweiter Wächter. Es ist mir eine Ehre, dir von Angesicht zu Angesicht gegenüberstehen zu dürfen. Bitte entschuldige, dass wir dich so überfallen, doch die Zeit drängt. Wir dachten, wir hätten dich in Sicherheit gebracht. Ich hatte sogar die Hoffnung, dass du mit deinem Wechsel in diese Welt komplett aus der Thronfolge ausgeschlossen wurdest. Ein Irrtum. Mit dem Erwachen deines Frauseins ...«

»Meines *was*?«, quiekte Shay.

Theon kam kurz aus dem Konzept, fing sich aber wieder. Er sah sie ernst an. »Du hast deine Tage bekommen und damit ist deine Magie erwacht. Und du bist mächtig. Mächtiger, als ich es mir je vorstellen konnte. Leider ist das Echo deiner Macht bis in unsere Welt vorgedrungen. Du bist weiterhin als mögliche Königin vorgesehen, und je weniger Anwärterinnen es gibt, desto mehr schwebst du in Gefahr.«

»Aber was ist diese Gefahr? Wer will mich töten?«

Nat und Theon wechselten einen Blick untereinander. Es war Nat, der schließlich antwortete. »Wir nennen die Wesen Venatoren. Schattenbestien. Keiner weiß, woher sie kommen und warum sie hinter den Anwärterinnen her sind. Es gibt Gerüchte über einen Biestmeister, der die Herrschaft der Benu beenden will. Ein Magier aus dem Volk. Das könnte durchaus sein, denn der Adel ist mit den gemeinen Leuten in den letzten Jahren nicht so besonders sanft umgegangen. Je schlechter es der Welt ging, desto angespannter wurde die Lage. Normalerweise verfügt auch nur der Adel über Magie, doch Ausnahmen bestätigen ja bekanntlich die

Regel. Ob es jedoch diesen Biestmeister gibt oder wer es ist – das weiß niemand. Wir wissen nur, dass die Venatoren eine mörderische Waffe sind. Wenn sie angreifen, dann endet das meist tödlich. Sie sind größer als Wölfe, haben Zähne wie ein Haifisch und Klauen wie ein Adler. Wir vermuten, dass sie in dieser Welt zunächst als Schatten auftauchen werden, ganz ähnlich wie wir bis vor Kurzem. Doch dabei wird es nicht bleiben. Sie werden in ihrer realen Gestalt auf die Erde kommen. Wenn das passiert, musst du vorbereitet sein.«

»Vorbereitet? Aber wie?«

»Wir werden dich ausbilden. Du musst lernen, mit deiner Magie umzugehen. Sonst bist du so gut wie tot.« Für die letzte Feinfühligkeit steckte Nat einen Knuff seines Bruders ein, zog aber ungerührt ein zerfleddertes Büchlein hervor und drückte es ihr in die Hand. »Das hier sind meine Aufzeichnungen über die Ausbildung der Benu.«

»Benu?«

»Das sind die Anwärterinnen für den Thron. Die Magie von Amenthes ist kompliziert zu handhaben. Es ist eine lange Ausbildung, um sie zu beherrschen. Als Königin trägst du große Verantwortung und giltst als die beste Magierin unserer Welt. Die meisten Benu werden auf ihre Aufgabe vorbereitet, sobald sie sechs Jahre alt sind. Du hinkst ein paar Jahre hinterher.«

»Nur kein Druck«, brummte Shay missmutig. Sie blätterte durch das Buch, und ihre Augen wurden riesig. »Sind das Tanzschritte?«

»Ja. Magie wird durch Körperhaltung gerufen und durch bestimmte Bewegungsabläufe in Form gewandelt. Deshalb habe ich hier auch eine Übersicht mit weiteren Körperübungen für dich. Ich hatte immer gehofft, dass unsere Vorbereitungen nie zum Einsatz kommen müssen, bin jetzt aber doppelt so froh, dass wir darauf zurückgreifen können«, mischte sich Theon ein. In seinen Händen hielt er ein Blatt Papier, das verdächtig nach einem Wochenplan aussah.

Als Shay begriff, was dort stand, hatte sie Mühe, an sich zu halten. »Ich soll einen Tanzkurs belegen? Ballett? Plus Kampfsport? Bogenschießen? Ist das euer Ernst? Autogenes Training lasse ich mir ja noch gefallen, aber ... was zur Hölle ist Schattenboxen? Und wer soll das alles bezahlen? Ich muss arbeiten, um mir meinen täglichen Kaffee beim Bäcker leisten zu können.«

Sie kämpfte gegen die aufsteigende Panik an, vergeblich. Erst jetzt wurde ihr wirklich bewusst, was Nat und Theon von ihr wollten. Das hier war nicht nur ein netter Besuch ihrer Schatten. Sie machten ihr deutlich, dass ihr altes Leben der Vergangenheit angehörte. Dass sie sich vorbereiten mussten. Für einen Kampf, den sie womöglich verloren. Nein. Nicht womöglich. Mit hoher Wahrscheinlichkeit!

»Du bekommst Einzelstunden bei den besten Lehrmeistern weit und breit. Wir bezahlen seit Jahren ein Vermögen, damit sie dir diese Stunden freihalten. Vermutlich werden sie dich ausfragen, weil unsere Vorgehensweise äußerst mysteriös auf sie wirken muss. Ignorier solche Erkundigungen. Um das Gold musst du dir keine Sorgen machen. Wir zahlen für dich. Du musst nur hingehen.«

»Nur?«, rief Shay und blieb in Gedanken beim Gold hängen. Gold? Hoffentlich meinte Theon Geld! »Hast du mich mal angesehen? Ich bin total unsportlich! Ich bin nie in einem Sportverein gewesen, habe von Körperbeherrschung keine Ahnung und lese lieber ein gutes Buch, als zu schwitzen. Mich stören meine zusätzlichen Kilo auf den Rippen nicht, und ich habe auch nicht vor, mich von einem masochistischen Trainer vermöbeln zu lassen.«

»Du hast keine Wahl«, sagte Theon ruhig. »Entweder das, oder du wirst diesen Monat nicht überleben.«

»Theon! Ich dachte, wir gehen behutsam vor. Stellst du dir das darunter vor?«, beschwerte sich Nat.

»Sie muss begreifen, was auf dem Spiel steht. Shay! Wir haben dich für viele Jahre in Sicherheit gebracht und fest daran geglaubt, dass das gereicht hat. Wir haben uns geirrt. Das tut mir sehr leid, weil du nun darunter zu leiden hast. Wir hätten dich schon viel eher vorbereiten sollen. Jetzt läuft uns die Zeit davon.«

»Aber ich muss arbeiten. Mich auf die Schule vorbereiten. Und was sage ich meiner Pflegemutter, wohin ich immer verschwinde? Wie bezahlt ihr denn die ganzen Kurse?«

»Diese Körperertüchtigungen werden jetzt deine neue Arbeit sein. Mach dir keine Sorgen, was das Gold angeht. Es wird nicht versiegen. Die Schule musst du etwas schleifen lassen. Du wirst ohnehin keine Zeit haben, jemals eine Arbeitsstelle in dieser Menschenwelt anzutreten. Amenthes ist deine Zukunft. Oder dein Tod.«

Shays Beine begannen zu zittern. So heftig, dass sie nicht mehr stehenbleiben konnte. Sie sackte in sich zusammen und wurde umgehen von beiden Brüdern aufgefangen.

»Das hat sie umgehauen«, stellte Nat fest. »Sanftes Vorgehen sieht definitiv anders aus. Shay, mach dir keine Sorgen. Wir begleiten dich bei deinem Weg und helfen dir.«

»Könnt ihr euch mich als Ballerina vorstellen?«, hauchte Shay und bekam allein beim Gedanken an ein Tütü Gänsehaut. »Oder mit einem Schwert in meinen Händen? Das ist völlig absurd.«

Theon hockte sich vor sie hin und sah sie fest an. »Das ist noch nicht alles. Nat wird dich nachhause bringen und dir heimlich aufs Zimmer folgen. Er wird dir zeigen, wie wir dich zukünftig im Schlaf unterrichten werden. Das geht am Anfang am besten, indem man sich berührt. Später müssen wir nicht mehr in unserer realen Gestalt hierherkommen, um mit dir Kontakt aufzunehmen. Die Schattengestalten werden reichen. Es ist sehr gefährlich für uns, persönlich auf der Erde zu wandeln. Ich muss zurück, damit unser Fortbleiben nicht auffällt. Nat steht dir noch eine Zeit lang bei.

Shay! Es ist wichtig, dass du uns hilfst. Wenn du dich gegen uns sperrst, können wir dich nicht schützen. Du wirst sterben. Vielleicht nicht heute, aber spätestens im nächsten Monat. Die Venatoren haben dich entdeckt und deine Spur aufgenommen. Ich versuche deinen magischen Abdruck zu verschleiern, aber früher oder später musst du nach Amenthes ins Schloss zurückkommen. Dort können wir dich besser schützen als hier. In unserer Schattengestalt sind wir hilflos. Finden die Venatoren dich auf der Erde, ist alles verloren. Mit deinem Wissensstand wirst du jedoch auf Amenthes nicht lange überleben. Die Ausbildung einer Benu ist hart, und so manche hat es nicht überlebt, vom Konkurrenzkampf untereinander ganz zu schweigen. Du musst die Grundlagen beherrschen, damit wir dich zu uns holen können. Also flehe ich dich an: Arbeite an dir!«

Shay konnte lediglich schwach nicken. Sie hatte Theon zwar gehört, doch seine Worte waren nicht bis in ihr Innerstes gedrungen. Ihr Verstand weigerte sich, das Unfassbare zu akzeptieren.

Sie musste eine Königin werden. Oder sterben.

Nat

Er litt stumm mit Shay. Sie so blass und elend zu sehen, berührte ihn. Sein Beschützerinstinkt begehrte auf, doch er unterdrückte das Gefühl mit Macht. Ihm blieb nichts anderes übrig, als für sie da zu sein.

»Du musst zurück«, drängte er seinen Bruder. »Die suchen bestimmt schon nach dir!«

Theon und er wechselten einen Blick, der alles sagte. Ihnen war in den letzten Tagen immer klarer geworden, auf was für dünnes Eis sie sich begaben. Die Königin beobachtete sie und ließ sie beschatten. Es gab ein Gerücht. Ein schlimmes Gerücht.

Da Theon und Nat häufig abwesend waren, galten sie als unzuverlässig. Man munkelte, sie würden etwas planen. Eine Rebellion? Einen Ausstieg von den Duat? Das käme einem Frevel gleich und wurde hart bestraft. Auf Fahnenflucht stand die Todesstrafe.

Sie mussten unbedingt wieder unauffälliger handeln und die Königin beruhigen. Das war nur leider schwierig, wenn sie gleichzeitig das größte Geheimnis ihrer Welt hüteten. Eine Benu auf der Erde zu verstecken war vermutlich sogar noch schlimmer, als Fahnenflucht je sein konnte.

Theon lächelte Shay beruhigend an. »Du sollst wissen, was für eine Ehre es für mich ist, dein Wächter zu sein. Auf dir ruhen unsere ganzen Hoffnungen.«

»Ich wiederhole mich gerne in dem Punkt: Nur kein Druck«, murmelte Shay.

Theon winkte ihnen noch einmal zu und lief los. Sein Ziel war der Weltenriss etwa eine Meile von hier entfernt. Nat hoffte sehr, dass er den Übergang auch allein gut bewältigen konnte. Ohne Begleitung in eine andere Welt zu springen war noch gefährlicher, als es zu zweit zu versuchen.

Shay sah Theon hinterher und seufzte laut. »Unauffällig ist jedenfalls definitiv nicht sein zweiter Vorname. Hoffentlich wird er nicht verhaftet. Und was machen wir zwei jetzt?«

»Wir gehen zu dir nach Hause, um zu trainieren.«

»Wir gehen? Das ist viel zu weit. Bist du schon mal Bus gefahren?«

Nat schüttelte den Kopf und gab sich betont ungerührt. Natürlich kannte er Shays Welt ziemlich gut. Als Schatten hatte er viel Zeit damit verbracht, sie zu studieren. Etwas nur zu sehen oder zu erleben war jedoch ein gewaltiger Unterschied. Daher freute er sich in Wirklichkeit wie ein kleines Kind auf die Busfahrt, wollte dies aber nicht zugeben.

Shay maß ihn mit einem seltsamen Blick. Hatte sie ihn durchschaut?

»Du musst die Kapuze abnehmen, damit du nicht mehr so unheimlich wirkst. Was trägst du da überhaupt über den Schultern? Ist das eine Golftasche?«

»Keine Ahnung. Das war das einzige Behältnis in der passenden Größe, das ich auf die Schnelle auftreiben konnte. Mein Schwert passt da sehr gut rein.«

»Das ... hab ich jetzt einfach nicht gehört. Komm mit.«

Nat folgte Shay rasch und konnte sein Glück kaum fassen. Endlich konnte er mit ihr reden und sich erklären, sich entschuldigen und alles ins Reine bringen. Zunächst musste er allerdings seinen viel zu schnellen Herzschlag unter Kontrolle bringen. Shay so nahe zu sein löste mehr Emotionen in ihm aus, als er je erwartet hatte. Erleichterung, Glück, Faszination – und vor allem dieses verräterische, völlig unpassende Kribbeln in seinem Magen. Die Anziehung zu ihr war in seiner realen Gestalt noch viel deutlicher zu spüren. Er musste aufpassen, was er sagte und tat, um sich nicht zu blamieren. Und um seine aufwallenden Gefühle zu verbergen.

»Ich werde Ärger bekommen, weil ich ohne Abmeldung vom Unterricht ferngeblieben bin«, überlegte Shay. Sie holte das hervor, was sie als Handy bezeichnete, und tippte darauf herum. »Ich rufe im Sekretariat an und sage, ich sei so krank, dass ich direkt gehen musste.«

Bei dem Satz musterte Nat sie eingehender. Sie war bleich, und mit den Schatten unter den Augen wirkte ihr Gesicht ausgesprochen düster. Der müde Ausdruck in ihren Augen kam vermutlich nicht nur davon, dass sie von den Neuigkeiten schockiert war. Er wartete ab, bis sie ihr Gespräch beendet hatte, dann hielt er sie mit einem Handwink auf. »Ist dein Körper noch immer in Aufruhr?«

»In Aufruhr? Mir ist hundeelend. Ich muss mich schwer zusammenreißen, um dir nicht auf die Füße zu kotzen. Allein der Gedanke an mein Bett und die Rune darüber hält mich aufrecht.«

Das waren keine guten Neuigkeiten, doch Nat hütete sich, seine Erkenntnis laut auszusprechen. Es gab Dinge, die musste Shay nicht wissen. Dass sie weiterhin derart unter dem Erwachen ihrer Magie litt, bedeutete eins: Sie war magischer als gedacht und mächtiger als befürchtet. Sie mussten sie dringend ausbilden, sonst endete das alles in einer Katastrophe.

Shay führte ihn zu einer Straßenecke mit einem durchsichtigen Kasten und einem Schild davor. Nat wusste, dass damit eine Bushaltestelle gekennzeichnet wurde. Dann warteten sie. Schweigend.

Nat fühlte sich von einem Moment auf den anderen unwohl. Eigentlich hatte er sich die erste längere Kennenlernzeit ganz anders ausgemalt. Er hatte mit einer angeregten Unterhaltung gerechnet, immerhin gab es genügend Gesprächsstoff. Doch Shay signalisierte ihm deutlich, dass sie derzeit kein Interesse an einem Austausch hatte.

»Kannst du bitte aufhören, mir ständig diese Blicke zuzuwerfen?«, fragte sie unvermittelt.

»Welche Blicke?«

»Du musterst mich die ganze Zeit von der Seite und bist so angespannt wie ein Flitzebogen. Als hättest du Angst, dass ich jeden Moment schreiend davonlaufe und du mich einfangen musst.«

»So unwahrscheinlich ist das gar nicht.«

»Dann kennst du mich schlecht. Im Übrigen geht es mir gerade viel zu schlecht, um abzuhauen. Da kommt unser Bus.«

Das große Gefährt hielt mit einem Quietschen neben ihnen an. Nat ließ Shay vorausgehen, um ihr Verhalten imitieren zu können. Sie zeigte dem Fahrer ihre Karte und bezahlte für Nat. Er ging mit einer leichten Verbeugung an dem Mann vorbei und setzte sich neben Shay auf den Sitz. Die starrte ihn böse an.

»Keine Verbeugungen mehr!«

»Wie grüßt ihr denn sonst?«

»Wir nicken oder ignorieren uns.«

»Eine seltsame Welt.«

Als der Bus mit einem Ruck anfuhr, beschleunigte sich Nats Herzschlag. Er war schon in Hunderten gefährlichen Situationen gewesen und hatte stets die Nerven behalten. Eine Busfahrt war trotzdem etwas anderes. Die Welt huschte so schnell an ihm vorüber, wie kein Pferd galoppieren konnte. Der Ritt auf einem Feuervogel war vielleicht noch vergleichbar und ähnlich ruckelnd.

Wegen der Busfahrt vergaß er beinahe, über Shays Nähe aufgeregt zu sein. Er reckte den Hals, um die Gegend genauer sehen zu können. Als Schattengestalt konnte er nur von einem Raum in den nächsten springen. Daher kannte er Shays Welt lediglich durch den Blick durch eine Fensterscheibe.

Sie war ... erstaunlich grau.

»Wo sind denn eure Wiesen? Wo die Wälder? Die Pferde und Kühe?«

»Du bist hier in der Innenstadt einer Weltmetropole. Wenn du Pferde sehen möchtest, musst du zum Hauptbahnhof. Da stehen ein paar Kutschen für die Touristen. Ansonsten ist das hier das Einzige, was wir an Natur bieten zu haben.« Shay deutete auf etliche von grauem Stein umgebene Bäume am Rand des Weges. »Aber keine Sorge. Gleich wird es besser. Wir müssen nur den Außenbereich erreichen. Da bekommst du dann deine Wiesen zu sehen.«

»Wir sind schon mal in deiner Welt gewesen, als du zehn Jahre alt gewesen bist«, sagte Nat.

»Nicht so laut! Sonst hält man uns für komplett verrückt. Wenn ihr schon mal hier gewesen seid, musst du doch wissen, wie meine Welt aussieht.«

»Damals waren wir in einer Stadt, die viel grüner war. Wir haben da Geld organisiert. Theon plant gerne für die Zukunft.«

»Wie *organisiert* man denn bitte Geld?« Shay riss die Augen auf. »Sagt nicht, ihr habt eine Bank überfallen!«

»Nein. Wir haben gespielt. Theon hatte das in seiner Schattengestalt in dem Kasten gesehen, den ihr Fernseher nennt. Dort wurde dafür geworben, auf schnelle Art und Weise sehr reich werden zu können. Mit einem Glücksspiel.«

»Ihr seid im Casino gewesen?«

»Nicht in *einem* Casino. In etwa fünfzig. So lange, bis wir genug Geld zusammen hatten.«

»Fünfzig Casinos?« Shay senkte die Stimme. »Was habt ihr denn da gemacht?«

»Karten gespielt. Besser gesagt, hat Theon gespielt, und ich war in meiner Schattengestalt mit dabei. In unserer Welt nennen wir das Spiel Duellieren, hier sagt ihr dazu Poker. Wir haben gemogelt, um schnell reich zu werden. In meiner Schattengestalt habe ich mich um die Spieltische herumgetrieben und mir die Karten seiner Gegner angesehen. Wenn Theon aussteigen musste, habe ich ihm auf die rechte Schulter getippt. Wenn er weiterspielen sollte, auf die linke. Uns in der Schattengestalt zu verständigen und ungesehen zu bleiben ist schwierig, doch es funktionierte erstaunlich gut.«

»Das ist Betrug!«

»Hat ja keiner gemerkt und wir brauchen das Geld, um dein Training zu bezahlen. Also alles für einen guten Zweck.«

»Wie viel habt ihr denn zusammenbekommen?«

»Erspielt haben wir etwa eine halbe Million, aber Theon hat das dann investiert. Wie genau er das gemacht hat, müsstest du ihn fragen.«

»Ich glaube, ich will die Antwort gar nicht wissen.«

Nat lachte leise in sich hinein. »Nein, vermutlich nicht.«

»Eine halbe Million? Ich ... ach, vergiss es.« Shay starrte ihn mit einem absolut fassungslosen Gesichtsausdruck an.

Jetzt dreht sie durch, dachte Nat, doch stattdessen stand sie unvermittelt auf. »Wir müssen hier aussteigen.«

Nat folgte Shay aus dem Bus und sah sich neugierig um. Hier wohnte sie? Das Gebäude wirkte von außen sogar noch schlimmer, als er vom Eindruck ihres Zimmers her vermutet hätte.

»Es tut mir leid, dass wir dir kein besseres Zuhause organisieren konnten«, meinte er entschuldigend. »Wir dachten, mit deinen ersten Adoptiveltern hättest du es gut getroffen. Ein Baby adoptiert doch jeder gern!«

»Bloß war ich ein Baby, in dessen Nähe Glas zersprang, das mit unsichtbaren Wesen gebrabbelt hat und ein sich selbst entwickelndes Tattoo auf dem Handgelenk besaß. Dass sie nicht den Exorzisten oder die Kavallerie gerufen haben, war pures Glück.«

Nat hielt Shay auf, indem er ihr kurz die Hand auf den Arm legte. Ihre Reaktion darauf tat ihm in der Seele weh. Sie zog ihn zurück, als hätte sie sich verbrannt. Ein eindeutiges Signal an ihn. Nicht anfassen.

»Wir wollten für immer auf die Erde kommen, um für dich zu sorgen. Allerdings waren wir selbst noch Kinder. Wir mussten erst unsere Ausbildungen beenden, um dich schützen zu können. Es tut mir leid, dass wir dich im Stich gelassen haben.«

Shay winkte ab. »Ihr wart immer da. Das habe ich stets gewusst und es hat mich angetrieben. Du musst dich nicht entschuldigen. Trotzdem danke. Ich bin froh, dass ihr euch endlich zeigt.«

Nat wollte Shay nur zu gerne in den Arm nehmen, aber er spürte, dass sie das nicht zugelassen hätte. Also bezwang er seinen Drang und bemühte sich um eine lässige Haltung. »Dann wollen wir dich Trantüte mal ausbilden. Du hast lange genug gefaulenzt.«

Shay warf ihm einen Blick zu, der ihn sofort beunruhigte. Er machte klar, dass sie momentan nicht zu Scherzen aufgelegt war. Dazu war die Situation für sie zu ernst. »Meine Eltern«, platzte sie plötzlich heraus. »Leben sie noch?«

Auch das noch. Er hatte gehofft, dass sie das Thema erst später anschneiden würde. »Sie sind gestorben, Shay«, sagte Nat möglichst ruhig.

»Wie?«

»An dem Tag, an dem wir dich auf die Erde, nach Eatu, gebracht haben. Wollen wir das nicht lieber drinnen besprechen? Unter der Rune? Du siehst aus, als würdest du gleich zusammenbrechen.«

»Was ist mit meinen Eltern geschehen?«, hakte Shay unbarmherzig nach. Sie zitterte jetzt sogar.

Ach, verdammt, dachte Nat. Das lief wirklich nicht so, wie er sich das vorgestellt hatte. »Sie starben bei einem Angriff der Venatoren, die Schattenwesen, die Jagd auf die Königinnenanwärterinnen machen. Dein Vater war ein Duatkrieger, so wie ich. Deine Mutter eine Benu, wie du. Sie stand im Rang weit hinter dir und war schrecklich stolz auf dich. Ich hatte dich gerade auf dem Arm, als es passierte.«

»Wie alt warst du da?«

»Fünf. Du bist gerade ein Jahr alt geworden. Wir waren auf einem Ball der Königin, als die Venatoren einfielen. Es war schrecklich. Deine Eltern starben. Theon und ich konnten nur dich in Sicherheit bringen.«

Er ließ unerwähnt, dass auch seine Mutter und sein Vater an jenem verhängnisvollen Abend ums Leben gekommen waren. Vielleicht war es doch gut, dass er die Geschichte erzählen musste. Für Theon war dieser Ball noch immer der Anlass zu zahlreichen Albträumen. Er sprach nie darüber, vor allem, weil er sich noch immer die Schuld am Tod seines Vaters gab.

Shay hatte offenbar bemerkt, dass er vieles verschwiegen hatte. Sie musterte ihn eindringlich. »Du wirst es mir eines Tages in allen Einzelheiten erzählen. Zunächst sollten wir aber reingehen.«

Nat nickte erleichtert und machte eine halbe Verbeugung, bevor ihm einfiel, dass er das unterlassen sollte. »Nach dir. Geh einfach ganz normal durchs Haus und beachte mich nicht. Ich bin ein Meister darin, ungesehen überall hinzukommen. Keine Sorge. Deine furchtbare Pflegemutter wird nicht mal einen Hauch von mir zu sehen bekommen. Also los!«

Er folgte Shay auf lautlosen Sohlen durch den Flur. Im Haus war es seltsam still. Die anderen Pflegekinder waren noch in der Schule. Aus der Küche drang dichter Zigarettenqualm und es roch nach altem Kaffee. Nat erhaschte einen kurzen Blick auf eine alte Frau, die zusammengesunken am Küchentisch hockte und ein Kreuzworträtsel löste. Wut stieg in ihm auf. Er hätte sie gerne zur Rede gestellt und sie gefragt, warum sie sich nicht besser um Shay kümmerte.

Als er an ihrer Tür vorüberging, stockte er kurz im Schritt. Er meinte einen Hauch Magie erhascht zu haben. Dann fiel sein Blick auf ein Symbol im Flur, und er entspannte sich. Auf Eatu wandten die Menschen häufig magische Zeichen an, ohne es zu wissen. Dieses hier hielt ungebetene Besucher davon ab, das Zimmer zu betreten. Vermutlich wusste die Pflegemutter nicht einmal, dass sie dadurch Herdmagie verwendete. Die Menschen auf Eatu hatten verlernt, das Wispern der Runen zu vernehmen.

Er berührte die Rune, um sich als Freund zu erkennen zu geben. Dann folgte er seinem Schützling.

Shay war bereits oben angekommen und drehte sich auf dem Treppenabsatz zu ihm um, legte die Finger auf die Lippen. Er nickte ihr zu und huschte hinterher. Sie hielt ihm die Tür zu ihrem Zimmer auf und schloss sie geräuschlos.

»Wir können nur flüstern«, raunte sie. »Sonst hört uns meine Pflegemutter.«

»Ist nicht schlimm. Setz dich schon mal auf dein Bett. Ich hole schnell etwas zum Schreiben.« Auf ihrem Schreibtisch kannte sich Nat besser aus als in seinem eigenen Raum. Er kramte einen Stift aus der Schublade, riss ein Papier vom Block, nahm den nach kurzem Zögern gleich mit und trug den Schreibtischstuhl zum Bett. Shay saß bereits auf der Matratze und sah ihn aus großen Augen an.

Nat setzte sich zunächst und zeichnete schwungvoll eine Rune mit drei Schnörkeln oben und unten auf das lose Blatt. Dann hielt er es ihr entgegen. »Die Magie von Amenthes wird durch Bewegungen gewoben. In den meisten Fällen wird sie getanzt, ab und zu auch gezeichnet. Schwächere Zauber werden durch Handbewegungen hervorgerufen. Runen, die immer wieder vorkommen, kann man sich auch auf die Haut tätowieren lassen, um sie einfacher nachfahren zu können.« Er schob seinen Ärmel hoch und zeigte ihr seinen eng mit Zeichnungen bedeckten Arm. Dabei achtete er sorgsam darauf, ihr den magischen Feuervogel nicht erneut zu zeigen. Er war das mächtigste Symbol seiner Welt und entsprechend magisch. Für Shay war er vermutlich schrecklich unheimlich.

»Das hier ist eine einfache Schutzrune. Sie verbirgt mich für etwa fünf Minuten vor einem magischen Angriff. Ich muss die Linien nur mit dem Finger abfahren, um sie zu aktivieren. Hier siehst du eine Linie für Kraft. Sie ist nicht sonderlich wirksam. Ich vermute, sie ist eher für die Psyche gedacht, als dass sie wirklich Kraft entfaltet. Die für Konzentration hat mir Theon verpasst, damit ich ihm endlich länger als drei Minuten zuhöre, und diese hier ist für das Unterrichten in Träumen.«

»Das ist die, die du gezeichnet hast«, stellte Shay fest.

»Ganz genau. Lehrer und Schüler müssen sich dazu einladen, indem einer von beiden die Rune nachfährt und die persönlichen Zeichen von beiden hinzufügt. Die Zeichen sind wie bei euch die Steueridentifikationsnummer.« Nat gluckste in sich hinein, als er an Theons Bemühungen dachte, das gewonnene Geld ohne Identität anlegen zu wollen. »Wir mussten sehr schnell herausfinden, dass man ohne diese komplizierte Nummer auf der Erde nicht weit kommt. Anders als beim Finanzamt darfst du dir dein Zeichen selbst aussuchen. Meines ist das hier.« Er hielt Zeige- und Mittelfinger in die Höhe und spreizte sie auseinander.

»Wir nennen das das ›Peace‹-Zeichen«, kommentierte Shay trocken.

»Ja, ich habe es bei euch schon häufiger gesehen und fühlte mich immer direkt willkommen, obwohl ich nicht zu sehen war.« Nat grinste breit. Dann ballte er die Finger zur Faust und drehte sie um. Dabei spreizte er den rechten Daumen ab. »Das ist deins. Es tut mir leid, dass wir dir ohne Absprache ein Zeichen gegeben haben, aber die Zeit drängte. Du hast damals ständig am Daumen genuckelt, daher fanden wir das Symbol ganz passend. Mach es mal nach.«

Shay tat wie geheißen und riss erstaunt die Augen auf. »Das fühlt sich vertraut an.«

»Ist es auch. In deiner Kindheit haben wir es dir beigebracht, damit wir ab und zu mit dir sprechen konnten. Leider hast du es irgendwann vergessen oder für ein Hirngespinst gehalten und dich nicht mehr locken lassen.«

»Unglaublich.« Shay wiederholte ihr Zeichen einige Male und probierte anschließend auch das von Nat aus. Sie lächelte. »Auch das kenne ich gut. Und Theon?«

Nat hielt die Hände als Fäuste gegeneinander und zog sie auseinander. »Er hat das Zeichen unseres Vaters abgewandelt. Ich finde, es passt ziemlich gut zu ihm. Sein Herz will auch grundsätzlich in unterschiedliche Richtungen. Gut. Dann leg dich mal hin, fahr mit den Fingern die Rune ab, mach dein Zeichen, danach meins und schließ die Augen. Der Startpunkt bei der Rune ist an dieser Stelle. Und entspann dich. Das ist ganz wichtig.«

»Wie soll ich mich denn entspannen, wenn ich drauf und dran bin, Magie zu wirken? Am liebsten würde ich schreiend davonlaufen.«

»Ich bin dir sehr dankbar, dass du das nicht tust. Keine Sorge. Das Manöver hast du schon mit drei Jahren beherrscht. Du hast es nur vergessen. Die Erinnerung kommt bestimmt zurück, sobald du es ausprobiert hast.«

Shay wirkte noch immer äußerst skeptisch, legte sich aber immerhin auf den Rücken und malte halbherzig die Rune mit dem Finger nach.

»Flüssiger. Das war zu krakelig.«

»Hör auf zu stressen. Du machst mich ganz nervös, wenn du mich so anstarrst.«

Nat ignorierte Shays Einwand. »Noch mal«, sagte er und kam sich dabei ein wenig wie Theon vor.

Shay brauchte zwanzig Anläufe, um die Rune flüssig genug nachzeichnen zu können. Kein gutes Zeichen. Sie hatte viel von ihrem kindlichen Enthusiasmus verloren.

»Du gehst zu verkopft an die Aufgabe heran. Magie muss man fühlen, sonst versteckt sie sich. Du lockst sie mit dem Zeichen heran und formst sie gemeinsam mit ihr. Im Moment bist du ihr eher suspekt.«

»Das beruht auf Gegenseitigkeit. Was passiert denn überhaupt, wenn ich alles richtig auf die Reihe bekommen habe?«

»Dann solltest du deine Gedanken und Gefühle verstecken, weil ich sie direkt spüren kann. Die Gefühlswelt wird eins und … ach, ich zeig es dir einfach. Du wirst schon sehen!«

Als es glückte, war Nat völlig überrumpelt. Sie führten zeitgleich die Handbewegungen aus, und er spürte den vertrauten Sog, der ihn in die seltsame Welt zwischen den Welten führte. Zu sehen war nichts, dafür umso mehr zu spüren und zu hören.

Shay war unfassbar laut. Ihre Gefühle, Empfindungen und Ängste prasselten wie ein einziger Strom auf ihn ein und formten einen Schrei, der ihm in den Ohren dröhnte. Erst jetzt wurde Nat klar, wie es in Shay wirklich aussah. Sie war in Panik und hatte Angst. Todesangst.

Sie schrie. So laut sie konnte. Nat brauchte einige Sekunden, um die Worte zu verstehen. Sofort zog sich sein Magen vor Schreck zusammen. Sie schrie um Hilfe. Immer und immer wieder.

Nat hielt die Situation etwa fünf Sekunden aus, dann brach er ab. Zum Glück. Als er in Shays Gesicht sah, war sie noch bleicher als zuvor und schweißgebadet.

»Das war das Schlimmste, was ich je gemacht habe«, brachte sie schwach hervor. Tränen schimmerten in ihren Augen.

Nat war drauf und dran, seine Hand auf ihren Unterarm zu legen, hielt sich aber in letzter Sekunde selbst auf. Er hatte den Eindruck, Shay schon ewig zu kennen. Sie zum Trost zu berühren war für ihn selbstverständlich. Sie hingegen sah das eindeutig anders. Für sie war Nat ein unheimlicher Fremder. Das durfte er nie vergessen.

»Es ist ungewohnt«, gab er zu. »Aber man gewöhnt sich dran.«

»Es fühlt sich an wie lebendig begraben!«

»Ansichtssache. Ich mag die Zwischenwelt. Sie ist wie ein warmer Kokon, in den man sich einkuscheln kann. Alles wirkt dumpfer und weniger dramatisch.«

»Ich ... ich habe dich gespürt. Du warst da.«

Nat nickte. »Wenn wir noch etwas länger geblieben wären, hätte ich dich angesprochen. Dadurch bekommt man sofort eine Orientierung, und es fühlt sich nicht mehr so fremd an. Allerdings musste ich abbrechen. Du ...« Nat schauderte, sobald er an das Gefühl dachte, das ihn überschwemmt hatte. Er hatte sich Sorgen gemacht, dass Shay zu viel über seine Emotionen erfahren konnte? Das Gegenteil war der Fall gewesen.

Er atmete tief durch und wünschte sich nicht zum ersten Mal seinen Bruder herbei. Theon wäre mit mehr Abstand vorgegangen. Nicht so gefühlsbetont. Aber Theon war nicht hier, also musste Nat die Aufgabe erfüllen.

»Shay«, sagte er langsam und möglichst deutlich. »Wir werden dir nichts tun. Wir sind keine Feinde, sondern Freunde. Deine Wächter. Wir sind dazu da, um dich zu retten. Momentan schwebst du auch nicht in Todesgefahr. Wir haben alles im Griff. Mach dir keine Sorgen.«

Jetzt rollte tatsächlich eine Träne über Shays Wange. »Es ist alles so unwirklich.«

Nat konnte nicht anders. Ganz spontan wollte er sie in die Arme nehmen. Sie an sich drücken und ihr damit sagen, dass sie nicht allein war. Dass Theon und er auf sie aufpassten.

Shay quiekte, als sie erkannte, was er vorhatte. Sie schlug nach ihm und verfehlte ihn eher zufällig. »Was soll das denn werden?«

»Ich will dich trösten.«

»Hör auf damit! Ich will keinen Trost. Ich will, dass alles wieder so wird wie vor einer Woche.«

»Aber das wird nicht geschehen, und je schneller du das verstehst, desto eher kannst du nach vorne schauen. Shay! Wir haben keine Zeit für Zweifel. Du musst stark sein. Außerdem hat das Ganze doch auch seine guten Seiten.«

»Die wären?«

»Du bist nicht mehr allein. Du hast jetzt uns an deiner Seite. Wir mögen zwar Chaos in dein Leben bringen, aber eins verspreche ich dir: Du bist nicht mehr allein. Wir schaffen das zusammen. Darf ich dich jetzt umarmen?«

»Warum?«

»Weil es guttut. Weil es auch deinem Körper zeigen wird, dass du nicht allein bist, und weil ich das jetzt brauche. Du hast mir einen Mordsschrecken eingejagt. Dein Schrei klingelt noch immer in meinen Ohren.«

»Ich habe geschrien? Wann?«

»In meinem Kopf. Dort werden die Gefühle auf andere Weise vermittelt. Oft in Tönen. In deinem Fall hast du geschrien, als wären tausend Venatoren hinter dir her. Aus diesem Grund werde ich dich jetzt umarmen. Glaub mir. Du bist nicht die Erste, die sich erst sträubt. Bei Theon habe ich das schon Hunderte Male gemacht, und er hat es nie bereut.«

Endlich entspannte sich Shays verzweifelter Gesichtsausdruck. Sie lächelte beinahe. Nat nutzte den Moment, um sich vorzubeugen und sie sanft, aber bestimmt in die Arme zu schließen. Allerdings hatte er ein schlechtes Gewissen, denn er tat es nicht nur, um Shay zu beruhigen. Er brauchte es selbst, um sich davon zu überzeugen, dass alles gut würde.

Erst jetzt begriff er, was für eine beinahe unmögliche Aufgabe vor ihnen lag. Shay war ein Erdenkind. Alles, was mit Magie zu tun hatte, schreckte sie ab und sorgte dafür, dass ihr Körper mit purer Panik reagierte. Sie mussten das in den Griff bekommen. So schnell wie möglich.

Kapitel 5

Theon

Als er das Schloss betrat, wusste er sofort, dass er in Schwierigkeiten steckte. Zwei Duatwächter traten unverzüglich mit finsteren Mienen auf ihn zu. Der Ältere der beiden trug die volle Gewandung mit Kettenhemd, goldverzierten Schulterklappen und Brustharnisch. Einst hatte die Rüstung geglänzt, doch heutzutage ließ sich keine einzige mehr aufpolieren. Es war, als sei der Glanz der Panzerung mit der Sonne und der Magie aus Amenthes verschwunden. So mancher Panzerhandschuh war kaum noch beweglich, die Unterarmschienen drückten und die Visiere quietschten. Theon trug seit Langem nur noch die leichte Version der Panzerung: Kettenhemd und ein weißes Leinenhemd mit einem schlichten braunen Wams darüber. Wenn die Venatoren angriffen, war er lieber schnell und wendig als gut gepolstert.

Der ältere Wächter hingegen setzte auf Schutz, statt auf Schnelligkeit. Er konnte sich kaum bewegen. Vielleicht erklärte das seine schlechte Laune. »Hauptmann Theon? Die Königin sucht Euch«, sagte er mit düsterer Stimme. »Seit heute Morgen«, setzte er hinzu.

Theons Magen zog sich vor Sorge zusammen. Das war nicht gut oder sogar eine Katastrophe! Hatte die Königin etwas bemerkt? Vermutlich. Sie war auf magische Weise mit all ihren Kriegern verbunden und spürte schon lange, dass die Shenai-Brüder etwas vor ihr verheimlichten.

Mit klopfendem Herzen folgte er den beiden Duatkriegern ins Innere des Schlosses. Die gepanzerten Schuhe des Älteren hallten unheimlich in den leeren Gängen wider. Wer nicht zum Orden oder zum Adel gehörte, war längst geflohen. Nur die mutigsten Bediensteten waren geblieben. Ständig in Angst vor den Venatoren leben zu müssen, hatte die meisten in die Flucht geschlagen. Entsprechend vereinsamt wirkte das Schloss.

Konzentrier dich, ermahnte sich Theon. Er musste sich dringend überlegen, was er der Königin sagen sollte. Sie spürte Lügen sofort, deshalb musste er sich eine plausible Halbwahrheit zurechtlegen. Oder stur schweigen. Beide Möglichkeiten versprachen wenig Erfolg.

Je dichter sie dem Thronsaal kamen, desto finsterer wurde es um sie herum. Früher war es immer heller geworden, je näher man zur Königin kam. Sie war wie die Sonne dieser Welt gewesen. Sonnenstrahlen waren zu ihr getanzt, um sich auf magische Weise mit ihr und der Welt zu verbinden. Heute hatte sich das ins Umgekehrte gewandelt. Alte Magie war gefährlich. Sie fraß Licht und Leben, und Königin Liv hatte viel zu viel davon angesammelt. Sie schlitterten unweigerlich auf eine Katastrophe zu. Theon sah den Ernst der Lage in jeder Ecke, in jeder Ritze.

Die prunkvollen Zeichnungen an Decke und Boden verblassten bis zur Unkenntlichkeit, genau wie die Gemälde, als sei die Farbe ähnlich wie die Schlossbewohner geflohen. Bronzestatuen verloren ihre Gesichtszüge oder verwandelten sich in unheimliche Fratzen. Sämtliche Türen knarrten, und jeder Schritt echote mit einem seltsam seelenlosen Hall durch die Gänge. Von den kaum noch Licht spendenden Lüstern an der Decke ganz zu schweigen. Viele waren wie von selbst heruntergefallen. Als habe sie die Last der Jahre den Halt verlieren lassen.

Theon hatte die Atmosphäre im Schloss einst geliebt. Die hellen Wandteppiche. Die funkelnden Steinmauern. Die versilberten Springbrunnen inmitten üppiger Gärten. In jedem Gang hatten bunte Blumen in goldenen Kübeln gewuchert. Nichts davon war mehr vorhanden. Im Gegenteil. Es wurde finsterer. Mit jedem Tag. Mit jeder Minute.

Theon wappnete sich daher vor dem Anblick des Thronsaals. Hier war die Veränderung am deutlichsten zu sehen.

Noch vor zehn Jahren hatte ihn das hohe Kuppelgewölbe an die Weite des Himmels erinnert. Die Decke hatte am Tag sonnenhell geleuchtet und gegen Abend und in der Nacht wie ein Sternenmeer ausgesehen, mit magischen Blitzen durchzogen. Jetzt ballten sich dort nur noch schwarze Wolken zusammen, die den gesamten Raum zu erdrücken drohten. Die magischen Runen auf dem Fußbodenmosaik symbolisierten Krieg statt Frieden. Der Stuck blätterte von den Wänden ab und die mächtigen Säulen waren von Rissen durchzogen. Längst wehten die Fahnen von Amenthes in keinem magischen Wind mehr. Sie hingen schlapp herunter, sodass das Wappen von Amenthes kaum zu erkennen war. Es zeigte normalerweise einen Feuervogel im Flug, umrahmt von einer Krone.

Doch das Schlimmste war immer noch der Thron. Statt feurig rot und golden zu strahlen, war er zu einem schwarzen, mit spitzen Dornen verzierten Monster geworden. Die Königin nahm dort noch immer jeden Tag Platz und kämpfte mit der veränderten Magie ihrer Welt. Sie bemühte sich, den Verfall aufzuhalten und eine Nachfolgerin zu finden. Bislang vergebens.

Die Wächter neben ihm hielten genau wie er kurz inne, sobald sie die niederdrückende Aura des Thronsaals spürten. Es war, als würde das Leben langsam aus ihnen herausgezogen. Kein Wunder, dass die Königin mit jedem Tag schwächer wurde. Niemand hielt es lange in dieser Umgebung aus. Königin Liv hingegen hatte genau wie ihr Hofstaat keine Wahl. Ihre auserwählten Hofdamen standen starr und eher unglücklich neben ihr. Anders als bei der Königin hatten ihre Kleider den Kampf gegen die düstere Aura des Thronsaals verloren. Die vermutlich einst bunten Röcke waren dunkelgrau geworden. Schwarze Schatten lagen unter den Augen der Damen. Ihre Haut war fahl und kränklich. Ganz ähnlich sah es bei den Wachen aus, die an jeder einzelnen Säule standen – und davon gab es reichlich. Seit Amenthes unterging, gab es viele Menschen, die der Königin nach dem Leben trachteten. Entsprechend gut musste sie geschützt werden.

Königin Liv saß auf ihrem schwarzen Thron. Der einzige bunte Punkt inmitten von Grau-, Schwarz- und Brauntönen.

Wie immer trug sie ein ausuferndes Kleid mit Perlen und Diamanten bestickt. Trotz ihres Alters war ihre Haut jugendlich frisch. Der einzige Vorteil der königlichen Magie. Sie hielt sie am Leben und jung. Vor ihrer Ernennung hatte sie laut den Erzählungen blondes, leicht gelocktes Haar gehabt. Jetzt hatte der Feuervogel seine Spuren hinterlassen. Ihre Haare glühten dunkelrot, genau wie ihre Augen. Für gewöhnlich beruhigte Theon der Anblick der unnatürlich verfärbten Iriden, war es doch das Zeichen purer Magie. Mittlerweile fand er ihn aber hauptsächlich unheimlich. Das Rot war dunkler als normal. Als lauere etwas Bedrohliches dahinter. Die Magie war entfesselt und wollte sie alle verschlingen.

Auf dem Haupt der Königin ruhte die Krone von Amenthes. Für solch ein mächtiges, magisches Artefakt war sie erstaunlich zierlich. Sie war lediglich mit weißen Perlen und goldenen Fäden durchwirkt und glänzte als einziges Objekt im ganzen Raum.

Noch.

Als er jedoch in die Augen seiner Königin blickte, vergaß er jeden weiteren Gedanken. Er vergaß seine Umgebung, die an ihm zerrende düstere Magie und die Angst vor der Zukunft. Er wusste lediglich mit absoluter Sicherheit, dass er verloren war.

Noch nie hatte er die Königin derart zornig gesehen. Ihre dunkelroten Augen funkelten vor Wut und erinnerten dadurch an lodernde Flammen. Ihre sonst grazilen, ebenmäßigen Züge waren hart und unnachgiebig, ihr Mund fest zusammengepresst.

Sie war rasend vor Zorn.

Und dieser Zorn galt ganz allein ihm. Theon.

Lionee

Ihre Mutter tobte. Sie hörte ihre schneidend scharfe Stimme sogar durch die geschlossene Flügeltür. Obwohl sie nicht schrie oder fluchte, war Lionee absolut klar, dass sie vor Zorn beben musste. Gerade der eher ruhige, gefasste Tonfall bedeutete höchste Anspannung. Lionee meinte die Kälte zu sich heranziehen zu spüren. Seitdem die Magie verrücktspielte, war ihre ohnehin schon strenge Mutter noch eine Spur kühler geworden. Gegenüber ihren Bediensteten, ihrem Hofstaat und leider auch ihrer Tochter.

Die Wachen vor der Tür rührten keinen Muskel und taten so, als wäre alles völlig normal. Lionee bezweifelte das. Dass ihre Mutter nach ihr schickte, war ungewöhnlich. Dass sie ihre vielfach gepriesene Gelassenheit verlor, war hingegen ein echter Grund zur Besorgnis. Sie mochte kühler und strenger geworden sein, doch bislang hatte sie stets die Ruhe bewahrt.

Entspann dich, dachte Lionee und atmete tief ein. Sie saß seitlich auf einem unter normalen Umständen garantiert bequemen Sessel. Er war weich gepolstert und hatte eine lange Sitzfläche. Für Lionee waren das gleich zwei große Probleme. Ihre Hüfte protestierte gegen den seltsamen Winkel und die weiche Polsterung. Da sie recht klein war, kam sie nicht mit den Füßen auf den Boden. Wie sie hier jemals wieder hochkommen sollte, ohne als Witzfigur dazustehen, war ihr schleierhaft.

»Wo bist du gewesen?«, fragte ihre Mutter in dieser Sekunde so laut, dass Lionee die Worte diesmal sogar verstand. Sie schrie noch immer nicht, doch ihre Stimme trug weit. Als wäre sie magisch verstärkt.

Jemand antwortete ruhig und gelassen. Eine männliche Stimme. Dunkel. Volltönend.

Lionee wagte kaum zu atmen, weil sie die Antwort ihrer Mutter unbedingt hören wollte. Die folgte umgehend.

»Du sitzt in meinem Rat, Theon! Da habe ich das Sagen, ob du willst oder nicht. Dein Platz an meiner Seite ist dein Blutsrecht, aber glaube nicht, dass ich dir alles durchgehen lasse. Wenn ich zu einer dringenden Ratssitzung rufe, dann hast du zu kommen. Umgehend. Ohne Fragen. Ohne Verzögerung. Diese Welt geht unter. Ich versuche mein Bestes, um sie zu retten, aber das ist unmöglich, wenn ich mich nicht einmal mehr auf meine engsten Vertrauten verlassen kann. Also sprich! Wo hast du dich herumgetrieben?«

Ihre Stimme klang mittlerweile so gefährlich, dass sich Lionee instinktiv duckte. Theon! Da drin stand Theon und musste sich dem Zorn ihrer Mutter stellen. Sie fühlte mit ihm. Ihre Mutter konnte unberechenbar werden, wenn es um die Sicherheit ihrer Welt ging. Als Königin musste sie oft hart durchgreifen. Ganz offenbar hatte Theon den Bogen überspannt.

Lionee rutschte ein wenig nach vorne, um besser hören zu können. Ihre Hüfte protestierte. Der Wächter vor der Tür warf ihr einen mahnenden Blick zu. Lionee beachtete ihn genauso wenig wie ihre Schmerzen.

»Dein Vater wäre sehr enttäuscht von dir und deinem Bruder! Sei froh, dass er das nicht mehr miterleben muss«, sagte die Königin in diesem Moment.

Autsch. Das klang selbst aus dem Mund ihrer Mutter sehr hart! Es war allgemein bekannt, wie sehr Theon seinen Vater vergöttert hatte. Er litt noch immer unter dessen Verlust.

Lionee wusste nur zu gut, wie sich das Gefühl vollkommener Entwurzelung anfühlte. Auch sie hatte an jenem verhängnisvollen Abend viel verloren. Ihre Zukunft. Ihre Gesundheit und zum Teil auch ihre Mutter. Die bemühte sich zwar sehr, Lionee einen Platz in ihrem Leben einzuräumen, aber mit einer verkrüppelten Prinzessin war es schwierig. Sie konnte zu keinem festlichen Anlass mehr kommen, war vom Unterricht ausgeschlossen worden und hatte ihren Status als Benu verloren. Was für eine Schande.

»Wir haben alles besprochen. Du darfst gehen«, erklärte ihre Mutter, und die Tür ging mit einem unheimlichen Knarren auf. Die Wächter davor sprangen gerade noch zur Seite, um nicht getroffen zu werden. Ein Schwall Magie versetzte Lionees Haare in Bewegung. Es roch unvermittelt nach Rauch. Der typische Duft, der in ihrem Schloss allgegenwärtig war. Sobald die Königin von Amenthes wütend wurde, war die Luft von Qualm geschwängert.

Lionee hatte erwartet, Theon aus dem Raum eilen zu sehen. Stattdessen kam ihre Mutter auf sie zu. Wie immer trug sie eine dunkelrote Robe mit einem wallenden Kleid darunter. Ihr braunes Haar hatte sie zu einem strengen Knoten am Hinterkopf hochgesteckt, und ihre hochhackigen Schuhe hallten wie Donnergrollen auf ihre Tochter zu.

Lionee wollte instinktiv den Kopf einziehen, zwang sich aber dazu, aufrechter zu sitzen. Das schmerzte zwar, doch sie wollte ihrer Mutter nicht wie ein ängstliches Mäuschen begegnen. Ihre Beziehung zueinander war ohnehin schon kompliziert genug.

Sobald die Königin ihre Tochter erblickte, blieb sie stehen. Sie wirkte verblüfft, bis sie sich erinnerte. »Lionee, Liebes! Unser Treffen hatte ich ganz vergessen.«

Aus ihrem Schatten tauchten nun auch die drei obersten Duatkrieger auf, dicht gefolgt von dem Schwarm schweigender Hofdamen. Wie immer wirkten sie wie Gespenster. Wie Schatten ihrer selbst.

Erst dahinter schritt Theon. Er wirkte müde und zerknirscht. Lionee konnte ihm allerdings nur einen kurzen Blick zuwerfen, denn ihre Mutter zog alle Aufmerksamkeit auf sich. Sie setzte sich neben ihre Tochter. Das war schon lange nicht mehr vorgekommen.

»Wie geht es dir, Lionee?«, fragte Königin Liv und ergriff Lionees Hand. Die Finger ihrer Mutter waren eiskalt und knisterten vor Magie, ein eindeutiges Signal, wie aufgewühlt die Königin noch immer war.

»Mir geht es gut«, log Lionee rasch. Ihre Mutter musste sich vielen Herausforderungen stellen und sollte sich nicht auch noch Gedanken um die Gesundheit ihrer Tochter machen.

Die Königin runzelte die Stirn. »Hast du noch immer Schmerzen? Soll ich meinen Leibarzt rufen? Ich hatte gehofft, dein Zustand sei endlich erträglicher geworden.«

»Ich komme gut zurecht, Mama. Sei unbesorgt!«

Die Königin starrte ihre Tochter einen langen Moment an und drückte ihr dann fest die Hand. Es war selten, dass ihr die Aufmerksamkeit ihrer Mutter zuteil wurde. Viel zu selten. Umso kostbarer waren diese Momente, selbst wenn sie wie immer nicht allein waren.

Lionee nahm ihren ganzen Mut zusammen. Sie musste einfach fragen! »Du hast nach mir schicken lassen. Gibt es einen Grund dafür? Muss ich mir Sorgen machen?«

»Nein! Ich ... ich habe harte Zeiten hinter mir und weiß, dass ich dich sträflich vernachlässigt habe. Ich wollte einfach nur wissen, ob bei dir alles in Ordnung ist. Die Venatoren sind aktiver denn je, und es sind so schrecklich viele Mädchen gestorben. Da wollte ich mich überzeugen, dass du gesund bist.«

Die Königin hob die Hand und legte sie an Lionees Wange. Es knisterte, als die beiden sich berührten. Die Magie ihrer Mutter erzeugte ein Brennen auf Lionees Haut, doch sie bemühte sich, ruhig zu bleiben. Es tat weh, aber um nichts auf der Welt hätte sie diesen Augenblick unterbrechen wollen. Die Liebe ihrer Mutter war eine Kostbarkeit. So selten und rar.

»Es geht mir gut«, beteuerte Lionee gerührt. War es womöglich an der Zeit, die alles entscheidende Frage zu stellen? Viele Gelegenheiten hatte sie vermutlich nicht mehr. »Wie ernst ist es denn?«, fragte sie daher und bemerkte, dass die Berater der Königin ungeduldig wurden. Sie wollten weiter und ihre Königin wieder für sich haben. Doch noch wagten sie keine Einmischung.

»Sehr ernst. Ich werde mit jedem Tag schwächer, doch auch die letzte Kandidatin war der Magie unwürdig. Der Feuervogel in mir weigert sich weiterhin, von mir auf sie zu wechseln. Allmählich mache ich mir Sorgen, dass die Blutlinie der heutigen Adeligen zu wenig Magie beinhaltet. Sie hat sich zu oft aufgespalten, ist verwaschen und viel weniger kraftvoll als noch vor zwanzig Jahren. Wir wollen heute Abend noch einmal einen Versuch unternehmen, doch wie es ausschaut, ist auch diese Nummer Eins nicht die Richtige.«

»Darf ich dabei sein?«, platzte Lionee heraus. Sie hatte das Ritual schon immer sehen wollen. Es musste beeindruckend und schön zugleich sein. Ihre Mutter war die beste Magietänzerin des Landes und die Benus in den oberen Rängen standen ihr in nichts nach.

Ihre Mutter lächelte sie warm an. Gleichzeitig trat ein leicht lauernder Ausdruck in ihre Augen. Oder bildete sich Lionee das nur ein? »Ein anderes Mal vielleicht, mein Liebling. Ich habe Angst, dass zu viele Zuschauer alles nur noch komplizierter machen. Wer weiß? Vielleicht gelingt es ja heute, und wir haben ab morgen eine neue Königin. Dann hätte ich endlich wieder Zeit, mich um dich zu kümmern.«

Das wäre zu schön, dachte Lionee, glaubte aber keine Sekunde daran. Die alten Königinnen wurden dringend als Beraterinnen benötigt und ihre Mutter war nicht die Art Frau, die lange Händchen mit einem kranken Mädchen hielt. *Frag endlich. Du hast nichts zu verlieren.* Sie holte tief Luft und gab sich einen Ruck. »Ich möchte gerne wieder zum Benu-Unterricht. Bevor du nein sagst: Ich muss nicht unbedingt tanzen, um Magie zu wirken. Bitte, Mutter! Wir wissen beide, dass ich Magie in mir trage. Sie versteckt sich lediglich sehr gut. Vielleicht brauche ich nur weiteren Unterricht, damit das Zeichen der Königin zu mir zurückkommt.«

Ihre Mutter schüttelte traurig den Kopf. »Es ist unwiederbringlich zerstört, Lionee. Ich spüre es, genau wie der Feuervogel in mir. Denk daran, was beim letzten Mal geschehen ist, als du zu den anderen Kandidatinnen durftest. So etwas darf sich nicht wiederholen. Sieh es ein, Lionee. Du bist keine Benu. Ich bin jedoch guter Dinge, dass du bald deinen Platz in dieser Gesellschaft finden wirst. Jenseits der Magie gibt es so viele Möglichkeiten für ein kluges Mädchen wie dich. Ich ...«

»Hoheit? Wir müssen dringend weiter!« Der oberste Duatkrieger hatte keine Geduld mehr und mischte sich ruhig, aber energisch ein.

Lionee warf ihm einen bösen Blick zu, war ihm allerdings auch dankbar. Die Worte ihrer Mutter hatten wehgetan. Sehr weh. Sie waren wahr, doch das machte es nicht besser. Lionees Verletzungen hatten dafür gesorgt, dass sie niemals Königin werden konnte.

»Ich entscheide, ob wir weitermüssen«, antwortete ihre Mutter kühl und verwies damit den obersten Duatkrieger in seine Schranken. In jedem ihrer Worte schwang die Art von Autorität mit, die ihre Mutter ausmachte. Sie mochte magisch schwach geworden sein, doch das galt nicht für ihr restliches Wesen. Noch war sie Königin – und sie machte das mit jeder ihrer Bewegungen deutlich.

»Ich war vor ein paar Wochen noch mal in der Bibliothek und habe recherchiert«, sagte Lionee schnell, um die Aufmerksamkeit ihrer Mutter zurückzuerlangen. »Die Schattenbestien könnten tatsächlich aus dem Weltenriss stammen. Ich habe ein altes Gedicht gefunden, wo es um löwenartige Wesen geht, die ...«

»Ach, Lionee. Nicht schon wieder. Überlass das Jagen der Bestien den Duatwächtern.«

»Aber wie sollen wir einen Gegner bekämpfen, wenn wir seine Herkunft nicht kennen? Wir wissen nicht mal, was die Bestien von uns wollen! Wissen ist Macht, Mutter. Das sagst du selbst oft genug.«

»Ich weiß, doch in dem Fall fürchte ich, hilft uns alles recherchieren nicht. Seit dreißig Jahren drehen sämtliche Weisen dieser Welt die Geschichtsbücher um. Jeder sucht nach Hinweisen. Ich bezweifle, dass du etwas entdecken könntest, das andere übersehen haben.«

Lionee schob kampfesmutig das Kinn nach vorne, bereit zum Protest. Doch dann sah sie das mahnende Glitzern in den Augen ihrer Mutter. Das Gespräch war an dieser Stelle vorüber. Lionee hatte ihre Kompetenzen überschritten. Prompt stand die Königin auf, beugte sich zu ihrer Tochter hinab und hauchte ihr einen Kuss auf die Wange. Erst als sie einander so nahe waren, bemerkte Lionee die Schatten unter den Augen ihrer Mutter.

»Du musst dich ausruhen,. sonst bringt dich die Magie um«, raunte Lionee ihr ins Ohr. Sie wusste, dass sie diese Ermahnung auf keinen Fall so laut aussprechen durfte, dass andere es hören konnten. Ihre Mutter zeigte niemals offene Schwäche.

Ihre Blicke berührten sich für drei Atemzüge. Dann nickte ihre Mutter. »Wir werden diese Herausforderung beide meistern und überleben«, sagte sie ebenso leise. Sekunden später war der kurze Mutter-Tochter-Moment vorüber.

Hoch aufgerichtet trat die Königin neben ihre Berater und bemerkte dabei Theon, der schweigend ein Stück hinter ihnen wartete. »Für dich muss ich mir noch eine Bestrafung einfallen lassen. Doch zunächst müssen wir einen zweiten Versuch wagen, eine neue Königin zu erschaffen. Wächter? Begleite meine Tochter zurück in ihr Gemach. Sie sollte sich ausruhen.«

Ein letztes Nicken, ein letzter Blick, dann verschwand ihre Mutter aus ihrem Blickfeld. Lionee sah ihr schweigend nach und fühlte sich ausgestoßener denn je. Ihre Mutter kämpfte für ihr Land, für ihre Gefolgsleute, für ihr Volk. Und sie? Sie hockte in diesem Sessel und brauchte einen Helfer, um nur aufzustehen.

Sie hatte so sehr gehofft, dass sich ihre Mutter erweichen ließ. Die Zeit, als sie dem Benu-Unterricht beigewohnt hatte, war wunderbar gewesen. Die Stunden waren dahingeflogen, und sie hatte gespürt, dass tief in ihr etwas ruhte, das nur wiedererweckt werden musste. Beim Angriff auf sie mochten zwar ihre wichtigsten Magielinien zerstört worden sein, aber die Quelle war noch da. Ihre Magie musste lediglich trainiert werden.

Traurigerweise glaubte ihr das niemand. *Sieh es ein*, dachte sie bitter und erinnerte sich an das letzte Mal, als sie bei den Benus hatte lernen dürfen. Lionee hatte sich derart in ihr Training verbissen, dass sie die vielen Warnsignale ihres Körpers ignoriert hatte. Sie war zusammengebrochen und beinahe gestorben. Nach diesem Vorfall hatte Königin Liv ihr rigoros verboten, weiter am Unterricht teilzunehmen.

Ihre Mutter hatte aus Liebe so entschieden, das wusste Lionee. Um sie zu schützen. Sie vor weiterem Schaden zu bewahren. Dennoch fühlte es sich an wie eine Todesstrafe. Sie hatte sie zu einem freudlosen Leben verbannt. Zu einem Leben, in dem es nur den körperlichen Schmerz gab. Ohne Ablenkung. Ohne Möglichkeit, ihrem inneren Gefängnis zu entkommen.

Hör auf, dich zu bemitleiden, befahl sich Lionee. Gleich darauf vergaß sie ihre Ermahnung wieder, als sie nicht von selbst aus dem schrecklichen Sessel aufstehen konnte. Ein Wächter musste ihr helfen und sie den Rest des Weges zu ihrem Zimmer begleiten. Das war demütigend und gleichzeitig ein Sinnbild ihres Lebens. Als sie endlich in ihrem Gemach angekommen war, kroch sie mit letzter Kraft in ihr Bett und wartete darauf, dass sich ihre verkrampften Muskeln entspannten.

Später hätte sie nicht sagen können, wann sie eingeschlafen war. Sie wurde kurz wach, als die abendliche Wachablösung kam, und dann wieder, als die Garde am nächsten Morgen erschien. Der Schmerz tobte weiter in ihrem Körper, war aber erträglich. Dennoch störte sie eine Kleinigkeit.

Da war etwas anders als sonst. Irritiert richtete sie sich auf und ließ ihren Blick durch ihr karges Reich gleiten. So weit war alles normal. Bis sie den Wächter erkannte, der an der Tür stand.

Es war nicht irgendein Wächter. Nein. Es war Theon Shenai.

Sie starrte ihn einige Atemzüge lang fassungslos an. Zum Glück bemerkte er das nicht, denn er sah stur die gegenüberliegende Wand an, die Hand am Schwertgriff, den Rücken durchgedrückt, die Beine leicht gespreizt.

Was wollte er hier? Bei ihr?

Hastig schloss Lionee wieder die Augen. Auf keinen Fall durfte er bemerken, dass sie wach war. Was sollte sie sagen? Wie mit ihm umgehen?

Sie hatte ihn bereits ihr halbes Leben lang beobachtet, doch noch nie ein Wort mit ihm gewechselt. Von ihr aus hätte das auch bis zum Ende ihrer Zeit so bleiben können. Es hatte für sie völlig ausgereicht, ihn aus der Ferne betrachten zu können. Unglaublich, dass er jetzt in ihrem Zimmer Wache hielt.

Er saß im Rat und hatte sich durch viele Heldentaten gegen die Schattenbestien hervorgetan. Bestimmt hatte er schon genauso viele Menschenleben gerettet, wie er selbst zählte. Sicherlich. Seinen Schützling hatte er nicht retten können, aber damals war er selbst kaum älter als ein Kind gewesen. Niemand warf ihm das vor. Lionee wusste genau, dass er als einer der besten Soldaten galt und sogar als Nachfolger für den obersten Duatkrieger gehandelt wurde. Wachdienst bei der verschmähten Prinzessin des Reiches zu leisten war gewiss weit unter seiner Würde.

Ein Stich ging durch ihr Herz, als ihr klar wurde, was das zu bedeuten hatte. Auf sie aufzupassen war also eine Bestrafung. Wie herabwürdigend für sie beide!

Ruhig bleiben, dachte Lionee. Dabei lag sie möglichst reglos da und stellte sich weiter schlafend. *Nicht weinen. Denk lieber nach, wie du jetzt dieser Situation entkommen kannst!*

Ihr fiel nichts ein. Sie lag angezogen in ihrem Bett, konnte sich nicht rühren, und der Mann, den sie heimlich seit ihrer Kindheit bewunderte, stand keine zwei Meter neben ihr, um auf sie aufzupassen.

Weil ihr nichts anderes übrig blieb, spielte sie die nächsten zwei Stunden die Schlafende, obwohl sie hellwach war. Es war schwierig, keinen Muskel zu rühren, zumal ihre Knochen gegen die lange Ruhe protestierten. Zu viel Bewegung tat ihr nicht gut. Zu wenig war noch schlimmer.

Als die Dienerinnen wie gewohnt gegen sieben Uhr ihr Gemach betraten, waren sie entsprechend verblüfft. Normalerweise saß Lionee längst an ihrem Tischchen und wartete. Heute jedoch lag sie reglos im Bett. Dabei schämte und verfluchte sie sich gleichermaßen.

»Schläft die Prinzessin noch?«, flüsterte ihre Leibdienerin Theon zu.

»Sie tut zumindest so.«

Ihre Leibdienerin Felisi kam vorsichtig um das Bett herum. Lionee hatte sich im Laufe der Zeit möglichst langsam so gedreht, dass sie mit dem Rücken zu Theon lag und die Wand anstarren konnte.

Hastig kniff sie die Augen zusammen und stellte sich weiter schlafend. Felisi durchschaute sie jedoch sofort. »Ist alles in Ordnung mit Euch?«, fragte sie.

»Ja, aber ich bleibe heute im Bett.«

»Dann lasst uns Euch zumindest entkleiden. So ist das doch furchtbar unbequem. Warum habt Ihr gestern Abend nicht nach mir gerufen? Ich hätte euch helfen können.«

»Ich will deine Hilfe nicht«, rutschte es Lionee heraus. Normalerweise war sie nie gemein zu Felisi, doch allmählich verlor sie die Fassung.

Felisi musterte ihre Herrin eindringlich, dann nickte sie. »Wir kommen heute Mittag zurück«, entschied sie und verschwand so schnell, wie sie gekommen war.

Zurück ließ sie ein dämmriges Zimmer, eine steif im Bett ruhende Lionee und einen reglosen Theon.

Drei sehr zähe Stunden später fragte sich Lionee, was sie da tat. Die Schlafende zu spielen sah ihr gar nicht ähnlich. Sie hätte die zickige Prinzessin herauskehren und Theon einfach aus dem Zimmer werfen sollen.

»Findet Ihr das allmählich nicht albern?«, fragte Theon, als hätte er ihre Gedanken erraten. »Unbeweglich im Bett zu liegen hilft Euch bestimmt nicht weiter.«

Bitte was? Lionee konnte kaum glauben, was sie da hörte. Empört drehte sie sich im Bett, sodass sie Theon ansehen konnte. »Kümmert Euch um Euren eigenen Kram!«, fauchte sie. »Und sprecht mich gefälligst mit meinem Titel an!«

Mittlerweile war es im Zimmer so hell geworden, dass sie Theon gut erkennen konnte. Spöttisch hob er die Brauen. »Ihr benehmt Euch eher wie ein bockiges Kleinkind als wie eine Prinzessin. Was soll das? Warum mimt Ihr seit Stunden die Schlafende, obwohl Ihr hellwach seid?«

»Das geht Euch nichts an!«

»Das stimmt, allerdings würde ich gerne die Vorhänge aufziehen, damit ich dieser Finsternis entkomme. Das schlägt mir allmählich aufs Gemüt!«

»Draußen herrscht ohnehin Dämmerung. Ob die Vorhänge offen oder geschlossen sind, ändert nicht viel.«

»Aber es fühlt sich besser an.« Ohne auf ihre Erlaubnis zu warten, schritt Theon zum Fenster, zog die Vorhänge mit einem Ruck zur Seite und öffnete die breite Flügeltür. Frische Luft flutete in den Raum.

»Gleich viel angenehmer«, meinte Theon zufrieden und kehrte an seinen Platz bei der Tür zurück. Dabei erwiderte er Lionees hitzigen Blick ungerührt.

Langsam ließ sie sich wieder zurück in die Kissen sinken und starrte zur Decke hinauf. Und jetzt? »Ihr seid Theon Shenai«, sagte sie, um Zeit zu gewinnen.

»Das habt Ihr richtig erkannt.«

»Was habt Ihr angestellt, dass Ihr bei mir Wache halten müsst? Hat sich Euer Bruder Nat wieder danebenbenommen? Oder wart *Ihr* diesmal ausnahmsweise der Störenfried?«

»Vermutlich trifft beides zu.«

»Aha. Und was bedeutete das? Wie lange werdet Ihr mich mit Eurer Anwesenheit beehren?«

»Das müsst Ihr schon Eure Mutter fragen.«

Mühsam richtete sich Lionee auf und stützte sich auf die Unterarme, um Theon ansehen zu können. Sein Dreitagebart wirkte heute nicht ganz so penibel gestutzt wie sonst.

»Heute Morgen fand eine Ratssitzung statt. Das weiß ich genau. Ihr habt sie verpasst.«

»Mein Ratsmandat ruht.«

»Das ist schlecht für Euch. Sieht nach einer dauerhaften Degradierung aus.«

»Dreht ruhig das Messer in der Wunde um. Und was ist mit Euch? Wollt Ihr dauerhaft ein Leben im Bett verbringen? Das sieht auch nach einer Degradierung aus. Nach einer selbst auferlegten.«

»Ich habe mir nicht ausgesucht, von einem Venatoren zerfleischt zu werden.« Die Wut tat Lionee gut und half ihr die Schmerzen zu vergessen. Gleichzeitig fragte sie sich, wie sie Theon Shenai jemals hatte attraktiv finden können. Was für ein Ekel!

»Ich gebe zu, dass Ihr Euch dieses Schicksal gewiss nicht ausgesucht habt. Das selbstmitleidige Herumliegen jedoch schon.«

»Raus aus meinem Zimmer!«

»Bedaure. Diesem Wunsch kann ich leider nicht entsprechen. Ich muss dafür sorgen, dass Ihr nicht erneut von einem Venatoren zerfleischt werdet.«

»Raus! Sofort!«

»Wenn Ihr mich aus dem Zimmer befördern wollt, müsst Ihr mich schon höchstpersönlich hier rausschieben.«

Das reichte! Wutentbrannt warf Lionee die Decke von sich, biss die Zähne zusammen und glitt aus dem Bett. Als ihre Füße den Boden berührten, zuckte sie zusammen. Sie hatte gestern Abend die Schuhe angelassen. Ein Fehler. Der verletzte Fuß war in der Nacht dick angeschwollen. Ihre Knie zitterten, doch Lionee achtete nicht darauf.

Sie würde Theon höchstpersönlich aus dem Zimmer werfen. Ein für alle Male!

Sie kam zwei Schritte weit, dann versagten ihr die Beine den Dienst. Wie Strohhalme knickten ihr die Knie ein. Sie wollte sich noch am Bettpfosten festhalten, vergebens. Wenigstens kreischte sie nicht wie ein kleines Mädchen, sondern stürzte lautlos, dafür umso schwerer. Ihr Kopf knallte gegen den Stuhl. Der Aufprall am Boden nahm ihr kurz den Atem.

Sie hörte Theon fluchen und bemerkte, dass er neben ihr kniete. Vehement schob sie seine helfenden Hände fort und kämpfte darum, aus eigener Kraft hochzukommen. Stattdessen traten ihr vor lauter Schmerzen Tränen in die Augen.

Wenn du jetzt vor dem Fiesling heulst, wirst du dich hinterher nur noch mehr ärgern, schalt sie sich, doch zu spät. Eine einzige Träne rann über ihre Wange.

»Hör auf dich zu wehren«, fluchte Theon. »Ich will dir nur aufhelfen.«

»*Du*? Was fällt Euch ein, mich einfach zu duzen? Ich bin immer noch die Prinzessin von Amenthes, selbst wenn ich gerade am Boden liege.«

»Wenn sich die Prinzessin von Amenthes wie ein bockiges Kleinkind benimmt, behandle ich sie auch so. Das beinhaltet auch eine nicht korrekte Anrede. Also lass dir gefälligst aufhelfen.«

Dieser impertinente, rechthaberische, hundsgemeine Fiesling! Wie konnte er es wagen? Lionee wusste vor Empörung nicht, ob sie die freche Anrede oder ihr Sturz mehr ärgerten. »Geh weg. Ich kann das selbst«, sagte sie schließlich lahm und verwendete absichtlich ebenfalls das Du. Es fühlte sich seltsam und vertraut zugleich an.

»Kannst du nicht.« Theon kniete neben ihr und wirkte ehrlich betroffen. »Beim Feuervogel von Amenthes! Ich habe wahrhaftig gedacht, du simulierst nur«, sagte er zu ihr.

»Du bist so ein Widerling!«

»Mag sein. Darf ich wenigstens der Widerling sein, der dir aufhilft?«

Lionee schüttelte den Kopf. Mit ihren letzten Kraftreserven schaffte sie es, sich so weit aufzurichten, dass sie gegen das Bettgestell gelehnt sitzen konnte. Sie zitterte und presste sich die Hand gegen die Hüfte. Manchmal half das. Das verflixte Metallgestell hatte sich tief in ihre Haut gebohrt. Es fühlte sich an, als würde es sie aufspießen.

Theon musste ihren Griff gesehen haben. Ehe sie es verhindern konnte, hatte er ihre Hände zur Seite und ihr Kleid fast das ganze Bein hinaufgeschoben.

Jetzt quiekte Lionee doch, allerdings nicht vor Schreck oder Schmerz, sondern vor Empörung. »Was fällt dir ein?«

Als sie Theons fassungslose Miene bemerkte, schämte sie sich unwillkürlich. Sie wusste, dass ihr Bein schlimm aussah, und versteckte es daher unter langen Gewändern. Aber sah es wirklich dermaßen abstoßend aus?

Lionee bemühte sich, ihr Kleid wieder hinunterzuziehen, doch Theon hielt dagegen. Schonungslos ließ er seinen Blick von der Hüfte an bis hinunter zu ihren Füßen gleiten. Lionee kam sich nackt und ausgeliefert vor, also verpasste sie ihm eine Ohrfeige. So fest und hart sie konnte.

Sie mochte zwar am Boden sein, aber bei Amenthes: Sie würde für das letzte bisschen Stolz, das sie noch besaß, kämpfen. »Lass mich jetzt los«, zischte sie und betonte dabei jedes einzelne Wort. »Oder ich sorge dafür, dass du in die Minen geschickt wirst und dort elendig verreckst!«

Theon

Der Schlag hatte gesessen. Seine Wange brannte, sein Kopf brummte. So zierlich und zart die Prinzessin auch aussah, sie hatte Kraft in den Händen und Entschlossenheit in jeder Faser ihres Körpers. Sie würde erneut zuschlagen, wenn er es nicht verhinderte.

Hastig trat Theon den Rückzug an. Er wusste, wann er verloren hatte. Was hatte er sich auch dabei gedacht? Einer Prinzessin das Gewand bis zum Unterkleid hochziehen? Wirklich sehr klug.

Ihre gezischte Warnung war deutlich gewesen. Sie meinte es todernst. Das sah er in ihrem Blick und an den zum Hieb erhobenen Fäusten.

Beruhigend hob er die Hände und trat drei Schritte zurück, bis sein Rücken an die Wand stieß. Dort hockte er sich hin, um auf ihrer Augenhöhe zu sein.

»Es tut mir leid«, sagte er ruhig. Das tat es wirklich! Sein Beschützerinstinkt musste mit ihm durchgegangen sein. Hoffentlich hatte er sich nicht noch mehr in Schwierigkeiten gebracht als ohnehin schon.

Die Königin hatte ihn degradiert. Ohne Vorwarnung und vermutlich für immer. Theon konnte es noch immer nicht fassen. Anstatt weiter die Geschicke des Reiches zu lenken, musste er sich von nun an mit einer frustrierten, aggressiven und übellaunigen Prinzessin herumschlagen.

Allerdings musste er zugeben, dass die Gerüchte über sie falsch waren. Vollkommen falsch. Sie badete nicht in Selbstmitleid und überdramatisierte ihre Wunden. Sie war wirklich krank. Sehr krank!

»Geh weg«, sagte sie in diesem Moment und atmete dabei so schnell und laut, dass es Theon angst und bange wurde. Ihr Sturz war hässlich gewesen. Sie hatte sich die Stirn am Stuhl aufgeschlagen und blutete.

»Das kann ich nicht«, brachte Theon hervor. »Ich habe mich verpflichtet, dir zu helfen, und eins ist sicher: Du brauchst Hilfe! Ich hole einen Heiler.«

Er sprang auf und wollte zur Tür eilen, doch Lionee verhinderte sein Vorhaben. Obwohl sie sich vor Schmerzen kaum rühren konnte, warf sie sich der Länge nach auf den Boden, erwischte seine Beine und zog daran. Er kam tatsächlich ins Stolpern und wäre beinahe hingefallen.

»Kein Heiler«, sagte sie überdeutlich. Ihre grauen Augen mit den seltsam roten Funken darin blitzten zum ersten Mal voller Entschlusskraft.

Theon zögerte. »Warum nicht? Ein Heiler gibt dir etwas gegen die Schmerzen und wird sich dein Bein ansehen. Das kann so nicht bleiben.«

»Seit ich zehn Jahre alt bin, pfuschen die Heiler an mir herum. Nichts hilft. Die Bisswunden eines Venatoren entzünden sich immer wieder.«

»Das stimmt nicht.«

»Und das sagt wer? Ich bin der lebende Beweis. Ich schwöre dir: Wenn du jetzt hinausgehst und mit einer Horde von Heilern zurückkommst, die mich wochenlang quälen und mir in keinster Weise helfen werden, dann springe ich in der Zwischenzeit aus dem Fenster!«

Theon versuchte zu ergründen, ob sie es ernst meinte. Die Antwort gefiel ihm ganz und gar nicht. Bei der Glut des Feuervogels. Er hatte die Situation völlig falsch angepackt. Eigentlich hatte er sie nur reizen wollen, um sie aus dem Bett zu bekommen. Wie hatte er denn auch ahnen können, dass sie wahrhaftig nicht laufen konnte?

»In Ordnung«, sagte er langsam. Noch immer hielt sie sein Bein umklammert, um ihn am Fortgehen zu hindern. »Und was machen wir stattdessen?«

»Du bewachst ab sofort die Tür von außen. Ich komme allein klar.«

»Das wird ganz sicher nicht geschehen. Ich lasse dich nicht wie ein gestrandeter Wal am Boden liegen.«

»Was für ein netter Vergleich«, sagte sie sarkastisch.

Theon seufzte genervt. Sie hatte natürlich recht. Momentan lagen seine Nerven blank. In solchen Momenten sagte er Dinge, die er sonst nur gedacht hätte. Wo war seine so vielfach gepriesene Selbstbeherrschung geblieben?

»Das schreckliche Teil muss ab.« Er deutete auf das Gestell, das sich um Lionees Bein wand. »Was ist das überhaupt?«

»Meine Schiene. Ohne die kann ich nicht gehen. Nachdem mir ein Venator den Oberschenkel zerfetzt hat, brauche ich sie zur Stabilisierung. Sie verbindet das Bein mit der Hüfte. Sonst würde ich bei jedem Schritt umfallen.«

»Das Teil bringt dich um. An der Hüfte ist das Fleisch bis auf den Knochen entzündet, und wie ich das sehe, liegt das einzig und allein an dem Gestell.«

»Die Schiene bleibt. Wenn ich sie nicht hätte, säße ich für immer in diesem Zimmer fest. Dann sterbe ich lieber.«

»Du bist ziemlich verschwenderisch mit deinem Leben. Wie wäre es, wenn du deine Energie ins Überleben steckst, statt in die Gedanken an den Tod?«

»Verschwinde aus diesem Zimmer. Sofort!«

Theon blieb natürlich. Er brachte es schlicht nicht über sich, Lionee in diesem Zustand alleinzulassen. Also hockte er sich vor sie und wartete ab, bis sich ihre Atmung einigermaßen normalisiert hatte. Dass sie ihn dabei mit ihrem Blick tötete, ignorierte er.

»Wie lange sieht die Wunde schon so aus?«, fragte er.

»Geht dich nichts an. Hier. Hilf mir hoch.« Sie hielt ihm ihre Hände entgegen.

Theon war froh über diese Geste. So sanft wie möglich zog er sie an den Händen auf die Beine. Es wäre weniger schmerzhaft gewesen, wenn er sie einfach hochgehoben hätte, doch das hätte der Sturkopf nie zugelassen. So viel hatte er bereits herausgefunden.

Lionee erbleichte, bis kein Tropfen Blut mehr in ihrem Gesicht zu finden war. Für einen winzigen Moment dachte Theon, sie würde es dennoch schaffen. Er irrte. Lionee stand noch nicht ganz, da verdrehte sie die Augen und brach zusammen. Theon fing sie in letzter Sekunde auf und legte sie auf das Bett.

Während er auf sie hinunterstarrte, wurde ihm klar, dass er sich entscheiden musste. Entweder er entsprach ihrem Wunsch und ließ sie in Ruhe, oder er legte sich mit ihr an, um ihr Leben zu retten. Doch dann verstrickte er sich noch tiefer in Schwierigkeiten.

Tief in seinem Herzen wusste er ohnehin, dass er keine Wahl hatte. Er würde sich um sie kümmern müssen. Doch was bedeutete das für seine Zukunft? Und vor allem: Wie sollte er Shay helfen, wenn Lionee ihn in die Minen bringen ließ?

Kapitel 6

Shay

Nat hatte sie an dem ersten Abend ihres Kennenlernens noch vier Mal in die merkwürdige Zwischenwelt geschickt. Erst dann war er zufrieden mit ihr. Offenbar kreischte sie nicht länger in seinem Kopf herum. Das war natürlich schön für ihn, doch ihr half das wenig.

Sie hasste diese fremde Welt schon jetzt.

Sobald sie in dieser seltsamen Finsternis steckte, hatte sie den Eindruck zu ersticken. Ihr Körper reagierte mit purer Panik und wehrte sich dagegen. Erst beim vierten Mal vernahm sie ein Geräusch, an das sie sich festhalten konnte. Es klang wie ein Glöckchen. Das leise Klingeln sorgte dafür, dass sich ihr Herzschlag beruhigte und die Hitze in ihrem Hinterkopf abkühlte.

Das war der Moment gewesen, in dem Nat das Training abgebrochen und erklärt hatte, sie müsse ab sofort allein weitermachen. »Tagsüber trainierst du deinen Körper. Sobald es Abend wird, musst du die Rune zeichnen, die Zeichen machen und dich schlafen legen. Wir kommen dann so schnell wie möglich zu dir, um dir im Traum alles Wissenswerte beizubringen. Wenn du ein wenig Freiraum hast, solltest du die Rune an der Tür nachzeichnen. Es ist eine Schutzrune. Sie verschleiert vorhandene Magie. Sie sollte stets gut gepflegt sein. Übe das Zeichen, wann immer du kannst. Es ist auch sehr effektiv, wenn du es dir auf die Haut malst und regelmäßig erneuerst. Allerdings muss es gut gezeichnet sein, sonst hat es die gegenteilige Wirkung.« Er hatte gegrinst. »Schau nicht so entsetzt. Du lernst das schon noch alles. Wir sind ja auch noch da. Gemeinsam schaffen wir das!«

Danach war er mit einem Augenzwinkern aus ihrem Zimmer und dem Haus verschwunden. Seitdem starrte sie ihm hinterher. Sie bezweifelte, dass sie in dieser Nacht auch nur ein Auge zutun konnte. Ihre ganze Welt stand Kopf!

Nachdenklich holte sie sich ihren neuen Stundenplan und das seltsame Buch, das ihr Nat übergeben hatte. Zunächst sah sie nach, was am nächsten Tag auf der Agenda stand. Na, prima. Selbstverteidigung für Anfänger und Reiten. Sie runzelte die Stirn, als sie die Adressen sah. Wie sollte sie in der kurzen Zeit von dem einen Training zum nächsten kommen? Das war völlig absurd!

Frustriert blätterte sie in dem mit einem braunen Lederschutzumschlag versehenen Buch. Es war mit seltsamen Zeichnungen übersät. Runen. Wie unheimlich. Daneben standen Zahlen und so etwas, das Shay erst nach einigem Überlegen als Schrittfolgen erkannte. Nat hatte also nicht gelogen. Die Magie wurde getanzt.

Sie hasste Tanzen und ging nicht mal gerne in eine Diskothek. Sie war einfach zu ungelenk und kam sich dadurch lächerlich vor. Und jetzt sollte das ihre Lebensaufgabe werden? Leise fluchend warf sie das Buch neben sich auf das Bett und rollte sich zusammen, um nachzudenken. Über das Ungeheuerliche. Das Absurde.

Sie sollte Königin einer fremden Welt werden und magische Tänze einstudieren. Der Gedanke ließ sie frösteln, daher zwang sie sich, über die positiven Aspekte nachzudenken. Das hatte sie von ihrer Psychologin gelernt: Sie sollte nicht nur das Negative sehen, sondern auch die guten Seiten im Leben.

Ihre Eltern! Endlich wusste sie mehr über ihre Herkunft. Ihre Eltern hatten sie nicht ausgesetzt oder absichtlich verlassen. Sie waren gestorben und hatten sie nicht freiwillig hergegeben.

Eine alte, tiefe Wunde begann sich zu schließen. Die Angst, verstoßen worden zu sein, hatte tief in ihr gegärt. Jedes Waisenkind wollte gerne wissen, woher es kam. Die Antwort darauf war meistens traurig und wenig erbauend. In ihrem Fall war das anders.

Obwohl dieser Tag eine einzige Katastrophe gewesen war, lächelte sie. Ihre Eltern hatten sie geliebt, und sie war nicht länger allein. Das war doch schon mal etwas.

Nat war anders, als erwartet. Bunter. Wilder. Fröhlicher. Seine Sprechweise hatte sie verwirrt, aber auch aufgemuntert. Er war wie ein mitreißender Orkan. Dazu seine anziehenden Augen, das charmante Lächeln. Da war etwas an ihm, das sie ganz gegen ihren Willen anzog. Dabei ging es nicht mal darum, dass er gut aussah. Das sah er wirklich! Nein. Da war etwas an seinem ganzen Sein, das ihr gefiel. Als Schatten war er ihr bereits sympathisch gewesen. In realer Gestalt sogar noch viel mehr.

Nur dass er auf sie aufpassen und ihr Leben verteidigen sollte, bereitete ihr Kopfzerbrechen. Zuverlässigkeit hatte er nicht gerade ausgestrahlt. Hoffentlich war da noch eine gewisse Ernsthaftigkeit unter der sonnigen Energie. Shay spürte bis in ihr Innerstes, dass er ihr Leben gehörig durcheinanderwirbeln würde.

Abrupt setzte sie sich auf. Ihr Lebensplan. An ihn hatte sie sich seit ihrem Einzug in dieses schreckliche Haus geklammert. Als sie ihn jetzt im Dämmerlicht musterte, kam er ihr leer und trostlos vor. Sie hatte sich ein perfektes Leben ausgemalt und alles dafür getan, um es zu erreichen. Ein einziger Tag hatte alles zum Einsturz gebracht.

Schweigend stand sie auf, nahm sich ein großes Blatt von ihrem Schreibtisch und schrieb einen neuen Plan. Ganz oben stand: »Eine gute Königin von ??? werden«. Leider hatte sie vergessen, wie die Welt hieß, über die sie herrschen sollte.

Darüber musste sie minutenlang so lachen, dass sie Seitenstechen bekam. Was war sie doch für eine Königinnenanwärterin! Sie, die nicht einmal mehr wusste, wie ihr zukünftiges Land hieß. Sie spürte die Hysterie in ihrem Gelächter. Gleichzeitig schlich sich Hoffnung darunter.

Ihre Schatten lebten! Sie wollten sich kümmern. Sie beschützen. Das war mehr, als sie sich jemals erträumt hatte. Hoffte nicht jedes Waisenkind, dank zweier heroischer Männer den Fängen des Pflegeheimsystems zu entkommen? Fragte sich nur, ob ihr das langfristig schaden oder helfen würde.

Sie brauchte fast eine Stunde, um ihren neuen Plan fertig zu malen. Danach starrte sie ihn lange an und fühlte sich seltsam fremd in ihrem eigenen Körper. So viel Kampfsport. So viel Tanzerei. So viel königliches Klimbim. Das konnte unmöglich ihr neues Leben sein.

Wie gerne hätte sie jetzt mit jemandem darüber gesprochen. Nicht mit Nat oder Theon. Mit einem Erdenbewohner. Sie wusste, wie verrückt das alles klang. Sie steckte schließlich mittendrin! Nicht zum ersten Mal bedauerte sie es sehr, dass der Kontakt zu ihrer besten Freundin im dritten Heim ihrer Waisenhauskarriere abgerissen war. Vor zwei Jahren hatten sie sich gegenseitig nicht mehr informieren können, wohin der jeweils andere gekommen war. Seitdem hatten sie sich aus den Augen verloren.

Shay hatte nie wieder versucht, eine neue Freundin zu finden. Der Verlust von Jenny hatte sie zutiefst verstört und sie einsamer zurückgelassen, als je zuvor.

»Ach, Jenny«, sagte sie leise zur Wand. »Du hättest das hier als ultracooles Abenteuer akzeptiert und die Herausforderung angenommen.«

Shay war anders. Sie hatte vor allem eins: panische Angst vor ihrem neuen Leben.

Sie drehte das Blatt um und musterte die Rückseite. Der erste Kuss. Freunde finden. Das kam ihr jetzt albern vor. Also schrieb sie nur ein einziges Wort darauf: Überleben.

Am nächsten Tag sah sie ihr neues Leben mit noch mal anderen Augen. Sobald sie aus der Schule trat, hielt ein verbeultes Taxi vor ihr, und ein älterer Mann mit langem Vollbart bis zum Bauchnabel stieg aus. »Shay Enders?«, fragte er sie und hielt ein Foto von ihr hoch.

Shay blieb vor Schreck wie angewurzelt stehen und spannte sich an, bereit zur Flucht. Der Typ wirkte wenig vertrauenerweckend und hatte auch noch ein Foto von ihr! »Was wollen Sie?«, fragte sie angriffslustig und sah sich rasch um. Ringsum gab es genügend Menschen, zwischen denen sie verschwinden und um Hilfe rufen konnte. Niemand würde sie auf offener Straße entführen. Oder?

»Theon Shenai schickt mich. Ich soll dich zu deinen einzelnen Trainings fahren, damit du pünktlich sein kannst. Wollen wir?« Er lächelte gewinnend und sah dadurch ganz anders aus. Wie ein freundlicher Großvater.

Shay entspannte sich augenblicklich und wurde gleichzeitig ärgerlich. Theon hatte offenbar an alles gedacht, nur sie zu informieren, hatte er vergessen. Oder war sie nur nicht wichtig genug, um jedes Detail zu erfahren? Sie hasste es, bevormundet zu werden. Das musste sie ihm dringend klarmachen.

»Ich habe auch Sportsachen für dich mit und so was, das wie Reitkleidung aussieht«, fügte der Mann hinzu und öffnete den Kofferraum. Shay kam zu ihm ums Auto und linste hinein. Tatsache. Aber ...

»Ist das ein Tutu?«, fragte sie entsetzt.

»Morgen steht Ballett auf dem Programm. Sieht ganz so aus. Wollen wir?«

Von Wollen konnte keine Rede sein, doch Shay sah ein, dass sie keine Wahl hatte. Sie musste sich für den Moment fügen – und bereute ihren Entschluss nur wenig später.

Ihr Selbstverteidigungstrainer stellte gleich klar, dass bei ihm keine Sonderbehandlung zu erwarten war. Shays großer Bruder habe zwar viel Geld bezahlt, damit sie Einzelunterricht bekam, so meinte er. Trotzdem würde er sie nicht schonen.

Die Ansage war deutlich, vor allem, weil der Trainer sie wie ein lästiges Insekt beäugte. Er erkannte auf einen Blick, dass sie nicht nur unsportlich, sondern wenig begeistert von ihrer Aufgabe war. Entsprechend unfreundlich benahm er sich ihr gegenüber.

Schlimmer hätte es nicht kommen können, dachte Shay am Ende der Stunde. Leider hatte sie sich geirrt. Kaum war sie beim Reitstall angekommen, stellte sie fest, dass sie Angst vor Pferden hatte. Abgrundtiefe, wirklich dramatische Angst. Die Reitlehrerin reagierte entsprechend irritiert, immerhin hatte sie seit Jahren Geld dafür bekommen, damit sie die Trainingsstunden an genau diesem Tag für Shay frei hielt. Dass ihre neue Schülerin völlig hysterisch beim Anblick eines kleinen Ponys reagierte, fand sie höchst seltsam.

Shays erste Reitstunde war daher eine einzige Katastrophe. Ihre Aufgabe bestand an diesem Tag darin, sich zu überwinden, das Pferd überhaupt zu streicheln. An Satteln, Striegeln oder gar Aufsitzen war nicht zu denken.

Als Shay endlich wieder im Taxi saß, fühlte sie sich schmutzig, zerschunden und untalentiert. Sie hatte heute keine gute Figur gemacht, einen Haufen Hausaufgaben vor sich und Angst vor dem Training im Schlaf mit Nat. Von den Schmerzen in ihren Gliedern ganz zu schweigen.

Der Preis, um ein magisches Supergenie zu werden, war offenbar hoch.

Immer einen Schritt nach dem nächsten, nahm sie sich vor. Wenn sie eine Sache als Waisenkind gelernt hatte, dann war es, dass es sich kaum lohnte, Angst vor der Zukunft zu haben. Wenn die Behörden sie einer neuen Pflegemutter zugeteilt hatten, war sie machtlos gewesen. Es hatte ihr wenig geholfen, vor Panik zu schlottern. *Nimm die Tage, wie sie kommen.* Das war über viele Jahre ihr Lebensmotto gewesen. Genau das musste sie sich jetzt auch immer wieder sagen. Nicht durchdrehen. Cool bleiben.

Obwohl ihr alles wehtat, setzte sie sich nach einer heißen Dusche an den Schreibtisch und erledigte ihre Hausaufgaben. Womöglich wurde aus der Prinzessinnen-Sache ja doch nichts, und dann benötigte sie einen guten Abschluss. Nat mochte das anders sehen, doch noch klammerte sie sich an dieses Stückchen Realität.

Erst als sie kaum noch die Augen offen halten konnte, ging sie zu Bett. Sie musterte dabei die Rune auf dem Blatt Papier und gruselte sich. Das Letzte, was sie jetzt wollte, war eine weitere Lektion. Sie brauchte dringend Schlaf. Tief und erholsam und vor allem: magiefrei. Aber wie so vieles in ihrem Leben gehörte das der Vergangenheit an.

Ergeben zeichnete sie die Rune nach, machte die Zeichen für sich und Nat und legte sich ins Bett. Sie glitt sofort in einen tiefen, traumlosen Schlaf, aus dem sie der Wecker am nächsten Morgen jäh herausriss.

»Nat?«, flüsterte sie fragend Richtung Schreibtisch und wusste doch, dass kein Schatten in ihrem Zimmer hockte. Hatte sie womöglich in der Nacht trainiert und das Zusammentreffen mit Nat vor Erschöpfung vergessen? Nein. Sie war sich sicher. Nat hatte sie nicht aufgesucht.

Wo steckte er? War er etwa so unzuverlässig, wie sie auf den ersten Blick befürchtet hatte? Hoffentlich nicht!

Den Morgen verbrachte sie damit, sich Sorgen zu machen. Sie hörte beim Unterricht kaum zu, hielt sich von ihren Mitschülern fern und horchte immer wieder nervös in sich hinein oder sah sich in den Ecken um. Keine Schattengestalt. Nat blieb verschwunden.

Das ungute Gefühl in ihrer Magengegend wurde so groß wie eine Melone und drückte schon bald unangenehm gegen ihr Herz. Sie spürte, dass etwas nicht in Ordnung war.

Konnte sie etwas tun? Ihn auf andere Weise erreichen? Sie grübelte darüber nach, kam aber zu keinem Ergebnis. Ihr blieb lediglich übrig, den nächsten quälenden Nachmittag mit Theons Trainingsplan zu verbringen.

Dabei lernte sie eins: Tutus standen ihr nicht, und ihr Hass auf Ballett wurde nur noch von der Angst vor Mixed Martial Arts getoppt. Sie hatte etwa fünf Minuten vor Beginn der Unterrichtsstunde die Kampfsportart gegoogelt und sich augenblicklich bis ins Mark gefürchtet. Entsprechend sah auch die erste Stunde aus. Ihr Trainer hatte ihr dringend ans Herz gelegt, sich zunächst nach einer passenderen Kampfsportart für ihr zartes Gemüt umzusehen.

»Glauben Sie mir: Hätte ich eine Wahl, würde ich das sofort tun«, hatte Shay erwidert. »Leider muss ich da jetzt durch.«

Nach dieser Stunde schwor sie sich, Theon umzubringen – für den unwahrscheinlichen Fall, dass sie den Unterricht überlebte. Sie hatte weder Ahnung von Karate, Ringen oder Kickboxen, noch Talent beim Fallen. Außerdem war sie viel zu ängstlich, um in einem Ring zu bestehen. Immerhin kamen ihr hier ihr extremer Überlebensinstinkt und ihre Eigenart zugute, nie aufzugeben.

»Du bist unsportlich, aber zäh. Damit können wir arbeiten«, hatte der Trainer am Ende kryptisch festgestellt und sie endlich aus der Hölle entlassen.

Dankenswerterweise war danach Autogenes Training an der Reihe. Dabei schlief Shay prompt vor Erschöpfung ein und wurde am Ende vom Coach heftiger gerügt als von ihrem Mixed-Martial-Arts-Trainer.

Völlig zerschunden und erschöpft kletterte sie ins Taxi. Sofort reichte ihr der nette Fahrer ein großes Eis und einen

Kühlpad. »Du schaffst das«, sagte er zu ihr. »Selbst wenn ich keine Ahnung habe, was du verbrochen hast, um solche Tage überstehen zu müssen.«

Shay nickte ihm dankbar zu, schleckte ihr Eis und kühlte dabei ihre wunden Fingerknöchel. Was für ein Scheiß! Hoffentlich tauchte in dieser Nacht wenigstens Nat auf, damit sie ihn für ihr neues Höllenleben zum Teufel schicken konnte.

Doch Nat blieb verschwunden, und das war sogar noch schlimmer als der Bogenschießkurs, das Maltraining oder der Paartanz am nächsten Tag zusammen.

Shay begann zu ahnen, dass etwas Schreckliches mit Nat passiert sein musste. War er verwundet worden? Oder gar getötet? Und musste sie bald um ihr Leben kämpfen – allein und auf sich gestellt?

Oder war er doch nur ein unzuverlässiges Arschloch, wie all die anderen Personen in ihrem Leben? Ihr hatte man schon oft Hoffnung auf ein besseres Leben gemacht. Auf eine Familie. Auf Anschluss und menschliche Wärme. Nie war etwas daraus geworden.

War Nat genauso?

Die Antworten auf diese Fragen machten ihr noch mehr Angst, als ihr grimmig dreinblickender Schattenbox-Trainer es jemals gekonnt hätte. Ohne Nat oder Theon an ihrer Seite war sie verloren.

Doch diesmal ging es nicht mehr allein um ein glückliches Leben im Kreis einer neuen Pflegefamilie. Diesmal ging es darum, ein Leben zu haben. Es ging ums nackte ÜBERleben.

Kapitel 7

Lionee

Als sie die Augen öffnete, blickte sie direkt in Theons Gesicht. Er stand über sie gebeugt und starrte sie an.

»Erlaub mir, das Gestell abzunehmen. Sofort.« Er hob eine Zange in ihr Sichtfeld und klapperte damit herum. »Wenn du dich weigerst, bist du so gut wie tot.«

Lionee blinzelte verwirrt, versuchte sich zu orientieren. Unter ihr war es weich. Lag sie im Bett? Ja, ohne Zweifel. Theon musste sie hineingelegt haben. Wenigstens war er nicht ungefragt zur Tat geschritten, sondern wartete auf ihre Erlaubnis. »Wenn ich nicht gehen kann, bin ich noch viel weniger wert«, flüsterte sie müde. Vermutlich lag es an den schrecklichen Schmerzen, dass ihr diese Worte über die Lippen kamen. Sonst hätte sie das nicht einmal sich selbst gegenüber zugegeben.

»Für mich bist du hier die tapferste Person in diesem Schloss. Wir finden eine Möglichkeit, damit du laufen kannst. Zunächst musst du überleben.«

»Nein«, sagte sie. »Nein! Das Gestell hat die Königin höchstpersönlich anfertigen lassen. Sie weiß, was sie tut.«

»Sie lässt es in ganz Amenthes Dunkelheit werden! Sie hat längst die Kontrolle verloren.«

Fassungslos starrte Lionee ihr Gegenüber an. »Solche Worte sind Hochverrat an deinem Land!«

»Deine Weigerung, dir helfen zu lassen, ist Hochverrat an deinem Körper.«

»Verschwinde«, zischte Lionee aufgebracht. »Du widerst mich an.«

»Fein. In dem Fall wären die Fronten deutlich geklärt. Schlimmer kann es nun nicht mehr werden. Ich wäre gerne anders vorgegangen, doch leider lässt du mir keine Wahl. Meiner Meinung nach bist du aufgrund deines Zustands nicht mehr zurechnungsfähig. Als dein Wächter muss ich dafür sorgen, dass du am Leben bleibst. Also ... verzeih das Kommende.«

Ein seltsames Geräusch ertönte. Ein Schnappen, gefolgt von einem leisen Pling. Sofort war Lionee hellwach. Sie versuchte sich aufzurichten. Zu schreien. Zu protestieren. Theon von sich zu schieben.

Stattdessen tat sie nichts von alldem, denn etwas Unglaubliches geschah. Der unerträgliche Druck auf ihre Hüfte ließ nach. Sie hatte nicht mehr länger den Eindruck, zu verbrennen.

»Besser?«, fragte Theon, der sie aufmerksam beobachtete.

Lionee nickte schweigend.

»Gut. Dann mache ich mal weiter.«

Er brauchte fast eine halbe Stunde, um das Gestell von ihrem Körper zu schneiden. Es tat weh. Es blutete. Es war schrecklich. Aber schließlich atmete Lionee erleichtert auf.

Theon hingegen runzelte die Stirn. »Ich bin kein Heiler, aber wir sollten die Wunden auswaschen und verbinden. Das wird noch mal sehr wehtun. Bist du bereit dafür?«

Lionee nickte ergeben und beobachtete, wie Theon das hoffnungslos zerschnittene Gestell achtlos in die Ecke warf und sich mit Tüchern und heißem Wasser auf einen Stuhl neben sie setzte. »Woher hast du die Sachen?«, fragte sie schwach.

»Felisi hat sie mir gebracht. Sie war sofort einverstanden mit meinem Vorhaben. Ihrer Meinung nach war das längst überfällig.«

Erst jetzt bemerkte Lionee, dass Theon ihr gesundes Bein bis zur Hüfte zugedeckt und ihr damit zumindest den Anschein von Schicklichkeit gelassen. Sie war ihm dankbar dafür. Dennoch blieb es dabei: Wenn er sie an diesen Stellen verarzten wollte …

»Hör auf, dir Sorgen zu machen. Ich bin weder zimperlich, noch sind mir Sachen schnell unangenehm. Das sollte es dir auch nicht sein. Stirb bitte nur nicht. Damit tust du mir einen großen Gefallen.«

»Liest du eigentlich immer meine Gedanken?«

»Das ist nicht schwer. Ich erkenne recht einfach, was du denkst. Das ist schön für mich und ärgerlich für dich. Bereit?«

Lionee nickte und wandte den Kopf ab, um Theons Arbeit nicht sehen zu müssen. Zu ihrem Erstaunen war seine Arbeit weit erträglicher als gedacht. Es ging ihr sogar bereits jetzt deutlich besser. Hatte Theon tatsächlich recht gehabt? War das Gestell der Grund für ihre Schmerzen gewesen?

»Ist das ein Benu-Zeichen auf deinem Handgelenk?«, fragte er. Vermutlich wollte er sie damit von seiner unangenehmen Arbeit ablenken.

Lionee mochte zunächst nicht antworten. Das Thema verursachte ihr noch schlimmere Pein als die körperliche Wunde. Andererseits hatte Theon vielleicht recht. War sie etwa zu empfindlich? »Das Zeichen der Königin war von Beginn an verwaschen, kaum lesbar und seltsam vernarbt. Die Berater gingen davon aus, dass ich nicht lange leben würde. Als ich ein Jahr alt war, wäre ich beinahe an einem heftigen Fieber gestorben, doch ich überlebte. Trotzdem blieb die Zahl unleserlich. Ich wurde dennoch ausgebildet. Bis zum Angriff der Venatoren bei dem … Ball.«

Sie musste nicht konkretisieren, was für einen Ball sie meinte. Auch Theons Leben war danach nicht mehr wie zuvor gewesen. »Eine Bestie packte mich an der Hüfte und schleuderte mich gegen die Wand. Meine Hüfte wurde zerschmettert, genau wie mein linkes Bein. Ein zweites Vieh verbiss sich in meinem Handgelenk. Seitdem ist das Zeichen kaum noch zu sehen. Es wurde zerstört.« Sie betrachtete ihr Handgelenk zum ersten Mal seit vielen Jahren genauer. Der Arm war völlig vernarbt. Nur wenn sie ganz genau hinsah, erahnte sie eine blasse, dunklere Linie. Seltsam. Sie hatte sie viel undeutlicher in Erinnerung. Beinahe meinte sie eine Zahl zu erkennen. Unmöglich. Das Zeichen der Königin war vernichtet. Für immer.

Sie riss sich von dem Anblick los und konzentrierte sich wieder auf Theon. »Ich habe dafür gekämpft, dass ich wieder zum Unterricht gehen durfte, aber meine Magie war fort. Zusammen mit dem Zeichen.« Der Schmerz darüber wühlte noch immer in ihrem Inneren. Sie war seit Geburt ein Sonderling gewesen. Eine nicht ernst zu nehmende Kuriosität. Das hatte sie angetrieben, sie stärker gemacht. Nachdem sie vom Unterricht ausgeschlossen worden war, hatte sie sich nutzlos und schwach gefühlt. Es hatte sie vernichtet.

Theon ließ den blutigen Lappen in seinen Händen sinken. Sein Blick war ernst, aber bestimmt. »Die Gerüchte über dich sind fies, doch wir zwei wissen es besser. Du bist zäh, willensstark und stur. Ich mag dich nur kurz kennen, aber das habe ich auf einen Blick festgestellt. Du wirst durch pure Willenskraft dein Zeichen zurückzwingen.«

Lionee verzog frustriert das Gesicht. »Das bezweifle ich. Es ist verloren.«

»Und wenn schon. Es gibt Schlimmeres im Leben. Dann jagen dich zumindest die Venatoren nicht länger. Das Leben als Königin ist auch nicht sonderlich erstrebenswert. Such dir einen neuen Lebenssinn.«

»Als ob das so leicht wäre. Was würdest du tun, wenn du von einem Tag auf den anderen kein Duatkrieger mehr sein dürftest? Ich bin sicher, das würde dich auch bis in deine Grundfesten erschüttern.«

Theon dachte lange nach, dann nickte er. »Ich würde daran zergehen. Ohne Zweifel. Du aber nicht. Du bist anders.« Er deutete auf das Gestell in der Ecke. »Du hast dieses Ding die ganze Zeit getragen, weil du unbedingt gehen wolltest. Und das, obwohl du keine Aussicht hattest, jemals wieder am Unterricht teilzunehmen. Dazu gehört schon sehr viel Schneid und sehr viel Dummheit.«

»He!«

»Das musst du mir zugestehen, Lionee. Ich habe dich gelobt, jetzt hör auch meinen Tadel. Dass du dich absolut irrsinnig benommen hast, ist offensichtlich. Deine Sturheit hätte dich beinahe dein Leben gekostet.«

»Bei dir wird es dein Beschützerinstinkt sein. Du hast mich unbedingt retten wollen und dabei sogar dein Leben riskiert. Die Prinzessin gegen ihren Willen anzufassen ist Hochverrat. Ich könnte dich jederzeit in die Minen werfen lassen.«

»Wie gut für mich, dass du das nicht tun wirst.«

»Was macht dich da so sicher?«

Theon lächelte wölfisch und zeigte dabei sogar die Zähne. »Ich bin der Einzige, der weiß, dass du dein Gestell zerlegt hast. Der Einzige, der dir jetzt helfen kann, und der Einzige, der dir auch helfen wird. Du bist zu klug, um die Tatsache zu ignorieren.«

»Und du neigst dazu, Drohungen mit liebenswürdigen Komplimenten zu tarnen. Ich habe dich durchschaut, Theon Shenai. Du bist ein Rebell, der sich als Gefolgsmann tarnt. Pass auf, dass das meine Mutter nicht erkennt.«

Sie war zu weit gegangen. Theons Gesicht entglitt ihm, sodass Lionee einen Blick hinter seine Fassade werfen konnte. Erschrocken erkannte sie, wie angespannt er wirklich war. »Sie hat es bereits bemerkt«, schlussfolgerte sie.

Theon nickte. »Was meinst du, warum ich Dienst in deinem Zimmer verrichten muss?«

»Aber was hast du denn getan?«

Wie nicht anders zu erwarten, blieb ihr Theon die Antwort schuldig. Stattdessen wusch er weiter ihre Wunden aus, bis er plötzlich den Kopf hob und lauschte. Mit einer geschmeidigen Bewegung stand er auf.

»Was?«, fragte Lionee besorgt.

»Das Gefüge der Magie hat sich verschoben.« Ein Hornsignal ertönte. So laut und so eindringlich, dass sie beide zusammenzuckten. »Alarm. Venatoren. Sie sind im Schloss.«

Shay

Da war etwas im Haus. Shay wusste es instinktiv. Langsam richtete sie sich in ihrem Bett auf, versuchte die Dunkelheit zu durchdringen. Vom letzten Training tat ihr alles weh, sodass sie den Grund für ihre Panik zunächst darin suchte. Vielleicht wollte ihr Körper sie warnen?

Nein.

Es war etwas anderes. Etwas völlig anderes.

Mit angehaltenem Atem lauschte sie, aber außer dem typischen Knacken der alten Holztreppe war nichts zu hören. Ein Blick auf die Armbanduhr zeigte ihr, dass es kurz vor drei Uhr nachts war. Die anderen Kinder und Jugendlichen schliefen in ihren Betten, genau wie die Pflegemutter. Trotzdem war da etwas.

Möglichst lautlos setzte Shay ihre nackten Füße auf den alten Linoleumboden und tappte auf Zehenspitzen zur Zimmertür. Erneut hielt sie die Luft an, als sie die Tür einen Spalt weit aufmachte und hindurchlinste. Der triste Flur war in der Dunkelheit nur undeutlich zu erkennen, aber Shays Augen waren scharf. Sie machte zumindest den Treppenabsatz aus. Da! Jetzt hatte sie es deutlicher bemerkt oder vielmehr gespürt. Etwas schlich unten im Flur herum. Es kam häufig vor, dass einige der Jugendlichen durchs Haus geisterten, um nach einer nächtlichen Party ungesehen ins Bett zu kommen. Den wenigsten gelang es, denn die Pflegemutter hatte ein geradezu unheimliches Gespür für solche Nachtschwärmer.

Diesmal war es anders. Shay spürte es bis in die Tiefe ihres Körpers. Da war etwas, das nicht hierher gehörte. Ein Schatten, ähnlich wie Theon oder Nat. Nur dass dieser neue Schatten nichts Gutes von ihr wollte.

Einen Moment lang rang sie mit sich und ihrer Neugierde. Sollte sie sich besser zurückziehen und sich die Decke über den Kopf ziehen? So tun, als sei das Wesen Einbildung?

Ist es aber nicht, dachte Shay bitter. Also sieh nach, und sei vorbereitet. Sie schnappte sich eine Bastelschere vom Schreibtisch und schlich in den Flur, spähte von dort hinunter in die untere Etage. Das kleine Nachtlicht sorgte dafür, dass die Schatten unnatürlich verzerrt wirkten.

Gleich darauf erstarrte Shay. Etwas Längliches schlich beinahe lautlos durch den unteren Flur. Es hatte einen riesigen Kopf, vier Pfoten und definitiv einen Schwanz.

Shay hatte vergessen, wie Nat die Wesen genau bezeichnet hatte, doch ein Begriff war ihr im Gedächtnis geblieben. Schattenbestien. Die Viecher, die Jagd auf die Thronanwärterinnen machten.

Shay unterdrückte gerade noch einen Schrei. Die Wesen waren in ihrem Haus! Sie hatten sie gefunden!

Und jetzt?

Wegzulaufen war ihr erster Impuls, aber dann gewann die Vernunft die Oberhand. Wenn die Wesen sie bemerkt hätten, wäre sie längst tot. Nein. Die Bestien suchten eher ziellos. Als hätten sie lediglich eine undeutliche Vorstellung davon, wo Shay sein konnte.

Gerade blieb das Wesen an der Türschwelle zur Küche stehen, schnüffelte. Beinahe hätte Shay schwören können, dass der Pfosten zu leuchten begann. War da etwa eine Schutzrune aktiv? Aber wer sollte sie dort unten angebracht haben? Nat war nur kurz hier gewesen. Die Bestie betrachtete den Bereich eingehend und drehte sich wenig später um, trottete Richtung Wohnzimmer. Das war Shays Chance.

Ganz langsam trat sie den Rückzug an, drückte ihre Zimmertür möglichst lautlos zurück ins Schloss und überlegte. Dabei fiel ihr Blick auf die Rune an der Tür.

Fliehen oder auf die Kraft dieses Zeichens vertrauen? Womöglich lebte sie nur noch, weil die Rune ihren Zauber entfaltete? Der Schreck fuhr ihr in die Glieder. Wann hatte sie die Linien erneuert?

Noch nie. Verdammt. Sie musste achtsamer sein. So etwas durfte nicht passieren. Allerdings waren jagende Bestien, magische Runen und verschwundene Schatten durchaus ein Grund, den Überblick zu verlieren. Erschwerend kam hinzu, dass ihre Lehrer verschwunden waren. Seit vier langen, schrecklichen Wochen. Shay wurde beinahe verrückt vor Angst. Von der Bestie in ihrem Haus ganz zu schweigen.

Sie musste entscheiden, was sie tun wollte. Jetzt!

Sie handelte. Statt durch das Fenster aufs Dach zu klettern, ritzte sie sich mit der stumpfen Bastelschere die Haut ein, sammelte genügend Blut und strich damit die Rune nach. Dabei zwang sie sich, so sorgsam wie nur möglich vorzugehen. Nur zu genau klangen ihr Nats Worte im Ohr. Wenn das Zeichen falsch gezogen wurde, waren ihre Bemühungen vergeblich.

Sie beendete den letzten Strich, als sie ein Knarren auf der Treppe wahrnahm, gefolgt von einem Scharren. Ein leises Knurren erklang, kaum hörbar. Es setzte sich bis in ihren Magen fort. Verdammt. Die Bestie aus dem Flur war nach oben gekommen und lief jetzt an den Türen der Pflegekinder vorbei.

Bitte, dachte Shay verzweifelt. *Verschlaft das alles*! Nicht auszudenken, wenn eins der Kinder aufwachte und nach draußen ging. Was sollte sie dann tun?

Sie selbst wagte sich vor Angst nicht mehr zu rühren und stand reglos einen Fuß entfernt von der Tür, starrte die Rune an. Hoffentlich hatte sie alles richtig gemacht.

Jetzt war sie sich sicher, ein Schnüffeln zu vernehmen. Das Wesen schnupperte, suchte vermutlich nach ihrem Geruch. Wie ein Hund. Es tappte langsam und gemächlich voran, ließ sich Zeit.

Shay begann vor Angst zu zittern. Wenn das Vieh sie bemerkte, war sie tot. Da machte sie sich keine Illusionen. Ihre Trainer hatten im Laufe der Tage keinen Zweifel daran gelassen, dass sie in Selbstverteidigung eine Niete war. Sie war unsportlich. Punkt. Natürlich hatte sie viele kleine Tricks gelernt, konnte inzwischen richtig fallen, besser schlagen, war wendiger und schneller, ausdauernder und konzentrierter geworden. Sie bezweifelte jedoch, dass ihr das etwas im Kampf gegen ein schattenhaftes Untier helfen konnte.

Sie stand gefühlt eine Ewigkeit mit angehaltenem Atem vor der Tür und lauschte. Dabei war sie so angespannt, dass ihre Muskeln protestierten. Selbst als sie sich sicher war, dass das Wesen wieder die Treppe hinunterschlich, blieb sie zunächst reglos stehen.

Dann endlich war es vorbei. Die erdrückende Präsenz des fremdartigen Wesens verschwand aus dem Haus. Es hinterließ lediglich einen unangenehmen Geschmack auf der Zunge. Wie Rauch.

Erst jetzt begriff Shay, dass sie die Bestie tatsächlich gefühlt hatte. Mit ihrer Magie? Mit ihren Instinkten?

Was immer es gewesen sein mochte: Es war ihr fast genauso unheimlich wie das Schattenvieh. Es war, als sei sie nicht mehr Herrin ihres Körpers. Als übernehme eine andersartige Macht ihre Sinne.

»Cool bleiben. Keine Panik schieben«, flüsterte sie sich selbst zu. Als erstes musste sie ihre Reglosigkeit abschütteln. Sich bewegen. Entschlossen ging sie zum Bett, legte sich auf die Matratze und horchte so lange in sich hinein, bis sie trotz ihrer Todesangst einschlief. Ihr Körper war zu erschöpft, um noch länger wach zu bleiben.

Abrupt fand sie sich in der seltsamen Zwischenwelt wieder, die sie seit Nats Verschwinden nicht mehr betreten hatte.

»Shay«, hörte sie eine erleichtert klingende Stimme im Kopf. »Ich bin so froh, zu dir durchgedrungen zu sein.«

»Nat? Wo zur Hölle seid ihr abgeblieben?« Shays körperlose Gestalt drehte sich um sich selbst, suchte im Nichts nach Nat. Diese Art des Unterrichtens war schrecklich.

»Wir hatten mit unvorhersehbaren Problemen zu kämpfen.«

»Ach? Ich auch! Trotzdem habe ich ständig versucht, mit euch Kontakt aufzunehmen.«

»Du bist ärgerlich. Das …«

»Nein, ich bin nicht ärgerlich. Ich bin stinksauer! Ihr habt mich erst zu Tode erschreckt, meine Zukunft mega düster gemalt und euch anschließend auf Nimmerwiedersehen verpisst. Ihr habt mich allein gelassen. Wie richtige Arschlöcher! Anstatt mir Hilfestellung zu geben, quält ihr mich mit schrecklichen Trainings, und dann seid ihr nicht mal da, wenn so ein Scheißvieh in meinem Haus auftaucht.«

»Da ist *was* aufgetaucht?« Nats Worte überschlugen sich in Shays Kopf.

»So ein schattenhaftes Hunde-Löwen-Biest. Das ist durch unseren Hausflur geschlichen.«

»Wann?«

»Grad eben.«

»Und dann schläfst du gemütlich in deinem Bett ein?«

»Es ist wieder weg und ja: Ich bin zu Tode erschöpft und völlig durch den Wind. Dank Theons Sadomaso-Übungsplan bin ich dermaßen fertig, dass mich nicht mal eine Mörderbestie zum Rennen bewegt.«

Nat fluchte lange ausgiebig in einer für Shay unbekannten Sprache. Danach fluchte er noch einmal lang und ausgiebig in ihrer Sprache, bis er sich endlich wieder fing. »Du musst da weg. Sofort!«

»Aber hier habe ich meine Schutzrune. Die an der Küche hat ihn aufgehalten. Sie war sehr wirksam.«

»An der Küche? Hast du die gezeichnet?«

»Natürlich nicht. Ich dachte, du seist das gewesen.«

»Nein. Seltsam ...« Shay hörte geradezu, wie Nat überlegte. »Vermutlich war es Theon.«

Vermutlich, dachte Shay finster. Nat schien erschreckend planlos zu sein. »Jedenfalls habe ich die Rune an meiner Tür noch mal erneuert. Sie scheint zu wirken.«

»Gute Idee. Sehr, sehr gute Idee! Hätte von mir sein können.«

Es war ja auch deine Idee, dachte Shay. Nat schien nur so durch den Wind zu sein, dass er das glatt vergessen hatte. Und so jemand sollte ihr Leben beschützen? »Und was mache ich jetzt, du Genie?«, fragte sie ergeben.

»Du musst sämtliche Schutzrunen lernen, die ich in dem Schriftstück für Benus aufgezeichnet habe. Einige davon sind recht kompliziert, aber mit ein bisschen Übung solltest du sie schnell verinnerlichen. In der Zwischenzeit überlegen Theon und ich eine Lösung.«

»Meinst du damit, du verschwindest wieder einen Monat lang?«

»Einen *Monat*?« Erneut kiekste die Stimme seltsam in Shays Kopf.

»Ja, ihr seid seit vier Wochen von der Bildfläche verschwunden. Was meinst du, warum ich so sauer auf euch bin?«

Wieder fluchte Nat ausgiebig und höchst kreativ, fing sich diesmal aber deutlich schneller. »Das ist schlimm. Sehr schlimm. Es tut mir leid, Shay. Manchmal verschieben sich die Zeitstränge zwischen den Welten. Das geschieht meist, wenn in kurzer Zeit sehr viele Leute durch den Riss gegangen sind. Dann können in der einen Welt zwei Stunden vergehen und in der anderen Welt zwei Jahre.«

»Das klingt ja grässlich. Lasst euch sofort was einfallen. Kommt zurück. Am Besten schon gestern. Ich bin ohne euch aufgeschmissen. Die Viecher werden mich finden. Dass ich heute überlebt habe, war Glückssache. Ein zweites Mal kann das ganz anders ausgehen.«

»Äh ... ja. Wir arbeiten an einem Plan.«

Das klang gar nicht gut. »Nat? Was ist los?«

»Um ehrlich zu sein, sind mir momentan ein bisschen die Hände gebunden. Wenn Theon sich in der Zwischenzeit auch nicht gemeldet hat, hat er vermutlich ebenfalls große Probleme.«

»Ich bezweifle, dass es größer ist als meins. Mich jagen bärenartige Löwen-Bestien! Wo ist bei euch das Problem?«

»Na ja ... also ... ich weiß nicht, wie ich es sagen soll.«

»Versuch es einfach.«

»Ich stecke vermutlich im Riss fest. Wenn ich seit vier Wochen unterwegs bin, sieht das nicht gut für mich aus.«

»Du steckst ... was?«

»Für mich sind geschätzt erst zwanzig Minuten Zeit vergangen. Ich habe dich gerade eben erst verlassen und mich dann leider verirrt. Um Kraft zu schöpfen, wollte ich mal kurz bei dir anklopfen. Das hilft gegen die Panik, weißt du?«

»Dafür klingst du aber erstaunlich gelassen.«

»Ja, Panik nutzt in völliger Finsternis eher wenig, Reden hingegen fördert meine Konzentration. Falls du es noch nicht bemerkt haben solltest, habe ich damit manchmal so meine Probleme. Langsam mache ich mir allerdings Sorgen, Theon hier gleich ebenfalls zu treffen. Dass er sich nicht bei dir gemeldet hat, ist ein sehr schlechtes Zeichen. Mach dir aber bitte keine Sorgen! Mir fällt schon was ein. So ein paar Irrungen und Wirrungen halten mich nicht lange auf. Allerdings muss ich zugeben, dass die derzeitige Situation angenehmer sein könnte.«

»Sag mir bitte, bitte, dass du Witze machst.«

»Leider nein.«

Shay atmete tief durch. Danach noch einmal. »Also schön. Wie bekommen wir dich wieder aus dem Riss raus?«

»Purer Zufall oder unfassbares Glück. Oh! Oder verdammtes Können. Ich glaub, ich sehe Licht am ... Bei den Eiern des Feuervogels!«

»Nat! Verdammt! Wehe, du lässt mich wieder allein. Nat? NAT?« Doch niemand antwortete ihr.

Die Panik überrollte Shay regelrecht. So plötzlich, wie die Verbindung abgerissen war, konnte das kein gutes Zeichen sein. Was war mit Nat geschehen? Er mochte zwar auf den ersten Blick wenig hilfreich sein, aber sie wollte ihn trotzdem nicht verlieren. Über die Jahre hinweg war er zu ihrer Familie geworden. Als Schatten. Als Begleiter. Das war allerdings nicht der einzige Grund für ihre Angst. Wenn Nat im Riss feststeckte und Theon verschwunden war, würde ihr niemand zu Hilfe kommen. Das wiederum bedeutete, dass die nächste Begegnung mit den fiesen Bestien ihre letzte sein konnte.

Kapitel 8

Theon

Er zog sein Schwert und rannte zum Fenster, spähte aufmerksam hinaus. Wachen eilten hin und her, formierten sich hastig zu einem Angriff. Eine Gruppe Benu rannte über die braunen Wiesen, um sich im Schloss in Sicherheit bringen zu können. Sie würden es nicht schaffen.

Theon fluchte, als er die schattenhaften Bestien erblickte. Sie rasten von den Stallungen kommend auf die Frauen zu. Ihre löwenartigen Körper flimmerten dabei dunkelgrau, sobald ein schwacher Lichtstrahl sie erreichte. Ansonsten verschwammen sie mit der allgegenwärtigen Dämmerung.

Hinter ihnen ragten die gigantischen Mauern des Schlosses auf. Mauern, so hoch, dass kein Mensch sie überwinden konnte. Leider galt das nicht für die Venatoren. Sie konnten daran einfach entlangklettern.

Ein Duatkrieger hatte die Angreifer bereits entdeckt und rief den Benu eine Warnung zu. Die Frauen wechselten sofort den Kurs und rannten nun zu den Unterrichtsräumen.

Mit angehaltenem Atem beobachtete Theon das Geschehen. Dabei horchte er in sich hinein. Wo war Nat abgeblieben? Seit Tagen galt er als vermisst, was Theons Position noch weiter schwächte. Er konnte es sich selbst nicht erklären. Hatte die Magie abermals die Zeitzonen verändert? Das war schon einmal geschehen. Fünf Minuten auf der Erde hatten auf Amenthes fast eine Woche gedauert.

Hoffentlich war es nur das und kein Angriff der Venatoren auf seinen Bruder. Doch wenn er getötet worden wäre, hätte Theon das gespürt. Hoffentlich.

Da! Ein Zupfen an seiner Magie. Genau zur richtigen Zeit. Nat hielt sich endlich wieder in dieser Welt auf. Für einen winzigen Moment entspannte sich Theon, bis er die Aufregung seines Bruders spürte. Er war in Panik. Kämpfte.

Theon fluchte laut und hastete zur Tür, riss sie auf. Der Flur lag wie ausgestorben vor ihm. Kein Wunder. Sobald Venatoren im Schloss waren, verbarrikadierte sich jeder Schlossbewohner in der Hoffnung, unentdeckt zu bleiben. Auf dem Vorhof ertönten mittlerweile laute Schreie. Die Venatoren hatten die Benus erreicht.

»Was ist los?«, fragte Lionee mit zitternder Stimme. Sie hatte sich mühsam auf die Ellbogen aufgerichtet und reckte den Hals. Vom Bett aus konnte sie jedoch vermutlich das Geschehen weiter unten nicht sehen.

Theons Herz schlug viel zu schnell. Das Gefühl wachsender Gefahr wurde immer stärker und mächtiger. Was war mit Nat? Wo steckte er? War er etwa mitten in einen Angriff geraten?

»Geh«, sagte Lionee unvermittelt.

Theon schloss die Tür möglichst lautlos und wandte sich ihr zu. »Was meinst du?«, fragte er ungläubig.

»Hilf den anderen! Die Venatoren sind schon lange nicht mehr hinter mir her. Seit mein Zeichen zerstört ist, bin ich uninteressant. Du hingegen siehst aus, als würdest du dir große Sorgen machen.«

»Mit meinem Bruder stimmt etwas nicht«, gab Theon zu.

»Dann such nach ihm. Ich komme allein zurecht.«

»Im Leben nicht. Ich habe geschworen, dich zu schützen. Ich bleibe.«

»Aber dein Schwert wird im Schlosshof viel dringender benötigt als hier.«

Theon überlegte kurz, dann schüttelte er erneut den Kopf. »Mein Platz ist bei dir.«

Er wollte gerade einen Lehnstuhl unter die Türklinke klemmen, als die Tür mit einem Krachen aufflog. Sie traf ihn vor die Brust und ließ ihn straucheln. Sekunden später war die erste Bestie über ihm, riss ihn um. Der Stuhl rettete ihm das Leben. Statt seinen Hals erwischte das Vieh lediglich die Lehne und pulverisierte das Holz in kleine Stücke. Späne flogen Theon um die Ohren. Hastig stabilisierte er sein Gleichgewicht, und er schlug mit dem Schwert nach dem Venatoren. Der knurrte und wich aus, machte Platz für ein zweites Schattenwesen.

Er hörte Lionees Fluchen, hatte aber keine Zeit, nach ihr zu sehen. Auf keinen Fall durfte er seine Gegner aus den Augen lassen. Vorsichtig schob er sich zwischen sie und Lionee. Wartete. Die Bestien maßen ihn mit starrenden Blicken, suchten nach Schwachstellen und Angriffspunkten. Ohne weiteres Zögern griffen sie an.

Theon hatte mit einem Mal alle Hände voll zu tun, um am Leben zu bleiben. Eine einzige Bestie war bereits ein würdiger Gegner. Zwei davon waren eine tödliche Gefahr. Er hielt fünf Minuten durch, dann wurde ihm klar, dass er auf verlorenem Posten stand.

Ein Venator erwischte Theon am Arm, riss ihm das Hemd bis zum Handgelenk auf. Beinahe hätte er das Schwert verloren. Beim Angriff des zweiten Ungeheuers war er zu langsam. Es sprang geradewegs auf ihn zu. Unmöglich noch auszuweichen. Unmöglich zu kontern.

Er war so gut wie verloren.

Doch kurz vor der Kollision bohrte sich ein spitzes Skalpell tief in den Schädel des Viehs. Es erschlaffte geradewegs im Sprung. Theon verhinderte in letzter Sekunde, dass er unter dem schweren Körper begraben wurde. Ein zweites Messer flog, verfehlte nur leider den verbliebenen Gegner.

Der wirbelte herum und starrte Lionee aus rot glühenden Augen an.

Seine Gegnerin hockte noch immer im Bett und nahm Maß für einen nächsten Wurf. Sie musste die Bewegung nicht mehr ausführen, denn Theon war schneller. Er durchbohrte das Vieh mit dem Schwert und schmetterte in der gleichen Bewegung die nur noch halb in den Angeln hängende Tür zu.

»Schieb die Kommode davor«, rief ihm Lionee zu.

Theon folgte der Aufforderung, benötigte aber sein gesamtes Gewicht, bis er das riesige Möbelstück vor die Tür gehievt hatte. Atemlos starrte er Lionee an. »Wo hast du so werfen gelernt?«

»Ich hab sonst nicht viel zu tun. Übung macht den Meister. Gern geschehen.«

»Natürlich. Danke! Danke für die Rettung.«

Lionee kniff als Antwort die Augen zusammen. »Die Venatoren haben kein Interesse an mir. Mein Zeichen wurde zerstört. Wegen mir sind sie nicht ins Zimmer gestürmt«, sagte sie langsam und bedächtig.

Theons Herz schlug noch schneller als während des Angriffs der Venatoren. Bitte, dachte er. Sprich es nicht aus. *Eine Ausrede*, dachte er. *Denk dir was aus!*

»Vielleicht irrst du dich ja. Vielleicht bist du doch noch in der Rangfolge bedacht«, warf er in den Raum.

Lionee hob in einer erbosten Bewegung den Arm und zeigte ihr völlig vernarbtes Zeichen. »Sieht das für dich danach aus, dass ich nur noch einen Funken Magie weben kann? Meine Magieadern sind zerstört. Genau wie das Zeichen.«

Theon blinzelte. Sah noch einmal genauer hin. »Ich weiß, dass du mir nicht glaubst, aber ... Dein Zeichen sieht beinahe aus wie eine Zahl. Vielleicht können wir es nur noch nicht entziffern.« Er hätte schwören können, dass Lionees

Tattoo heute Morgen noch anders ausgesehen hatte. Viel lebloser. Unmagischer.

»Du bist so gemein«, sagte Lionee tonlos. »Wir wissen beide, dass du das nur sagst, um mich von dem ungeheuerlichen Verdacht abzulenken, den ich gerade habe.«

»Mein Schützling ist tot«, log Theon nun direkt. Er musste Lionee unbedingt von ihrer Schlussfolgerung ablenken. Sie starrten einander an. Seine Hand krampfte sich dabei instinktiv um den Schwertgriff.

Lionee sah seine Bewegung und hob kommentarlos das Skalpell. »Vergiss nicht. Ich bin eine Meisterin im Werfen.«

»Ich bin dein Beschützer. Ich werde dir niemals etwas tun.«

»Du bist ein Wächter. Das stimmt. Allerdings nicht meiner. Dein Schützling ist angeblich tot, doch warum greifen dich Venatoren dann an? Das tun sie nur, wenn die Benus in der Rangfolge unter die ersten fünfzig gekommen sind. Nur dann attackieren die Venatoren auch die Duatkrieger. Doch dein Schützling starb auf dem Ball. Wieso sollte eine Tote unter die ersten fünfzig Anwärterinnen kommen?«

Theon sah das Skalpell in Lionees Hand. Bemerkte den grimmigen Ausdruck in ihrem Gesicht. Sie wollte Antworten. Sofort. Er musste sie dringend beruhigen. »Ich werde dir nichts tun. Lass uns in Ruhe drüber reden ...« Er unterbrach sich, als seine Magie erneut rebellierte. Nat. Er rief um Hilfe! In der gleichen Sekunde versuchte jemand in den Raum zu gelangen.

»Prinzessin Lionee«, schrie ein Mann panisch. »Seid Ihr in Sicherheit?«

Lionee maß Theon mit einem langen Blick. »Bin ich das?«, fragte sie herausfordernd.

Theon wurde ärgerlich. »Natürlich. Ich bin ein treuer Wächter.«

»Da bin ich mir langsam nicht mehr so sicher.«

»Prinzessin Lionee«, rief erneut ein Mann. Diesmal klang er noch besorgter. »Geht es Euch gut?«

Theon rührte sich nicht und starrte lediglich Lionee an. Sie ahnte vermutlich sein größtes Geheimnis. Sie wusste, dass Shay noch am Leben sein musste. Ihre Überlegungen waren schlüssig. Kein Venator griff eine verkrüppelte Prinzessin an. Die Attacke hatte eindeutig ihm gegolten. Ihm, der eigentlich keinen Schützling mehr haben sollte. Was sollte er jetzt tun?

»Alles in Ordnung«, rief Lionee nach einer gefühlten Unendlichkeit, behielt aber weiterhin die Waffe in der Hand. »Theon hat mich heldenhaft verteidigt.« Diesmal schwang leichter Spott in ihrer Stimme mit.

»Dann lasst uns rein!«

Lionee nickte Theon zu, der die Kommode eher widerwillig zur Seite schob. Sofort stürmten gleich fünf Wachleute in den Raum, musterten die Prinzessin und griffen übergangslos Theon an. Einer trat ihm die Beine weg, ein anderer packte seine Arme, und ein dritter drückte ihn zu Boden. Das alles geschah so schnell, dass Theon zu keiner Gegenwehr fähig war.

Lionee hingegen reagierte erstaunlich schnell. Sie brüllte direkt los. »Was tut ihr da? Seid ihr verrückt geworden?«

»Befehl der Königin. Theon Shenai, Ihr seid verhaftet.«

»Weswegen?«, stellte Lionee die Frage, die Theon nicht über die Lippen brachte. Einer der Wächter hielt ihn so fest zu Boden gedrückt, dass er keine Luft bekam.

»Das weiß ich nicht. Die Königin will umgehend mit ihm sprechen.«

»Theon ist mir unterstellt. Er geht nirgendwohin.«

»Ich fürchte, diesem Wunsch kann ich nicht entsprechen.«

Die Wächter zogen Theon grob auf die Füße und stießen ihn in Richtung Tür. Ein gut gezielter Wurf mit einem Skalpell hielt sie auf. Die Waffe bohrte sich keinen Fingerbreit vor den Zehen des vordersten Mannes in den Boden.

»Theon Shenai ist mein Wächter«, sagte Lionee scharf. »Er muss in meiner Nähe bleiben.«

Endlich hatte Theon genug Freiraum, um Lionee ansehen zu können. Sie hockte noch immer schrecklich blass auf dem Bett und hatte eine merkwürdige Haltung eingenommen. Vor Schmerzen waren ihre Lippen blutleer, und sie atmete stoßweise.

»Wir überlassen Euch einem anderen Wächter«, sagte der Sprecher der Wachleute.

»Dem vertraue ich nicht. Theon Shenai hat mir das Leben gerettet. Er hat gleich zwei Venatoren erledigt. Er bleibt bei mir.«

»In dem Fall müsst Ihr wohl mitkommen.«

Lionee zögerte keine Sekunde und schwang die Beine über die Bettkante.

»Nicht«, rief Theon. »Lass das bleiben! Du kannst nicht aufstehen.«

»Und ob ich das kann!«

»Beim letzten Sturz wärst du fast gestorben«, protestierte Theon.

»Was?«, fragte die Wache alarmiert.

»Sie kann nicht stehen. Sie wird sich die Knochen brechen.« Theon sah die Wache beschwörend an. »Halt sie gefälligst auf.«

»In Ordnung«, stimmte dieser sofort zu und trat mit erhobenen Händen auf Lionee zu. »Beruhigt Euch bitte, und werdet vernünftig!«

»Fass mich an, und ich zeige dir, was ich davon halte.« Lionees Atmung klang gar nicht gut.

»Wir nehmen dich mit«, rief Theon einer Eingebung folgend. Hauptsache, sie hörte mit dem Wahnsinn auf.

Lionee verharrte. »Und wie?«

»Ich trage dich. Dann kann ich auch keinen Unsinn anstellen. Nur bring dich bitte nicht selbst um.«

Sie ließ sich tatsächlich darauf ein. Möglichst sanft hob Theon sie in seine Arme. Er kam dadurch um die Ketten herum. Lionee wog nicht viel mehr als ein Beutel voller Schwerter, war allerdings unhandlicher. Außerdem machte sich Theon Sorgen um sie. Sie gehörte ins Bett und auf keine Rundreise durch das ganze Schloss.

Die Wächter umringten sie mit grimmigen Mienen, was ein merkwürdiges Gefühl war. Normalerweise war er ein Teil dieser Gruppe. Der Anführer. Jetzt behandelten sie ihn wie einen Schwerverbrecher.

»Was will meine Mutter von dir?«, flüsterte Lionee ihm währenddessen ins Ohr. »Steckst du in großen Schwierigkeiten?«

Theon nickte und warf ihr einen warnenden Blick zu. Die Männer um sie herum spitzten bestimmt die Ohren, um jedes ihrer Worte an die Königin weiterzugeben.

Lionee wartete, bis Theon zu ihr runtersah. »Ich helfe dir, aber dann bist du mir was schuldig.«

Nat

Als Nat dem Licht folgte und aus dem Weltenriss hinauskletterte, brach die Hölle über ihn herein. Da stand ein Venator direkt neben dem Höhleneingang. Zum Glück war das Vieh genauso verdutzt wie er und reagierte zu spät.

Nat hatte sein Schwert bereits im Weltenriss gezogen und hieb es dem gewaltigen Ungeheuer direkt um die Ohren. Es geiferte und brüllte auf vor Schreck. Sehr ärgerlich, da dadurch ein zweiter Venator auf Nat aufmerksam wurde.

Dass er diesen Angriff überlebte, war pures Glück. Nat brachte sich in letzter Sekunde hinter dem zusammenbrechenden Körper des ersten Venatoren in Sicherheit und duckte sich vor den zupackenden Klauen des zweiten. Beide wussten, dass es ab sofort um Leben und Tod ging. Beide wollten als Sieger aus diesem Zweikampf hervorgehen. Nat versuchte es mit einer Finte. Je schneller er solch einen Kampf beendete, desto besser. Venatoren waren ausdauernd, viel kräftiger und noch dazu verteufelt schnell. Sie zu töten war schwierig.

Dieser Venator war zum Glück nicht besonders klug und fiel auf die Finte herein. Nat rammte ihm daraufhin seinen Zweitdolch in den Hals, hatte jedoch nicht mit der Zähigkeit seines Gegners gerechnet. Der warf sich in einer Art Verzweiflungstat auf ihn und begrub ihn in seinem Todeskampf unter sich.

Nur mit größter Mühe robbte Nat unter der schwarzen Bestie hervor. Sie war beinahe so lang wie er und reichte ihm mit dem Widerrist mindestens bis zur Hüfte. Das Fell bestand aus vielen kleinen Widerhaken, die sich in seiner Kleidung verfingen und an seiner Haut rissen. Fluchend befreite er sich und brauchte danach eine Weile, um sich zu sammeln. So unerwartet angegriffen zu werden und um sein Leben kämpfen zu müssen brachte selbst ihn aus der Fassung.

Er orientierte sich rasch. Der Weltenriss führte quer durch die Gruft hindurch, von der aus Theon und er immer auf die Erde wechselten. Nat war diesmal jedoch im Irrgarten herausgekommen. Kaum wusste er, wo er war, rannte er auch schon los. So schnell er konnte. An jeder unübersichtlichen Stelle hielt er an und lauschte. Im Schloss brannte es. Schreie ertönten. Ein Hauptmann brüllte Befehle.

Was war hier los? Und vor allem: Wo steckte Theon?

Der Bogengang lag gespenstisch leer vor Nat. Anscheinend war der Angriff vorüber. Blut bedeckte den Boden und die Steinwand. Ein toter Duatkrieger lag halb unter einem Venatoren begraben. Nat ging zögernd an ihm vorüber und hielt auf den Innenhof zu. Hier war schon deutlich mehr los.

Eine Gruppe Krieger hatte die Verletzten in eine Reihe abgelegt und kümmerte sich um sie. Ihnen gegenüber legten sie die Toten ab.

Nat horchte in sich hinein, um Theon zu finden. Sein Bruder befand sich im Gebäude und schien zum Glück unverletzt zu sein. Er war wütend. Frustriert. Besorgt. Mehr konnte Nat nicht erkennen.

Er wollte gerade in die erspürte Richtung gehen, als ihn jemand am Arm packte und herumriss.

»Nat Shenai?«, fragte ein Mann mit Vollbart, den Nat bisher immer nur im Vorbeigehen gegrüßt hatte. Er gehörte zu einer anderen Wachabteilung als er und war kein Duatkrieger, sondern ein einfacher Soldat.

»Bekomme ich Ärger, wenn ich jetzt Ja sage?«, fragte Nat misstrauisch.

Sein Gegenüber verengte die Augen zu Schlitzen und schnaubte. »Junge, du steckst ohnehin so richtig in Schwierigkeiten.« Er wandte sich den anderen Wächtern zu, die gerade einen Schwerverletzten auf den Boden legten. »Ich habe den gesuchten Shenai-Bruder gefunden. Was machen wir jetzt?«

Sofort wurde es unangenehm still im Vorhof. Alle Blicke richteten sich auf Nat, der sich unruhig von einem Bein aufs andere bewegte. Im Mittelpunkt zu stehen war er durchaus gewohnt, nur nicht auf diese Weise. Er spürte regelrecht, wie sich die Schlinge um seinen Hals enger zog.

»Die Königin hat klare Befehle erteilt, was ihn angeht. Wir müssen ihn zu ihr bringen. Sofort«, sagte ein älterer Mann mit Glatze und schrecklich krummer Nase.

»Aber gilt das auch nach solch einem Angriff? Wohin sollen wir ihn bringen? Die Königin wurde bestimmt versteckt«, argumentierte der mit dem Vollbart.

»Wir müssen es zumindest versuchen.«

»Was habe ich denn getan?«, fragte Nat verwirrt.

Beide Männer starrten ihn ausdruckslos an. »Weißt du das nicht selbst am besten? Du wirst gesucht. Seit vier Tagen. Überleg dir lieber eine gute Erklärung.«

Seit ... vier Tagen?

Nat spürte, wie ihm alles Blut aus dem Gesicht wich. Vier Tage! Das war schlimm. Für solch eine lange Abwesenheitszeitspanne gab es nur eine Erklärung, allerdings durfte er die nicht laut aussprechen. Das verflixte Zeitgefüge hatte sich auch auf Amenthes verschoben. Auf Eatu waren vier Wochen vergangen, in seiner Welt vier Tage – für ihn hingegen nur zwanzig Minuten. Warum geschah so etwas immer in den ungünstigsten Momenten?

Die beiden Männer nahmen ihn in die Mitte und umklammerten seine Oberarme mit eisernem Griff. Eine unnötige Geste. Für Nat gab es keine Fluchtmöglichkeit. Auf Amenthes gab es kaum einen Ort, an dem er sich vor der Königin verstecken konnte.

Es dauerte fast drei Stunden, bis die Wachen die Königin gefunden hatten. Ihre Wächter hatten sie in den Katakomben in Sicherheit gebracht und waren noch immer derart aufgewühlt, dass sie Nats Bewacher beinahe rüde abgewiesen hätten. Nat hegte bereits die Hoffnung, der Begegnung entkommen zu können, doch dann erkannte einer der Königinnentreuen ihn und ließ die drei passieren.

Die Königin saß im Schatten gegen eine Mauer gelehnt. Blutige Schlieren zogen sich über ihr Gesicht. Ob das Blut von ihr oder einem Angreifer stammte, konnte Nat nicht erkennen. Sie war bleich und ihr Kleid voller Ruß. Ansonsten strahlte sie weiter die kühle Aura aus, vor der er instinktiv Respekt hatte. Vor allem ihr Blick ließ ihn innerlich erstarren.

Genau solch einen Blick warf sie ihm nun zu. Diesmal war er allerdings noch zusätzlich mit Wut durchmengt. Die Königin war zornig. Auf ihn.

»Wo bist du gewesen?«, fragte sie ihn so scharf, dass der Rest ihrer Hofdamen einen kleinen Schritt zurückwichen. Es waren weniger als zuvor. Waren sie etwa beim letzten Angriff getötet worden? Auch die Zahl der königlichen Wächter war ungewöhnlich niedrig.

Theon und er hatten dieses Frage- und Antwortspiel vielfach geprobt. Der Trick bestand darin, die Wahrheit zu sagen und zugleich die entlarvenden Informationen auszulassen. »Ich bin von zwei Venatoren angegriffen worden«, erklärte er mit ruhiger Stimme.

Die Königin musterte seine blutige, zerschundene Aufmachung. »Vier Tage lang?«, fragte sie spöttisch.

»Ich bin ohnmächtig geworden und habe jegliches Zeitgefühl verloren. Für mich sind keine vier Tage vergangen, sondern lediglich ein Wimpernschlag.« Auch das war keine Lüge. Nat bemühte sich redlich, sein wild pochendes Herz zu beruhigen. Je nervöser er war, desto misstrauischer wurde die Königin. Sie spürte aufgepeitschte Gefühle.

»Wir haben dich überall gesucht und nicht gefunden. Selbst dein Bruder hat angeblich nicht gewusst, wo du gesteckt hast.«

Offenbar hatte Theon die gleiche Taktik wie er angewandt. Möglichst vage Antworten geben und sich in Halbwahrheiten flüchten. »Das bedaure ich sehr. Ich war in der Grotte meiner Eltern und wurde beim Weltenriss angegriffen. Hoheit! Ich bin mir mittlerweile sicher, dass die Venatoren von dort kommen. Sie müssen aus einer fremden Welt überwechseln.«

Seit Jahren rätselten die Duatkrieger, woher die Bestien stammten. Da sie Schattenwesen waren, lag der Schluss nahe, dass sie nicht in diese Welt gehörten. Anders als die Schattengestalten von Nat und Theon auf der Erde konnten diese Wesen jedoch angreifen und sogar töten. Dennoch hatten sie die Aura eines Schattens. Eindeutig.

Die Königin runzelte die Stirn, wirkte allerdings wenig überrascht. »Den Verdacht hegen wir seit Langem, doch was nützt es uns? Wir können den Weltenriss nicht schließen, und er führt durch das gesamte Schloss. Die Anwärterinnen fortzubringen hilft auch nicht weiter. Der Riss durchzieht ganz Amenthes.«

»Bitte, Eure Majestät. Wir müssen endlich herausfinden, was das Ziel der Venatoren ist. Wenn sie durch den Weltenriss kommen, schickt sie womöglich jemand.« Die Bestien waren vor dreißig Jahren von einem Moment auf den anderen aufgetaucht und terrorisierten seitdem die Benus. Nat hatte sich schon seit seiner Kindheit gefragt, ob sie jemand lenkte. Waren es womöglich dressierte Tiere, die zur Jagd auf die Anwärterinnen abgerichtet waren?

Ihm fiel wieder die Theorie über den Biestmeister ein. Es gab sie in den Legenden, und oftmals war an Legenden ein Kern Wahrheit. Dass jemand aus dem Volk über Magie gebieten konnte, war zwar unwahrscheinlich, aber nicht völlig aus der Luft gegriffen. Die Duatkrieger mussten das dringend untersuchen, um die Wurzel des Übels auszumerzen.

»Spielst du auf den Biestmeister an? Du bist nicht der Erste, der mich an die alten Legenden erinnert. Wir suchen ihn bereits. Falls es ihn gibt, werden wir ihn finden. Sei unbesorgt. Doch das braucht nicht länger deine Sorge sein.« Die Königin kniff die Augen zusammen, musterte Nat. »Ich habe deine Alleingänge lange genug geduldet. Damit ist ab sofort Schluss. Ich weiß nicht, für wen du dich hältst. Dein Vater mag einer meiner besten Freunde gewesen sein, und deine Familie ist hoch angesehen, aber du ... du schlägst aus der Art. Deinen Bruder habe ich bereits abgestraft. Er ist nicht länger Ratsmitglied und wird es auch nie wieder sein. Bei dir bin ich mir nicht sicher, wie eine angemessene Bestrafung aussehen könnte.«

Nat bemühte sich, ruhig zu bleiben. In solchen Situationen setzte er seinen lieblichsten Blick auf. Möglichst treu und freundlich zu wirken hatte ihn so häufig aus der Patsche geholfen, dass er es nicht mehr zählen konnte.

Bei der Königin traf er dabei jedoch auf Granit. »Wäre es nach mir gegangen, hätte ich dich für immer verbannt und direkt aus dem Orden ausgeschlossen, doch du hast genügend Fürsprecher gehabt. Daher schicke ich dich lediglich für vier Jahre in die Minen. Was danach aus dir wird, liegt in deinen Händen.«

»Vier Jahre?«, fragte Nat schockiert nach. »Hoheit, ich bin Jahrgangsbester! Ich habe im Alleingang zwei Venatoren getötet. Ich ...«

»Du bist unzuverlässig. Punkt. Ich traue dir nicht über den Weg. Irgendetwas stimmt nicht mit dir und deinem Bruder. Ich kann es nicht in Worte fassen, aber euch einen bedeutungsvollen Posten anzuvertrauen ist unmöglich. Sei froh, dass du so viele Freunde in hohen Stellungen hast, sonst hätte ich dich wegen Hochverrats an den Pranger gestellt. Ah! Wag keinen Protest. Noch ein Wort, und ich vergesse mich. Dann halten wir hier und jetzt ein Gericht ab, und das Urteil wird nicht milde ausfallen!« Die Königin befeuerte ihn mit dem finstersten Blick, den Nat je gesehen hatte. »Es sind Männer wie du, die das Magiegefüge schwächen. Männer wie du, die unsere Welt in Gefahr bringen. Ich bin nicht bereit, darüber auch nur noch eine Sekunde länger hinwegzusehen!«

Sie nickte den beiden Wächtern neben ihm zu. »Schafft ihn direkt in die Minen, und sorgt dafür, dass er nicht entkommen kann. Wir werden dich lehren, dich an unsere Regeln zu halten.«

Die Minen. Vier Jahre. Nein! Wenn er erst mal in Ketten lag, war alles verloren. Wirklich alles. In den Minen war er Tag und Nacht unter Bewachung. Es war unmöglich, Shay als Schattengestalt zu besuchen. Sollte etwas Unvorhergesehenes passieren, konnte er ihr nicht sofort zur Seite eilen, von Ausbilden ganz zu schweigen.

Vier Jahre.

Allein beim Gedanken an diese Zeitspanne wurde ihm schlecht. Die Panik lähmte ihn für mehrere wertvolle Sekunden. Er brauchte einen Plan. Sofort! Er musste die Königin umstimmen. Aber wie?

Sie nickte zufrieden. »Führt ihn ab. Ich will ihn die nächsten vier Jahre nicht mehr sehen.«

Nat wusste, dass er gar nicht erst nach Theon fragen brauchte. Er hätte bestimmt keine befriedigende Antwort bekommen. Stattdessen ließ man ihn verschwinden. Schnell und gnadenlos. Theon und er hatten ein gewagtes Spiel gespielt und leider verloren.

»Ich bin kein Verräter. Ich liebe unser Land, und ich würde es jederzeit bis zum letzten Blutstropfen verteidigen. Unter anderen Umständen wäre ich wohl auch ein braver Soldat, aber ausweglose Zukunftsvisionen erfordern verzweifelte Maßnahmen. Ich verehre euch als Königin, Hoheit. Daher verzeiht das Kommende.«

Ohne Zögern hieb er dem verdutzten Wärter zu seiner Rechten den Ellbogen gegen die Nase, boxte dem linken in die Magengrube und schlug den hinter ihm stehenden nieder, bevor der überhaupt reagieren konnte. Die Wut der Königin prallte ihm wie eine magische Waffe auf den Rücken. Er strauchelte, fing sich und hechtete mit einem Satz hinter eine Säule. Der Sprung rettete ihm vermutlich das Leben, denn die Königin feuerte eine lodernde Flammenkugel auf ihn ab. Gestein schlug ihm um die Ohren, die Wärter riefen Befehle, Rauch verhüllte den Gang.

Genau dieser Rauch war seine einzige Überlebenschance. Er spürte, dass sich die Königin hinter ihm zu einem Flammentanz sammelte. Sie würde ihn pulverisieren, sobald sie freies Schussfeld hatte. Zum Glück musste sich selbst eine so begnadete Benu wie seine Herrscherin zunächst sammeln, um Magie in solch großem Stil wirken zu können.

Das war Nats letzter Ausweg. Er rannte geduckt los, wich zwei Wachen im verrauchten Gang aus und schlug den dahinter stehenden Wächter nieder. Ab hier wichen die Steinwände weiter auseinander, sodass Nat besser sehen konnte. Um die Königin zu schützen, waren die meisten Wächter nach vorne gehechtet und hatten sich um ihre Herrscherin gescharrt, sodass Nat beinahe freie Bahn hatte.

Fast.

Vor ihm tauchten gleich fünf Männer auf, wobei mit dem mittleren etwas nicht stimmte. Es sah so aus, als würde er etwas oder jemanden auf den Armen tragen. Nat erstarrte im Lauf, als er die Person erkannte. Theon!

Ihre Blicke begegneten sich, und Nat versuchte ihm lautlos die Lage zu erklären. Dann war er bereits heran, hieb übergangslos der rechten Wache die Faust ins Gesicht und schnappte sich beim Hinwegsetzen das Schwert. Leider war der Anführer der Schar deutlich schneller als seine Kameraden. Blitzschnell zog er seine Waffe und schlug nach Nat. Der konterte mit dem entwendeten Schwert, verlor aber wertvolle Zeit.

»Nicht eingreifen«, rief Nat seinem Bruder zu und folgte damit einer Eingebung. Theon musste bleiben. Er durfte nicht fliehen, sonst verloren sie den Kontakt zu Amenthes. Dabei brauchten sie dringend mehr Informationen über die Tänze der Benu. Nat ahnte längst, dass seine Aufzeichnungen zum Teil fehlerhaft waren. Er hatte sich zwar bemüht, alles korrekt wiederzugeben, aber auf die Schnelle waren ihm bestimmt Flüchtigkeitsfehler unterlaufen.

Wenn Theon jetzt auch noch floh, war alles verloren.

Nat sah, wie sein Bruder die Frau auf seinen Armen verlagert hatte und eingreifen wollte. »Plan E«, rief Nat ihm daraufhin panisch zu. Dabei schlug er ein letztes Mal nach seinem Gegner, um sich seitlich Luft zu verschaffen. Auf diese Weise kam er rechts an ihm vorüber und rannte los, so schnell wie noch nie in seinem ganzen Leben. Er musste den Weltenriss erreichen und Amenthes den Rücken kehren.

Schaffte er es nicht, waren sie alle verloren.

Kapitel 9

Lionee

»Was ist Plan E?«, fragte sie Theon scharf und schrie auf, als der große Mann sie wie eine Puppe herumwirbelte und nach einem grimmig dreinblickenden Wächter griff. Wollte er ihn etwa niederschlagen? Lionee zögerte keine Sekunde lang und verpasste Theon eine schallende Ohrfeige, um ihn aufzuhalten. Der Krieger strauchelte vor Überraschung und unterließ sein närrisches Vorhaben. »Die bringen dich um«, zischte sie ihm zu.

Nat war längst im vorderen Bereich des Korridors verschwunden und rannte vermutlich bereits über den Vorhof. Drei der fünf Wachen hatten die Verfolgung aufgenommen, während die Übrigen bei Theon stehen geblieben waren und ihm drohende Blicke zuwarfen.

»Bringt mir die Shenai-Brüder«, hörte Lionee ihre Mutter rufen. Sie klang trotz des Chaos um sie herum weiterhin, als hätte sie die Lage im Griff. Die Wut schwang in jeder Silbe mit. Theon musste sich vorsehen, wenn er ihr gegenüberstand.

»Vorwärts«, knurrte der Anführer der Wächterschar böse. Er stieß Theon voran und machte deutlich, dass es für ein Entkommen ohnehin zu spät war.

»Lass mich erzählen«, bat Lionee Theon in eindringlichem Ton.

»Ich kann selbst für mich sprechen«, knurrte dieser zurück.

»Du bist viel zu emotional und wirst dich um Kopf und Kragen reden.« Sie beugte sich näher an Theons Ohr, damit sie niemand hören konnte. »Außerdem bist du ein Lügner, und meine Mutter spürt Lügen sofort.«

Das schien ihn zu überzeugen, denn er verfiel umgehend in dumpfes Schweigen. Sie gingen fünf Atemzüge lang durch dichten Rauch, bis sie endlich vor der Königin stehen blieben. Die sah wie eine Rachegöttin aus. Ihre Augen funkelten dunkelrot, das sichere Zeichen, dass sie vor Kurzem Magie gewirkt hatte. Selbst ihre sonst blonden Haare hatten einen rötlichen Stich. Sobald sie Theon sah, zog sie einen Dolch und sprang auf ihn zu. Womöglich hätte die Königin Theon an Ort und Stelle getötet, doch sie bemerkte in letzter Sekunde ihre Tochter und verharrte.

»Was ist geschehen?«, fragte sie verärgert.

»Venatoren haben das Schloss gestürmt. Es gab Tote und Verletzte. Mich haben sie ebenfalls angegriffen. Theon hat mich gerettet. Anschließend kamen deine Soldaten in mein Gemach und wollten meinen Wächter verhaften. Deshalb sind wir hier.« Obwohl sie zutiefst aufgewühlt war, gab sich Lionee Mühe, ruhig und gelassen zu wirken.

Ihre Mutter umklammerte noch immer den Dolch. Ihre Augen funkelten, ihre Zähne waren fest zusammengebissen, und ihre ganze Körperhaltung schrie nach Angriff und Wut. Vermutlich galt dieser Zorn nicht einmal in erster Linie Theon oder Nat. Lionee hatte gewusst, welch immenser Druck auf ihrer Mutter lag. Sie musste ihre Magie dringend abgeben, doch es funktionierte einfach nicht. Keine Anwärterin erwies sich als würdig genug. Das frustrierte auf Dauer selbst eine gestandene Frau wie ihre Mutter.

»Lass meine Tochter runter«, befahl die Königin in diesem Moment und meinte diesmal Theon.

Der zögerte kurz und setzte Lionee schließlich so geschickt ab, dass sie an ihn gelehnt stehen konnte. Es tat weh, war aber erträglich. Alles war besser, als ihrer Mutter erklären zu müssen, warum sie das Gestell nicht mehr trug. Es war ein gewaltiger Aufwand gewesen, es herzustellen.

Ihre Mutter nickte zufrieden und hob erneut den Dolch, setzte ihn sogar an Theons Hals an. »Wo ist dein Bruder?«

»Das kann ich Euch nicht sagen.« Trotz der Waffe blieb Theon erstaunlich ruhig.

»Mutter, bitte nimm den Dolch weg. Theon ist nicht verantwortlich für die Taten seines Bruders.«

»Du bist naiv wie immer! Die Shenai-Brüder hecken alles gemeinsam aus. Immer. Theon ist der Kopf des Duos. Mir ist nur schleierhaft, was ihr plant. Wollt ihr Amenthes ins Unglück stürzen, weil wir eure Eltern und eure Anwärterin nicht retten konnten? Oder habt ihr eine Favoritin unter den Benus, der ihr auf den Thron verhelfen wollt? Ich verstehe einfach nicht, warum ihr euch so seltsam verhaltet.«

»Aber ich weiß es.« Lionee bemerkte Theons entsetzten Blick und ignorierte ihn. Sein Griff um ihre Hüften wurde etwas fester, sodass sie vor Schmerz die Zähne zusammenbeißen musste. Anstatt sich ihm zuzuwenden, konzentrierte sie sich ganz auf ihre Mutter. Ihr Herz klopfte viel zu schnell, und sie hatte Angst. Schreckliche Angst. Sich zu sehr in die Angelegenheiten des Throns einzumischen war gefährlich.

Vor allem wusste sie nicht, ob sie sich auf die richtige Seite stellte. Ihre Mutter hatte recht. Mit Theon stimmte etwas nicht. Trotzdem. Er hatte sie gerettet, ihr geholfen, als niemand dazu bereit gewesen war.

Entschlossen schob sie die Ärmel ihres schlichten Nachthemdes in die Höhe und hielt ihrer Mutter das völlig vernarbte Handgelenk hin. Die zuckte kurz zurück und bemühte sich gleich, die Reaktion zu verheimlichen, doch Lionee hatte es gesehen. Ihre Mutter brachte es noch immer nicht über sich, den Makel ihrer Tochter anzusehen, geschweige denn, sich ihm zu stellen.

»Sieh hin«, forderte Lionee ihre Mutter auf.

Verärgert ob des Befehls ihrer eigenen Tochter, runzelte die Königin die Stirn. »Was soll das bringen?«

»Schau unter die Narben, und sag mir, was du siehst. Meine Zeichnung hat sich verändert. Sie wird kräftiger, genau wie die Magieadern, die du unter meiner Haut erkennen kannst. Wir haben uns geirrt. Mein Zeichen wurde nicht vollständig und unwiderruflich zerstört. Es erholt sich, und es zählt mit.«

Jetzt hatte sie die volle Aufmerksamkeit ihrer Mutter. Abrupt nahm die Königin die Hand ihrer Tochter und zog sie näher zu sich. Theon machte die Bewegung zum Glück mit, sonst wäre Lionee bestimmt gestürzt.

Eine Weile sagte niemand ein Wort. Die Königin musterte lediglich gründlich die Narben ihrer Tochter. Dann fuhr sie mit ihrer Hand darüber. Magie leuchtete auf, färbte die Haut, Adern und Narben in unterschiedliche Töne.

»Bist du dir sicher?«

»Ja. Ich habe auch Beweise. Zwei Venatoren haben mich angegriffen. Heute. Sie kamen in mein Zimmer, um mich zu ermorden. Frag deine Wachen. Sie haben ihre leblosen Körper gesehen. Theon hat sie erledigt. Ohne ihn wäre ich jetzt tot. Das ist der zweite Beweis und der Grund, warum du deinen Dolch wieder wegstecken solltest.«

Lionee spürte Theons Verblüffung, mied aber seinen Blick. Immerhin war sie selbst nicht sicher, ob sie sich gerade richtig verhielt.

Ihre Mutter verstand sofort. »Unmöglich«, hauchte sie, packte Theons Handgelenk und schob mit einem Ruck seinen Ärmel nach oben. Er war zu langsam, um sie daran zu hindern. Ihre Augen weiteten sich, als sie den wunderschönen Feuervogel mit der kleinen Zahl auf der Brust erblickte.

»Aber dein Schützling ist tot. Shay starb als Baby. Wieso steht dort eine Zahl?«

»Weil Theon mein Wächter ist. Ich weiß, dass man meine Zahl noch nicht erkennen kann, aber ich spüre es ganz genau: Es wird die gleiche Zahl sein, die auch auf Theons Handgelenk steht. Er ist mein Wächter.«

»Von so etwas habe ich noch nie gehört«, protestierte die Königin.

Lionee betete, dass Theon den Mund hielt und nicht widersprach. Zum Glück wirkte er genauso verblüfft wie ihre Mutter, sodass Lionee schnell das Gespräch an sich riss. »Mir ist das auch erst gerade eben klar geworden. Vermutlich hat Nat die gleiche Zahl auf seinem Handgelenk. Sie suchen ihren Schützling. Deshalb verhalten sie sich so merkwürdig.«

»Aber warum habt ihr euch denn nicht an mich gewandt?« Jetzt sah die Königin Theon fragend an. Der bewegte sich unruhig unter ihrem Blick.

»Wir wollten Euch nicht belästigen. Ihr habt auch so schon genug Probleme«, sagte Theon nach einer langen, unangenehmen Pause. »Wir waren uns nicht sicher, ob wir legal gehandelt haben.«

»Was meinst du?«

»Wir vermuteten, dass sich unser Schützling nicht auf Amenthes aufhält. Daher hat Nat einige Weltensprünge unternommen, um sie zu suchen. Wir wussten, dass keine einzige uns bekannte Benu ohne Wächter war. Dass es Lionee sein könnte – darauf sind wir nicht gekommen.« Er warf ihr einen scharfen Blick zu.

Lionee erwiderte ihn ungerührt. Er war ein genauso geschickter Lügner wie sie. Das musste sie sich dringend merken. Ihre Mutter schien keinen Verdacht zu schöpfen. Lionee hingegen wusste es besser. Die Venatoren hatten nicht sie angegriffen, sondern Theon. Zum Glück kam es ihrer Mutter nicht in den Sinn, dass ihre eigene Tochter sie belügen könnte. Sie hatte ihre Worte noch nie auf den Wahrheitsgehalt überprüft. Bislang hatte sie dafür auch keinen Grund gehabt.

Bis jetzt.

Lionee straffte sich. »Als mein persönlicher Duatwächter steht Theon unter meinem Schutz. Ich weiß, dass er und sein Bruder in Ungnade gefallen sind, aber ich bitte dich, Gnade walten zu lassen. Sie waren verunsichert und haben sich unvernünftig verhalten. Damit ist ab sofort Schluss. Wenn ihr Nat findet, wäre ich dankbar, mit ihm reden zu können.«

»Nat hat Wachen angegriffen. Er ist geflohen und hat sich meinen Befehlen widersetzt. Bei Theon mag ich ein Auge zudrücken, vor allem, weil er dich gerettet hat. Nat hingegen ist eine Gefahr für jeden, der sich in seiner Nähe aufhält. Nein, Lionee. Er mag dein Wächter sein, aber er steht nicht über dem Gesetz. Wenn wir ihn finden, sperren wir ihn weg. Egal, was du davon hältst.«

Lionee wusste, wann sie verloren hatte, daher protestierte sie gar nicht erst, sondern nickte lediglich. »Das kann ich verstehen. Dann ziehen Theon und ich uns auf mein Zimmer zurück. Ich bin müde.«

Sie wollte Theon ein Zeichen geben, damit er sie wieder hochhob, doch ihre Mutter war schneller. Sie trat dicht an sie heran und legte ihr zwei eiskalte Hände auf die Schultern.

»Du bist eine Benu«, hauchte sie mit Tränen in den Augen. »Es tut mir so leid, dass ich das nicht eher erkannt habe. Als du geboren wurdest und zunächst nicht gezeichnet warst, bin ich beinahe verzweifelt. Umso glücklicher fühlte ich mich, als es endlich erschien. Mir war schon immer klar, dass du zu Großem geboren wurdest. Aber nach deiner Verletzung hatte ich die Hoffnung aufgegeben. Lionee. Die Zahl …«

»Ich weiß. Ich befinde mich unter den ersten fünfzig Anwärterinnen.«

Die Sorge in den Augen ihrer Mutter berührte sie sehr, selbst wenn sie gegen ihr schlechtes Gewissen ankämpfen musste. Es fühlte sich falsch an, ihre Mutter zu belügen. Doch im Moment ging es nicht anders.

»Wir müssen dich ausbilden«, sagte ihre Mutter ernst. »Nicht auszudenken, wenn du die neue Königin wirst. Du kennst dich mit der Magie von Amenthes zu wenig aus und bist viel zu schwach, um dieses Reich zu führen.«

»Ich bin stärker, als du denkst«, erwiderte Lionee scharf. Ausgerechnet jetzt hob sie Theon hoch, um sie fortzubringen. Sofort hielt die Königin sie erneut auf.

»Du kannst nicht gehen?«, fragte sie besorgt.

»Heute nicht, aber morgen. Dann bin ich bereit«, log Lionee.

Theon wartete die Antwort der Königin gar nicht erst ab. Mit raschen Schritten lief er den Gang hinunter, passierte diesmal ohne Widerstand die Wachleute und eilte hinaus aus den Katakomben. Dabei wurde sein Griff um Lionee immer fester und fester, je weiter sie sich von der Königin entfernten.

»Lionee«, sagte er nach einer Weile. »Du hast da etwas völlig falsch verstanden.«

»Hab ich das? Ich glaube nicht. Ich mag zwar verkrüppelt sein, aber mein Verstand ist messerscharf. Ich weiß, dass du nicht mein Wächter bist. Es war nur die einzige Möglichkeit, dich zu retten.«

Theon schwieg und dachte nach. Schließlich seufzte er tief. »Dein Zeichen ist völlig unleserlich. Ja, da verändert sich etwas. Aber ob sich dort wirklich eine Zahl abzeichnet? Vielleicht ist es eher Wunschdenken von dir. Was du gerade für mich getan hast, ehrt dich. Ich fürchte nur, dass du dich ab sofort in Gefahr begeben hast. Du kannst unmöglich zur Benu ausgebildet werden. Deine Magie ist verloren.«

»Ist sie nicht. Sie ist noch vorhanden. Zugegeben: Dass man eine Zahl erkennen kann, war gelogen. Dass ich auf magische Weise heile, ist hingegen wahr. Seitdem das Gestell fort ist, geht es mir besser. Ich bin mir absolut sicher, dass sich etwas in meinem Körper verändert. Wir brauchen nur noch ein wenig Zeit.«

»Aber die haben wir nicht. Die Königin wird dich ausbilden wollen. Lionee! Das kann dich umbringen.«

Lionee betrachtete ihn herausfordernd. »Du bist mein Wächter. Es ist dein Job, dafür zu sorgen, dass mich nichts umbringt.«

»Ich bin nicht dein Wächter.«

»Ach, nein? Und was ist das dann für eine Zahl auf deinem Zeichen?« Lionee wartete eine kleine Ewigkeit auf eine Antwort, die natürlich nicht kam. »Dachte ich es mir. Solange du nicht zugeben willst, dass dein wahrer Schützling noch lebt, wirst du wohl mich als neuen Schützling annehmen müssen. Dabei sollten wir beten, dass dein Bruder auf freiem Fuß bleibt und uns nicht verrät. In der Zwischenzeit müssen wir uns Gedanken darüber machen, wie ich tanzen lerne, ohne dabei zu sterben. Denn eins kannst du mir glauben: Ich bin eine Benu. Mit oder ohne erkennbares Zeichen. Ich werde Magie wirken. Ich werde tanzen, und ich werde diesen ganzen Horror überleben.«

Nat

Er sah weder nach rechts noch nach links. Einzig der Weltenriss war wichtig. Um ihn zu erreichen, gab er wirklich alles. Zum Glück waren die restlichen Wächter um ihn herum noch mit den Auswirkungen des Angriffs beschäftigt. Keiner wusste von dem Verhaftungsbefehl. Die Wächter, die ihn verfolgten, waren weit zurückgefallen. Jetzt zahlte es sich aus, dass Nat so oft vor Leuten hatte weglaufen müssen. Durch sein freches Mundwerk war erst ständig verfolgt worden. Vor allem, als er anfing, die Benus zu umgarnen. Das hatte weder den Vätern noch den Lehrerinnen gefallen.

Endlich erreichte er das Labyrinth und raste mit unverminderter Geschwindigkeit hindurch. Die verwinkelten Bereiche würden die restlichen Wächter hoffentlich zusätzlich aufhalten. Er selbst fand sich mit schlafwandlerischer Sicherheit zurecht. Seine Verfolger mussten sich erst umständlich zum Ausgang vorarbeiten.

Endlich war er bei der Gruft angekommen, hastete in die Grotte, zündete das magische Feuer an und zögerte dann. Alleine durch den Weltenriss zu gehen war ihm nicht geheuer. Das letzte Mal hatte er sich verirrt und war anschließend von den Venatoren angefallen worden. Sie mussten wirklich mit dem Riss verbunden sein. Warum sonst waren sie so unvermittelt auf Shay aufmerksam geworden? Seit Jahren war nichts geschehen, aber kaum waren Theon und er in ihrer realen Gestalt auf der Erde angekommen, tauchten sie auf. Das konnte kein Zufall sein.

Hoffentlich führte er sie nicht noch weiter auf Shays Spur.

Als er Rufe vom Labyrinth her hörte, wusste er, dass er keine Wahl hatte. Er musste hier verschwinden, sonst drohte ihm ein grausames Leben in der Mine. Hoffentlich hatte Theon ihn verstanden und wusste noch, was Plan E bedeutete.

Natürlich weiß er das, dachte Nat. Er hatte ihn sich schließlich ausgedacht und Nat die einzelnen Buchstaben in den Kopf gehämmert. Jetzt war er dankbar für Theons Hang, alles durchzuplanen.

Der Zauber, um von einer Welt in die andere zu gelangen, war kompliziert und eine sportliche Herausforderung. Amenthes Magie hervorzukitzeln ging immer mit Schweiß und Blut einher. Nat stieß sich mehrere Male den Kopf an der niedrigen Decke, doch schließlich flammte der eigentlich unsichtbare Riss im Boden rötlich auf. Das Zeichen, dass er hindurchgehen konnte.

Nat atmete tief durch, sprach sich Mut zu. Ein letztes Mal drehte er sich um und blickte auf Amenthes und sein altes Leben zurück. Es fühlte sich an wie ein endgültiger Abschied. Ein schreckliches Gefühl.

Dann verschluckte ihn die Magie, und alles wurde zunächst rot, dann schwarz. Er betete, dass er nicht wieder im Nichts stecken blieb, doch schon nach wenigen Sekunden stand er auf dem weiten Feld mit Weizenhalmen, auf dem vor Shays Heimatstadt der Weltenriss verlief. Instinktiv duckte er sich hinter die hohen Halme und hoffte, dass ihn niemand gesehen hatte. Mit einem komplizierten Handwink ließ er den glimmenden Riss verglühen, damit nichts mehr von seiner Anwesenheit zeugte. Sollten die Wächter in die Gruft kommen, fänden sie jetzt nur noch einen kleinen Haufen Asche.

Allerdings blieb die Frage nach den Venatoren.

Mit angehaltenem Atem lauschte Nat und spähte dann erst vorsichtig über die Gräser hinweg. Er sah einen Mann mit Hund und eine Frau mit Kleinkind auf einem Pfad laufen. Beide hatten ihn nicht bemerkt. Gut. Das machte es einfacher.

Zügig entfernte er sich vom Riss, indem er sich weiter in das Feld hineinbegab. Er wusste, dass er nur durch ein kleines Wäldchen musste, um von dort auf einen breiteren Weg zu gelangen, der ihn geradewegs zu Shays Haus führte. Während er lief, sicherte er sich immer wieder nach allen Seiten ab und entschied sich schließlich für einen langen Umweg. Sollten Venatoren seiner Spur vom Riss an folgen, musste er sie dringend abhängen. Also patschte er sogar noch durch einen sehr viel tieferen Bach als vermutet, fluchte über seine nassen Schuhe und überquerte ihn zur Sicherheit gleich noch zweimal an unterschiedlichen Stellen. Wenn er die Venatoren zu Shay führte, würde er sich das niemals verzeihen können.

Erst nach gut zwei Stunden kam er erschöpft und müde bei Shay an. Vermutlich war es gerade Mittag. Obwohl die Sonne schien, zogen dichte Regenwolken auf, die den Himmel verdunkelten. War Shay noch in der Schule? Vermutlich. Sollte er sie dort abfangen?

Er entschied sich dagegen. Lieber hockte er sich auf einen kleinen Wiesenbereich unweit ihres Hauses und wartete auf sie. Auf diese Weise konnte er sich selbst sammeln und überlegen, wie es weitergehen sollte. Der Schock über seine unerwartete Flucht saß tief. Er wünschte sich nichts sehnlicher, als mit Theon Kontakt aufzunehmen, doch das musste zunächst warten. Sie mussten klug vorgehen, um sich nicht noch weiter in Schwierigkeiten zu bringen.

Was Nat zu der Frage brachte, was mit Theon geschehen würde. Musste er womöglich an seiner statt in die Minen? Die Königin war nicht dafür bekannt, Gnade walten zu lassen. Nats Sorge wurde immer größer, je länger er darüber nachdachte. Was sollte er nur ohne seinen Pläne schmiedenden Bruder machen?

Ihn tröstete lediglich, dass er genau wusste, was Theon von ihm erwartete. Einer von ihnen hatte zu Shay gehen müssen, um sie zu schützen. Nat war in diesem Moment der Einzige, der das tun konnte. Möglicherweise war Theon auch gar nicht verhaftet worden. Sein Bruder war ein Meister im Herausreden.

Mit derartigen düsteren Gedanken beschäftigte sich Nat, bis Shay endlich in einem fahrenden gelben Kasten vorfuhr, den die Menschen hier als Auto bezeichneten. Nat war unendlich froh, sie zu sehen. Zum einen war ihm kalt, zum anderen bedrückten ihn die quälenden Überlegungen mit jeder Sekunde mehr. Vor allem waren ihm die merkwürdigen Blicke der Passanten immer unangenehmer geworden. In dieser Umgebung fiel er trotz des schwarzen Kapuzenpullis auf, den er bei seinem ersten Besuch getragen hatte. Gefühlt war das Äonen her. Durch die Zeitverschiebung hatte er jedes Gefühl verloren.

Shay bemerkte ihn sofort, kaum war sie aus dem Auto gestiegen. Etwa drei Schritte von ihm entfernt blieb sie stehen. Wenigstens wirkte sie erleichtert. »Nat«, sagte sie schlicht.

»Überraschung! Ich habe es aus dem Weltenriss geschafft und bin zu dir zurückgekommen. Das ist die gute Nachricht.«

»Und was ist die schlechte?«

»Ich bin auf Amenthes in Ungnade gefallen und musste vor meiner Verhaftung fliehen. Man darf also mit Fug und Recht behaupten, dass ich ein Flüchtling ohne Heimat bin und für immer auf deine Erde wechseln musste.«

Zu seiner Erleichterung entspannte sich Shay sofort. Der ängstliche Ausdruck in ihren Augen verschwand endlich. »Ich ... keine Ahnung, ob ich mich jetzt darüber freuen darf, ohne dass das pietätlos dir gegenüber ist, aber ... ja, verdammt! Ich bin froh, dich hier zu sehen.«

Wenigstens ein Wesen war nicht wütend auf ihn und hieß ihn willkommen. Das war doch mal etwas. Nat wollte sie nur zu gerne umarmen, doch das hätte sie nicht zugelassen. Also riss er sich zusammen. Shay war wie ein scheues Reh. Er musste geduldig sein. Sie heranlocken. An sich gewöhnen.

»Was machen wir jetzt?«, fragte Shay schließlich vorsichtig. Sie deutete auf das Haus ihrer Pflegemutter ein Stück weit die Straße runter. »Meine Aufsichtsperson bekommt einen Herzkoller, wenn sie dich sieht. Ich kann dich nicht mit zu mir nehmen. Wirklich nicht.«

»Keine Sorge. Ich habe hier in der Nähe eine Wohnung. Ich muss mich nur erinnern, wo genau. Es ist schon so lange her, dass ich da gewesen bin.«

»Du ... ihr ... ihr habt eine Wohnung hier? Wo? Wie? Warum?«

»Theon hat für sämtliche Notfälle vorgesorgt. Wir haben in verschiedenen Städten Wohnungen. Für den Fall, dass wir schnell verschwinden müssen. Diese hier haben wir uns vor drei Jahren besorgt, als du zu dieser Pflegemutter gewechselt bist. Da war Theon einmal kurz in seiner realen Gestalt auf der Erde, um alles zu regeln.«

»Warum habt ihr mir nicht kurz Hallo gesagt?«, fragte Shay in scharfem Ton.

Solche Vorwürfe hatte Nat bereits befürchtet. »Ich verstehe deinen Ärger, aber es hätte nichts gebracht. Du hättest uns vermutlich nicht mal geglaubt, immerhin schlief deine Magie zu diesem Zeitpunkt noch. Außerdem hätten wir nicht bleiben können und dich nur in Gefahr gebracht. Jede Kontaktaufnahme erzeugt eine Spur zu dir. Das war das Risiko nicht wert.«

»Ich hätte mich zumindest nicht völlig allein auf dieser Welt gefühlt.« Shay sprach leise, doch Nat nahm den Schmerz in ihren Worten wahr.

»Shay.« Er hob jetzt doch die Hand, um sie zu berühren. Sie trat zurück und wich ihm aus. Sie misstraute ihm noch immer.

»Vergiss es«, sagte sie hastig. »Ihr hattet eure Gründe. Dann lass uns deine Wohnung suchen gehen. Weißt du die Straße noch?«

Nat nannte sie, und Shay wusste sogar, wohin sie mussten. Schweigend gingen sie nebeneinander her. *Sag was*, dachte Nat unbehaglich, doch er wusste nicht die richtigen Worte. Er wollte auf keinen Fall, dass sie ihm böse war. Doch genau das war vermutlich der Fall. Sie hatte sich immerhin jahrelang einsam gefühlt, weil Nat und Theon sie nicht hatten besser unterbringen können.

Das war etwas, das sie nie wiedergutmachen konnten.

Die unangenehme Atmosphäre zwischen ihnen wurde erst besser, als sie die Wohnung betraten. Sie befand sich im Erdgeschoss eines überschaubaren Wohnkomplexes mit einem zweiten Ausgang hinten raus in einen kleinen Garten. Bestens geeignet als Fluchtweg. Die ganze Wohnung war luftig und hell, freundlich und unglaublich groß. Shay blieb wie vom Donner gerührt im Eingang stehen und sah sich mit leicht geöffnetem Mund um.

»Hilfe«, brachte sie schwach hervor. »Das ist ja ein Palast. Wie viel zahlt ihr für dieses Teil?«

»Eine Menge, aber wir haben auch ein hübsches Sümmchen ergaunert. Es ist ganz einfach, Geld anzulegen, wenn man die Interna der ganz großen Firmen kennt. Ihr habt da sogar ein Wort für. *Betriebsspionage.* Theon hat sein Wissen gewinnbringend verkauft, aber keine Sorge. Die Spuren führen nicht zu dir.« Nat zog sich die Schuhe aus und warf sie achtlos neben den dafür vorgesehenen Schrank. Dann riss er die Gartentür auf, um frische Luft hineinzulassen. Shay stand noch immer wie angewurzelt am Eingang und sah sich lediglich um.

»Die Wohnung gehört dir genauso wie mir. Fühl dich wie zu Hause«, ermunterte er sie.

Endlich löste sie sich von der Stelle, warf ihren Rucksack in die Ecke, die Schuhe hinterher und inspizierte die Räume. »Euer Kühlschrank ist leer.«

»Wir haben die Wohnung möbliert übernommen, aber nie darin gewohnt. Ich fürchte, du musst mir helfen, Dinge wie Essen zu besorgen. Ich kenne mich nur theoretisch auf der Erde aus. Bei den Alltagsdingen habe ich große Wissenslücken.«

»Vor allem brauchst du neue Klamotten. So fällst du viel zu sehr auf. Eine Dusche für dich wäre auch nicht schlecht.«

»Sagst du mir gerade auf charmante Art und Weise, dass ich stinke?«

»Nein, eher sehr direkt. Du bist total durchnässt, hast Blut am Hemd und im Gesicht, bist völlig zerschrammt und siehst aus, als könntest du gleich im Stehen einschlafen. War ein harter Tag für dich, nicht wahr?«

»Eher eine harte Woche.«

»Dann willkommen im Klub. Mein derzeitiges Leben ist auch kein Zuckerschlecken.« Sie zeigte ihm einen Arm voller blauer Flecken. »Mein Selbstverteidigungskurs läuft super. Für meine Angreifer.«

»Da schlummert bestimmt ein verborgenes Talent in dir. Wir müssen es nur hervorlocken.«

Shay lachte trocken auf. »Wenn ihr euch tatsächlich Hoffnungen macht, ich könnte die zukünftige Königin sein, dann vergesst es. An mir ist nichts Königliches zu finden. Apropos. Dieser Punkt auf meinem Programm ist ja wohl ein Scherz.«

Sie hielt ihm Theons Plan vor die Nase und tippte auf eine Stelle, die offenbar der Anlass für ihren Unmut war. »Höfisches Benehmen in der barocken Zeit. Ernsthaft? Ich weiß nicht, was ich gruseliger finde. Dass es solche Kurse überhaupt gibt oder dass ich so einen belegen soll.«

»Wir haben lange gesucht, um etwas Passendes zu finden. Eure Sitten im Barock sind unseren recht ähnlich. Wir haben keinen Strom, keine Autos oder Schnellrestaurants, dafür ein kompliziertes Geflecht aus Adel, Hofetiketten, Speiseritualen und schrecklich viel Prunk und noch mehr hochherrschaftlichen Bällen. Theon hat lange eure Geschichte durchforstet, bis er auf diese Zeit gestoßen ist. Es passt nicht alles, aber es ist zumindest ähnlich genug, damit du bestimmte Verhaltensmuster auf Amenthes übertragen kannst. Also nein. Das war kein Scherz.«

Shay ließ sich auf die plüschige blaue Couch sinken und stöhnte laut. »Mein Leben ist ein Horrortrip.«

»So schlimm ist es auch nicht. Die Kleider sind schick, und es gibt weniger Hinrichtungen als bei euch zu jener Zeit. Genau wie bei euch im Barock dreht sich alles um den König beziehungsweise bei uns um die Königin. Kein Wunder, denn von ihr sind wir hoffnungslos abhängig.«

»Kannst du dir vorstellen, dass ihr bald alle von mir abhängig seid?« Sie deutete auf ihre dunklen Ringe unter den Augen, die blauen Flecken an den Armen und die aufgeschürften Knie.

»Du wärst definitiv eine Verbesserung. Da unsere aktuelle Königin in die Jahre gekommen ist und ihre Macht verliert, ist es draußen ständig dunkel. Es regnet beunruhigend viel, und eine fiese Hustenwelle jagt die nächste. Um nur ein paar Beispiele zu nennen.«

»Jedes Wort, das du sagst, macht mir noch mehr Angst.«

»Dann ist es wohl meine Aufgabe, dir die Angst zu nehmen. Doch zunächst brauche ich etwas zu essen, muss mich säubern und schlafen. Wir schaffen das, Shay. Wir machen aus dir eine waschechte Königinnenanwärterin.«

»Und wenn ich das gar nicht sein will?«

»Du hast keine Wahl. Ich gebe zu, dass es wirklich besser wäre, wenn du nicht Königin wirst. Vielleicht haben wir ja Glück, und in den nächsten Tagen macht eine andere das Rennen. Dann wären wir fein raus. Bis dahin müssen wir allerdings dafür sorgen, dass du am Leben bleibst. Sind in letzter Zeit noch mal Venatoren vorbeigekommen?«

»Sehe ich tot aus? Nein? Dann waren keine hier. Nat! Du erzählst das alles so locker, aber es ist mein Leben, das du auf den Kopf stellst.«

»Glaub mir: Du hast meins auch schon reichlich durcheinandergewirbelt. Pass auf. Wollen wir einen Pakt schließen? Du jammerst nicht mehr über dein Los und ich nicht mehr über mein Schicksal.«

»Du jammerst doch gar nicht.«

»Das ist der Punkt. Jammern bringt nichts. Weder dir noch mir. Je schneller du das erkennst, desto eher können wir uns wirklich wichtigen Dingen zuwenden. Dem Essen, zum Beispiel. Ich nehme an, es wäre eher unangemessen, wenn ich mit Pfeil und Bogen in euren Wäldern jagen gehe?«

Shay brauchte eine Weile, bis sie verstand, dass er scherzte. Daraufhin lachte sie. Zwar nur leise und vorsichtig, aber immerhin war es ein Anfang.

»Ich bestelle Pizza, wenn du zahlst«, entschied Shay schließlich und holte eins der Dinger raus, das die Menschen Handy nannten. »Danach müssen wir über den Kickbox-

Trainer reden und darüber, dass ich als Ballerina eine echte Fehlbesetzung bin. Keine Sorge. Ich jammere nicht. Ich will dir nur vor Augen führen, wie ernst die Lage ist. Für dich, für mich und vor allem für Amenthes.«

Kapitel 10

Theon

»Leg dich wieder hin, Lionee.« Inzwischen konnte er nicht mehr zählen, wie oft er die junge Frau ermahnt hatte. »Du bist so bleich wie eine Schneefüchsin.«

»Wenn ich nur im Bett rumliege, komme ich nie zu Kräften, und wenn ich nicht zu Kräften komme, kann ich nicht tanzen.«

Theon hielt es noch zwei Atemzüge auf seinem Posten im Türrahmen, dann trat er entschlossen neben Lionee und ergriff ihre Oberarme. Sie kannte das Manöver bereits. Sie übte das Aufstehen, Theon verfrachtete sie zurück ins Bett.

Diesmal machte sie sich mit einer unwilligen Bewegung frei und blieb schwankend stehen. »Es ist jetzt drei Wochen her, dass du mir das Gestell abgenommen hast. Drei verdammt lange Wochen. Langsam muss es vorwärtsgehen.«

Theon hatte das ebenfalls gehofft, doch das Gegenteil war der Fall. Lionees schlimme Entzündungen waren nur annähern so gut geheilt wie erhofft und ihre Muskeln noch viel verkümmerter als befürchtet. »Du musst geduldig sein«, versuchte Theon vorsichtig sie zu trösten.

»Aber ich habe keine Zeit für Geduld. Mein Zeichen wird zwar langsam deutlicher, aber man kann noch immer nicht die Zahl erkennen. Was ist, wenn ich kurz vor der Eins stehe? Was ist, wenn ich die wahre Kandidatin bin? Vielleicht lässt sich deshalb die neue Königin nicht finden. Weil ich das bin und niemand die verdammte Nummer lesen kann. Noch schlimmer ist die Vorstellung, dass ich tatsächlich die zukünftige Königin bin und keinen einzigen Tanz beherrsche. Nicht einmal den Grundschritt.«

»In dem Fall könntest du auch niemals den für die Übergabe notwendigen Tanz vollführen. Du könntest die Magie von deiner Mutter überhaupt nicht übernehmen.«

»Siehst du? Weil ich zu schwach bin. Weil ich zu wenig trainiere. Weil ...«

»Lionee, bei allen Heiligen von Amenthes! Ich dachte immer, ich wäre der Ehrgeizigste in diesem Schloss, aber du übertriffst mich bei Weitem. Dieses Reich liegt nicht in deinen Händen. Dafür bist du überhaupt nicht geeignet genug.«

Lionee starrte ihn an, als wolle sie ihn kastrieren. Kein Wunder. Er war erneut übers Ziel hinausgeschossen. Auch das war wenig überraschend. Seit Lionees verrückter Aussage, er könne ihr Wächter sein, hatte sich sein Leben grundlegend verändert. Er war in diesem Raum gefangen, genau wie sie. Keine guten Voraussetzungen, um eine vernünftige Beziehung zueinander aufzubauen. Sie gingen einander auf den Geist. Hinzu kam, dass sich Theon schreckliche Sorgen um Nat machte und keine Möglichkeit sah, als wandelnder Schatten auf der Erde nach ihm zu suchen. Er hatte schlicht und ergreifend keine einzige freie Minute. Dafür hatte die Königin gesorgt.

Es war ihre Art, ihn in die Schranken zu verweisen. Gewöhnlich bekam ein Duatkrieger genügend freie Zeit, um sich zu erholen. Selbst die Wächter der Königin machten zwischendurch Feierabend. Theon hingegen hatte keine Vertretung erhalten, und das hieß für ihn, dauerhaft bei Lionee zu sein.

Die war davon mindestens genauso genervt wie er und ließ das auch entsprechend an ihm aus. Sie waren beide gereizt und frustriert.

Lionee trat ihm absichtlich auf den Fuß und machte ein paar wenige Schritte am Bettrand entlang. Obwohl ihre Beine heftig zitterten, stapfte sie weiter.

»Wem willst du was beweisen, Lionee? Hier ist niemand außer uns.«

»Das macht es nicht besser.« Sie peilte den Stuhl an, der in etwa fünf Schritten Entfernung zum Bett an der Wand stand. Theon sprang in letzter Sekunde hinzu, um ihren beinahe Sturz abzufangen. Sie fluchten beide, kamen aber einigermaßen unbeschadet am Ziel an. Lionee stöhnte leise, als sie sich auf den Stuhl setzte. Da sie ihm gegenüber selten Schwäche zeigte, war dies ein äußerst beunruhigendes Zeichen.

Theon hatte seit Tagen über seine und ihre Möglichkeiten nachgedacht. Dauerhaft im Zimmer zu hocken brachte sie nicht weiter. Sie mussten zum Unterricht. Lionee, weil sie vielleicht sogar recht hatte mit ihrer Theorie bezüglich der Thronfolge und er, um weitere Informationen zu sammeln. Nats Aufzeichnungen waren so lückenhaft wie die Zahnreihen eines Einjährigen. Sie brauchten neue Informationen. Wenn er als Wächter zusammen mit einer Benu am Training teilnehmen konnte, wäre das perfekt. Zumindest, wenn er die gesammelten Informationen auch an Nat weitergeben konnte.

»Ich habe einen Vorschlag«, sagte er langsam.

Sofort hatte er Lionees vollkommene Aufmerksamkeit. »Ich bin für alles offen«, sagte sie. Nicht zum ersten Mal fiel Theon ihr unfassbar intensiver Blick auf. Ihre grauen Augen mochten auf den naiven Betrachter im ersten Moment recht langweilig aussehen, doch sie sprühten voller Lebendigkeit und spiegelten ihren eigenwilligen Charakter wider. Wenn sie wütend wurde, sah er einen Hauch roter Magie hinter den Iriden hervorblitzen. Das eindeutige Indiz, dass ihre Magieadern nicht vollkommen zerstört waren. In diesen Momenten wurde ihr Haar ebenfalls leicht feurig – passend zu ihrem Temperament. Theon verfluchte letztere zwar regelmäßig, mochte den Eigensinn aber auch an ihr. Sie war im Herzen eine kleine Rebellin, die unbedingt dazugehören wollte.

»Ich kenne da jemanden, der dir helfen könnte. Eine Heilerin. Allerdings hat die Sache einen Haken. Sie ist eine vom Volk.«

Theon sah genau, wie der Hoffnungsfunke in Lionees Augen erlosch. »Eine vom Volk?«, fragte sie tonlos. »Wie sollte sie zu mir kommen? Seitdem die Venatoren hinter den Benu verstärkt her sind, wurden alle Tore geschlossen. Es ist verboten, Kontakt mit der Außenwelt aufzunehmen.«

Theon setzte alles auf eine Karte. Wenn sie zusammenarbeiten wollten, mussten sie einander vertrauen. Selbst wenn er so große Geheimnisse vor Lionee hatte, dass es ihm manchmal schwindelte. »Schwörst du, Stillschweigen zu bewahren?«

Sie nickte eher zögernd.

»Nach dem Ball waren Nat und ich verletzt. Er schwerer als ich. Im Schloss war völliges Chaos ausgebrochen. Überall lauerte der Tod in Form der Venatoren. Wir haben uns aus Verzweiflung in die Kellergewölbe des Schlosses zurückgezogen. Mein Vater hat uns die magischen Runen gezeigt, um die Wände des Schlosses zu verschieben und alte Geheimgänge zu öffnen. So sind wir rausgekommen. Ins Dorf Gelderli, wo wir Konaira getroffen haben. Die Dorfheilerin. Sie hat uns wieder zusammengeflickt.«

»Geheimgänge, die nach drinnen und draußen führen? Theon! Bist du verrückt geworden? Wenn das jemand erfährt, hängt man dich auf der Stelle wegen Hochverrats. Was ist, wenn einer vom Volk die Gänge entdeckt und das Schloss gestürmt wird?«

»Habt ihr vom Adel so große Angst vorm kleinen Mann?«

»Seitdem es immer dunkler wird in Amenthes, die Früchte auf den Feldern verdorren und der Hunger größer wird, ist tatsächlich Vorsicht geboten. Wir können es uns nicht leisten, an einer weiteren Front zu kämpfen. Die Venatoren sind schon schlimm genug. Eine wütende Volksfront, die das Schloss stürmt, würde uns vernichten.«

»Leider wird eine aus dem Volk die einzige Möglichkeit sein, dich zu heilen. Es sei denn, du lässt dich doch noch von den Heilern deiner Mutter verarzten. Mir ist ohnehin schleierhaft, wo da das Problem ist.«

Lionee deutete schweigend auf das Gestell in der Ecke. Keiner von ihnen hatte es bislang weggeräumt. Es war ein stummes Mahnmal ihrer langjährigen Qualen. »Wegen dem da. Ein Heiler schlug vor Jahren vor, mir noch mal die Hüfte brechen zu lassen. Damit alles wieder richtig zusammenwachsen kann. Meine Mutter war entsetzt über die Vorstellung. Sie recherchierte selbst und kam auf die bahnbrechende Idee, dieses Ding anfertigen zu lassen. Die Meinung des Heilers wechselte so schnell wie das Wetter. Auf einmal war das die allerbeste Lösung. Von seiner ersten Idee war er vollständig abgerückt. Nachdem das Gestell sich als Reinfall erwies, behandelte mich die neue Generation aus Heilern so vorsichtig wie einen sterbenden König. Niemand wollte sich den Zorn der Königin zuziehen. Der Erfinder des Gestells hat bis heute keine neue Stelle gefunden. Vermutlich ist er längst verhungert. Das bedeutet aber auch, dass niemand, der was auf sich hält, sich mit meiner Lage befasst. Jeder einzelne hat zu viel Angst vor meiner Mutter. Sie reden ihr nach dem Mund. Leider hat die Sache einen Haken: Die Königin mag mächtig und belesen sein, doch ist sie nicht in der Heilkunst bewandert. Was ich sagen will: Ich bestimme lieber selbst, anstatt panische Neulinge an mir herumpfuschen zu lassen.«

»Dafür hast du das Gestell aber erstaunlich lange getragen.«

»Ich musste, denn darüber ließ meine Mutter nicht mit sich reden. Sie war der Meinung, ich müsse es nur wirklich wollen. Als ob ...« Lionee schnaubte genervt.

Theon war schon lange bewusst, dass er und Lionee sich insgeheim sehr mochten. Lionee war unglaublich tapfer und wusste genau, was sie wollte. Leider stand sie meilenweit über ihm. Hinzu kam, dass sie eine gefährlich gute Kombinationsgabe besaß. Darum hatte sie auch so schnell erkannt, dass er sie weiterhin belog. Die Wahrheit stand wie eine unüberwindbare Mauer zwischen ihnen, und er hatte stets den Eindruck, sich bei ihren Gesprächen um Kopf und Kragen zu reden.

»Ich bin dabei«, sagte sie unvermittelt.

»Wobei?«

»Bei deinem Plan natürlich. Ich habe nichts mehr zu verlieren. Was ist das hier für ein Leben? Für ein Dasein? Auf zu deiner ominösen Retterin. Kannst du ein Treffen vereinbaren?«

Theon überlegte. In Gedanken plante er bereits jeden Schritt, erwog die Möglichkeiten, verwarf bestimmte Alternativen wieder und hatte innerhalb von fünf Minuten alles durchdacht. Er nickte. »Als Erstes brauchen wir ein großes Laken, das wir zerschneiden können, und Seile. Danach musst du deine Dienerinnen rufen und ihnen erklären, dass sie heute Abend nicht vorbeikommen dürfen und dich decken müssen. Sie lieben dich trotz deiner zickigen Ausfälle und werden dich bestimmt unterstützen. Außerdem brauchen wir Geld. Fünfhundert Amenten sollten reichen. Eine Pechfackel besorge ich, und du musst deinen Schmuck und deine Kleidung ablegen. Du brauchst etwas Unauffälligeres als Seide. Sackleinen wäre nicht schlecht.«

Lionee starrte ihn sprachlos an, dann wurde sie dunkelrot vor Ärger. »Trotz meiner zickigen Ausfälle?«, fragte sie scharf.

»Das ist das Einzige, was du von meinem Plan behalten hast?«

»Das ist das Einzige, mit dem ich nicht einverstanden bin.«

»Das verstehe ich. Es ändert dennoch nichts an meiner Meinung. Also? Kriegen wir das bis heute Abend alles zusammen?«

»Wofür denn bitte das Laken? Musst du nicht erst bei deiner Heilerin nachfragen und um einen Termin bitten?«

»Ich benutze die Geheimgänge nicht gerne. Jedes Mal gehe ich ein Risiko ein, entdeckt zu werden. Außerdem würde mich Konaira auslachen, wenn ich sie frage, ob sie sich die Prinzessin des Reiches mal angucken könnte. Nein. Wir müssen schon direkt bei ihr auftauchen und sie überraschen. Wenn sie dein Problem sieht, wird sie helfen.«

»Wie selbstlos. Vor allem bei fünfhundert Amenten.«

»Sie wird nicht durch guten Glauben an die Königin satt. Also? Bekommst du so kurzfristig derart viel Geld zusammen?«

»Sieh mal unter meinem Bett nach. Da steht eine Truhe.«

Theon tat wie geheißen und gab danach einen erstickten Laut von sich. Er hatte noch nie so viel Geld auf einem Haufen gesehen. »Das steht einfach unter deinem Bett? Bist du von Sinnen? Du kannst nicht mal aufstehen, um es zu verteidigen.«

»Dafür habe ich dich. Das Laken findest du im Schrank, genau wie einen Strick. Bei einer Pechfackel muss ich jedoch passen, genau wie bei Kleidern ohne Seide. Bei mir ist alles aus Seide. Etwas anderes ertrage ich nicht auf meiner vernarbten Haut.«

Theon fand das Laken recht schnell und runzelte beim Anblick des dicken Stricks die Stirn. »Wofür hast du solch ein Seil im Schrank?«

»Um mich bei Gelegenheit daran zu erhängen.«

Langsam drehte sich Theon um, musterte Lionee. Die war gerade damit beschäftigt, ihren Schmuck abzulegen. Scherzte sie? Oder meinte sie es ernst? Theon war sich nicht sicher und beschloss daher, die Bemerkung zu überhören. Er ahnte, dass ihm die Antwort nicht gefallen hätte.

»Du könntest deine Dienerin bitten, dir einfachere Kleidung zu bringen«, überlegte Theon laut.

»Theon! Wenn ich der Heilerin fünfhundert Amenten überreiche, weiß sie ohnehin Bescheid. Außerdem muss sie nur einen Blick auf die Narben an meinem Handgelenk werfen, schon ist es offensichtlich. Mein Gesicht und die übrigen Verletzungen sind das letzte Indiz in einer langen Reihe. Jedes Wesen auf Amenthes weiß, was mit der Prinzessin geschehen ist. Es ist völlig egal, ob ich ein Seidenkleid trage oder nicht.«

Theon seufzte. Sie hatte recht, und dennoch gefiel ihm dieses kleine Detail nicht. Gegen sein Bauchgefühl nickte er und begann danach, das Laken zu zerschneiden und es mit dem Seil zu verbinden.

Lionee hielt erstaunlich lange den Mund, bis sie nachfragte. »Wie genau willst du mich überhaupt ins Dorf bekommen? Ich kann nicht laufen.«

»Ich trage dich.«

»Das hatte ich befürchtet. Vergiss es. Ich bin kein Sack, den du verschnüren kannst.«

»Meine Mutter hat meinen Bruder Nat immer auf diese Weise getragen. In einem Tuch vor der Brust. Genau das werde ich auch tun, allerdings auf meinem Rücken. Du bist klapperdürr und wiegst nicht viel. Dein Gewicht werde ich gar nicht spüren. Jetzt schau nicht so erbost. Ist doch so. Wir müssen nur testen, ob die Haltung mit deinem Hüftschaden überhaupt erträglich für dich ist. Viele Alternativen haben wir nicht. Bereit?«

»Mich wie ein Baby verschnüren zu lassen? Für so etwas werde ich nie bereit sein. Leider fällt mir auf die Schnelle keine Alternative ein, also leg los.«

Theon betete, dass er das Richtige tat. Er überschritt Grenzen, die er niemals hatte überqueren wollen. In den letzten Jahren hatte er immer wieder bestimmte Regeln ausgedehnt und dabei mit seinem schlechten Gewissen gekämpft. Ihr jetziges Vorhaben sprengte jedoch jeden Rahmen. Die Prinzessin des Reiches zum Volk zu bringen konnte ihnen allen den Hals kosten.

Warum gehst du überhaupt das Risiko ein?, fragte er sich selbst, während er die provisorische Trage bastelte. Die Antwort gefiel ihm nicht. Er mochte Lionee, und er wollte ihr helfen. Das durfte Nat besser nie erfahren. Sein Bruder hatte sich schon immer über Theons Beschützerinstinkt lustig gemacht. Theon wollte alles und jeden retten. Das war es aber nicht allein. Er spürte, dass Lionee weit mehr war als nur eine frustrierte Prinzessin oder eine tapfere Überlebenskünstlerin. Da war etwas an ihr, das ihn aufmerken ließ. Ein Hauch von Magie, der ihn anlockte.

War sie vielleicht wirklich eine Benu? Konnte sie die nächste Königin werden? So unwahrscheinlich die Möglichkeit auch war, er durfte sie nicht außer Acht lassen. Nicht auszudenken, wenn wegen seiner Ignoranz Amenthes unterging.

Hinzu kam, dass er Lionee brauchte. Wenn er es schaffte, sie zum Unterricht zu bringen, hatte er gewonnen. Sie würde ihr Lehrbuch herumliegen lassen und womöglich laut daraus rezitieren. Jeder einzelne Satz war wertvoll und konnte Shay helfen.

»Fertig«, sagte er nach einer Weile und hielt Lionee seine behelfsmäßige Trage hin. Seine Flechtkunst sah seltsam aus, und er war nicht überzeugt, ob es funktionieren konnte. Sie mussten es einfach darauf ankommen lassen.

Lionee in die Trage zu bekommen war schwieriger als befürchtet. Ihr Bein war schrecklich steif, und ihre Schmerzen mussten unglaublich sein. Er ging so sanft wie möglich vor, doch letztlich bereitete ihr jede Bewegung Höllenqualen.

Als er sie auf seinen Rücken hievte, schrie sie auf und biss ihm vor Schreck sogar in die Schulter. Theon blieb ruhig und wartete, bis sich ihre Atmung normalisiert hatte. »Ich rücke dich jetzt gerade«, warnte er sie vor.

»Hmhmmm«, kam die schwache Antwort.

Er brauchte fünf quälende Minuten, bis sie so weit in dem Laken saß, dass sie es aushalten konnte. Sobald er sich bewegte, verkrampfte sie sich.

»Wird es besser?«, fragte er besorgt.

»Hmhmmm.«

Das klang wenig überzeugend. Er drehte im Zimmer einige Runden, bis er endlich den Eindruck hatte, dass sie sich entspannte. »Du musst dich in das Laken fallen lassen. Vertrau dem Stoff und bitte: Hör auf, mich zu erwürgen. Du musst dich nicht festklammern.«

»Ich überlegte noch immer, ob ich dich wegen meiner angeblichen ›zickigen Ausfälle‹ lynchen soll.«

Als Theon das hörte, war er beruhigt. Wenn Lionee wieder auf Konfrontationskurs ging, war alles gut. Dann stand sie wenigstens nicht vor einer Ohnmacht, sondern hatte Kapazitäten zum Streiten.

»Die Trage hält. Dann fehlt jetzt noch eine Pechfackel, und du musst noch deinen Hofstaat informieren.«

Wie sich herausstellte, konnte Lionee das eine mit dem anderen verbinden. Drei Stunden später hatten sie alles beisammen, und es gab keinen Grund mehr für sie, zu warten. Sobald es dunkel geworden war, brachen sie auf. Er zeichnete die Rune seines Vaters an die Wand und öffnete damit die Geheimgänge des Schlosses, um hinauszugelangen. Theon fragte sich dabei weiterhin, ob er das Richtige tat.

Brachte er die Prinzessin in Todesgefahr? Oder rettete er sie?

Shay

»Ich ergebe mich! Ich ergebe mich«, rief Shay, als sie auf der Turnmatte aufknallte und spürte, wie sich Nats starke Arme wie Lianen um ihren Hals legten.

»Versuch dich doch erst mal aus der Situation zu winden.« Nat verstärkte seinen Griff.

Shay quiekte, strampelte, japste. Nichts half. Sie steckte fest. »Lass los!«

Nat gehorchte, wenn auch widerstrebend. Shay hustete, um wieder Luft zu bekommen. Japsend kam sie auf die Knie hoch und musterte ihren Gegner, der völlig entspannt direkt neben ihr saß.

»Du musst dich wehren«, mahnte Nat sanft.

»Hab ich doch.«

»Aber nicht genug. Du bist stärker, als du denkst.«

Das bezweifelte Shay. Ihr tat alles weh. Vom kleinen Zeh bis zum Ohrläppchen. Seit Wochen quälte sie sich und hatte noch immer nicht den Eindruck, besser zu werden. Seit Nat seinen eigenen Unterricht auch noch bei ihm zu Hause durchgesetzt hatte, blieb ihr kaum Freizeit und erst recht keine Erholungsmöglichkeit. Entweder, sie war in der Schule, beim Training oder bei Nat. Nur zum Schlafen schlich sie noch nach Hause.

»Hören wir für heute auf«, entschied Nat schließlich. Er erhob sich mit einer beneidenswert anmutigen Geste und hielt ihr seine Hand hin.

Shay ließ sich nur zu gerne beim Aufstehen unterstützen. Sie war zum Umfallen müde, aber jetzt kam der einzig gute Teil an ihrem derzeitigen Leben: das Herumgammeln bei

Nat. Sie gab es ungern zu, aber das waren die vielen Qualen beinahe wert.

Zum ersten Mal, seit sie denken konnte, hatte sie einen Ort gefunden, an dem sie sich wohl fühlte – zumindest, sobald sie dem Trainings-Raum entkommen war. Welcher normale Mensch hatte eine halbe Turnhalle bei sich in der Wohnung?

Shay nannte diesen Raum die *Folterkammer*. Er war komplett ausgepolstert. Dazu gab es verschieden dicke Matten und einen kleinen Ring fürs Boxen. Den Sandsack hasste Shay mindestens genauso inbrünstig wie die Stöcke, mit denen Nat sie hatte trainieren lassen. Er war zügig zu Gumminudeln übergegangen, nachdem sie sich beinahe selbst ohnmächtig geschlagen hatte.

Nur beim Schachunterricht hatte sie glänzen können. Das Spiel lag ihr, denn Taktik, logisches Denken und konzentriertes Überlegen waren ihre Stärken. Bei sportlichen Übungen versagte sie hingegen auf ganzer Linie.

»Ich gehe duschen«, sagte Shay und schon allein dieser eine Satz hob ihre Stimmung. Sie liebte die riesige Wasserfalldusche, die Fußbodenheizung und das Lichtspektakel für ein angenehmes Ambiente.

»Aber dusch nicht wieder, bis es kein warmes Wasser mehr gibt! Ich will auch noch drunter«, rief ihr Nat hinterher.

Shay winkte lässig ab, huschte ins Bad und schloss ab. Ihre stinkenden Sportsachen warf sie in die Ecke und nur wenig später stand sie unter der wunderbar heißen Dusche. Sie seufzte erleichtert auf.

Nats Wohnung war trotz aller Umstände die Zufluchtsstätte, die ihr über all die Jahre gefehlt hatte. Hier brauchte sie sich nicht zu verstecken, zu verstellen oder möglichst leise sein. Natürlich. Die Sportstunden waren grässlich, aber alles drum herum fand sie wunderbar. Es war ... ja ... innerhalb von wenigen Tagen ihr Zuhause geworden. Der Ort, an dem sie gerne leben wollte. Ihr war gar nicht klar gewesen, wie angespannt sie bislang gelebt hatte. Das war ihr erst bewusst geworden, als diese Last von ihr abfiel.

Bei ihrer Pflegemutter hatte sie ständig Angst, etwas falsch zu machen. In der Schule galt sie als Außenseiterin. Das Waisenmädchen, das allen unheimlich war. Beim Training stand sie völlig neben sich, aber hier ... hier war alles in Ordnung.

Das hatte zum einen mit der entspannten Atmosphäre der Wohnung zu tun. Die Räume waren wunderschön. Luftig und hell. Sie hatte ihr eigenes Bücherregal, das sie bestücken durfte, einen eigenen Lesesessel und sogar einen Kamin. Zum anderen lag es aber auch an Nat. Er hatte etwas Lässiges, Gechilltes an sich. Als könne ihn nichts aus der Bahn werfen. Ihm nichts anhaben.

Sie mochte Nat immer mehr. So sehr, dass ihr diese Gefühle fast Angst einjagten. Dass er geradezu unanständig gut aussah, machte alles nicht besser. Er war sexy. Heiß. Dadurch sprach er eine Seite in ihr an, die sie bislang ignoriert hatte.

Wenn sie es zuließ, würde sie sich Hals über Kopf in ihn verlieben. Bislang hatte sie nicht gewusst, auf was für einen Typ Mann sie stand. Jetzt war es offensichtlich. Die lässigen, freundlichen Jungs mit einem sonnigen Gemüt waren genau ihr Ding.

Zum Verlieben war allerdings momentan der denkbar ungünstigste Zeitpunkt. Außerdem hatte sie in ihrer Vergangenheit gelernt, dass nichts von Dauer war. Alles war vergänglich. Alles hatte seinen Preis. Was war dieser?

Sie war selbst überrascht, wie schnell sich Nat in ihren Alltag eingefügt hatte. Morgens ging sie zur Schule, danach holte er sie von dort ab und stieg mit ihr in das Taxi, das sie zu den Übungsstunden brachte. Nat saß meist am Rand und sah zu, was viele Trainer nervös machte, von Shay ganz zu schweigen. Sie hasste es, ihn im Publikum zu wissen. Sie wollte nicht, dass Nat sie beim Herumstolpern, Fluchen und Fallen beobachtete. Sie brauchte keine Zuschauer bei ihren peinlichen Bemühungen. Nat ignorierte ihre Bedenken jedoch und hielt sich erstaunlich zurück, was zum Teil auch an den adretten Schülerinnen lag, die parallel mit Shay trainierten. Nat flirtete gerne und ausgiebig. Was das anging, war er ein wahrer Meister.

Sobald Shays Training jedoch beendet war, unterbrach er sein Schäkern und besprach sich mit ihren Trainern. Seine Bewertungen fielen meist deutlich milder aus, als die ihrer Lehrer. Den Grund dafür kannte Shay ganz genau. Nat wollte sie nicht demotivieren.

Sobald sie zurück in der Wohnung waren, füllte er ihre Wissenslücken weiter auf und zeigte ihr Dinge, die sie im Unterricht nicht hinbekommen hatte. Die Erfolge waren mäßig.

Shay bezweifelte, dass sie das alles lernen würde. Sie war zwar fleißig, stieß aber momentan an ihre Grenzen. Apropos ... der Wasserboiler gab bereits seltsame Laute von sich. Ups. Hastig stellte sie das Wasser aus, trocknete sich mit einem extra flauschigen Handtuch ab und zog ihren Hausanzug an. Den hatte Nat extra für sie besorgt. Ein seltsames Gefühl. Sie konnte sich Dinge wünschen, die Geld kosteten, und bekam sie dann sogar. Unglaublich.

Ein Blick in den Spiegel offenbarte ein blasses Gesicht mit müden Augen. Eigentlich gehörte sie ins Bett, doch jetzt kam der schönste Teil des Tages. Den würde sie garantiert nicht sausen lassen. Auf Zehenspitzen huschte sie aus dem Bad und warf sich auf die Couch, um den gigantischen Flatscreen anzuschalten. Sie hatte Nat überredet, sich das Gerät anzuschaffen, indem sie behauptete, es sei wichtig für seine Integration. Er hatte es ihr geglaubt, doch Fernsehen war nicht seine Welt. Es sei denn, sie schaltete Sendungen mit halbnackten Mädels ein.

Nat gesellte sich prompt zu ihr, allerdings legte er sich auf den Boden, um noch zu trainieren. Shay bemühte sich, sein Tun zu ignorieren.

»Ich verstehe nicht, warum ihr euch die Leben fremder Menschen anschaut«, bemerkte Nat. Er vollführte gerade die geschätzt hundertste Liegestütze und geriet nicht mal ins Schwitzen oder außer Atem.

»Das sind keine fremden Leben, die ich mir angucke. Das sind Geschichten. Erzählungen. Märchen. Es entspannt mich.« Wie immer zappte Shay wild durch die Kanäle. Es machte ihr einen Heidenspaß, das Programm selbst bestimmen zu können. Noch nie hatte sie die Hoheit über ein Fernsehgerät besessen. Leider störte Nat dabei. Sie warf ihm einen genervten Blick zu. »Könntest du endlich mal mit deinem Training aufhören? Mein Selbstwertgefühl ist auch so schon im Eimer.«

Nat hörte abrupt mit seinen Übungen auf. »Was tue ich denn? Ich sag doch gar nicht, dass du mitmachen musst. Du trainierst auch so schon den Tag über genug.«

»Ich bin trotzdem weiterhin mies. Mieser als mies. Eigentlich müsste ich da unten hocken und mich quälen, damit ich die nächsten Tage überlebe. Leider bin ich zu müde, um auch nur zu blinzeln.«

»Du bist zu streng zu dir. Dein Pensum ist reichlich. Ich hingegen muss aufpassen, auf Zack zu bleiben. Das sagt ihr doch so in eurer Welt, nicht wahr? Auf Zack! Es ist ungewohnt, so lange dazusitzen und lediglich jemandem beim Training zuzugucken.«

»Dann mach bitte bei meinem täglichen Training mit, und hör auf, mich die ganze Zeit bei meinen Bemühungen anzustarren. Das fühlt sich grässlich an.«

Nat seufzte und lehnte sich mit dem Rücken gegen das Sofa. Wenigstens hatte er sich ein Shirt übergezogen. An den ersten Tagen hatte er halb nackt trainiert, was Shay völlig aus der Bahn geworfen hatte. Nat sah gut aus. Keine

Frage. Aber mit jeder einzelnen Bewegung seiner Muskeln hatte sich Shay unzulänglicher gefühlt.

»Ich bin kein Sportass«, fasste sie trocken zusammen. »Es ist nicht meine Welt.«

»Wenn du auch nur einen Bruchteil von dem anwenden kannst, was du in diesen Wochen gelernt hast, haben wir schon viel gewonnen. Aber gut. Vielleicht ist es an der Zeit, deinen Plan anzupassen. Hast du ihn dabei?«

Blitzschnell schaltete Shay den Fernseher aus und hielt Nat den Stundenplan des Horrors vor die Nase. Die Gunst der Stunde musste sie nutzen. Vielleicht wurde sie ja Martial-Arts-Kämpfen wieder los.

»In Ordnung. Ich priorisiere mal, auf was wir auf keinen Fall verzichten können. Das kringele ich ein. Was übrig bleibt, streichen wir.«

Also kringelte er. Und kringelte. Und kringelte. Am Ende fiel nur Reiten weg.

»Dein Ernst?«, fragte Shay konsterniert. »Reiten war das einzige, wo ich mich entspannen konnte. Da musste wenigsten das Pferd laufen und nicht ich.«

Nat lachte leise in sich hinein. »Was würdest du denn streichen?«

»Ballett.«

»Vergiss es. Das ist das Wichtigste überhaupt. Das können wir nicht streichen.«

»Kann es sein, dass du ohnehin nichts streichen wirst? Dieser Plan ist von Theon. Ich mag dich nicht lange kennen, aber du vergötterst ihn geradezu. Etwas zu tun, das er nicht gutheißen könnte, sieht dir nicht ähnlich.«

»Oh, da kennst du mich aber schlecht. Ich habe durchaus meinen eigenen Kopf, allerdings schnell gelernt, dass Theon meistens recht hat. Der Weg des geringsten Widerstandes ist genau mein Ding. Nur in deinem Fall funktioniert das leider schlecht. Du musst Ballett lernen. Ob du willst oder nicht. Die Magie von Amenthes wird getanzt. Schon vergessen?«

»Vielleicht ist es an der Zeit, dass du mir das mal versinnbildlichst. Zeig mir, was auf mich zukommt.«

»Das kann ich dir nicht zeigen. Ich bin keine Benu. Wenn ich die Bewegungsabläufe ausführe, bricht vermutlich die Hölle aus. Uns Duat ist es streng verboten, diese Art der Magie zu benutzen.«

»Dann wandel es so ab, dass nichts passiert. Ich will wissen, was ich können muss.«

Nat überlegte eine ganze Weile. Danach nahm er das für ihn beinahe heilige Buch mit seinen Aufzeichnungen, musterte eine Schrittfolge und stand auf. »Ich lasse jeden dritten Schritt weg oder verfremde ihn. Dann sollte nichts passieren.«

Er schob den Sessel zur Seite, damit er mehr Platz im ohnehin recht großen Wohnzimmer hatte. Langsam erhob er sich auf die Zehenspitzen, was Shay mit einem erstickten Laut kommentierte. Dann bewegte er sich.

Es sah wunderschön aus. Elegant. Fließend. Fantastisch. Shay spürte die Kraft, die von Nat ausging. Eine unglaubliche Ausstrahlung, die sie sofort in den Bann zog. Federleicht zog er seine Bahnen. Beinahe mühelos.

Sie hätte ihm ewig so zusehen können, wenn sich nicht mit jeder Sekunde ein einziger Gedanke in den Vordergrund gedrängt hätte. »Vergiss es«, sagte sie. »Das bekomme ich nie hin.«

Nat verharrte in der Bewegung. »Deshalb musst du ja auch üben.«

»Da kann ich jahrhundertelang üben. Hast du mich mal angeguckt? Ich bin eher kompakt gebaut, und bei diesem Rumgebrezel breche ich mir alle Knochen.«

Nat setzte sich neben sie und betrachtete sie mit ernster Miene.

»Du bist nicht mal außer Atem«, brachte Shay vorwurfsvoll hervor.

»Ich trainiere, seit ich vier Jahre alt bin. Shay! Versuch es wenigstens. Wir haben Zeit. Glaube ich. Hoffe ich. Jetzt hör auf, dir einen Kopf zu machen, und guck deine seltsamen fremden Leben weiter. Sonst bekommst du noch Magengrimmen.«

Shay versuchte es, aber der Fernseher hatte mittlerweile jeden Reiz verloren. Sie hatte so hart an ihrem Selbstbewusstsein gearbeitet, hatte dafür gekämpft, sich nie unterkriegen zu lassen – und jetzt brachte sie ein Typ aus einer anderen Welt völlig aus der Fassung.

»Ich bin nicht eure Königin«, sagte sie in einer Werbepause. »Ich kann das niemals lernen und will es auch gar nicht.« Mit diesen Worten stand sie auf. »Ich muss jetzt gehen, Nat. Wir sehen uns morgen.«

Nats Rufe ignorierte sie. Sie brauchte eine Pause von dieser neuen Welt. Von Nat, vom Tanz, von den Herausforderungen des Alltags. Schließlich rannte sie den ganzen Weg bis zum Haus ihrer Pflegemutter. Tränen brannten in ihren Augen.

Endlich hatte sie jemanden gefunden, der sich um sie kümmerte, aber warum fühlte sie sich dadurch einsamer als je zuvor? Sie verstand sich selbst nicht. Hatte sie Angst vor der Aufgabe? Angst vor dem Tod? Angst vor dem Unbekannten?

Zu spät bemerkte sie, dass sie viel zu laut und viel zu auffällig ins Haus gepoltert war. Die Uhr zeigte bereits kurz vor neun an. Ab acht hatten eigentlich alle Hausbewohner zu Hause zu sein. Prompt schoss die Pflegemutter aus der Küche. Sie verstellte Shay den Weg zur Treppe und baute sich vor ihr auf, natürlich mit einer Kippe im Mund und ihrer obligatorischen Kaffeetasse in den Händen. Sie trank immer das Gebräu. Sogar nachts.

»Du bist zu spät«, eröffnete sie das Gefecht.

Shay hatte keine Nerven, sich auch noch mit dieser Frau anzulegen. Also gab sie sich möglichst kleinlaut. »Tut mir leid. Kommt nicht wieder vor.«

»Kam in letzter Zeit aber reichlich oft vor. Wo bist du gewesen?«

»Bei einem Freund.«

»Deinem Freund?«

»Nein. Rein platonisch. Ich passe auf. Keine Sorge.«

Jetzt kniff die Pflegemutter wieder die Augen zusammen und ähnelte einer Schildkröte mit Verdauungsstörungen. »Shay, hast du schon mal was von Lover Boys gehört?«

»Lover Boys? Was soll das sein?«

»Das sind junge Männer, die Teenagern wie dir die ewige Liebe vorgaukeln. Sie sind ja soooo verliebt in die Mädchen und versprechen euch einen Ausweg aus eurem Gefängnis der Einsamkeit. Du passt genau in ihr Beuteschema. Einzelgängerin, einsam, verzweifelt, traurig. Sobald du dich bis über beide Ohren verknallt hast, erzählt dir der Lover Boy eine schrecklich traurige Geschichte über Knochen brechende Geldeintreiber, denen er viel Knete schuldet. Nur du kannst ihn retten. Indem du auf den Strich gehst.«

»Wie kommst du denn auf diesen Gedanken?«

Schnell wie eine Klapperschlange packte die Pflegemutter ihren Arm und schob das Hemd nach oben. Ihre zahlreichen Blutergüsse kamen zum Vorschein. »Ich mag nicht die beste Pflegemutter der Welt sein, aber ich kenne die Anzeichen. Du bleibst ungewöhnlich lange weg, bist noch ausweichender als sonst, hast eindeutig Schmerzen, kommst mit blauen Flecken nach Hause, und deine Noten stürzen ab. Selbst die Lehrer machen sich Sorgen. Shay! Ich dachte immer, du wärst das einzige Kind in diesem Haus, aus dem was werden kann und um das ich mir keine Sorgen machen muss. Du hast keinen Zweifel daran gelassen, dass du deinen Weg allein gehen willst. Mit guten Noten, einem Stipendium, einem klaren Ziel. Und jetzt? Jetzt schmeißt du das alles hin und drehst durch.«

»Ich drehe nicht durch! Ich hab nur gerade einen etwas anderen Weg einschlagen müssen als geplant. Das hat nichts mit einem Lover Boy zu tun, sondern mit ... mit ...« Sie brach ab. Wie hätte sie ihre Situation auch erklären sollen?

»Egal, was es ist, Shay. Bekomm es wieder auf die Reihe, sonst muss ich mich einschalten, und das gefällt mir nicht. Deine Noten müssen besser werden, und wenn ich noch mal so viele blaue Flecken auf einmal sehe, schalte ich die Polizei ein. Klar?«

»Klar.«

»Also? Was ist jetzt deine gelogene Erklärung für deine blauen Flecken?«

»Ich soll eine Königin in einer magischen Welt werden. Ein Mann bildet mich aus und zwingt mich zu Reitunterricht, Fechten, Ballett und Martial-Arts-Kämpfen.«

Die Pflegemutter sah sie den Bruchteil einer Sekunde verdutzt an, dann lachte sie laut los. »Kreativ bist du wenigstens. Jetzt verschwinde, sonst schreie ich dich doch noch zusammen. Finger weg von Lover Boys, sonst bekommst du Hausarrest. Sei gefälligst pünktlicher zu Hause. Und ... Shay?«

»Ja?«

»Du bist stark. Du packst das.«

Das war zu viel. Dass ausgerechnet die mürrische Pflegemutter liebevolle Worte für sie übrig hatte, brachte sie komplett aus dem Konzept. Die erste Träne kullerte über ihre Wangen, doch sie nickte.

»In Ordnung«, sagte sie leise und lief die Treppe hinauf. Dabei war sie sich der Blicke der Pflegemutter nur allzu bewusst.

Ich packe das, dachte Shay und klammerte sich an diese Aussage, doch im Grunde ihres Herzens wusste sie, dass sie auf verlorenem Posten stand.

Kapitel 11

Lionee

Sie hatte große Mühe, bei Bewusstsein zu bleiben. Jeder von Theons Schritten fühlte sich so an, als würde ihr jemand ein Messer in die Hüfte rammen. *Bleib tapfer*, dachte sie verbissen. *Du bist Schmerzen gewohnt. Das bringt dich nicht um.*

Allmählich befürchtete sie allerdings, dass es das doch tun würde. Wie gefährlich war ihr Abenteuer? Konnte es tödlich für sie ausgehen?

Sie waren gefühlt stundenlang durch düstere Gänge geirrt, die in noch finsterere und engere Gänge abzweigten. Als sie längst die Orientierung verloren hatte, gelangten sie endlich nach draußen. Die Dunkelheit der Nacht verbarg die Umgebung vor ihren Augen. Sie meinte eine Straße zu erkennen, der sie folgten. Bäume. Vielleicht ein Feld, auf dem nichts wuchs. Wie denn auch? In Amenthes hatte schon lange keine Sonne mehr geschienen.

»Lebst du noch?«, fragte Theon in regelmäßigen Abständen.

Lionee gab ein leises Zischen von sich. Zu mehr war sie nicht in der Lage. Diesmal gab sich Theon damit nicht zufrieden.

»Lionee, ich meine es ernst. Wie schlecht geht es dir?«

»Du könntest etwas sanfter auftreten. Dann halte ich vielleicht noch zehn Minuten durch.«

»Das ist schlecht. Wir sind bestimmt noch eine Stunde unterwegs.«

Ergeben schloss Lionee die Augen und lehnte den Kopf auf Theons Schulter. Das war zwar ungemütlich, aber beruhigend. Sie war wie ein kleines Kind auf seinem Rücken festgeschnallt. Unter anderen Umständen hätte sie sich geweigert, doch leider hatte sie keine Wahl gehabt. Wenn sie leben wollte, musste sie sich auf Theon verlassen. Sie wollte leben. Unbedingt!

»Sollte ich was über deine Heilerin wissen?«, fragte sie, um sich abzulenken.

»Sie heißt Konaira und ist eine Schanti.«

Sofort richtete sich Lionee auf. »Eine Schanti?«, rief sie erschrocken. »Theon! Bleib stehen und bring mich lieber sofort um. Dann erspare ich mir die Stunde Quälerei.«

»Sie wird dir nichts tun.«

»Die Schanti haben die Sommeraufstände angezettelt. Sie wollten das Schloss stürmen und meine Mutter töten. Das Gefängnis ist voll von diesem Volk. Sie werden mich als Geisel nehmen oder Schlimmeres.«

»Werden sie nicht. Konaira besitzt einen hohen Rang bei ihrem Volk. Sie wird uns schützen.«

»Warum? Steht sie in deiner Schuld?«

»Nein, aber sie hat damals etwas in meinem Bruder und mir gesehen. Sie war sich sicher, dass wir ... also ... egal. Vergiss es.«

Lionee gab Theon eine heftige Kopfnuss, was er mit einem schmerzhaften Ausfallschritt quittierte.

»Lionee, hör auf, dich wie eine Furie zu benehmen«, schimpfte Theon.

»Dann hör du auf, dich wie ein Geheimniskrämer aufzuplustern. Worüber war sie sich sicher? Warum wird sie uns helfen? Sag schon!«

»Sie war sich sicher, dass unser Schützling die nächste Königin wird«, brach es ruppig aus Theon heraus. An seinen kantigen Schritten erkannte Lionee, dass er wütend war.

»Sie hat uns geholfen, weil sie unsere Benu retten wollte und Hoffnung auf Sonnenschein hatte.«

»Das hat dann ja hervorragend funktioniert«, spottete Lionee. »Euer Schützling ist doch angeblich tot. Warum sollte sie euch noch helfen?«

»Darum.«

»Oooooder«, hob Lionee an, kam aber nicht weiter.

»Lionee! Hör jetzt auf zu bohren. Sonst setze ich dich hier am Straßenrand ab, und du kannst sehen, wie du läufst.«

Sie wussten beide, dass er seine Drohung niemals wahr machen würde, aber die Botschaft war angekommen. Theon wollte nicht über seinen Schützling reden, und das konnte Lionee sogar verstehen. Entweder die Anwärterin war tot, oder ... die Alternative gab ihr große Rätsel auf. Was war mit der Benu? Wo hielt sie sich auf? Und vor allem: Warum versteckten die Shenai-Brüder sie? Vor welcher Gefahr?

Den Rest der Strecke verbrachten sie in frostigem Schweigen, bis sie zu einem kleinen Dorf kamen. Lionee erkannte es schon von Weitem. Die hellen Lichter leuchteten durchdringend in der Dunkelheit.

Lionee war noch nie in einem Ort außerhalb des Schlosses gewesen und sah sich neugierig um. Die Hütten waren schlicht gehalten und aus grobem Holz zusammengezimmert, die Vorgärten vertrocknet. Alles wirkte staubig und heruntergekommen. Aus einem Haus weiter hinten drang Musik. Vermutlich handelte es sich dabei um die obligatorische Schenke, die in keinem Bauerndorf fehlen durfte. Aus den anderen Hütten war kein Laut zu vernehmen. Vereinzelt entdeckte Lionee Kerzenschein, und auch das eine oder andere magische Lichtlein mischte sich darunter.

»Leben hier noch andere Völker?«, fragte Lionee leise. Die Angst in ihrem Inneren nahm mit jedem Atemzug zu. Was taten sie hier? Das war schierer Wahnsinn!

»Pikars, Noeme, Gladiolen, aber vor allem eben Schantis.«

Sie war so gut wie tot. Die kämpferischen Gladiolen waren genauso streitsüchtig, wie sie schön waren. In ihrer Menschengestalt ähnelten sie Göttern, mit makellosen Gesichtszügen und eindrucksvollen Körpern. Sie gaben beständig einen leichten Lichtglanz ab, der einen Menschen geradezu magisch anzog. Leider neigten sie zu Gewaltausbrüchen. Gegen die Monarchie waren sie aus Prinzip. Wäre es nach ihnen gegangen, hätte es nur Anarchie und das Gesetz des Stärkeren gegeben.

Die Pikars liefen im Kielwasser der Gladiolen mit. Sie waren von kleinem Wuchs und ähnelten einer Mischung aus Mäusen, Bibern und Menschen. Sie bewegten sich sowohl aufrecht als auch auf vier Beinen fort und waren etwa halb so groß wie die hünenhaften Gladiolen. Eine Pikarfrau gebar mindestens zehn Kinder, sodass dieses Volk überall in den Dörfern anzutreffen war. Sie spiegelten grundsätzlich die Stimmung der jeweiligen Umgebung wider. War die Stimmung freundlich, waren sie es auch. Gab es Hass und Missgunst, übertrug sich das auf sie. Deshalb waren sie in der Gegenwart von Gladiolen auch so gefährlich.

»Noeme«, sagte Lionee nachdenklich. »Ich bin noch nie einem begegnet.«

»Das ist schade. Sie sind die freundlichsten und lustigsten Gesellen, die du dir vorstellen kannst.«

»Nur hassen sie die Königin.«

»Die Königin zapft immerhin ihre Magieströme an und hat sie von ihrem Land vertrieben, um besseren Zugang zu ihren Quellen zu haben. Da wäre ich auch verstimmt.«

»Das war vor Äonen von Jahren!«

»Und das macht es besser? Die Noeme wollen zurück in ihre Heimat, doch die Krieger der Königin verhindern das.«

»Sie haben das letzte Attentat auf meine Mutter geplant. Wenn du mich fragst, sind sie gemeingefährlich und übertrieben nachtragend. Ohne die magischen Fähigkeiten der Königinnen wäre Amenthes längst untergegangen. Es gab keine andere Möglichkeit, um das Überleben des Landes zu sichern. Wenn sie das nicht begreifen, ist ihnen nicht zu helfen.«

Theon schwieg eine Weile, dann verdrehte er sich den Hals, um Lionee ansehen zu können. »Tu mir einen Gefallen, und behalte diese Ansicht bitte für dich. Solltest du einem Noeme begegnen, lass dich auf keine Diskussion mit ihm ein. Das ist ihr liebstes Gesprächsthema und so explosiv wie eine Handgranate.«

»Was ist eine Handgranate?«

Erst wirkte Theon verblüfft, dann erschrocken. »Vergiss es«, sagte er hastig und deutete gleichzeitig auf das Gebäude, aus dem der Lärm kam. »Da hier niemand unterwegs ist, müssen wir wohl in der Schenke nachfragen. Bereit, dich unters Volk zu mischen?«

»Bereit.« Lionees Herzschlag beschleunigte sich, als Theon auf die Musik zuhielt. Die Schenke war nicht mehr als eine Bretterbude, die von zahlreichen Öllampen beleuchtet wurde. Als Theon die Tür öffnete, quietschte sie laut. Gleichzeitig schlug Lionee ein Gestank wie aus einer Gruft entgegen. Sie hielt automatisch die Luft an, vergaß aber gleich darauf ihren empfindlichen Geruchssinn. Drinnen war es laut und voll. Sie befand sich plötzlich in einer völlig anderen Welt.

So viele Völker. So viele Rassen. Alle wimmelten durcheinander, überschrien sich, tanzten, tranken oder spielten Karten. Jeder Tisch war besetzt. Sogar auf den Holzbalken unter dem Dach hockten geflügelte Wesen.

»Du hast ein paar Völker vergessen aufzuzählen«, sagte Lionee leise.

An Theons Körperhaltung meinte Lionee zu erkennen, dass auch er überrascht war. Mit so viel Durcheinander hatte er nicht gerechnet.

Eine zierliche Frau mit schillernden Flügeln so groß wie Lionee kam auf sie zu. Sie balancierte ein gewaltiges Tablett auf dem Kopf und grinste breit, als sie Theon musterte. »Na, mein Hübscher? Was kann …« Sie unterbrach sich, als sie Lionee auf seinem Rücken bemerkte. »Nanu. Was für eine Spezies bist du denn?«

Theon lachte sein dunkles Lachen und glättete damit die Stimmung. »Keine Sorge. Wir sind keine zusammengewachsenen Wesen mit zwei Köpfen. Wir sind zwei Menschen. Ich habe mir das Mädchen auf den Rücken gebunden.«

Die Flügelfrau wirkte erleichtert. »Ich dachte schon, jetzt gerät die Welt vollkommen aus den Fugen. In letzter Zeit habe ich Wesen gesehen, die ich für reine Märchengestalten gehalten habe. Aber eines mit zwei Köpfen wäre neu.«

»Was ist denn los? Woher kommen all die vielen Wesen? Was machen sie hier?«

»Trinken. Die Angst vergessen. Lachen.«

»Das meinte ich nicht. Mir ist schon klar, was man in einer Schenke tut. Aber was tun sie hier im Dorf?«

»Was tust du hier im Dorf?«

Lionee unterdrückte ein Schmunzeln. Die Kellnerin gefiel ihr. Sie ließ sich von Theons beeindruckender Gestalt nicht einschüchtern und vor allem nicht ausfragen.

»Ich bin Theon«, versuchte es Theon mit einer anderen Taktik. »Das hier ist Lio. Wir suchen Konaira.«

»Verstehe«, murmelte das Feenwesen mit Blick auf Lionee. Die bemühte sich um eine möglichst freundliche Miene. »Konaira ist bereits ins Bett gegangen, doch im Notfall steht sie wieder auf. Einfach hinausgehen, nach rechts, das dritte Haus. Du kannst deine Last gerne abliefern und wiederkommen. Wir vertreiben dir schon die Zeit.« Diesmal war ihr Grinsen eindeutig anzüglich.

Lionee wollte wegen der Last protestieren, doch Theon war schneller. »Danke«, sagte er, drehte sich rasch um und verließ die Schenke, so schnell es ging.

Die Kälte der Nacht war eine Wohltat. Lionee atmete erleichtert auf und entspannte sich ein wenig. So viele fremde

Geschöpfe auf engstem Raum hatte sie noch nie gesehen. Einige Arten kannte sie nur aus Erzählungen.

Theon wandte sich nach rechts und hielt auf ein Haus zu, das sich durch Farbe und Form von den anderen unterschied. Es war grün bemalt und wie ein Ei geformt. Lionee erinnerte sich dunkel, dass das ein Zeichen für die Heilmagie war. In Kriegszeiten mussten solche Gebäude verschont werden.

Wie selbstverständlich klopfte Theon an. Das Geräusch hallte in der Stille der Nacht seltsam wider, dennoch geschah zunächst nichts. Sie warteten. Und warteten. Schließlich wiederholte Theon das Klopfen, nur diesmal deutlich lauter.

Endlich rührte sich etwas. Lionee erkannte ein Licht, das hinter den Vorhängen zum Vorschein kam. Es näherte sich der Tür.

»Wer da?«, fragte eine Frau mit dunkler Stimme.

»Theon Shenai.«

Ein Fluchen folgte, dann ein Schaben und das Geräusch eines Schlüssels im Schloss. Sekunden später wurde die Tür aufgerissen, und Lionee sah zum ersten Mal in ihrem Leben eine Schanti aus der Nähe.

Ihre Haut war grasgrün, genau wie die tentakelartigen Haare, die ihr beinahe senkrecht vom Kopf abstanden. Katzenaugen musterten sie eindringlich. Der Mund mit den zwei spitzen Reißzähnen darin öffnete sich und offenbarte eine gespaltene Zunge. Der Rest des Körpers ähnelte einem Menschen, von den Hufen statt Füßen und dem grauen Fell statt Haut einmal abgesehen.

»Dass ich dich jemals wiedersehe, hätte ich nie gedacht. Komm herein.« Konaira trat zur Seite. Theon folgte der Aufforderung. Dadurch bemerkte die Schantifrau Lionee erst jetzt.

»Du bist nicht allein«, stellte sie trocken fest.

»Nein. Das ist Lio. Sie braucht deine Hilfe.«

»Offensichtlich. Setz sie dort drüben auf der Liege ab. Ich mache Licht.«

Sie klatschte mehrere Male in die Hände, bis überall kleine Magiekugeln zu leuchten begannen. Je länger sie brannten, desto heller wurde es. Ein Zischen ertönte von der Decke.

Lionee warf einen Blick hinauf und bereute es auf der Stelle. Dort oben wanden sich Hunderte von länglichen Wesen, die sich umeinanderschlängelten und mit langen, gespaltenen Zungen zischelten.

»Bei der Magiequelle dieser Welt«, flüsterte Lionee völlig überwältigt. »Was ist das?«

Konaira warf einen Blick nach oben und schnippte mit den Fingern. »Ruhe, ihr Nervtöter. Ihr erschreckt meine Gäste.« Das Zischeln wurde leiser, verebbte aber nicht völlig. »Das sind Legunen. Sie haben sich hierher geflüchtet, um nicht zu erfrieren. Ohne Sonne können sie sich kaum bewegen. Das Licht meiner Magiekugeln hält sie am Leben, allerdings legen sie Wert auf zwanzig Stunden Schlaf am Tag. Beachtet sie nicht. Sie jagen nur bei Vollmond.«

Theon war bei der Liege angekommen und nestelte an den Verschnürungen herum. Lionee hingegen konnte den Blick nicht von der wuselnden Decke abwenden und krallte sich instinktiv an ihm fest. Die schlangenartigen Wesen lösten bei ihr schieres Entsetzen aus, einen Urinstinkt, gegen den sie sich nicht wehren konnte.

»Wir müssen hier weg«, flüsterte sie.

Theon antwortete nicht, da er in dieser Sekunde die Stoffbahnen gelöst hatte und Lionee rücklings auf die Liege setzte. Sie hielt sich noch einen Moment länger an ihm fest als nötig. »Lass los«, sagte er leise. »Konaira weiß, was sie tut.«

»Legunen sind Fleischfresser. Sie verschmähen auch kein Menschenfleisch«, zischte Lionee zurück.

Konaira schnaubte verächtlich. »Ihr seid hier auf neutralem Gebiet. In diesem Dorf tötet niemand irgendwen. Wir ernähren uns alle nur von Pflanzen. Allerdings solltet Ihr auf dem Rückweg aufpassen. Eine so saubere, frisch gewaschene und gut genährte Beute, wie Ihr es seid, ist selten geworden.«

Lionee starrte Konaira entsetzt an, bis sie den Schalk in ihren Augen bemerkte.

»Lass dich nicht veralbern, Lio. Es gibt nur sehr wenige Menschenfresser in dieser Gegend. Konaira. Es ist schön, dich zu sehen.«

Die Schanti nickte erhaben, ließ Lionee allerdings nicht aus den Augen. Sie kam näher und drückte Theon wortlos mit der breiten Hüfte zur Seite. »Was genau ist das Problem?«, fragte sie mit Blick auf Lionee.

Die hielt sich nur mit äußerster Mühe aufrecht, indem sie sich an der Liege festklammerte. Schließlich gab sie auf und ließ sich auf den Rücken fallen. Der unbarmherzige Schmerz in ihrer Hüfte wurde etwas erträglicher.

»Sie ist ...«

»Ich habe nicht mit dir gesprochen, Theon. Deine Begleiterin kann sicherlich selbst erzählen. Das ist nicht dein alter Schützling, und dennoch ist sie eine Benu. Ah! Sei lieber still, bevor du mich anlügst. Darf ich?«

Lionee nickte zögernd und ließ es zu, dass Konaira ihr Kleid hochschob und die Strumpfhose von ihren Beinen pellte. Die Heilerin schnalzte missbilligend mit der Zunge, als sie die halbwegs verheilten Wunden sah. Sie untersuchte sie schnell und gleichzeitig sanft, legte sie mal auf die eine, dann wieder auf die andere Seite. Das alles geschah in unheimlichem Schweigen. An ihrer Miene konnte Lionee nicht ablesen, was sie dachte.

»Könnt Ihr mir helfen?«, erkundigte sie sich schließlich zaghaft.

»Ich könnte. Die Frage ist, ob ich will.«

»Konaira ...«, mischte sich Theon ein.

»Ich will nichts von dir hören. Keinen Ton. Schleppst mir hier die Brut der Königin an, ohne vorher zu fragen. Leugne das gar nicht erst. Ich erkenne die Magie der Arsen-Familie sofort. Sie stinkt nach Verrat und der Gier nach Macht.« Sie kreuzte die Arme vor der Brust und starrte Lionee durchdringend an. »Sagt mir, warum ich euch helfen sollte.«

»Weil meine Mutter diese Welt retten will und ich ihre Nachfolgerin werden könnte. Weil Amenthes untergeht und ich ein Hoffnungsfunke bin. Weil Ihr eine Heilerin seid und ich Eure Hilfe brauche. Weil ich Geld habe und es Euch geben werde. Weil ich leben will und Ihr meine letzte Rettung seid.«

Konaira blieb lange still und stumm. Schließlich warf sie Theon einen bösen Blick zu. »Darüber reden wir noch mal«, sagte sie finster. Sie öffnete die Hand. »Her mit dem Geld. Danach beginne ich.«

»Wird sie wieder gehen können?«

»Laufen? Ja. Tanzen? Nein. Zumindest nicht ohne Schmerzen. Sollte sie unsere zukünftige Königin sein, sind wir am Ende. Ich bezweifle, dass sie jemals Magie wirken kann.«

»Hallo? Ich sitze direkt neben Euch und bin im Raum.« Lionee wartete, bis Konaira sie ansah. »Wenn Ihr mir helft, werde ich Magie tanzen können«, sagte sie mit fester Stimme. »Ich werde alles dafür tun, damit Amenthes nicht untergeht.«

»Wenn Ihr Amenthes sagt, bezieht Ihr damit auch die unglückseligen Kreaturen wie die Legunen mit ein? Oder meint Ihr damit nur die adeligen und ach so wichtigen Schlossbewohner?«

»Ich meine damit alle.«

Konaira starrte Lionee aus ihren unheimlichen Augen eindringlich an. Lionee bemühte sich, den Blickkontakt auf keinen Fall zu unterbrechen. Sie stand gerade auf dem Prüfstand. Keine Fehler. Keine Diskussionen. Keine Streitereien.

Sie spürte, dass sie jetzt standhaft bleiben musste. Eine Schanti lebte nach einem strengen Ehrenkodex, in dem Tapferkeit ganz oben auf der Liste stand. So viel hatte Lionee in der Schule zumindest gelernt.

»Ich helfe Euch«, sagte Konaira schließlich. »Ob Ihr danach tanzen könnt, liegt an Euch und Eurem Ehrgeiz.«

»Glaub mir, davon hat sie genug für uns beide«, brummte Theon.

»Das ist gut, denn das, was jetzt kommt, wird hässlich.«

Nat

Shay war viel zurückhaltender, als gedacht. Das wurde langsam zum Problem. Sie ließ sich nicht auf den Tanz, die Magie und die neue Welt ein. Stattdessen lehnte sie alles Neue kategorisch ab und verschanzte sich hinter ihren alten Lebensplänen. Dennoch bemühte sie sich. Sie bemühte sich so sehr, dass Nat schließlich Mitleid mit ihr hatte. Nach einer besonders schlimmen Übungsrunde gab er auf. »In Ordnung. Lass uns für heute eine Pause einlegen. Was willst du unternehmen?«

Shay war so verdutzt über seinen Vorschlag, dass sie eine Weile nicht antwortete. Dann grinste sie breit. »Erst essen wir ein Eis, dann fahren wir Fahrrad durch die Felder, machen danach einen kleinen Waldspaziergang und bestellen uns Pizza ins Haus, um sie beim Actionfilm *Bad Boys* zu verdrücken.«

»Dann los.«

Das Eisessen verbanden sie mit ihrer Fahrradtour, wobei sie sich erst eigene Räder kaufen mussten. Der Händler staunte nicht schlecht, als er feststellte, dass Nat noch nie im Leben auf einem Drahtesel gesessen hatte. Er hatte das System jedoch schnell durchschaut und fuhr Shay beinahe davon. Es machte unfassbaren Spaß, und er schwor sich, dass er diese Art der Fortbewegung nach Amenthes bringen würde. Vorausgesetzt, er sah seine Heimat jemals wieder.

Der Stich ins Herz tat wie immer weh, sobald er an sein Land dachte. Er machte sich große Sorgen um Theon und kämpfte mit seinen Zukunftsängsten. Wie sollte er sich jemals auf der Erde zurechtfinden? Diese Welt war so sonderbar. So technologisiert. So verkopft. Er konnte und wollte sich nicht vorstellen, für immer hier zu sein. Für Shay erwähnte er seine Zweifel jedoch mit keinem Wort. Er musste stark sein. Halt geben. Sie hatte auch so schon genug um die Ohren.

Shay. Seine Shay. Für sie würde er alles tun. Wirklich alles.

Um ihre Laune nicht zu vermiesen, ließ er sie passieren und setzte sich hinter sie. Pfiff sie tatsächlich leise vor sich hin? Er spitzte die Ohren. Tatsächlich. Sie sang zwischendurch sogar vor sich hin und hatte dafür erstaunlich viel Talent. Ihre Stimme war rau und gleichzeitig zart. So interessant wie der Rest von ihr. Sie bewies auch eindeutig Taktgefühl. Etwas, das sie sowohl bei den Tanzübungen als auch bei der Meditation komplett vermissen ließ.

Nat gab es nicht gerne zu, aber sie war sogar noch unbegabter, als sie dachte. Sie hatten nicht mal den Rand dessen angekratzt, was sie mittlerweile können musste. Trotzdem. Sie hatte sich diese Pause redlich verdient.

Shay ließ in diesem Moment das Lenkrad los, breitete die Arme aus und jauchzte laut. »Ich fliege«, rief sie mit roten Wangen und lachte laut.

Nat bemühte sich wie immer, sie nicht allzu sehr anzustarren. Er mochte die ernste, stille Shay ebenfalls, doch diese Shay hier ließ sein Inneres erbeben. Sie war wunderschön. Auf eine wilde, ungezähmte Weise anziehend.

Er liebte sie. Da gab es mittlerweile keinen Zweifel mehr. Er liebte sie. Nicht wie ein Bruder seine Schwester, sondern wie ein Mann eine Frau. Er liebte sie. Doch das durfte sie niemals erfahren.

Um sich von diesem Gedankengang abzulenken, konzentrierte er sich lieber auf das Radfahren. Er versuchte es Shay gleichzutun und den Lenker loszulassen. Beinahe wäre er gestürzt. Das war schwieriger, als es aussah. Erstaunlich. So viel Gleichgewichtssinn hatte Shay in keiner einzigen Übung gezeigt. Er hätte nie gedacht, dass sie überhaupt darüber verfügte. *Interessant*, dachte er.

Shay lachte fröhlich und beugte sich über ihr Lenkrad. »Lass uns ein Wettrennen starten. Der Verlierer muss zahlen!«

Nat ließ sie natürlich gewinnen, da sie keinen Cent in der Tasche hatte. In dieser Welt war Geld noch wichtiger als in seiner. Ihm war nie klar gewesen, wie schwierig Shays bisheriges Leben gewesen sein musste. Sie hatte sich nie etwas gönnen können. Nie etwas für sich kaufen dürfen.

Damit war Schluss. Ab sofort würde er ihr jeden Wunsch erfüllen!

Nat hatte noch nie im Leben Eis gegessen und schlug sich dermaßen den Magen voll, dass ihm schlecht wurde. Shays Augen leuchteten mindestens genauso fröhlich wie seine. »Der Zuckerschock«, erklärte sie ihm kryptisch. »Komm mit. Ich zeige dir jetzt meinen geheimen Ort. Den habe ich noch nie jemandem gezeigt.«

Nat wusste schon lange, dass Shay jeden Kontakt zu anderen Mitmenschen vermied. Das tat ihm in der Seele weh. Vor allem, weil er eine Mitschuld daran trug. Er hätte sie gerne ermuntert, auf andere Menschen zuzugehen. Leider war dafür im Moment nicht der richtige Zeitpunkt. Freundschaften mussten warten.

Sie fuhren zurück in Richtung Pflegeheim. Kurz vorher bog Shay jedoch ab und steuerte auf ein kleines Wäldchen zu, das eher düster und unscheinbar wirkte. Ganz in der

Nähe verlief der Weltenriss, doch das verschwieg Nat ihr lieber. Es hätte sie nur geängstigt.

Sie stiegen ab und liefen am Waldrand entlang über eine Wiese mit hohem Gras. Immer wieder glitt Shay mit der Hand durch die Halme und seufzte leise. »Ich liebe den Geruch von frischem Gras und Wildblumen«, sagte sie und drehte übermütig eine kleine Pirouette um sich selbst.

Da sah Nat es.

Ein Schimmer lag auf ihrer Haut. Kaum sichtbar, aber eindeutig vorhanden. Erst dachte er, er hätte es sich eingebildet, aber dann vollführte Shay einen Hüpfer, um über einen Baumstamm zu springen und dadurch in den Wald zu gelangen. Es blitzte jetzt deutlicher.

Abrupt blieb er stehen und zog das Büchlein mit den Benu-Tänzen hervor. Er fand die gesuchte Stelle sofort, die er im Kopf gehabt hatte. Die Drehung. Der Hüpfer. Es war ein magischer Tanz. Etwas ungeschickt ausgeführt, aber die Reaktion darauf war erstaunlich mächtig.

»Shay?«, rief Nat seinen Schützling zurück.

Sie machte eine federleichte Drehung um sich selbst und warf ihm einen gereizten Blick zu. »Was ist denn jetzt schon wieder los?«

»Könntest du mal über den Baumstamm dort hüpfen?«

»Nat! Keine Aufgaben, selbst keine kuriosen. Ich will mich entspannen.«

»Nur diese eine Sache. Dann lass ich dich wieder in Ruhe. Versprochen.«

Shay verdrehte die Augen und hüpfte wie ein müder Greis über den Baumstamm. »Zufrieden?«, fragte sie provokant.

Das nicht gerade, dachte Nat. Er musste über seine neue Erkenntnis nachdenken. War sie gut oder schlecht für sie? Shay trug reichlich Magie in sich. Er spürte ihre Kraft mit jedem Tag stärker. Offenbar hatte sie auch eine natürliche Gabe, sie zu aktivieren. Doch warum gelang es ihr beim Training nie, auch nur einen Funken Magie hervorzulocken?

War sie zu verkopft? Oder konnte sie nur Magie wirken, wenn sie entspannt war und in sich ruhte? Das war eins der wichtigsten Aspekte bei den Benu-Übungen. Meditation, um Körper und Geist in Einklang zu bekommen. Bei Shay funktionierte die Entspannung überhaupt nicht. Sie hasste autogenes Training, verweigerte Yoga und zappelte bei Traumreisen herum.

Hier war das jedoch anders. Hier war sie in ihrem Element.

»Beim Ei des Feuervogels. Das darf doch wohl nicht wahr sein«, sagte Nat leise.

Shay hatte es dennoch gehört. Sie blieb stehen und wartete mit in die Hüften gestemmten Händen auf ihn. »Was?«, fragte sie scharf.

»Du hast gerade Magie gewirkt. Ich ... ich muss mit Theon sprechen.«

»Das versuchst du schon seit Wochen.«

»Ich weiß, aber das hier ist eine Nummer zu groß für mich. Ich muss ihn fragen, was er davon hält.«

»Dann frag mich doch einfach. Vielleicht kann ich helfen.«

Also erzählte Nat es ihr. Mit jedem Wort wurde das Funkeln in ihren Augen deutlicher. »Ich sag doch die ganze Zeit, dass deine Trainingsmethode Mist ist«, sagte Shay triumphierend.

Nat hob das Buch an und hielt es ihr unter die Nase. »Das hier ist das Wissen aus Jahrhunderten. Es gibt keine andere Möglichkeit, um gezielt Magie zu wirken.«

Zum ersten Mal seit Wochen nahm Shay das Buch nicht mit spitzen Fingern in die Hand. Sie blätterte darin herum und deutete auf einen der kompliziertesten Tänze überhaupt. »Damit vertreibt ihr die Wolken, damit die Sonne scheint?«, fragte sie.

»Ja. Es braucht acht Benu, um auch nur eine Wolke zu bewegen. Die Königin kann es allein. Das ist eine der kompliziertesten Schrittfolgen, die es gibt.«

Shay legte den Kopf in den Nacken und starrte zum Himmel hinauf. Die Sonne war gerade durch zahlreiche Schäfchenwolken verdeckt, sodass es dunkler war als zuvor. Sie musterte die vielen Vorgaben im Buch, dann nickte sie. »Ich probiere es.«

»Was? Nein! Auf keinen Fall! Oder ... also Theon wäre dagegen. Die falschen Schritte könnten dich töten.«

»Und was denkst du?«

»Ich? Ich würde es einfach probieren, aber ... Shay! Hör auf! Ich bin ein Chaot und bringe Leute ständig in Gefahr. Hör nicht auf mich. Du bist zu wichtig, um ...«

Er unterbrach sich, denn Shay hatte sich auf die grüne Wiese gestellt und betrachtete die Zeichnungen noch einmal genauer. »Guck weg. Wenn du mich dabei ansiehst, hemmt mich das.«

Also wandte sich Nat ab. Zumindest für den Moment. Aus den Augenwinkeln sah er jedoch, wie Shay das Buch mit einem kräftigen Wurf von sich schleuderte, die Arme zum Himmel reckte und einfach draufloshüpfte. Es sah schräg, seltsam, aber unfassbar niedlich aus. Sie war keine besonders begnadete Tänzerin, aber aus jeder Bewegung sprach die pure Freude. Erst jetzt bemerkte er, dass sie die Schuhe abgestreift hatte und barfuß lief.

Das Gras begann zu glitzern. Funken stoben auf.

Es funktionierte. Die Magie stürzte sich regelrecht auf Shay und begrüßte sie wie eine lange vermisste Freundin. Jetzt mussten Shay und die Magie nur noch den richtigen Zauber formen.

Erst als die erste Windböe seinen Rücken traf, begriff Nat, was geschah. Der Himmel hatte sich verdunkelt. War düster und bedrohlich geworden. Ein Blitz zischte an ihnen vorüber und schlug mit lautem Donner im Wald ein. Nat duckte sich hastig. Die Wolken flitzten rasend schnell über ihre Köpfe hinweg. Es wurden immer mehr und mehr.

»Shay«, brüllte Nat alarmiert. »Hör auf!« Noch im vollen Lauf klaubte er das Runenbuch vom Boden auf.

Shay stoppte bei seinem Ruf, wirkte dabei aber weiterhin völlig entrückt. Ihr verzückter Gesichtsausdruck verlor sich erst, als der nächste Blitz knapp eine Mannslänge von ihr entfernt in die Erde einschlug.

»Was …«, hob sie an, doch Nat war bereits bei ihr. Er packte sie und drückte sie zu Boden.

»Hock dich hin, und mach dich klein«, rief er über das Brausen des Sturms hinweg. Im Wald knackte es vernehmlich. Ein Baum stürzte um. In der gleichen Sekunde ergoss sich ein Regenschauer aus einer einzigen Wolke direkt über ihnen, der sie beinahe ertränkte und sofort bis auf die Haut durchnässte.

Shay ächzte vor Schock. Nat hatte ihr den Arm über den Rücken gelegt und hielt sie unten, während die nächste heftige Böe sie fast umwarf. »Sonnenschein sieht anders aus«, brüllte sie ihn an. Dann lachte sie. Sie lachte! »Ich bin wohl noch schlechter als gedacht.«

»Nein, Shay. Das war unglaublich. Du hast als blutige Anfängerin einen Sturm heraufbeschworen, auf den unsere Königin neidisch gewesen wäre.«

»Ich wollte Sonnenschein!«

»Das stimmt, aber trotzdem ist es amtlich: Du hast heute Magie getanzt und sie so gehandhabt, als wäre es eine Kleinigkeit. Zugegeben. Das Ergebnis lässt zu wünschen übrig, aber dein Potenzial ist beeindruckend.«

Er grinste sie an, erstarrte dann aber in der gleichen Sekunde. Da war etwas gewesen. Ein Schatten, der sich hinten am Feld bewegt hatte. Er kam auf sie zu. Langsam und unaufhaltsam.

Ein Venator. Er musste die Magie gespürt haben und suchte jetzt nach der Quelle. Der Weltenriss fiel Nat wieder ein. Theons und seine Theorie. Wie hatte er nur so dumm sein können und Shay ausgerechnet hier tanzen lassen?

Ohne nachzudenken, handelte Nat. Er zog seinen Dolch, ritzte sich damit in die Haut und malte mit seinem Blut eine Schutzrune auf Shays Arm. Vor Schreck schrie sie leise auf. Der Regen spülte das Zeichen zunächst fort, doch er erneuerte es noch schneller, bis es magisch aufleuchtete. Das musste reichen. Zumindest für den Moment.

»Dreh jetzt nicht durch«, sagte Nat eindringlich zu Shay. »Wir müssen jetzt schnell sein. Sehr schnell. Schnapp dir dein Fahrrad, und gib alles, um möglichst rasch in dein Zimmer zu kommen. Dann erneuerst du die Rune und bleibst dort. Warte nicht auf mich. Ich komme später zu dir. Hast du verstanden?«

Shay sah ihn erschrocken an. »Was ist denn los?«

Im ersten Moment wollte Nat sie belügen, doch das hätte sie ihm vielleicht nicht verziehen. »Da ist ein Venator hinten am Feld. Ich halte ihn auf, aber du musst rennen. Jetzt!«

Er war froh, dass Shay nicht weiter diskutierte. Sie lief los, als wäre der Teufel hinter ihr her. Ihre Haare klebten ihr dabei am Hinterkopf, und ihre Sachen tropften. Zum Glück war sie eine gute Läuferin. Innerhalb eines Augenblicks war sie bei den Fahrrädern angekommen, riss ihres in die Höhe und sprang auf den Sattel.

Mehr sah Nat nicht, denn ab sofort musste er sich auf einen möglichen Angriff vorbereiten. Der Venator hatte das Geschehen noch immer nicht bemerkt. Das war etwas, das Nat schon öfter festgestellt hatte. Die Schattenwesen waren auf der Erde deutlich langsamer, kurzsichtiger und weniger gefährlich als auf Amenthes. Vermutlich lag es daran, dass sie ähnlich wie Nat und Theon nur in ihrer Schattengestalt auf der Erde wandelten. Sie waren nicht vollständig hier. Sollten sie jemals in ihrer realen Gestalt hierherkommen, sah es finster für sie aus.

Womöglich konnte der Venator ihn in der Schattengestalt gar nicht töten. Nat war jedoch nicht scharf darauf, seine Theorie zu testen.

Im ersten Moment wollte er zum Angriff übergehen und die Aufmerksamkeit des Venators auf sich lenken. Dann entschied er sich dagegen. Vielleicht hatte der Venator noch keine Ahnung, dass auf dieser Erde eine Benu lebte. Sobald Nat angriff, würde sich das ändern. Sollte eine Schattenbestie hier sterben, wäre das ein eindeutiges Signal für das restliche Rudel. Sie würden hier einfallen wie die Heuschrecken und jeden Stein umdrehen.

Alles in Nat sträubte sich dagegen, doch er zwang sich zur Ruhe. Langsam ließ er sich in die Hocke nieder und ritzte Runen in die Erde. Shay und er mussten sich weiter verstecken, statt zu kämpfen.

Nat schwitzte vor Angst und Anspannung, während er einen verzauberten Schutzwall nach dem nächsten zog. Der Venator war noch nicht näher gekommen und patrouillierte seitlich am Waldrand entlang. Er schnupperte immer wieder. Zum Glück blockierte die erste Rune Shays magischen Geruch. Zumindest hoffte Nat das.

Erst nach gut einer halben Stunde nahm Nat wieder mehr wahr als nur seine Zeichenarbeit und seinen schattenhaften Gegner. Er spürte den Sturm ringsum noch immer toben. Einen magisch hervorgerufenen Sturm. Womöglich verwirrte das den Venator noch zusätzlich.

Eine Bewegung lenkte seine Aufmerksamkeit nach rechts. *Bitte nicht*, dachte er. Hatte er einen zweiten Gegner übersehen? Ein Venator war ein ernst zu nehmender Gegner. Zwei waren eine Katastrophe.

Angestrengt starrte er auf den Wald, sah aber nichts, außer ... war das ein Mensch? Jemand, der ihn beobachtete?

Nat blieb in der Hocke und strengte sich an, Genaueres zu erkennen. Ja, er war sich sicher. Da stand jemand. Ein hünenhafter Mann. Er bemühte sich, mit den Bäumen zu verschmelzen, doch ein einziger hellerer Fleck an seiner Kleidung überführte ihn. Wer war das?

Möglichst leise und unauffällig zog Nat seinen Dolch aus dem Stiefel. Er aktivierte zunächst die letzte von ihm gezogene Rune, dann rannte er geduckt los, quer über das Feld hinüber zum Wald. Instinktiv wusste er, dass er diesen Mann erwischen musste. Wer immer das war, bedeutete eine Gefahr für Shay und ihn. Hatte er etwa die ganze Zeit dort gestanden und sie beobachtet? Oder war er erst mit dem Auftauchen des Venators erschienen?

Seit Jahren hatten Theon und Nat die Theorie, dass jemand die Bestien lenkte. Sie handelten zu geschickt. Zu planmäßig. Womöglich konnte dieser Mann eine Antwort auf die Frage geben.

Endlich erreichte Nat den Waldrand. Er sprang über ein Dornengestrüpp hinweg, verhedderte sich kurz in den Ästen eines Baumes und erreichte nur einen Atemzug später die Stelle, an der er den Fremden gesehen hatte.

Dort war niemand mehr. Nur der Baumstamm, hinter dem sich der Unbekannte versteckt hatte.

Ein Knurren ertönte vom Feld. Nat ließ sich sofort auf die Knie fallen, ging in Deckung. Hoffentlich hatte er mit der Aktion den Venatoren nicht auf sich aufmerksam gemacht. Hastig wischte er das Laub zur Seite, um eine Schutzrune in den Waldboden zu zeichnen. Dabei bemerkte er den Schuhabdruck.

Er war groß und eindeutig von einem schweren Menschen. Nat hatte sich den Beobachter nicht eingebildet. Das war die gute Nachricht. Die schlechte war, dass der Venator zum Waldrand tappte und gerade die erste Baumreihe passierte. Nat duckte sich noch tiefer hinter den Busch. Das Herz schlug ihm bis zum Hals. Gleichzeitig starrte er auf den Fußabdruck.

Er sah aus wie von einem Schuh, den es nur auf der Erde gab. Ein typisch industriell hergestelltes Profil. Das wiederum hieß, dass ihn jemand von der Erde beobachtet hatte. Wer war das gewesen? Und was wollte er?

Doch vor allem fragte er sich, ob er schon bald zusammen mit Shay an zwei Fronten kämpfen musste. Nein. An drei.

Gegen die Venatoren, Amenthes und die Erde.

Kapitel 12

Shay

Ihre Zähne schlugen noch immer aufeinander, während sie auf Nats Rückkehr wartete. Wo blieb er nur? Sie hatte sich in ihr Zimmer geflüchtet, fühlte sich dort aber nicht sicher. Ja, natürlich. Die bescheuerte Rune an ihrer Zimmertür sollte sie beschützen. Leider verblasste sie mit jedem Tag mehr. Nat hatte ihr befohlen, sie nachzuziehen, doch das traute sie sich in seiner Abwesenheit nicht noch einmal.

Verdammt. Sie hatte Magie gewirkt. Richtige, echte Magie! Sie hatte einen Monstersturm heraufbeschworen, der noch immer zornig seine Regentropfen gegen die Fensterscheibe prasselte. Sie hatte ...

»Scheiße«, sagte sie laut, um ihr Gedankenkarussell zu unterbrechen. Nervös blickte sie sich um. Plötzlich kam ihr das Zimmer eher wie ein Gefängnis, wie eine Falle vor, aus der es kein Entrinnen gab. Wo sollte sie hin, wenn eines dieser unheimlichen Viecher durch den Hausflur stapfte? Sie war definitiv zu unbegabt für einen tollkühnen Sprung aus dem Fenster im ersten Stock.

Hier konnte sie nicht bleiben.

Entschlossen schnappte sie sich ihren Jutebeutel und stopfte ein paar Klamotten, ihre wenigen Toilettenartikel und ihre liebsten Bücher hinein. Ohne die konnte sie nirgendwo hin. Danach polterte sie die Treppe hinunter und ignorierte sogar den Ruf der Pflegemutter aus der Küche. Raus hier! Schnell!

Sie hatte das Fahrrad lediglich gegen die Mauer gelehnt. Jetzt schnappte sie es sich und schwang sich auf den Sattel, trat in die Pedale. Dabei bemerkte sie erneut den Mann und die Frau, die sich häufiger in der Nähe des Waisenhauses aufhielten und das immer gleich belegte Sandwich aßen. Anders als sonst begegneten sich ihre Blicke. Die Fremde musterte Shay dabei auf seltsame Art und Weise. Zu intensiv. Zu aufmerksam.

Beinahe wäre Shay mit einem entgegenkommenden Auto kollidiert. Der Fahrer hupte sie empört an. Hastig riss sie den Lenker wieder nach rechts und kurvte zurück auf die richtige Straßenseite.

Jetzt wurde sie sogar schon paranoid. Reiß dich zusammen. Sonst überlebst du den Tag nicht, ermahnte sie sich selbst. Stattdessen sollte sie sich lieber Gedanken darüber machen, wie sie Nat finden konnte.

In der Sekunde sprang ein Schatten auf die Straße und riss sie beinahe um. Shay schrie erschrocken auf, kam ins Schlingern und wäre wohl gestürzt, wenn ihr vermeintlicher Angreifer nicht eingegriffen hätte. Nat! Er bekam sowohl ihren fallenden Körper als auch das Fahrrad zu packen und richtete beides wieder auf.

»Nat«, schrie Shay ihn an, »du hast mich zu Tode erschreckt.«

»Wo fährst du denn hin?«, erwiderte Nat genauso hitzig. »Zu deiner Schutzrune geht es dort entlang.« Er deutete mit dem Finger in Richtung des Pflegeheims.

»Ich hab dich gesucht und hatte Angst, dass die Rune … Was? Was ist los? Du siehst dich um, als wären die Venatoren noch immer hinter dir her. O Gott! Wo sind sie?«

»Verschwunden, aber wir haben ein ganz anderes Problem. Sind dir in letzter Zeit seltsame Leute aufgefallen, die dich beobachten?«

»Mich? Wer sollte mich denn schon beobachten?«

»Keine Ahnung, aber ich habe einen Mann bemerkt, der deine magische Kunstfertigkeit auf dem Feld beobachtet haben muss. Er hat einen leichten magischen Abdruck hinterlassen. So etwas wie eine Duftnote. Genau diese Note meine ich gerade zu bemerken.«

Instinktiv blickten sich beide um, doch da war niemand in der Nähe.

»Ein Mann? Jemand aus deiner Welt?«, fragte Shay ängstlich.

»Nein. Jemand aus deiner Welt, der aber einen Hauch Magie an sich hatte.«

Das wurde ja immer schlimmer. Shay bemühte sich, ihren Schock über die Information zu verdauen. »Aber ich dachte, in meiner Welt wendet niemand mehr Magie an«, wandte sie ein.

»Das dachte ich bislang auch. Also überleg bitte. Fällt dir was Auffälliges in letzter Zeit ein?«

Shay überlegte. »Da ist ein Pärchen, das ich schon öfter bemerkt habe«, sagte Shay schließlich zögerlich. »Die lungern schon seit langer Zeit vor dem Waisenhaus herum, aber jetzt mal ehrlich: Sie wirken völlig harmlos und wenig magisch.«

»Ob harmlos oder nicht, wir müssen sicher gehen. Radel so schnell wie möglich zu mir. Nimm Umwege. Ich jogge neben dir her. Wir müssen uns ab und zu trennen, damit wir nicht auffallen. Los!«

Er rannte bereits die Straße runter, bevor Shay überhaupt verstand, was er meinte. Fluchend schwang sie sich erneut aufs Rad und fuhr so schnell wie möglich hinter ihm her. Kaum war sie neben ihm angekommen, deutete er nach links. »Du da lang, ich hier. Wir treffen uns auf Höhe deiner Schule.«

»Aber deine Wohnung liegt ganz woanders.«

»Umwege, Shay. Konzentrier dich!«

Die Ermahnung saß. Nat so ernst zu sehen, machte Shay noch nervöser. Schweren Herzens trennte sie sich von ihm und radelte so schnell sie konnte Richtung Schule. Sie wollte zwar kleinere Umwege nehmen, traute sich aber nicht. Was, wenn sie sich verfuhr? Ihr Orientierungssinn war in etwa so gut wie ihr Gleichgewichtssinn.

Am Eingang zur Schule stoppte sie und wartete nervös auf Nat. Dabei sah sie sich immer wieder um und spürte, wie der Verfolgungswahn immer mehr zu einem festen Bestandteil ihres Lebens wu...

»Aua!« Ein scharfer Schmerz ging durch ihren Unterarm. Vor Schreck ließ sie sogar ihr Fahrrad los, das sie bislang am Lenkrad festgehalten hatte. Es plumpste polternd zu Boden.

Shay bemerkte das nicht einmal, denn ihr Handgelenk war viel interessanter. Das Zeichen flammte regelrecht auf. Rot und zornig. Die Zahl veränderte sich blitzschnell von zweistellig auf einstellig. Gleichzeitig formte sich etwas anderes auf ihrer Haut. Etwas, das sie bereits gesehen hatte, aber zunächst nicht zuordnen konnte.

War das ... war das ...

»Shay? Shay! Was ist los?«

Nat kam keuchend neben ihr an, aber das bemerkte Shay nur am Rande. Sie starrte weiterhin wie hypnotisiert auf ihren Unterarm. Mittlerweile waren die Umrisse eines Vogels immer deutlicher zu erkennen. Auf seinem Leib prangte die Ziffer, die ihr eine Gänsehaut nach der nächsten über den Rücken jagte.

»Bei den Heiligen von Amenthes«, brachte Nat hervor, als er endlich verstand, was Shays Aufmerksamkeit derartig fesselte. »Eine Acht? Das ist nicht gut.«

»Nicht gut? Da formt sich gerade etwas Unheimliches auf meiner Haut.«

»Der Feuervogel. Damit bist du ganz oben auf der Liste der Königswürde.«

»Ich Glückspilz.«

»Ein Problem nach dem nächsten. Erst müssen wir uns in Sicherheit bringen.«

»In Sicherheit vor wem? Vor was?«

»Ich weiß es nicht – und das ist noch schlimmer als ein möglicher Angriff der Venatoren. Wir müssen weg von der Straße. Jetzt!«

Also setzten sie sich wieder in Bewegung. Diesmal blieben sie zusammen. Wahrscheinlich hatte Nat bemerkt, dass Shay am Rande eines Nervenzusammenbruchs war, und wollte sie nicht alleinlassen. Im Zickzackkurs gelangten sie immer näher zur Wohnung, bis sich Nat sicher war, dass ihnen niemand folgte. Von da an malte er an jede Hausecke eine Schutzrune, zog merkwürdige Linien und rezitierte unheimliche Texte.

Als er die mächtigste Abwehrrune seiner Welt auf die Wand direkt gegenüber seiner Wohnung malen wollte, bemerkte er Shays Blick. »Was hast du?«

»Diese Rune! Ich kenne sie! Sie prangt an so ziemlich jeder Hausecke in meiner Gegend. Das geschwungene B mit den Augen darin. Es ist das Logo eines Sprayers aus der Gegend.«

»Logo? Das ist kein Logo! Das ist eine Schutzrune gegen Venatoren.«

Sie starrten einander an, überlegten beide, was das zu bedeuten hatte. »Wenn ihr sie nicht gemalt habt ... wer ist es dann gewesen?«, fragte Shay nach einer unangenehmen Pause.

»Ich habe keine Ahnung, aber eins schwöre ich dir: Wir werden es herausfinden. Zunächst muss ich meine Wohnung aber noch mehr absichern.« Er zeichnete weiter und hörte erst damit auf, als Shays Magen so laut knurrte, dass er nicht zu überhören war. »Willst du mir etwas sagen?«

»Todesangst macht mich hungrig. Das ist nicht witzig, also hör auf zu grinsen. Ich habe heute Magie gewirkt, bin vor einem Venatoren geflohen und werde womöglich von ominösen Menschen verfolgt. Wäre das hier ein Film, würden sie zu einer Geheimorganisation gehören, die Menschen wie mich sezieren, analysieren und töten. Und zwar in dieser Reihenfolge. Nicht sehr erstrebenswert. Ich bin müde, panisch, kopflos, und ja: Ich habe Hunger und werde dann noch unleidlicher. Bist du jetzt endlich fertig mit deinen Markierungen à la Picasso?«

»Für den Moment ja, aber längerfristig müssen wir von hier fortgehen.«

»Nicht, bevor ich morgen meine Abschlussprüfung geschrieben habe.«

»Deine ... Shay! Du kannst morgen nicht zur Schule!«

»Und ob ich kann. Für den Fall, dass ich doch keine Königin werde oder überraschenderweise die nächsten Jahre überlebe, brauche ich einen Schulabschluss. Was das angeht, lasse ich nicht mit mir reden. Zum Foltertraining konntet ihr mich zwingen, aber nichts hält mich von meiner verdammten Prüfung ab. Kein Venator, keine Geheimdienste und erst recht nicht du.«

»Gut«, meinte Nat vorsichtig und setzte sich wieder in Bewegung. »Dann habe ich nur noch eine Frage.«

»Und die wäre?« Genervt stieß sich Shay mit dem Fahrrad ab.

»Was ist Picasso?«

Theon

»Du kannst sie unmöglich den ganzen Weg zurück zum Schloss tragen. Das wird sie umbringen.« Konaira funkelte ihn aus ihren unheimlichen Augen finster an. »Dass meine Arbeit umsonst gewesen sein soll, lasse ich nicht zu.«

»Wenn ich sie nicht noch in dieser Nacht zurückbringe, fällt unser Fehlen auf. Das bringt uns alle in Gefahr. Du willst garantiert diese Art der Aufmerksamkeit vermeiden.

Ich stehe ohnehin schon auf der Abschussliste und Lionee ... die wird ungern zugeben, dass sie das Gestell ihrer Mutter abgelegt hat. Wir müssen gehen. Sofort.«

Theon hatte die noch immer ohnmächtige Lionee in eine Decke gewickelt und hob sie entschlossen in seine Arme. Hoffentlich konnte er sie auf diese Weise den weiten Weg tragen. Es würde anstrengend werden. Eine andere Möglichkeit gab es jedoch nicht.

Noch immer gellten ihm Lionees Schmerzensschreie in den Ohren. Was immer Konaira getrieben hatte, musste schrecklich wehgetan haben. Die Heilerin hatte ihn rausgeschmissen, nachdem er zwei Mal in ihre Behandlung eingegriffen hatte. Wozu gab es Betäubungsmittel?

Leider neigten Shanti dazu, Leid und Schmerz zu ertragen. Sie griffen niemals freiwillig zu solchen Mitteln. Wie hatte Theon das nur vergessen können? Immerhin hatte er es am eigenen Leib erfahren. Damals. Nachdem sein Vater von den Venatoren zerfleischt worden war und er selbst nur mit Mühe hatte entkommen können.

Gnädigerweise war Lionee schließlich ohnmächtig geworden. Theon hätte ihre Schreie auch nicht länger ertragen, ohne wahnsinnig zu werden. Sein Beschützerinstinkt hatte auch so genug rebelliert.

Konaira schürzte verärgert die Lippen und vertrat ihm den Weg. »Es wird sie umbringen«, warnte sie ihn eindringlich.

»Sag mir lieber, wie ich ihre Wunden behandeln soll.«

»Hab ich dir alles eingepackt und in diesen Jutebeutel gesteckt. Plus Anweisungen, wie du alles verwenden sollst.«

»Hast du auch ein paar Schmerzmittel reingetan?«

Konaira schnaubte missbilligend. »Weiberkram. Das braucht niemand. Die Kleine ist dafür ohnehin zu tapfer. Sie hat länger durchgehalten als gedacht.«

Vor Schock hätte Theon Lionee beinahe fallen gelassen. »Du hast sie geprüft?«, rief er erbost.

»Natürlich habe ich sie geprüft. Sie hat bestanden. Du hast gesagt, sie könnte unsere nächste Königin werden. Da war es meine Pflicht als gute Bürgerin, ihr Potenzial auszuloten.«

»Und wenn sie versagt hätte?«

»Dann müsstest du jetzt ein Grab ausheben, statt sie quer durchs Land zu schleppen.« Als Konaira seinen Blick bemerkte, hob sie beruhigend die Hände. »Meine Methoden mögen rabiat sein, aber sie sind gründlich. Deine Kleine ist mächtig, kein Zweifel. Die Frage ist, ob sie ihre Fähigkeiten jemals anwenden kann. Sie mag mit sehr viel Glück wieder laufen können, aber an Tanzen ist nicht zu denken. Warum kümmerst du dich überhaupt um sie? Mir ist durchaus aufgefallen, wie vertraut ihr zwei miteinander seid. Die Art und Weise, wie ihr euch ansprecht, sagt alles.«

»Wir helfen uns gegenseitig. Mehr nicht.«

»Soso. Das soll ich dir glauben? Spuck es endlich aus. Was ist hier los? Hast du mit deinem eigentlichen Schützling nicht genug zu tun?«

Theon sah die stumme Frage in den Augen der Heilerin. *Wo ist Shay?* »Über deine Art, deine Patienten zu testen, sprechen wir noch«, knurrte er und trat die Haustür mit den Füßen auf. Es war an der Zeit, dieses Gespräch zu beenden.

Die Nacht war beinahe vorüber. Er musste sich beeilen, wenn sie nicht entdeckt werden wollten. Die nächsten zwei Stunden gab er alles. Lionee war zwar leicht, doch selbst das kleinste Gewicht machte sich irgendwann bemerkbar. Er hielt trotzdem durch, erreichte schweißgebadet die Tunnel und zwang sich dort weiter und immer weiter. Lionee regte sich noch immer nicht in seinen Armen. Hoffentlich hatte er sie nicht mit dieser Aktion umgebracht. Ihr bleiches Gesicht war noch gespenstischer als sonst, vom Rasseln ihres Atems ganz zu schweigen.

Er erreichte ihr Gemach genau in der Sekunde, als Lionees Dienerin Felisi hineingehen wollte. Theon schloss sich ihr möglichst unauffällig an und legte seine Last auf dem Bett ab, als sei das völlig normal. Felisi riss die Augen auf und sah ihn fragend an.

»Wir waren bei einer Heilerin«, erklärte er ihr. »Können wir auf deine Diskretion zählen?«

Felisi nickte umgehend und half Theon dabei, Lionee umzuziehen, neu zu bandagieren und zuzudecken. Danach verschwand sie aus dem Zimmer, als wäre nichts gewesen.

Theon bezog zunächst seinen üblichen Posten an der Tür, doch die Nacht hatte ihn geschlaucht. Müde zog er sich einen Stuhl heran und setzte sich direkt neben Lionees Bett. Dann wartete er und hoffte, dass sie wieder aufwachen würde. Oder hatte er die Prinzessin seines Reiches auf dem Gewissen? Wenn das geschah, war er endgültig am Ende. Mal ganz davon abgesehen, dass er sich nicht nur um sich selbst sorgte. Er mochte die spitzzüngige junge Frau mittlerweile ganz gerne.

Gegen seinen Willen nickte er schließlich ein und befand sich kurz darauf in einem dunklen Raum mit einem völlig aufgebrachten Nat.

»Theon! Ich versuche seit Monaten, dich zu erreichen. Schläfst du eigentlich nie?«, rief sein Bruder und umarmte ihn stürmisch. Zumindest fühlte es sich so an. In der Traumwelt hatte man keinen Körper, konnte aber erahnten, was der andere tat.

»Ich habe einige Male versucht, dich zu kontaktieren. Ich fürchte, dass sich die Erde und Amenthes gerade komplett in anderen Zeitzonen bewegen. Momentan ist bei uns früher Morgen.«

»Und dann schläfst du?«

»Es war eine anstrengende Nacht.« Theon verdrehte die Augen, als er Nats anzügliches Grinsen bemerkte. »Nicht das, was du jetzt wieder denkst.« Er erklärte es ihm in wenigen Zügen und hielt sich dabei möglichst kurz. Nat hatte eindeutig etwas auf dem Herzen und war noch zappeliger als sonst. »Und was ist bei euch los?«

»Du musst Lionees Zauberbuch stehlen«, platzte Nat heraus. »So schnell wie möglich! Meine Aufzeichnungen sind erschreckend unpräzise, und wir hatten ein paar ... äh ... größere und kleinere Unfälle.«

Theon versteifte sich umgehend. Alle drei Sätze seines Bruders waren beunruhigend. »Unfälle?«

»Shay beherrscht die Zauberei langsam ein wenig, allerdings ist ihre Vorgehensweise recht unkonventionell. Theon! Sie ist magisch hochbegabt. Leider funktioniert es bei ihr besser, wenn sie die strengen Tanzvorgaben etwas abwandelt.«

»*Was?*«, brüllte Theon, bevor er sich stoppen konnte. »Bist du irre, Nat? Ich weiß ja, dass du oft unverantwortlich handelst, aber willst du Shay, dich und die ganze Welt in die Luft jagen? Die Tänze dürfen nicht abgewandelt werden. Niemals. Du spielst mit Mächten, die du überhaupt nicht einschätzen kannst.«

»Und genau deshalb benötige ich auch Lionees verflixtes Zauberbuch. Wir brauchen präzise Schritte, damit es nicht ganz so arg schlimm ist, wenn Shay sie abwandelt. Im Moment tanzt sie die Abwandlung von einer ungenauen Tanzangabe. Das ist semi-optimal. Jetzt guck nicht so!«

»Du kannst in der Schattenwelt gar nicht sehen, wie ich gucke.«

»Kann ich wohl. Ich weiß genau, dass du mich mit deinen Blicken erdolchst und mir gleichzeitig den Hals umdrehen willst. Ich weiß, was ich da tue.«

»Klingt aber nicht so.«

»Ach? Und mit einer sterbenden Prinzessin durch die Lande zu ziehen und sie Konaira auszuliefern ist besser? Die Frau ist keine Heilerin, sondern ein Folterknecht. Sei froh, dass Lionee noch ohnmächtig ist, sonst dreht sie dir den Hals um, bevor du das bei mir machen kannst.«

Theon seufzte. »Lassen wir das. Was gibt es sonst noch?«

»Die Venatoren sind auf uns aufmerksam geworden. Zusätzlich kommt hinzu, dass irgendwelche Geheimdienste dieser Welt ein Auge auf Shay geworfen haben. Ich vermute, sie werden sie bald verhaften und wissenschaftlich untersuchen wollen. Wir müssen hier verschwinden. Bald.«

»Was?« Diesmal brüllte Theon noch lauter.

»Beruhige dich, mein Guter. Ich habe alles im Griff.«

»Hört sich eher nach dem Gegenteil an. Was sind das für Typen? Und wie nah sind die Venatoren gekommen?«

»Keine Ahnung. Ich weiß nur, dass du mir das Runenbuch deiner hübschen Prinzessin so schnell wie möglich bringen musst, damit wir zusammen verschwinden können. Zusammen. Damit meine ich auch dich.«

»Ich kann hier nicht fortgehen.«

»Natürlich kannst du. Wir brauchen dich auf Eatu dringender als auf Amenthes. Für unser Land können wir erst wieder was tun, wenn Shay die Nummer Eins ist und zurückkehren muss. Die Göttin behüte uns, dass das geschieht.«

Theon wollte antworten. Ausflüchte vorbringen. Protestieren. Er konnte nicht aus Amenthes fortgehen. Nat und er mussten wissen, was im Schloss vor sich ging. Er war die Augen und die Ohren. Die Rückendeckung. Letztlich waren das aber alles vorgeschobene Gründe. Es gab nur einen wahren Grund. Er wollte Lionee nicht im Stich lassen.

Die wachte ausgerechnet in diesem Moment auf und weckte ihn, riss ihn unsanft aus der Traumwelt heraus. Mit einem Grunzen schreckte Theon hoch und blickte direkt in ihre müden, aber äußerst wütend funkelnden Augen.

»Du hast vergessen zu erwähnen, dass Konaira eine Sadistin ist«, flüsterte sie mit schwacher Stimme.

»Entschuldige. Das fiel mir erst wieder ein, als ich dich habe schreien hören.« Es sollte lustig klingen, entsprach aber den grausamen Tatsachen.

Lionee warf ihm einen vernichtenden Blick zu, dann glätteten sich ihre Züge. Sie lächelte beinahe. »Wir haben es zurück geschafft«, stellte sie mit Blick auf ihr Gemach fest. Sofort versuchte sie sich aufzurichten, gab den Versuch aber schnell wieder auf. Sie fing an zu zittern. Derart heftig, dass das ganze Bett wackelte.

»So schlimm?«, fragte Theon besorgt.

Zu seiner Überraschung schüttelte sie den Kopf und deutete auf das Ende ihres Bettes. »Schau!«

Er sah in die angegebene Richtung und entdeckte Lionees blanke Zehen, die sie wild wackeln ließ. »Ich kann sie bewegen«, flüsterte Lionee mit Tränen in den Augen. »Und das Beste ist, dass es gar nicht wehtut.«

Theon erwiderte ihr Lächeln und spürte dabei viel zu viel Erleichterung. Er hatte wirklich mit Lionee mitgelitten, gehofft und gebangt. Mehr, als ihm guttat. Er durfte sich nicht noch fester an sie binden. Musste wieder Distanz schaffen. Aber wie sollte er das fertigbringen, wenn sie ihn auf diese Weise ansah? So voller Energie und Zuversicht?

»Mir tut alles weh. Wirklich alles«, sagte sie in diesem Moment. »Du hast mich fast umgebracht.«

»Fast. Mit etwas Glück hat es sich ausgezahlt. Doch du musst langsam machen. Nichts überstürzen. Gib deinem Körper Zeit, zu heilen.«

»Die habe ich nicht. Amenthes vergeht, und ich muss tanzen lernen. Ja, ja. Spar dir deine Schimpftirade. Für den Moment gebe ich sogar zu, dass es mir nicht so richtig gut geht. Morgen. Morgen stehe ich auf.« Den Rest des Satzes murmelte sie und schlief darüber ein.

Theon starrte in ihr vernarbtes, nun endlich entspannt wirkendes Gesicht. Sie war schön. Auf eine ungewöhnliche, derbe Art. Schön auf ihre Weise. Ihm war klar, dass er solche Gedanken überhaupt nicht haben durfte, doch schon allein das kurze Gespräch hatte ihm gezeigt, wie gern er sie mochte.

Leider musste er sie bald hintergehen. Ihm blieb keine Wahl, sollte Nat recht haben. Er musste ihr Runenbuch stehlen. Das Kostbarste, was eine Benu-Schülerin besaß. Verlor sie ihr Buch, verlor sie ihren Status.

Wie sollte er Lionee das jemals antun?

Kapitel 13

Lionee

Die nächsten Wochen waren die Hölle. Es tat weh, aber auf eine andere Art und Weise als zuvor. Es war ein Schmerz, der Heilung versprach. Ein Schmerz, den sie klaglos ertrug, solange es Hoffnung gab.

Theon bremste sie beständig in ihrem Eifer. Eine Woche lang hielt er jeglichen Besuch von ihr fern, was nicht weiter schwierig war. An gewöhnlichen Tagen war Lionee ohnehin von der Welt vergessen. Dadurch fiel es wenigstens nicht auf, dass sie kaum aus dem Bett klettern konnte.

Zum Glück hatte ihre Mutter genug mit der Suche ihrer Nachfolgerin zu tun und blieb fern. Die Gerüchte klangen nicht gut. Die neue Nummer Eins war bei der Übergabe der Magie verbrannt. Ein Zeichen dafür, dass die Zauberkraft in Amenthes kaum noch kontrollierbar war.

Bei dem Gedanken warf Lionee unwillkürlich einen Blick auf ihr Tattoo. Die Narben verdeckten den Großteil der Schrift. Machten sie unleserlich. Sie war sich jedoch sicher, dass dort lediglich zwei Ziffern zu sehen waren. Sie war also unter den ersten hundert Kandidatinnen.

Theon gegenüber behauptete sie beständig, dass sie Magie wirken können würde. Wenn sie aber ehrlich zu sich selbst war, glaubte sie das nicht wirklich. Sie hoffte es lediglich. Entschlossen vertiefte sie sich wieder in das Runenbuch, schaffte allerdings nur eine halbe Seite. Wie seit Tagen auch lag sie im Bett und lernte, während Theon reglos an der Tür stand und immer wieder die Gegend vor dem Fenster nach möglichen Angreifern absuchte.

»Ich muss zum Unterricht«, sagte Lionee in die Stille des Zimmers hinein. Sie legte ihr Buch vor sich in den Schoß. »Wenn ich mich weiter allein unterrichte, bin ich zu langsam.«

»Du kannst kaum laufen. Wie willst du da tanzen?«

»Ich will nur dabei sitzen.«

»Deine Mutter hat dich vom Unterricht befreien lassen.«

Lionee hob ihr Handgelenk in die Höhe. »Ich bin eine Benu. Ob es meinem Volk passt oder nicht. Sie sind verpflichtet, mich zu unterrichten. Gehst du bitte zum Schrank und holst meine Robe heraus?«

»Du hast eine Robe der Benu?« Theon war offenbar überrascht, als er das kostbare Kleidungsstück wie gewünscht zu ihr brachte. Vermutlich hatte er wie so viele angenommen, dass man Lionee die Robe zusammen mit dem Ausschluss aus der Thronfolge abgenommen hatte.

»Ich habe sie wie mein Leben verteidigt und mir geschworen, sie eines Tages wieder zu tragen. Sie passt zu dem Kleid, das mir meine Mutter bei meiner Aufnahme in den Orden geschenkt hat. Das ist das silberdurchzogene blaue Kleid mit den weißen Perlen links im Schrank. Ich sollte es zu meiner Krönung tragen, doch dazu wird es vermutlich nie kommen.«

Theon faltete die rotgoldene Robe auseinander und musterte das verblichene Wappen der Krone. Es zeigte den Feuervogel mit ausgebreiteten Schwingen. Eingerahmt wurde er von der filigranen Krone von Amenthes. Jede Benu hatte die Robe einst mit Stolz getragen. Heutzutage war sie mehr oder weniger ein Todesurteil.

Schweigend reichte er Lionee das Kleidungsstück und sah ihr dabei zu, wie sie es sich überzog.

»Dich als Benu zu verkleiden wird dir nichts nützen. Wie willst du zum Unterricht gelangen?«, fragte Theon provokant.

Sie warf ihm einen Blick aus wütenden Augen zu. »Damit komme ich zum Unterricht«, sagte sie und deutete auf den Schrank daneben.

Theon öffnete wie befohlen den kleinen Bretterverschlag in der Wand und zog einen Stuhl auf Rädern heraus. »Du hast einen rollenden Stuhl?«, fragte Theon eine Spur zu ungehalten für Lionees Geschmack. In den letzten Tagen war er reizbar und schlecht gelaunt gewesen. Bei jeder Kleinigkeit verlor er die Fassung. Anfangs hatte Lionee sein Verhalten auf ihren schlechten Zustand geschoben. Mittlerweile war sie sich da nicht mehr so sicher.

Theon beschäftigte etwas, das zwar mit ihr in Verbindung stand, nur nicht unbedingt mit ihrer Krankheit. Er konnte ihr kaum noch in die Augen blicken, gab knurrige, knappe Antworten und würgte Gespräche ab. Das tat weh. Sehr sogar. Trotzdem spürte Lionee, dass sein Verhalten nicht direkt gegen ihre Person gerichtet war. Etwas bereitete ihm große Sorgen. Vielleicht war etwas mit seinem Bruder geschehen?

»Warum hast du den noch nie benutzt?«, hakte Theon unbarmherzig nach und stellte das sperrige Ding neben dem Bett ab.

»Wäre ich damit ein einziges Mal gesehen worden, hätte ich meine Benu-Ausbildung endgültig an den Nagel hängen können. Damals gab es keine Hoffnung auf Besserung. Das ist jetzt anders. Ich will in den Unterricht, um zu lernen. Ich muss mich vorbereiten, um bald zu tanzen. Ich weiß, ich weiß. Du hältst das für unmöglich. Aber vor zwei Wochen hätten wir auch nicht gedacht, dass ich das hier tun kann.«

Sie richtete sich vorsichtig auf und setzte sich auf die Bettkante. Ohne körperzerreißende Schmerzen. Ohne Atemaussetzer. Ihr war zwar leicht schwindelig von der schnellen

Bewegung, aber der dumpfe Schmerz in ihrer Hüfte ließ sich problemlos aushalten.

Auffordernd hielt sie Theon ihre Hand hin. Sie hatte sich mittlerweile daran gewöhnt, sich von ihm helfen zu lassen. Er war der einzige Mensch im Raum. Ohne ihn war sie aufgeschmissen.

Theon stützte sie beim Aufstehen mit genau der richtigen Dosis: Nicht zu viel und nicht zu wenig. Dabei betrachtete er sie mit ernstem Gesicht. »Ich bin dagegen.«

»Ich weiß. Ist mir nur egal.« Sie milderte ihre harsch klingenden Worte mit einem Lächeln ab. »Wir haben keine Wahl.«

Mit verärgerter Miene bugsierte Theon Lionee in den rollenden Stuhl und schob sie danach aus dem Gemach. Dabei wurde Lionee immer nervöser. Sie mimte zwar stets die Starke, hatte aber insgeheim mit ihren Ängsten zu kämpfen.

Allein die Blicke, die ihr zugeworfen wurden, ließen sie innerlich zittern. Sie hasste die Mischung aus Mitleid und Verachtung. Alle wussten, wer sie war. Die Tochter der Königin. Sie war die große Hoffnung von Amenthes gewesen. Eine Hoffnung, die durch eine Verkrüppelung zerstört worden war.

Als sie schließlich bei ihren früheren Schulkameraden angekommen waren, hätte Lionee am liebsten alles abgebrochen. Dafür war es nun jedoch zu spät. Die Lehrerin hatte sie bereits gesehen. Wie immer um diese Zeit standen die Schüler auf dem ehemals grünen Rasen zwischen den Schulungsräumen und machten ihre Tanzübungen. Früher hatten sie das im Sonnenschein getan. Riesige Trauerweiden hatten Schatten gespendet, Blütenstaub war umhergewirbelt. Jetzt staubte der vertrocknete Boden unter jedem Schritt. Bei Lionees Anblick hielten sie inne und starrten sie an.

»Ich nehme ab sofort wieder am Unterricht teil«, sagte Lionee mit möglichst fester Stimme.

»Das bezweifle ich. Eure Mutter hat Euch befreien lassen. Ihrer Ansicht nach könnt Ihr niemals eine Benu werden.«

Lionee spürte einen schmerzhaften Stich im Innern. Es tat weh, wenn die eigene Mutter nicht mehr an ihre Tochter glaubte. »Ich bin bereits eine Benu«, erwiderte Lionee entschlossen. Sie hob das Handgelenk, damit die Lehrerin es sehen konnte. »Man erkennt mittlerweile deutlich eine Zahl. Ich habe ein Runenbuch und bin bereit, Magie zu weben. Im Moment kann ich noch nicht tanzen, aber das wird sich in den nächsten Wochen ändern.«

Verwirrt stellte Lionee fest, dass die Lehrerin bleich geworden war. Sie starrte wie hypnotisiert auf ihr Handgelenk. Erst jetzt warf Lionee selbst einen Blick darauf. Ihr Magen sackte bis in die Knie. Die Zahl war noch immer nicht zu erkennen. Nur zu erahnen. Was aber klarer hervortrat, war eine weitere Zeichnung, die sich um die Zahl wand. Sie war blass, aber eindeutig vorhanden.

Das Zeichen des Feuervogels. Lionee musste damit unter den ersten zehn Anwärterinnen sein. Das wiederum hieß, dass ihre Zeit zum Üben ablief.

»Oh«, brachte sie schwach hervor. Theon hatte ihre Reaktion natürlich ebenfalls bemerkt und musterte ihr Zeichen. Genau wie die Lehrerin wirkte er danach erschüttert. Damit hatte er genauso wenig gerechnet wie die anderen.

Entschlossen straffte sich Lionee. Sie bewegte selbst die Räder ihres rollenden Stuhles, um sich unter die Benu-Schülerinnen zu mischen. »Ich muss so schnell wie möglich meine fehlende Übung aufholen«, sagte sie mit fester Stimme und mied dabei die Blicke der anderen. Die meisten wirkten verärgert oder gar entsetzt. Die Schülerin direkt neben ihr rückte ein Stück von ihr ab, als hätte sie eine ansteckende Krankheit. Das Schweigen war erdrückend und unangenehm, vor allem, weil die Lehrerin sich nach wie vor nicht regte.

Bleib stark, dachte Lionee. *Du schaffst das!* »Können wir weitermachen?«, fragte sie und atmete erst vorsichtig durch, als sich die Lehrerin einen sichtbaren Ruck gab und endlich wieder mit dem Unterricht begann.

Gleich darauf bereute Lionee ihren Entschluss.

Sie konnte nichts mitmachen. Wirklich rein gar nichts! Selbst wenn sie die Handbewegungen nachzuahmen versuchte, gelang ihr das nur unzulänglich. Natürlich hatte sie in der Zeit ihrer Krankheit heimlich geübt. Natürlich hatte sie so gut es ging trainiert. Jetzt erkannte sie jedoch, wie weit zurück sie lag. Als sie mit dem Lernen angefangen hatte, war zumindest eine gemeinsame Basis vorhanden gewesen. Mittlerweile waren die Benu-Schülerinnen viel weiter in ihrem Training. Lionee war wie eine Erstklässlerin im Abschlussjahrgang. Genauso verloren.

Trotzdem hielt sie durch. Als die Lehrerin den Unterricht von außen nach innen verlagerte, hatte sie im kleinen Raum Mühe, einen Platz für ihren ausladenden rollenden Stuhl zu finden. Sie hielt die ganze Klasse auf, aber auch das ignorierte sie. *In der Theorie kannst du glänzen*, dachte Lionee. Leider war auch das ein Irrtum. Sie hatte viel Unterricht verpasst und ihren Rückstand durch eigenes Lernen nie aufgeholt. Ohne es zu wissen, hatte sie unendlich viel Stoff verpasst.

Die Panik wuchs und wuchs, bis Lionee kaum noch still sitzen konnte. Daher rollte sie gleich nach der letzten Stunde auf die Lehrerin zu. »Ich brauche Einzelunterricht.«

»Dafür haben wir keine Kapazitäten. Wie stellt Ihr Euch das vor?«

Lionee hob ihr Handgelenk. »Der Feuervogel ist zu sehen. Wollt Ihr, dass ich mit meinem rudimentären Wissen Königin werde? Wollt Ihr Euch blamieren oder das Königreich in Gefahr bringen? Ich brauche Nachhilfe. Sofort. Wollt Ihr gegenüber meiner Mutter wirklich zugeben, dass ich dermaßen schlecht ausgebildet bin?«, fragte sie provokant. »Ich bin bereit, so hart zu arbeiten, wie es geht. Mit Eurer Hilfe kann ich es schaffen. Ohne Euch bin ich verloren. Genau wie Amenthes.«

Nat

Shay hatte sich schlafen gelegt, nachdem sie sich wegen ihrer Sturheit heftig mit Nat gestritten hatte. Sie konnte doch nicht ernsthaft zur Schule gehen wollen. Das war Wahnsinn. Auf der anderen Seite hatte sie bereits so viel ertragen. Konnte er ihr die eine Sache, die ihr so wichtig war, wirklich verwehren?

Theon hätte es getan, doch er war nicht sein Bruder.

Nat saß auf der Türschwelle von Shays Zimmer, lehnte sich mit dem Rücken gegen das Holz und bemühte sich um innere Ruhe. Vergebens. Ständig stand er auf, ging zum Fenster und musterte die Umgebung. Nichts rührte sich. Er hatte jeden Zentimeter der Wand mit Runen bepflastert, manche mit Blut, manche mit Pflanzensaft und andere mit Feuer geschrieben. Mehr konnte er nicht tun.

Genervt über sich selbst, kehrte er wieder zu seinem ursprünglichen Posten zurück und setzte sich hin. Shay hatte die Tür mit einem lauten Knall geschlossen und damit klargemacht, dass sie in Ruhe gelassen werden wollte. Dieser eindeutigen Bitte konnte er jedoch nicht nachgeben. Er war viel zu besorgt, dass ein Venator durchs Schlafzimmerfenster eindringen könnte. Also hatte er die Tür wieder geöffnet und sich mit gebührendem Abstand zu ihr hingesetzt.

»Ich kann nicht schlafen, wenn du mich anstarrst«, murmelte Shay.

»Ich kann nicht schlafen, wenn du mir böse bist.«

Er hörte ein tiefes Seufzen. Dann ging die Nachttischlampe an und beleuchtete Shays blässlich schimmerndes Gesicht. Sie wirkte müde, aber viel gefasster, als er gedacht hätte.

»Ich gehe zur Prüfung«, sagte sie kämpferisch.

Nat gab auf. »In Ordnung. Ich versuche die Schule zu sichern. Verpfeif mich nur nicht an Theon. Der dreht uns sonst den Hals um. Eigentlich ist es viel zu gefährlich.«

Trotz des Schummerlichts erkannte er Shays triumphierendes Lächeln. Sekunden später war sie bei ihm und hockte sich neben ihn. Sie trug lediglich eines seiner Shirts und ... war das seine Unterkleidung? Shay hatte diese Art der Gewandung Boxershorts genannt. Die Dinger waren jedenfalls sehr bequem.

»Trägst du meine Sachen?«, fragte er irritiert.

»Ich habe die Klamotten gekauft, damit du wie ein anständiger Erdenmann herumlaufen kannst. Das macht sie irgendwie auch zu meinem Eigentum.« Wenigstens lief sie leicht rot an. Sie zupfte das Shirt etwas tiefer. »Nat ...«, hob sie zögernd an.

»Schon gut. Ich bin dir nicht böse. Zieh ruhig meine Sachen an, wenn du dich dadurch besser fühlst.«

»Das meinte ich nicht. Ich ... ich frage mich nur langsam, worauf das alles hinausläuft. Es fühlt sich so unwirklich an. Wir können doch nicht ein Leben lang davonlaufen und uns verstecken. Was ist unser langfristiges Ziel? Muss ich bald nach Amenthes?«

»Du sagst das so, als wäre das eine Horrorvision für dich. Amenthes ist deine Heimat.«

»Nein! Ganz bestimmt nicht. Ich kenne diese Welt nicht und so, wie du sie mir beschreibst, will ich sie gar nicht kennenlernen.«

»Sie geht unter, wenn wir ihr nicht helfen. Sie versinkt in Dunkelheit und Chaos. Das gemeine Volk begehrt auf und droht mit einem Bürgerkrieg. Die menschenähnlichen Rassen sind nicht mehr bereit, die Königin zu unterstützen. Ihrer Meinung nach hält sie nur an der Krone fest und riskiert aus Machtgier den Untergang von Amenthes.«

»Ist das denn so?«

Nat schüttelte energisch den Kopf. »Nein. Ich habe mit eigenen Augen gesehen, wie verzweifelt die Königin versucht hat, ihre Macht an eine Benu abzugeben. Das Ritual glückt einfach nicht. Die Magie ist vollkommen außer Kontrolle. Leider wird die Situation immer gefährlicher, je länger sie andauert. Schon bald muss der Duatorden auf mehreren Fronten kämpfen. Gegen die Venatoren – und wenn es schlecht läuft, sogar gegen das eigene Volk. Die ersten Attentate mussten wir schon abwehren.«

»Nat! Das macht mir eure Welt nicht gerade sympathischer. Ich will hierbleiben. Verstehst du das?«

»Natürlich verstehe ich dich, selbst wenn ich gern etwas anderes von dir hören würde. Findest du es nicht spannend, eine neue Welt zu erobern?«

»Nicht, wenn man mit hoher Wahrscheinlichkeit dabei draufgeht. Schon allein, wie du ›menschenähnliche Rassen‹ ganz nebenbei erwähnt hast, lässt mich schaudern. Deine Welt ist noch andersartiger, als ich bislang angenommen habe. Ich lese gerne spannende Abenteuer. Ich muss sie nicht selbst erleben.«

Nat musste sich zusammenreißen, um ihre nackten Beine nicht allzu auffällig anzustarren, aber ... Ja, Shay war nun mal Shay. Er hatte schon immer eine Schwäche für sie gehabt.

»Wenn es hart auf hart kommt und Amenthes dich braucht, wirst du dann mit uns kommen?«, wagte Nat die entscheidende Frage zu stellen. *Wenn sie jetzt Nein sagt, sind wir verloren*, dachte er gleichzeitig.

»Wenn Amenthes mich braucht? Vermutlich nicht. Aber ihr braucht mich. Wenn Theon und du es von mir verlangen, werde ich gehen.«

Jetzt war Nat tatsächlich überrascht. »Warum?«, fragte er verblüfft. »Du kennst uns doch kaum.«

»Ich kenne euch schon mein ganzes Leben. Ob Schattenwesen oder menschliche Gestalt, ihr seid meine Familie. Ihr seid alles, was ich habe. Für euch würde ich es tun. Nur für euch.«

Shay

Sie sah Nat an, und da passierte es. Sie dachte an ihren Fünfjahresplan, der vollkommen auf dem Kopf stand, an den neuen Plan und an beide Rückseiten. Daran, was sie loslassen musste und was sie niemals erreichen würde.

Ihr Leben war aus den Fugen geraten und ließ sich von ihr nicht mehr länger kontrollieren. Als wäre es eine führerlose Kutsche, die auf einen Abgrund zurollte. Aber verdammt noch mal! Eine einzige Sache wollte sie auf ihrer vermaledeiten Liste abhaken. Noch heute!

Also küsste sie Nat. Recht unbeholfen und so abrupt, dass ihre Zähne gegeneinanderschlugen und Nat heftig mit dem Hinterkopf gegen die Wand donnerte. Er gab einen erstickten Laut von sich und sträubte sich für einen Moment, doch Shay ignorierte seine Körperhaltung. Stattdessen presste sie ihre Lippen so fest sie konnte auf seine und wartete darauf, dass ihr Körper reagierte. Wartete auf Schmetterlinge, auf ein Prickeln, ein berauschendes Gefühl oder irgendwas.

Stattdessen sah sie in Nats fragend aufgerissene Augen und fühlte seine stocksteifen Lippen an ihren. Hastig löste sie sich von ihm und krabbelte ein Stück zurück, schuf Abstand zwischen sich und ihm.

»Was bei allen Schattenbestien dieser Welt war denn das?«, fragte Nat mit seltsamer Stimme.

»Ein Kuss.«

»Wirkte eher, als wolltest du mich auffressen und gleichzeitig niederschlagen.«

Shay spürte, wie sie bis zu den Ohren- und Haarspitzen rot wurde. »Ich ... vergiss es!«

Sie wollte aufstehen und dieser Situation entkommen, doch Nat hatte ihr Handgelenk umklammert und zog sie wieder neben sich auf den Boden. Jetzt kniete sie vor ihm und wünschte sich ganz weit fort. Was hatte sie sich nur dabei gedacht?

»Shay«, hob Nat vorsichtig an.

»Sag meinen Namen nicht so, als müsstest du mit einer Wahnsinnigen sprechen. Ich habe dich geküsst, es ist mies gelaufen – lassen wir das! Haken wir es ab!«

Leider ließ Nat sie weiterhin nicht los, sodass sie sitzen bleiben musste. Noch immer schlug ihr Herz viel zu schnell und die Peinlichkeit der Situation brannte als verräterische Hitze in ihren Wangen.

»Hat Theon mal was gesagt?«, fragte Nat nach einer Weile.

Shay runzelte verwirrt die Stirn. »Was soll er denn gesagt haben?«

»Na ja, dass ich und du ... dass ich dich eben ...« Nat brach ab und zuckte mit den Schultern. »Vergiss es einfach.«

Shay horchte sofort auf. Gerade noch hatte sie sich in Grund und Boden geschämt, doch jetzt war ihre Neugierde entflammt. »Vergiss *was*?«, hakte sie unbarmherzig nach.

Nat atmete tief durch, dann sah er sie entschlossen an. »Du darfst mich nicht einfach küssen.«

»Wer genau verbietet das?«

»Es ist nicht richtig. Ich bin dein Wächter und für dich verantwortlich. Theon hat da ganz recht. Wir müssen auf Abstand bleiben.«

Shays Verwirrung wuchs ins Unermessliche. Irgendetwas hatte sie hier verpasst. »Was hat Theon denn jetzt mit dem miesesten ersten Kussversuch dieser Weltgeschichte zu tun?«

»Dein ... erster?« Nat riss die Augen auf.

»Genau, mein erster. Dreh ruhig das Messer in der Wunde um. Es gibt garantiert noch Hunderte ungeküsster Siebzehnjähriger da draußen, nur gibt das keine zu. Ich wollte es einfach hinter mich bringen und es von meiner To-do-Liste streichen. Nicht mehr und nicht weniger. Du hingegen ... ich kapiere grad nicht so recht, was du meinst.«

Staunend beobachtete sie, wie Nat rot wurde. Vom Hals übers Kinn, die Wangen bis zum Haaransatz. Faszinierend. So ähnlich musste sie auch gerade aussehen.

»Oh«, war alles, was Nat von sich gab. Umgehend ließ er sie los und stand auf, um Richtung Küche zu gehen. Shay folgte ihm natürlich auf dem Fuß. So einfach ließ sie ihn nicht vom Haken. Sie wollte wenigstens wissen, was Theon mit einem potenziellen Kuss zwischen ihnen zu tun hatte.

»Okay, Nat! Rück raus mit der Sprache. Was ist los?«, fragte sie ihn.

Nat nahm sich eine kalte Wasserflasche aus dem Kühlschrank und beschäftigte sich betont intensiv mit dem Öffnen, um sie nicht ansehen zu müssen. Er nahm einen tiefen Schluck. »Theon hat mir gedroht, mich zu kastrieren, sollten wir uns jemals küssen. Du bist also schuld an meiner drohenden Kinderlosigkeit.«

Sie überging den lahmen Witz und konzentrierte sich auf das Wesentliche. »Warum sollte er dir so etwas sagen?«

Pause. Nat verschloss umständlich die Flasche und kühlte sich damit die Stirn. Anscheinend war sie nicht die Einzige, der furchtbar heiß war. Sie war so doof! Wieso hatte sie auch ausgerechnet Nat geküsst?

»Er hatte immer den Eindruck, dass ich dich auf ungebührliche Art und Weise ansehe.«

»Ungebührlich ansehen?«, quiekte Shay. Dann lachte sie laut auf. »Wieso solltest du das tun? Ich meine, ich bin Shay mit den paar Kilos zu viel auf den Rippen, den Augenringen und meiner Bewegungslegasthenie. Was will ein durchtrainiertes Supermodel mit der Lizenz zum Flirten mit so einer wie mir?«

Schlagartig wurde Nats Blick traurig. »Wirke ich so oberflächlich?« Er schüttelte den Kopf, als beantwortete er seine Frage selbst. »Vergiss es. Ich bin selbst schuld, immerhin habe ich mir mein Image sorgfältig aufgebaut. Es klebt an mir wie eine zweite Haut. Im Gegensatz zu dir ist mir das Aussehen ziemlich egal. Das war es schon immer. Wobei ... wenn du dich für hässlich hältst, dann schau mal lieber in den Spiegel. Du bist – wie sagt ihr hier? – sexy. Verboten sexy und genau das meinte Theon mit seiner Warnung. Auch er vergisst manchmal, dass ich nur eine Rolle spiele. Hätte ich die Wahl, würde ich eigentlich nur einer Frau den Hof machen, anstatt mich ständig von einem Bett ins nächste zu flirten, um lebensnotwendige Informationen für dich zu sammeln. Ich wäre die treueste Seele auf Amenthes und auf Eatu. Das kannst du mir glauben. Da ich aber keine große Wahl habe, werden wir die Wahrheit zum Glück nie herausfinden.«

»Jetzt bin ich daran schuld, dass du ein Schürzenjäger geworden bist?« Shay spürte, wie die Hitze in ihren Kopf zurückkehrte. »Du armer Mann! Beinahe könntest du mir leidtun. Wenigstens konntest du deinen Spaß haben. Ich hingegen ... ich ... ach, vergiss es!«

»O nein! Das vergesse ich jetzt ganz bestimmt nicht. Ich kann doch nichts dafür, dass du bislang keine Erfahrungen im Küssen sammeln konntest. Was hat dich davon abgehalten?«

»Das fragst du ernsthaft? Fangen wir doch mit den Schatten in meinen Zimmerecken an, die mich Tag und Nacht beobachtet haben. Was hättet ihr denn getan, wenn ich plötzlich mit einem Kerl im Bett gelegen hätte? Da wärt ihr doch durchgedreht. Oder denk mal an mein hübsches Tattoo, das garantiert jeden Mann in die Flucht geschlagen hätte. Ganz zu schweigen davon, dass ich als irre, ungesellig und psychotisch gelte, alles dank meiner Herkunft.«

Nat wirkte tief betroffen. »Es tut mir leid«, sagte er nach einer langen Pause. »Das war mir so nicht klar.«

Shay zwang die Tränen zurück und schluckte geräuschvoll, um einen Schluchzer zu unterdrücken. Das Ganze war auch so schon peinlich genug. Da musste sie nicht auch noch heulen. »Mir tut es leid. Ich hätte dich nicht einfach so küssen dürfen. Das war total bescheuert. Ich dachte nur, wenn ich schon sterbe, dann doch hoffentlich nicht ungeküsst.«

»Du wirst nicht sterben!«

»Sag das den Venatoren oder der Geheimorganisation da draußen. Ich werde sterben. Ich fühle es genau.«

Sie stand etwa fünf Schritte von Nat entfernt neben dem Küchentresen und wäre am liebsten im Boden versunken. Nat hingegen schien sich wieder gefangen zu haben. Er stellte sein Wasser weg, kam zu ihr und nahm sie unerwartet in die Arme. Sie versteifte sich kurz, dann lehnte sie sich dankbar an ihn.

»Wir schaffen das, Shay. Ganz bestimmt. Nur zum Küssen haben wir keine Zeit. Ich versichere dir, dass du eines Tages die Gelegenheit dazu bekommst. Mit einem Typen, der für dich nicht nur ein Experiment ist, sondern die wahre Liebe.«

Seine Worte taten ihr weh. Sie wollte nicht, dass er sich selbst für ein Experiment hielt. Davon war er nämlich meilenweit entfernt. Shay hätte ihn gerne richtig geküsst. Nur fehlte ihr dazu leider der Mut.

Nat

Shay hatte ihn geküsst. Er konnte es noch immer nicht glauben, vor allem, weil die Situation so skurril gewesen war.

Sein Herz schlug wie verrückt und wollte sich einfach nicht beruhigen. Wie lange hatte er davon geträumt, Shay so nahe zu kommen? Sie zu riechen, zu schmecken, zu fühlen?

Leider hatte er sich die gesamte Situation ein wenig … romantischer vorgestellt. Weniger hektisch, peinlich und vor allem seltsam. Nein. Was da zwischen ihnen vorgefallen war, konnte er unmöglich als wirklichen Kuss gelten lassen.

Er stöhnte leise und ließ sich auf die Couch fallen, die ohne Shay seltsam leer und verlassen wirkte. In Gedanken ging er die Gespräche vor und nach dem Kuss noch einmal durch, doch egal, wie er es drehte oder wendete: Er kam dabei nicht besonders sympathisch rüber. Sie musste ihn für einen völlig unsensiblen, charakterlosen Typen halten. Dabei lag sie völlig falsch.

Am liebsten hätte er sie an sich gezogen und ihr gezeigt, wie sich ein echter Kuss anfühlte. Lange, intensiv und vor allem verheißungsvoll. Doch damit hätte er seine wahren Gefühle verraten. Er hätte offenbart, was er all die Jahre wirklich empfunden hatte. Diese Grenze durfte er niemals überschreiten. Theon hatte diesbezüglich keine Zweifel gelassen. Shay war tabu für ihn. Sie mussten sich auf die Aufgabe konzentrieren, sie zu beschützen, statt sie zu umgarnen. Er hatte die Umgebung im Auge zu behalten und durfte nicht an ihre Lippen denken.

Genau, dachte er bitter. *Das ist dir bislang ja auch richtig gut gelungen.*

Ein Vorteil hatte das Debakel: Shay würde sich ihm nie wieder auf diese Weise nähern. Dafür hatte er nun gesorgt. Er hatte sie in die Flucht geschlagen. Statt Erleichterung fühlte er jedoch pure Verzweiflung. Er hatte sie verloren, bevor er sie für sich gewinnen konnte.

Kapitel 14

Lionee

»Es reicht langsam, Lionee. Hör endlich auf!«

Theons Arme legten sich wie ein Schraubstock um ihre Schultern und zwangen sie, mitten in der Bewegung inne zu halten. Lionee geriet aus dem Takt und strauchelte, hielt sich rasch an Theon fest. Wütend funkelte sie ihn an.

»Das war eine beinahe perfekte Drehung«, fauchte sie aufgebracht und ignorierte dabei das Feuer sowohl in Theons Augen, als auch das sehr reale und sehr schmerzhafte Brennen in ihrer Hüfte.

»Du bringst dich um«, erwiderte Theon ruhig.

Lionee riss sich los und trat einen Schritt von ihrem Wächter fort. Mittlerweile musste es fast Mitternacht sein. Das Flackern der Kerzen erhellte nur schwach ihr Schlafzimmer, in dem sie Stunde um Stunde geübt hatte. Seit Tagen. Seit Wochen. Die Magiekugeln waren längst erloschen, genau wie die Feuerbälle in den Lampen der Innenhöfe. Das Schloss hatte sich schlafen gelegt. Abgesehen von Lionee und Theon.

»Ich bringe mich nicht um«, protestierte Lionee. »Ich übe.«

»Du übst zu viel. Dein Körper braucht eine Pause. Dringend.«

Lionee starrte Theon finster an und hätte gerne protestiert. Leider hatte er recht. Noch vor dem Frühstück ging sie die Tanzschritte vom Vortag durch. Danach hatte sie Lehrstunde. Statt Mittagspause bekam sie Einzelunterricht. Nach dem Nachmittagstraining gab es erneut Übungen für sie allein, die sie am Abend für sich noch einmal durchging. Ihr Körper war erschöpft. Ihr Kopf müde. Trotzdem wusste sie, dass ihr die Zeit davonlief. Sie spürte es bis tief in ihre Seele. Die Magie hatte sie gefunden. Sie musste nur noch eine Möglichkeit finden, sie zu tanzen.

»Noch ein einziges Mal. Danach gehe ich zu Bett«, sagte sie zu Theon und stellte sich so auf, wie die Lehrerinnen es ihr gesagt hatte. Doch sie kam nicht dazu, die Hand- und Fußbewegung durchzuführen, denn Theon hatte sie gepackt und trug sie wie eine Puppe zum Bett.

Lionee kreischte und strampelte empört. »Lass mich runter, Theon! Was fällt dir ein?«

»Du kannst erst seit einer Woche richtig laufen. Dafür solltest du dankbar sein. Dankbar und demütig. Stattdessen malträtierst du deinen armen Körper mit viel zu vielen Übungen. Willst du wieder im rollenden Stuhl landen?« Er setzte sie recht unsanft im Bett ab und stieß sie grob zurück, als sie sich wieder aufrichten wollte. »Lionee«, sagte er scharf. »Jetzt sei vernünftig. Du weißt, dass ich recht habe.«

»Du kannst nicht jeden immer rumkommandieren. Schon gar nicht mich.«

»Ich bin ein hohes Risiko eingegangen und habe eine Ehrenschuld eingetrieben, um dich heilen zu lassen. Ich finde schon, dass ich ein Wörtchen mitreden darf, wenn du dich selbst zugrunde richtest. Wag es ja nicht, aufzustehen, Fräulein!«

»Wag es ja nicht, in diesem Tonfall mit mir zu reden! Ich bin kein Kind mehr und du nicht mein Vater!«

»Im Moment kommt es mir aber so vor. Also zurück ins Bett!«

Er bekam ihre Hand zu fassen, zog sie unsanft auf die Matratze und warf die Decke auf sie, sodass sie sich beim wild Strampeln selbst verhedderte. Lionee fluchte, hatte aber ganz plötzlich keine Energie mehr. Sich ständig gegen jeden durchsetzen zu wollen, war anstrengend. Müde ließ sie sich in die Kissen sinken und starrte von dieser Position aus Theon finster an.

»Fein. Du hast gewonnen. Ich schlafe jetzt. Glaub aber nicht, dass ich gehorche, bloß weil du das so willst.«

»Mir ist egal, warum du schläfst. Hauptsache du gönnst deinem Körper ein bisschen Ruhe.« Theon bückte sich, hob ein heruntergefallenes Kissen auf und warf es ihr recht brüsk ins Gesicht. Empört schleuderte sie es ihm hinterher, traf ihn aber nur am Rücken. Er war bereits wieder auf dem Weg zurück zu seinem Posten an der Tür.

Mittlerweile hatte sie sich an seine ständige Anwesenheit gewöhnt. Es war merkwürdig, nervig und gleichzeitig beruhigend. Sie stritten sich furchtbar viel, aber meistens waren sie sich einig. Lionee musste üben, wenn sie ihren Platz als Benu finden wollte.

Sie drehte sich zur Seite und musste dabei ein Stöhnen unterdrücken. Ihr war natürlich klar, dass sie mit ihrem Training viel riskierte. Sie war erst seit einer Woche in der Lage, ohne Rollstuhl weitere Strecken zu laufen. Nur mit Mühe und viel Willenskraft konnte sie aufrecht oder auf einem Bein stehen und scheiterte bereits an den einfachsten Grundschritten, doch genau das spornte sie an. Die Armbewegungen waren nahezu perfekt. Fehlte nur noch der Rest des Körpers.

Ihr Magen zog sich zusammen, als sie an den nächsten Tag dachte. Es war schrecklich, derart angestarrt zu werden. Die Schülerinnen behandelten sie nach wie vor wie eine Aussätzige, und die Lehrerinnen halfen ihr nur, weil sie es ihnen befahl. Ihre Blicke waren dabei deutlich. Sie hielten ihre Bemühungen für reine Zeitverschwendung.

Ein Krüppel wie sie konnte niemals eine Benu werden.

Lionee konnte nicht verhindern, dass ihr eine einzelne Träne über die Wange rann. Es war so gemein. So frustrierend. Sie mühte sich derart ab und dennoch konnte sie niemals ein Teil der Benu-Familie werden. Sie war eine Außenseiterin. Selbst ihre Mutter schloss sie ständig aus und hielt sie von allem fern.

Und Theon? Der war in letzter Zeit auch nicht viel besser. Egal, was sie versuchte, sie zog sich ja doch nur seine Missbilligung zu.

»Sag mal, weinst du?«

Verflixt. Sie hatte Theons gute Ohren und seine rasche Auffassungsgabe vergessen. Genervt zog sie sich die Decke über den Kopf und wollte die Augen schließen, doch Theon verhinderte das, indem er ihr die Decke wegriss.

Als er ihre Tränen sah, wirkte er betroffen. »Das wollte ich nicht«, sagte er.

»Bild dir nichts drauf ein. Ich heule nicht wegen deiner schlechten Manieren. Ich weine, weil Mädchen das nun mal manchmal tun. Wir lassen Gefühle zu, im Gegenteil zu Gefühlskrüppeln wie dir.« Lionee schniefte leise, hielt Theons starrem Blick aber stand. Sie gewann das stumme Duell, denn er wandte sich abrupt von ihr ab, drehte sich von ihr fort.

»Ach, Lionee. Ich weiß es doch auch nicht«, sagte er leise und klang dabei recht verzweifelt.

Erstaunt über diese Reaktion, setzte sie sich auf. Ihr Hüftbereich ziepte, doch sie ignorierte es. »Was ist los?«, fragte sie sanft. »Du bist in letzter Zeit so seltsam zu mir.«

Theon antwortete eine Weile nicht. Bislang hatte keiner der beiden die Kerzen gelöscht, sodass sie sich gut sehen konnten. Er stand etwa zwei Schritte von ihrem Bett entfernt, hatte die Finger fest zur Faust geballt und starrte aus dem Fenster. Als er sich zu ihr umwandte, funkelten seine Augen seltsam. »Vertraust du mir?«, fragte er mit einem seltsamen Unterton.

Lionee zögerte keine Sekunde. »Selbstverständlich.«

Er hob die Hand und hielt sie ihr hin. Lionee starrte irritiert darauf. »Was hast du vor?«

»Ich fordere dich zum Tanzen auf.«

Jetzt ist er irre geworden, dachte Lionee. Da sie Neuem aber stets aufgeschlossen war, nahm sie seine Hand und rutschte vom Bett hinunter. Sie trug noch immer ihre Schuhe und ihr einfaches Strickkleid, das ihr in diesem Moment furchtbar peinlich war. Es war viel zu bieder für ... ja, wofür?

Theon hielt weiterhin ihre Hand, als wolle er sie an der Flucht hindern. »Zieh die Schuhe aus«, forderte er sie auf.

Er ließ sie los, um sich selbst zu entkleiden. Schuhe, Kettenhemd, Weste, Gürtel und sein langärmliges Hemd flogen in die Ecke, bis er nur noch in einem einfachen Leibchen vor ihr stand. Darunter spannten sich seine harten Brustmuskeln auf beinahe unanständige Weise. Wenigstens ließ er die Hose an. Lionee konnte nicht verhindern, dass sie ihn wie versteinert anstarrte.

Sieht der gut aus, schoss es ihr durch den Kopf. Dann wurde ihr bewusst, dass er sie ebenfalls musterte. Mit einer Mischung aus Ungeduld und Belustigung.

»Muss ich mich auch ausziehen?«, fragte sie herausfordernd, sobald sie ihre Sprache wiedergefunden hatte.

»Ehrlich gesagt ... ja.«

»Wie bitte?«

»Dein bodenlanges Kleid ist unpraktisch. Ich sehe deine Beine nicht und kann die Schritte kaum erahnen. Hast du nicht etwas Kürzeres?«

»Hast du eine Vollmeise?«

»Ich versuche nur zu helfen.«

Lionee war sich da nicht so sicher, denn er verhielt sich wirklich merkwürdig. Schließlich gab sie nach. Während sie zu ihrem Kleiderschrank ging, zog sie sich die Schuhe aus. »Dreh dich um, wenn ich mich umziehe«, forderte sie ihn auf. Normalerweise huschte sie dafür hinter einen Paravent, doch gerade hatte sie dazu keinen Nerv. Sie wollte jetzt so schnell wie möglich erfahren, was Theon plante.

Er tat brav, was sie verlangt hatte. Rasch zog sie sich ihr bodenlanges Kleid aus und ein kürzeres über. Unbehaglich sah sie an sich hinunter. Es verdeckte gerade so ihren Po und hatte einen viel zu tiefen Ausschnitt. Lionee hatte es nie angezogen. Als Kind war es zwar lang genug gewesen, aber viel zu tief ausgeschnitten. Später war es ihr zu kurz geworden. Außerdem hatte sie damit ihre vielen Narben am Bein nicht überdecken können. Selbst als Nachthemd zum Schlafen war ihr das unangenehm gewesen.

»Ist diese Kleidung angemessener für dein Vorhaben?«, fragte sie und wartete, bis Theon sich zu ihr umgedreht hatte.

Der betrachtete sie mit einem äußerst seltsamen Gesichtsausdruck. Irrte sie sich, oder starrte er auf ihre Beine? Sofort waren ihr die vielen Narben unangenehm. Bevor sie sich aber erneut umziehen konnte, hatte Theon bereits ihre Hand ergriffen und sie zu der freien Fläche im Zimmer geführt. In dem Bereich hatte sie all ihre Bücher und Stühle an den Rand geräumt, um Platz für ihr Training zu haben.

Theon dirigierte sie in die Mitte und blieb dicht vor ihr stehen. Ihre Hand verschwand fast vollständig zwischen seinen kräftigen Fingern.

»Und jetzt?«, fragte Lionee möglichst munter, um die seltsame Atmosphäre zwischen ihnen zu entspannen. Sie waren sich schon oft sehr nahegekommen, aber da hatte sich das jedes Mal … anders angefühlt. Vor allem hatte er sie nicht so seltsam angesehen. Fand er sie etwa so hässlich?

Sie wollte auf Abstand gehen, doch Theons rechte Hand legte sich sofort in ihr Kreuz, drückte sie gegen sich. Instinktiv wehrte sie sich dagegen, doch er blieb unnachgiebig und presste sie so dicht an sich, dass ihre Brust seinen Körper berührte. Sofort beschleunigte sich ihr Herzschlag.

»Mein Bruder hat mir von einer Theorie erzählt«, begann Theon schließlich zu erklären. »Eine Theorie, die meine Meinung über unsere Magietänze erschüttert hat. Er behauptet, dass die Tänze nicht derart in Stein gemeißelt sind, wie wir immer gelernt haben. Je nach Magier können sie auch in abgewandelter Form getanzt werden.«

»Eine ziemlich kühne Theorie ohne jede Grundlage.«

»Ich habe dich beobachtet. Du weißt genau, wie du die einzelnen Schritte ausführen musst. Deine Handbewegungen sind fehlerlos, genau wie die Haltung deines Kopfes. Nur der Rest deines Körpers macht nicht mit. Deine Beine verweigern dir den Dienst. Sie sind deine Schwachstelle.«

»Das weiß ich. Was meinst du, warum ich so viel übe?« Lionee bemühte sich wirklich, aber sie verstand noch immer nicht, auf was Theon hinauswollte.

»Wir überprüfen meine Theorie an einem kleinen Zauber. Lösch die linke Kerze.«

»Vergiss es. Das habe ich seit einer Woche probiert. Nichts ist passiert.«

»Da hattest du mich noch nicht als Unterstützung. Bereit?«

»Ich ...«

Lionee kam zu keinem Protest, denn Theon schob sie mit unglaublicher Kraft zur Seite. Ihre Beine machten die Bewegung unwillkürlich mit. Sie wusste genau, was jetzt folgen würde. Den Ausfallschritt hatte sie schon so oft geübt. Jedes Mal war ihre Hüfte eingeknickt und hatte sie in eine Drehung gezwungen, die nicht zum Tanz gehörte. Doch bevor das geschah, war Theon neben ihr. Er stützte sie in genau dem richtigen Moment und ließ gleichzeitig ihre rechte Hand los, damit sie die entsprechende Armbewegung ausführen konnte. Sein Arm um ihre Hüfte stabilisierte den Rest ihres Körpers und sorgte dafür, dass sie nicht stürzte.

Instinktiv führte sie die Handbewegung aus und spürte, wie die Magie sich um ihre Haut schmiegte. Bereitwillig ließ sie sich in die gewünschte Runenform zwingen und folgte ihrem Befehl, als wäre das selbstverständlich. Theon schob gleichzeitig Lionees gesamten Körper seitlich, hob ihr Bein an und stützte sie so, dass sie die erforderliche Dreh...

Im gesamten Raum gingen die Kerzen aus, woraufhin beide in der Bewegung erstarrten. Noch immer hielt Theon ihren Oberschenkel umfasst, presste sie dabei an sich. Lionee war sich seiner Hand auf ihrer nackten Haut nur allzu bewusst und konnte vor Aufregung kaum atmen. Sie spürte seinen schnellen Herzschlag, der ihrem in nichts nachstand.

»Es hat geklappt«, flüsterte er. Erst jetzt ließ er ihr Bein zu Boden sinken. Sein Arm blieb, wo er war.

Lionee konnte ihn nur anstarren. Es war viel zu dunkel, um Genaueres erkennen zu können. Sie war sich sicher, dass er auf sie herabsah. Auf eine Reaktion von ihr wartete. Langsam hob sie ihre Hände und legte sie ihm um den Hals, schmiegte ihr Gesicht in sein Hemd. Er erwiderte die Umarmung und hielt sie fest.

»Nicht weinen, Lionee. Irgendwann kannst du das auch allein«, flüsterte er ihr ins Ohr.

»Ich weine nicht, weil ich traurig bin. Ich bin glücklich. So glücklich. Theon! Wir haben gezaubert. Wir haben wirklich und wahrhaftig gezaubert. Ich danke dir!«

Sie spürte sein Lächeln, auch wenn sie es nicht sah. Dann jedoch rückte er von ihr ab. »Wenn wir das wiederholen wollen, musst du dir etwas anderes anziehen.«

Seine Worte waren wie ein Schlag in ihre Magengrube. »Fühlen sich die Narben so eklig an?«, brachte sie nach einer langen Pause hervor. Mittlerweile hatten sich ihre Augen an die Dunkelheit gewöhnt, sodass sie ihn besser erkennen konnte. Er wirkte verblüfft.

»Deine Narben? Was? Nein! Bei der Göttin, Lionee, nein! Das meinte ich nicht, aber ... na ja ... also ...«

Stotterte Theon ernsthaft herum? Und wurde er wirklich gerade rot? Lionee war sich aufgrund der Finsternis nicht ganz sicher.

Plötzlich spürte sie, wie Theons Arm sich wieder um ihren Rücken legte. Mit der freien Hand fuhr er ihr über die nackte Schulter, den Hals hinauf und zwang sie mit einem Finger unter ihrem Kinn, den Kopf zu heben.

»Das hat nichts mit deinen Narben zu tun. Sie sind ein Teil von dir. Ich kann mich nur nicht konzentrieren, wenn ich deine nackte Haut berühre«, sagte er mit rauer Stimme. »Da möchte ich plötzlich ganz andere Dinge tun, als nur mit dir zu tanzen.«

Vor Überraschung hielt Lionee die Luft an. Jetzt war sie sich sicher, dass sie sich seine Blicke zuvor nicht eingebildet hatte. »Was willst du denn tun?«

Sie spürte genau, dass er ihr zunächst in die Augen und danach auf die Lippen sah. Sein Atem huschte über ihr Gesicht, doch sein Griff an ihrem Rücken lockerte sich. Er wollte sie loslassen.

Sie verhinderte das, indem sie sich auf ihn zubewegte. Ihre Lippen berührten seine. Ein wenig zu stürmisch. Ein wenig zu hart, aber Theon machte zum Glück die Bewegung mit und verwandelte sie in etwas unbeschreiblich Schönes. In einen Kuss, der ihre Lippen prickeln und ihr Herz Feuer fangen ließ. Ihr Körper verwandelte sich in eine brodelnde Mischung aus Lava und Glut, und sie fühlte, dass es Theon genauso erging. Er zog sie so heftig an sich, als wolle er mit ihr verschmelzen.

Sie hatte noch nie einen Jungen geküsst, und schon gar keinen Mann. Ihr erster Kuss. Ausgerechnet mit Theon. Der Typ, der sie schon bei ihrer ersten Begegnung in den Wahnsinn getrieben hatte. Der Mann, der sie bevormundete und furchtbar rechthaberisch war. Aber er war auch der Mensch, der ihre Nöte erkannt und ihr geholfen hatte. Der Mann, der ihr nicht das Gefühl gab, hässlich und verkrüppelt zu sein.

Der ihre Narben ignoriert und Lionee so gesehen hatte, wie sie wirklich war. Mit all den Fehlern, aber auch ihren guten Eigenschaften.

Sie vertiefte den Kuss noch weiter und verhinderte, dass er sich zurückziehen konnte. Hielt ihn mit purer Willenskraft gefangen, doch letztlich unterbrach er den Moment.

»Wir sollten das nicht tun«, sagte er atemlos.

»Wer sollte es uns verbieten?«

»Ich bin dein Wächter ...«

»Was noch zu beweisen wäre.«

»Aber ich habe Verantwortung für dich.«

»Das hört sich schon wieder so an, als wäre ich das Kind, und du wärst mein Vater. Entspann dich, Theon. Es ist nur ein Kuss.« Sie wussten beide, dass es so einfach nicht war, doch Theon ließ das letzte Argument einfach gelten und beugte sich zu ihr hinunter, küsste sie erneut. Intensiver. Feuriger.

Lionee spürte seine Hände auf ihrem Rücken, die langsam tiefer wanderten. Sie fuhren über ihren Körper und hinterließen brennende Spuren. Sanft und bestimmend zugleich intensivierte er ihren Kuss und vernebelte ihr Denken. Ehe sie sich stoppen konnte, schob sie ihre Hände unter sein Hemd und fuhr mit den Fingern zart über seine nackte Haut. Es fühlte sich verboten gut an.

»Lionee«, seufzte Theon an ihren Lippen. »Hör auf damit. Du ... ich ... wir ...«

»Wir sind erwachsene Menschen. Niemand verbietet uns einen Kuss.«

»Wir schlittern aber gerade auf etwas ganz anderes zu. Lass es uns langsam angehen. Viel langsamer.« Er milderte seine Worte ab, indem er seine Lippen dicht über ihren schweben ließ und sie weiterhin in den Armen hielt. Dabei bewegte er sich sanft hin und her, als tanzten sie zu einer Musik, die nur er hören konnte. Lionees Knie wurden weich.

»Entspann dich«, flüsterte Theon in ihr Ohr.

»Du dich auch.« Sie legte den Kopf in den Nacken und lächelte. »Wir haben Magie gewebt. Gemeinsam. Weißt du, was das bedeutet?«

»Dass du jetzt endlich schlafen gehst und deinem völlig erschöpften Körper ein bisschen Ruhe gönnst?«

Lionee lachte leise in sich hinein. »Du gibst nie auf, oder?«

»Nein. Nie. Zumindest darin sind wir uns endlich einig.«

Theon

Er hatte lange gezögert, aber schließlich Lionees Einladung angenommen und sich neben sie gelegt. Sie hatte die Arme um ihn geschlungen und war in dieser Haltung fast sofort eingeschlafen. Er hingegen konnte kein Auge schließen.

Das lag zum einen daran, dass er mit ihr so nicht gesehen werden wollte. Dass Benu und Wächter eine Beziehung miteinander begannen, kam häufig vor. Es wurde nicht gerne gesehen, jedoch toleriert. Bei Lionee sah die Sache hingegen völlig anders aus. Sie war nicht offiziell sein Schützling und außerdem die Tochter der Königin. Sie war tabu. In gleich mehrere Hinsichten.

Zum anderen war ihm vollkommen bewusst, in welch unmögliche Situation er sich brachte. Nat hatte recht. Sie brauchten ein Runenbuch. Das einzige, das in greifbarer Nähe lag, gehörte Lionee. Wenn er es an sich nahm und für immer verschwand, wäre das in ihren Augen unverzeihlich. Sie zu küssen und sie danach zu bestehlen wog noch viel schwerer.

Er musste der Wahrheit ins Auge blicken: Er steckte schon jetzt in riesigen Schwierigkeiten. Nat wartete bestimmt ungeduldig auf ihn, vielleicht seit Tagen oder gar Wochen – je nachdem, wie die Zeitverschiebung zwischen den Welten gerade aussah. Das wechselte so schnell wie das Wetter auf Eatu.

Natürlich hatte Nat recht. Unter anderen Umständen hätte er auch nicht gezögert und sich das Runenbuch geschnappt, um zu verschwinden. Shay zu beschützen ging vor. Immer. Aber das hier waren keine normalen Umstände. Hier ging es um Lionee. Um seine Lionee.

Er unterdrückte gerade noch ein Seufzen. Wie oft hatte er Nat ermahnt, Distanz zu wahren. Shay weniger Aufmerksamkeit zu schenken. Seine Schwärmerei war zwischendurch zu einem Problem geworden, das Theon nur schwer hatte verstehen können. Sie mussten schließlich eine Aufgabe erledigen. Das stand über jedem Gefühl! Verlieben war gefährlich.

Und jetzt war genau das bei ihm passiert. Er war sich nicht mal sicher, wann sich Lionee in sein Herz geschlichen hatte. Es war ein langsamer, unmerklicher Prozess gewesen. Noch weigerte er sich, es vor sich selbst zuzugeben. Lionee war mehr als nur eine Schwärmerei. Wie sollte er da seiner Verpflichtung nachkommen? Es würde Lionee das Herz brechen.

Er zog Lionee leicht an sich und strich ihr einige Haarsträhnen aus dem Gesicht. Sie schlief tief und fest. Endlich. Dabei hatte sie sich wie selbstverständlich an ihn gekuschelt, die Arme über seinen Bauch gelegt und seine Schulter als Kopfkissen benutzt. Sie waren sich im Moment so nah, dass Theon kaum denken konnte.

Vor allem, weil Lionees Runenbuch aufgeschlagen auf ihrem Nachttisch lag. Er musste nur den Arm ausstrecken, um es an sich zu nehmen.

Seit Tagen zermarterte er sich den Kopf über andere Möglichkeiten, doch ihm fiel nichts ein. Er konnte Lionee unmöglich einweihen. Freiwillig würde sie das Buch nicht hergeben, denn es hätte das Ende ihrer Ausbildung bedeutet. Außerdem war er sich nicht sicher, wie sie auf die Nachricht mit Shay reagieren würde. Er hatte sie über einen langen Zeitraum angelogen. Es war außerdem verboten, eine Benu auf die Erde zu bringen. Nach wie vor war Lionee ihrer Mutter treu ergeben und sogar noch regelvernarrter als er selbst. Es konnte gut sein, dass sie Shay und damit auch ihn und Nat verriet. Oder irrte er sich in ihr?

Egal, wie angestrengt er nachdachte, er fand keinen Ausweg. Jede Lösung, die ihm einfiel, erschien ihm zu gewagt. Blieb eigentlich nur noch der eine Weg, der ihm gar nicht gefiel. Er musste Lionee bestehlen und sie dann für immer verlassen.

Allein bei dem Gedanken zog sich sein Herz so fest zusammen, dass er kaum atmen konnte. Instinktiv verstärkte er den Griff um sie. Bei der Krone von Amenthes. Wie hatte er sich nur in diese unmögliche Lage bringen können? Das sah ihm gar nicht ähnlich.

In dieser Sekunde hörte er den Schrei. Er hallte zunächst auf seltsame Weise in seinem Zeichen wider, verfing sich in den Linien des Feuervogels und verstärkte sich dort. Er echote seinen Arm herauf und erreichte schließlich sein Gehirn, wo er ihn endlich als das erkannte, was es war. Ein verzweifelter Hilferuf seines Bruders. So deutlich. So heftig, dass er ihn nicht überhören konnte.

Kapitel 15

Shay

Komm schon, dachte Shay verbissen. *Du kennst die Matheformel doch!* Sie kniff die Augen zusammen und starrte auf die Aufgabe vor ihr. Die Abschlussprüfung hatte es in sich. Sie war schwer und knifflig, voller Fallstricke und Denkaufgaben. Oder kam es Shay nur so vor, weil sie wegen der Königinnen-Sache nicht richtig zum Lernen gekommen war?

Hastig verdrängte sie die Überlegung. Jetzt war nicht die rechte Zeit, um sich Sorgen wegen Magie zu machen. Im Moment ging es um ihre Zukunft auf der Erde.

Sie saß zusammen mit den anderen Schülern ihres Jahrgangs in der Aula. Alle hockten mal mehr, mal weniger konzentriert über ihren Aufgaben. Einige wirkten verbissen, andere verzweifelt und einige wenige sehr zufrieden.

Shay warf einen Blick auf die Uhr. Seit zwei Stunden brütete sie jetzt schon vor sich hin und hatte gerade erst zwei Aufgaben gelöst. Sie hinkte hinterher. Beinahe automatisch wanderte ihr Blick weiter nach rechts zum Fenster. Sie hatte sich absichtlich dorthin gesetzt, um ab und zu nach draußen sehen zu können. Der um diese Zeit wie leergefegte Schulhof beruhigte sie für gewöhnlich.

Sie wusste, dass Nat dort unten patrouillierte. Da sie ihn diesmal nicht auf einer Bank sitzend entdeckte, musste er seinen Standort gewechselt haben. Vermutlich war er in die Schule gegangen, um sie besser beschützen zu können. Sofort lief ein Schauder über ihren Rücken. Beschützen. Unglaublich, dass sie überhaupt über so etwas nachdenken musste!

Sie wollte sich gerade wieder ihrer Aufgabe zuwenden, als sie den Schatten entdeckte. Es war nicht mehr als ein Flimmern in der Luft. Wie eine Lichtspiegelung, nur ins Gegenteil. Sie kniff die Augen zu, schaute noch mal genauer hin.

Vermutlich nur deine Nerven, versuchte sie sich zu beruhigen, doch nein! Da flimmerte es erneut. Diesmal war es deutlicher. Ganz sicher. Keine Einbildung.

Dann verschlug es ihr den Atem. Das Flimmern nahm Gestalt an. Ein dunkles Wesen. Länglich. Vier Beine. Gewaltige Pfoten mit ellenlangen Krallen. Ein Hundekörper, nur viel wuchtiger und grobschlächtiger.

Ein Venator. Nein. Zwei. Drei. Verdammt! Vier!

Sie hielten die Nasen auf dem Boden, als wären sie Spürhunde. In einer langgezogenen Reihe trabten sie über den Schulhof. Es sah surreal und beinahe friedlich aus. Das Licht wurde auf seltsame Weise von ihren schwarzen Körpern verschluckt. Dunkle Abgründe. Tödlich.

In der Sekunde hob eines der Wesen den Kopf. Shay bemerkte rot glühende Augen, die aufmerksam die Umgebung musterten. Als hätte es ihren Blick gespürt, wandte es sich in ihre Richtung. Für etwa zwei Sekunden sahen sie sich an. Zwei Sekunden, die Shay wie die Unendlichkeit vorkamen. Zwei Sekunden, in denen Shay absolut klar wurde, dass sie ab sofort um ihr Überleben kämpfen mussten.

Die Bestien rannten los. Alle gleichzeitig, wie auf ein geheimes Kommando hin. Sie hielten direkt auf die Aula zu, die sich im zweiten Stock des Hauptgebäudes befand. Eine von ihnen war schneller als die übrigen und setzte sich ab. Sie sprang bereits auf das Dach des Anbaus vor der Schule, als wäre das nichts. Danach hielt sie direkt auf Shays Fenster zu.

Das war zu viel. Shay schrie auf und ließ sich hastig neben ihren Tisch fallen, duckte sich hinter das Fenster, als könne sie das retten. Natürlich nicht. Die Bestien hatten sie so oder so bemerkt. Da half auch kein Verstecken. Die Aufsicht führenden Lehrer standen alarmiert von ihren Plätzen auf, während sämtliche Schüler und Schülerinnen mit Schreiben aufhörten. »Shay?«, sprach sie ihr Jahrgangsbetreuer fragend an. »Alles in Ordnung?«

Nichts war in Ordnung. Gar nichts. Hastig ging Shay ihre Möglichkeiten durch. Die Prüfung war gelaufen. Das war sonnenklar. Die Bestien wussten genau, wo sie sich verbarg. Sie waren gekommen, um Shay zu töten. Das gab den Ausschlag. Geduckt lief sie zwischen den Tischen ihrer Mitschüler entlang. Vielleicht hatten die Venatoren nicht genau gesehen, wo sie saß. Vielleicht irrten sie sich im Raum.

Die Hoffnung verpuffte, als das Fenster hinter ihr mit einem lauten Knall zerbarst. Scherben wirbelten in den Raum, gefolgt von einem Schwall Frischluft und einem gigantischen schwarzen Körper, der geradewegs auf Shays Tischchen landete.

Die Mitschüler schrien vor Schreck. Einige duckten sich unter die Tische, andere sprangen auf und liefen zum Ausgang, hinter Shay her. Hoffentlich war das Vieh nur hinter ihr her und ließ ihre Mitschüler in Ruhe. Sie hätte zwar keinen von ihnen als direkten Freund oder als Freundin bezeichnet, doch niemand hatte es verdient, von einem Schattenwesen zerfetzt zu werden. Niemand! Auch sie nicht.

Da! Endlich hatte sie als erste die Tür erreicht. Mittlerweile war das allgemeine Kreischen im Raum schriller geworden. Die anderen Jugendlichen hatten die Bestie vermutlich erst jetzt wahrgenommen. Stühle polterten zu Boden. Ein Lehrer brüllte etwas über den Lärm hinweg.

Shay riss die Tür auf und betete, dass kein zweiter Angreifer dahinter lauerte. Ein weiteres Fenster zerbarst. Vermutlich waren die langsameren Schattenwesen mittlerweile ebenfalls angekommen. Shay warf sich regelrecht durch die Tür und schmetterte sie hinter sich zu. Vielleicht gewann sie dadurch einige wertvolle Sekunden. Der Flur lag wie ausgestorben vor ihr. Kein Schüler. Kein Lehrer. Zum Glück auch keine tödlichen Bestien.

»Nat«, brüllte Shay so laut sie konnte. »Die Venatoren sind hier! Wo bist du?«

Sie rannte blindlings den Flur entlang und hoffte, dass Nat weiter unten auf sie wartete. Dabei erreichte sie die Treppe, die sie in den Bereich der Cafeteria und damit nach draußen führen würde. In letzter Sekunde bemerkte sie das Wesen, das mit riesigen Sprüngen zu ihr die Stufen hinauf jagte. Sie sah rote Augen, Krallen, Geifer. Entsetzt wechselte sie die Richtung, wollte zurück, doch da sprang gerade die Tür der Aula aus den Angeln. Eine Bestie hatte sie regelrecht niedergewalzt und polterte samt Tür in den Flur.

Also blieb nur noch die Flucht nach vorne.

Shay gab alles und rannte so schnell wie noch nie in ihrem Leben, versuchte an der Treppe vorbeizukommen, bevor das Vieh von links den oberen Absatz erreicht hatte. Sie schaffte es mit größter Anstrengung und spürte schon den Atem des Verfolgers im Nacken. Vor Angst schrie Shay auf und hörte jetzt eindeutig ein Knurren. Der Venator schnappte nach ihr und verfehlte sie nur um ein paar Millimeter. Jetzt war nur noch der Weg in den Gang frei. Weiter hinten gab es noch eine Treppe, die zu einem Notausgang führte. Vielleicht …

»Nat«, schrie Shay erleichtert, als sie die hünenhafte Gestalt ihres Beschützers entdeckte. Er stürmte die Treppe hinauf, auf die sie gerade zusteuerte, war aber wesentlich schneller als sie. Sein Blick richtete sich allerdings nicht auf Shay, sondern auf das Wesen, das ihr wieder dicht auf den Fersen war.

»Lauf, Shay, lauf«, rief Nat überflüssigerweise. »An mir vorbei!«

Genau das tat Shay auch. Sie flitze an Nat vorüber. Gleich darauf hörte sie ein Jaulen und drehte sich noch im Laufen um. Nat kollidierte mit dem Venatoren und stieß ihn mit aller Wucht gegen die Wand. Das Vieh gab erneut einen seltsamen Laut von sich. Eine Mischung aus Geifern, Kreischen und Wut. Nat versuchte, ihm seinen Dolch oder was immer er in der Hand hatte in den Körper zu rammen, doch das Wesen war so glitschig wie ein Aal. Es wand sich und biss um sich.

»Hinter dir«, brüllte Shay voller Panik. Die anderen zwei Venatoren kamen mit riesigen Sprüngen näher. Einer hatte eindeutig sie als Ziel auserkoren, der andere hielt auf Nat zu.

»Lauf«, antwortete Nat gepresst und vollführte eine seltsame Drehung, um den zuschnappenden Kiefern seines Gegners zu entkommen. Dabei duckte er sich noch gerade eben vor den heranzischenden Krallen …

Shay prallte heftig gegen die Wand. Sich in vollem Lauf umzudrehen und weiterzurennen, war keine gute Idee. Sie kam ins Straucheln. Mist! Der dritte Venator passierte soeben Nat und seine Kumpane. Er hielt eindeutig auf sie zu.

Die Treppe. Sie bekam das Geländer zu fassen und warf sich regelrecht herum, nutzte ihren ohnehin trudelnden Körper, um den ersten Treppenabsatz zu überspringen. Jetzt war sie zum ersten Mal dankbar für das unerbittliche Training der letzten Monate. Sie kam halbwegs elegant auf und hastete so schnell sie konnte hinunter. Trotzdem war sie zu langsam. Der Venator sprang in riesigen Sätzen Absatz für Absatz hinunter und landete beinahe direkt neben ihr.

Als sie am Fuß der Treppe ankam, kreischte Shay laut auf und entschied sich für die einzige Fluchtmöglichkeit, die ihr noch blieb. So schnell sie konnte, rannte sie in den unteren Korridor hinein. In dieser Sekunde ertönte die Klingel. Ein Geräusch, bei dem ihr die Haare zu Berge standen.

Türen sprangen auf. Schüler strömten aus den Klassenzimmern. Die ersten sahen sie verwundert an, als sie an ihnen vorüberhetzte. Dann hörte sie Schreie. Die Schüler hatten ihren Verfolger nun ebenfalls gesehen. »Scheiße! Was ist das?«, hörte sie einen Jungen brüllen. »Zurück! Mach die Tür zu«, rief ein Lehrer.

Wenigstens wurde der Venator hinter ihr langsamer. Er stieß die Schüler zwar rücksichtlos zu Boden, hieb oder biss aber nicht nach ihnen. Er verlor dabei an Schwung, zumal jetzt nicht nur Shay vor ihm wegrannte. Mehrere Schüler hatten sich ihr angeschlossen und liefen schreiend und kreischend vor ihm her.

Shay duckte sich kurzerhand und zog ihre Kapuze mit einem Ruck nach oben, verschmolz mit der rennenden Menschenmenge. Jetzt war es ein echter Vorteil, dass sie die Kunst der Unauffälligkeit perfektioniert hatte. Sie erreichte den nächsten Treppenabsatz und jagte die Stufen hinunter. Ein Junge rempelte sie an, ein anderer fluchte.

»Was ist das für ein Vieh?«, rief jemand.

»Es kommt uns nach«, antwortete ein anderer.

»Da unten ist noch eins.«

Als ihr Vordermann stehen blieb, wurde Shay unversehens aufgehalten. Sie bekam gerade noch das Geländer zu fassen und hielt sich auf den Beinen. Dabei warf sie einen Blick nach unten. Mist. Da unten standen gleich zwei Venatoren und durchbohrten die Menschenmenge mit flammendem Blick. Hastig wandte sich Shay um, wollte zurück, doch da lauerte der erste Verfolger, und die Schüler drängten sich viel zu eng aneinander.

Sie steckte fest.

Nur noch drei Armlängen trennten sie von der unteren Ebene. Von dort ging es geradewegs ins Freie. Drei Armlängen. Es hätten auch gut hundert sein können, denn dazwischen standen zwei tödliche Bestien, die auch noch ein dunkles Grollen ertönen ließen und langsam auf die kollektiv zurückweichende Menschenmenge zuschritten.

Shay dachte nicht länger nach. Sie hatte keine Wahl und sah keine andere Lösung. Von hinten kam der eine Venator unweigerlich näher. Die Schüler wichen ihm aus und drängten sich dafür an das Geländer. Dahinter näherten sich die zwei anderen Ungeheuer.

Blieb nur noch der Sprung übers Geländer.

Für Nat wäre das vermutlich eine Kleinigkeit gewesen. Für Shay war es das Gefährlichste, das sie je getan hatte. Zunächst musste sie erst mal drüberhüpfen. Ein Sportass hätte es mit einem eleganten Hocksprung geregelt. Shay hingegen warf sich bäuchlings über das Geländer. Im letzten Moment fiel ihr ein, dass ein Sturz kopfüber auf harten Steinboden keine gute Idee war. Marmorboden. Auch das noch.

Sie schaffte es im letzten Moment, ihren nach vorn stürzenden Körper so zu drehen, dass sie mit den Füßen voran sprang. Keine Sekunde zu früh, denn eine Bestie war gerade angekommen und schnappte nach ihr. Die Schüler in der Nähe kreischten nun doppelt so laut und stoben trotz der Enge auseinander. Hoffentlich trampelten sie sich nicht gegenseitig nieder, sondern ...

Shay kam auf. Hart. Unsanft und mehr als unelegant. Mit einer halb-antrainierten Rolle bremste sie sich einigermaßen ab und spürte prompt einen kurzen, stechenden Schmerz im Knöchel. Keine Zeit zum Jammern. Keine Zeit zum Hinken.

Die Tür!

Shay gab alles. Mittlerweile waren alle drei Bestien über die Brüstung gesprungen und hetzten ihr nach. Versuchten sie einzuholen. Shay warf sich regelrecht durch die Tür. Sie war draußen. Endlich. Und nun?

Sie wusste nicht, wo sie gelandet war, lief einfach weiter und hielt auf eine große Kreuzung zu. Im Fernsehen funktionierte das doch immer! Der Held entkam den entgegenkommenden Autos, während die Bösewichte umgenietet wurden. Leider war das hier kein Film. Das war bitterer ernst.

Da sah Shay den Bus. Er hielt gerade an der Haltestelle und öffnete die hintere Tür. Keine fünf Meter von ihr entfernt. Das war die Lösung.

»In den Bus, Shay«, hörte sie jemanden rufen.

Nat? Woher kam der denn?

Shay drehte sich lieber nicht um, sondern erhöhte noch ein letztes Mal ihr Tempo. Das Adrenalin sorgte dafür, dass sie so schnell laufen konnte wie noch nie. Die Panik tat ihr Übriges. Noch drei Schritte. Zwei.

Sie bekam den Haltegriff an der Tür zu fassen und nutzte den Schwung, um sich in den Bus zu hangeln. Dadurch knallte sie zwar heftig gegen den Rahmen, aber wenigstens war sie drin. Selbst wenn sie recht unsanft auf die Treppenstufen fiel und ihre Beine noch halb draußen hingen.

»Losfahren! Fahren Sie schon los! Da sind Wölfe oder Tiger oder Bären hinter mir her«, brüllte sie.

Unter normalen Umständen hätte der Busfahrer garantiert auf solch eine Aussage gar nicht reagiert. Zum Glück schien er die Bedrohung selbst im Rückspiegel gesehen zu haben. Er drückte fest aufs Gas, ohne die Tür geschlossen zu haben.

Shay zog die Füße zurück, als sich eine spitze Zahnreihe in der rechten Schuhsohle verbiss. Instinktiv donnerte sie dem Venator den freien Fuß gegen den Kopf. Trotzdem ließ das blöde Vieh nicht los. Strampelnd versuchte Shay sich zu befreien und registrierte dabei, dass der Busfahrer die Tür schließen wollte. Sie wurde von ihrem Schuh samt Kiefergelenk der Bestie blockiert, öffnete sich wieder, schloss sich erneut.

Ein Krachen ertönte, allerdings nicht von der Tür aus. Sondern von … oben? Eine Frau begann so hoch und so hysterisch zu kreischen, dass es Shay in den Ohren klingelte. Der Laut gab ihr allerdings den nötigen Adrenalin-Kick. Sie trat erneut zu. Diesmal so fest sie konnte. Blut schoss aus der Nase des Viehs, und endlich, endlich ließ es sie los.

Die Tür schloss sich in der Sekunde, als sie die Füße anzog. Ihre Erleichterung währte allerdings nur kurz, denn das Geräusch von oben klang alles andere als schön.

»Einer ist auf dem Dach«, brüllte eine Frau voller Angst.

»Sag mir was Neues«, antwortete der Busfahrer nicht weniger panisch.

Shay zog sich hastig auf die Beine, um die Lage zu sondieren, und wäre beinahe der Länge nach hingefallen. Der Busfahrer riss das Steuer hart herum und schnippelte die Kurve so heftig, dass das ganze Gefährt ins Schlingern geriet. Dabei überfuhr er gnadenlos eine rote Ampel.

»Vollbremsung«, rief Shay dem Busfahrer zu. »Bringen Sie dem Vieh das Fliegen bei!«

Der Busfahrer war entweder früher Stuntfahrer gewesen, abgebrühter als gedacht oder so panisch, dass er auf alles und jeden hörte. Er trat mit vollem Elan in die Eisen. Diesmal stürzte Shay doch noch zu Boden und sah gleichzeitig, wie ein schwarzes Etwas vom Wagendach direkt vor den Bus plumpste. Im gleichen Moment gab der Busfahrer Gas und überfuhr es kurzerhand. Als es seltsam polterte, drehte sich Shay beinahe der Magen um.

»Verdammte Scheiße! Da sind ja noch zwei weitere«, fluchte der Busfahrer mit Blick in den Rückspiegel.

»Fahren Sie auf die Schnellstraße. Da hängen Sie die Viecher garantiert ab«, rief Shay.

»Guter Witz.« Um eine Kollision mit dem Wagen davor zu verhindern, trat der Busfahrer in der gleichen Sekunde kräftig auf die Bremse. Sie steckten fest! Die Hauptverkehrszeit hatte eingesetzt, und die Ampel zeigte gnadenlos Rot.

Shay war gefangen.

Raus hier, war ihr erster Gedanke. Die kurze Fahrt hatte ihr einen kleinen Vorsprung verschafft. Die anderen zwei Bestien liefen weit abgeschlagen hinter ihr her, sie musste …

Jemand schlug mit so unglaublicher Wucht gegen die Fensterscheibe, dass sie splitterte. »Shay, beweg deinen Hintern«, schnauzte sie jemand an.

Nat!

Endlich schüttelte Shay ihre Starre ab. Sie rannte nach vorne zum Fahrer und brauchte gar nicht um das Öffnen der

Tür zu bitten. Der Mann war nicht dumm. Er hatte längst bemerkt, dass die Viecher ihretwegen hinter seinem Bus her waren.

»Viel Glück«, rief er ihr nach.

Shay wollte antworten, doch da hatte Nat sie bereits gepackt und zerrte sie quer über die Straße. Ein Auto im Gegenverkehr musste scharf bremsen, um sie nicht zu überfahren. Nat ignorierte das einfach.

Sie verfielen automatisch in einen leichten Trab, wobei Shay mehr oder weniger von Nat mitgeschleift wurde. Noch nie in ihrem Leben war sie so schnell gerannt – und das über einen so langen Zeitraum. Ihre Füße fühlten sich bereits jetzt wie Blei an. Doch sie mussten weiter. So schnell wie möglich.

»Wir müssen in meine Wohnung. Theon informieren. Waffen holen. Uns bereit machen. Dort gibt es auch mehr Schutzrunen als hier. Hoffentlich halten die uns die Venatoren erst mal vom Leib«, sagte Nat im Plauderton. Als würde er jeden Tag um sein Leben rennen. Im Gegensatz zu ihr wirkte er kein bisschen panisch, sondern eher gelassen.

»Wie haben die mich denn gefunden? Warum so plötzlich?«, keuchte Shay.

»Keine Ahnung. Ist erst mal auch egal. Über das Warum können wir uns später Gedanken machen. Erst mal müssen wir die nächste Stunde überstehen. Das wird schon kompliziert genug. Wie es scheint wirst du Amenthes jetzt früher kennenlernen, als gedacht.«

Unvermittelt blieb Shay stehen. »Wie meinst du das?«

Nat zog sie hastig weiter. »Wir müssen zurück nach Amenthes. Jetzt, wo du in dieser Welt aufgeflogen bist, kann ich dich hier kaum beschützen. Die einzige Rettung ist das Schloss. Zumindest erhöht das deine Überlebenschancen ... ein klein wenig.«

Shay hörte durchaus das winzige Zögern vor Nats geschätzter Überlebenswahrscheinlichkeit. Doch vor allem hörte sie ein Wort. Amenthes.

Nein! Sie war noch nicht bereit dazu. Sie wollte nicht! Sie konnte nicht! Das war viel zu früh.

»Ich sterbe lieber auf der Erde bei einem heftigen Kampf mit den Venatoren, als in Amenthes langsam zu verrecken«, sagte sie mit finsterer Stimme.

Nat

Das konnte heiter werden. »Lass uns darüber diskutieren, wenn wir die nächsten Minuten überlebt haben. Könnten wir etwas schneller machen? Sonst brauchen wir gar nicht mehr weiter zu diskutieren.«

Shay warf ihm einen hitzigen Blick zu, gehorchte jedoch. Im Laufschritt erreichten sie das Haus, polterten durch den Flur und retteten sich dort in die Wohnung. Nat zog so schnell er konnte die Schutzrunen nach und bewaffnete sich dabei ganz nebenbei mit allem, was er finden konnte. Shay sah ihm mit aufgerissenen Augen dabei zu.

»Wenn du mit diesem Waffenarsenal nach draußen gehst, verhaftet dich die Polizei, bevor dich die Venatoren kaltmachen können«, prophezeite sie düster.

»Eure Schutzwächter sind echte Snobisten. Ein Mann sollte sich selbst schützen dürfen.«

»Sag das mal der Waffenlobby. Du könntest für sie Werbung laufen. Ich persönlich fühle mich bedeutend sicherer ohne Säbel, Macheten, Schwerter oder Pfeil und Bogen.«

»Apropos Schwert.« Nat warf Shay die Waffe zu, die er eigens für sie hatte anfertigen lassen. Es war perfekt auf ihre Körpergröße und ihr Gewicht abgestimmt. Leider sah Shay das anders.

Sie zuckte mit keinem Muskel, um es aufzufangen. Polternd fiel die Waffe zu Boden.

»Deine Reaktionsgeschwindigkeit ist noch immer bemerkenswert«, merkte Nat voller Sarkasmus an.

Shay hob die Waffe auf und hielt sie krampfhaft in den Händen. Sie sah verzweifelt und völlig verloren aus. »Damit werde ich wohl um mein Leben kämpfen, nicht wahr?«

Wenn du dich vorher damit nicht selbst umbringst, dachte Nat, sprach das aber lieber nicht laut aus. Shay bemühte sich wirklich, doch bei ihr fehlten schlicht das Talent und der Wille zum Kämpfen.

Er kam zu keiner Antwort, denn die Wohnungstür bog sich in dieser Sekunde bedenklich nach innen. Es knackte und krachte dabei. Sie hielt noch, allerdings gaben die Angeln bereits nach.

»Die Venatoren haben uns gefunden.« Er nahm Pfeil und Bogen zur Hand und zielte auf den Spalt im Holz. Unter normalen Umständen wurde er ruhiger, sobald ein Kampf bevorstand. Doch in diesem Fall gelang ihm das nicht. Er kämpfte nicht nur für sich. Er kämpfte für Shays Überleben und womöglich für ganz Amenthes. So viel stand auf dem Spiel. So viel lag in seinen Händen.

Ein Schatten am Fenster erregte seine Aufmerksamkeit. Er blickte geradewegs in die rot glühenden Augen einer Bestie. Sie waren umzingelt. Von allen Seiten.

Es ist vorbei, dachte er entsetzt. *Das überleben wir nicht.* Verzweifelt schickte er noch ein letztes Mal einen Hilferuf zu seinem Bruder.

Wenn Theon keine Hilfe sandte, waren sie so gut wie tot.

Theon

Er hatte keine Wahl. Alles in ihm rebellierte, doch letztlich war sein Weg vorgeschrieben. Ein letztes Mal gönnte er sich einen Blick auf Lionee. Sie sah so friedlich im Schlaf aus. So zufrieden. Das würde sich ändern. Schon bald.

»Es tut mir leid«, flüsterte er und kam sich wie ein schändlicher Verräter vor. Wie konnte er sie nur derart hintergehen? Sie würde ihm unterstellen, dass er das von Anfang an geplant hatte. Dass er sich nur um sie gekümmert hatte, um an ihr Runenbuch zu kommen. Dass er sie nur hatte küssen wollen, um sie in Sicherheit zu wiegen. Dabei war das Gegenteil der Fall gewesen. Er hatte versucht, das alles zu verhindern. Damit es weniger schmerzhaft für ihn wurde, sie zu hintergehen.

Bei allen Punkten hatte er gründlich versagt.

Sein Zeichen brannte seit einigen Minuten wie die Hölle. Als fauche ihm der Feuervogel seinen heißen Atem entgegen. Die Magie wütete über seiner Haut, ließ die Linien und Striche beinahe lebendig erscheinen. Nat war in höchster Not. Es wurde Zeit.

Er stand auf, schnappte sich Lionees Runenbuch und steckte es in seinen Mantel. Sollte er sich erklären? Einen Abschiedsbrief schreiben?

Nein! Dazu war erstens keine Zeit, und zweitens war es zu gefährlich. Er war sich noch immer unsicher, auf welche Seite sich Lionee stellen würde. Besser, er verschwand ohne Erklärung. Ohne Abschied.

Du bist so ein mieser Schuft, dachte er. Dann huschte er so leise er konnte zur Tür, öffnete und schloss sie beinahe lautlos und rannte polternd durch die Gänge. Er musste sich beeilen. Wenn Nat derart eindringlich nach ihm rief, schwebte er in Todesgefahr.

Kapitel 16

Shay

»Wir sind umzingelt. Was nun?« Krampfhaft umklammerte Shay das Schwert, fand darin aber kaum Trost. Nat und sie wussten ganz genau, dass sie sich damit eher selbst umbrachte, als einen Venatoren zu erlegen.

Nat drängte sie in die Mitte des Wohnzimmers und schob die Couch und die Schränke zur Seite. Shay sah ihm nervös dabei zu. »Der Teppich muss weg. Schnell«, rief Nat. Zum ersten Mal meinte Shay einen Hauch Nervosität an ihm zu erkennen. Kein gutes Zeichen für ihre derzeitige Situation.

Hastig legte sie ihr Schwert zur Seite und rollte zusammen mit Nat den Teppich auf. »Niemals die Waffe weglegen«, ermahnte er sie dabei mit erstaunlich sanfter Stimme.

»Wir wissen beide, dass ich sicherer ohne Waffe bin«, entgegnete Shay trocken. Dass Nat darauf nichts antwortete, sagte eigentlich alles.

»Stell dich in die Mitte. Ich zeichne jetzt eine recht mächtige Rune. Dafür brauche ich volle Konzentration.«

Nun folgte das, was Shay schon kannte und zu hassen gelernt hatte. Nat ritzte sich mit einem einzigen kräftigen Streich den Unterarm an und benutzte den Finger, um sein Blut auf dem Boden zu verteilen. Das sah so barbarisch und brutal aus, dass Shay jedes Mal eine Gänsehaut überlief. Mittlerweile wusste sie aber auch, dass diese Art der Runenzeichnung die mächtigste und gleichzeitig gefährlichste

Kraft enthielt. Ein kleiner Fehler – schon funktionierte die Rune nicht mehr.

Nats Bewegungen erinnerten sie dabei an den letzten Tanz, den er mit ihr geübt hatte. Drehung, Schlenker mit den Armen, Hocke, Strecken. Nat behauptete zwar, die Benu-Magie und die Zauberei der Wächter seien komplett unterschiedlich, doch sie sah das anders. Sie fand, dass die Systeme in vielerlei Hinsicht übereinstimmten. Nat wollte davon allerdings nichts wissen. Vermutlich lag das an seiner strengen Erziehung. Wächtern war es bei Strafe untersagt, Benu-Magie zu wirken. Daher kam ihm gar nicht in den Sinn, dass beide Varianten durchaus Ähnlichkeiten aufwiesen.

Die sich wölbende Wohnungstür riss Shay brutal aus ihren Überlegungen. Ein Knurren und Brüllen folgte von draußen. Dass die Tür überhaupt noch hielt, lag vermutlich an den gefühlten einhundertzwanzig Verstärkungsrunen, die Nat im Laufe der Zeit darauf gezeichnet hatte. Aus dem gleichen Grund hielten auch noch die Fensterscheiben. Eigentlich bestanden sie nur noch aus gesplittertem Glas und rötlich glänzenden Runen. Die Venatoren warfen sich immer wieder wutentbrannt gegen die Hindernisse, um in die Wohnung zu gelangen.

Nat hatte seine Rune wie einen großen Zirkel um sie herum gezogen. Jetzt stand er aufrecht und kontrollierte mit scharfem Blick sein Werk. Doch warum kam er nicht zu ihr rein? Warum stand er außerhalb und betrachtete sie mit einem merkwürdigen Ausdruck in den Augen? Shays schlechtes Gefühl verstärkte sich. Auffordernd hob sie die Hand. »Komm zu mir«, sagte sie.

Wie befürchtet schüttelte Nat den Kopf. »Das hier ist ein Ekralus. Er schützt zuverlässig, solange der Erschaffer noch lebt.«

»Ein Grund mehr mit hier reinzukommen.«

Nat wandte den Kopf ab und konzentrierte sich auf die Tür, nahm wie zuvor Pfeil und Bogen zur Hand.

»Hey«, rief Shay. »Du kannst mich nicht im Stich lassen. Komm gefälligst in den Bannkreis!«

»Ein Ekralus muss von außen verteidigt werden. Shay! Hör zu! In spätestens zehn Minuten haben die Venatoren die Hindernisse überwunden und sind hier. Es wird hässlich. Halt dich bitte aus allem raus. Du und ich wissen genau, dass du eher hinderlich als eine echte Hilfe bist. Das meine ich nicht mal böse. Es ist schlicht die Wahrheit. Sollte ich sterben, wird der Ekralus aktiv. Du wirst …«

Das Glas zerbrach mit einem lauten Knall. Scherben flogen durch die Luft. Shay duckte sich instinktiv, hätte sich das allerdings auch sparen können. Die Splitter prallten ringsum wie an einer unsichtbaren Mauer ab. Gleichzeitig brach die Hölle los.

Zwei Venatoren stürmten umgehend ins Zimmer und griffen Nat direkt an. Da sie den Ring gar nicht erst attackierten, mussten sie dessen Wirkung kennen. Sie konzentrierten sich stattdessen auf Nat. Der hielt sich den ersten Angreifer mit einem Schwenk seines Schwertes vom Hals und tänzelte zurück.

Die Tür gab in der gleichen Sekunde nach, und mit ihr stürzten drei gewaltige Bestien herein. Sie behinderten sich zunächst gegenseitig im schmalen Flur, doch sobald sie das größere Wohnzimmer erreicht hatten, fächerten sie sich wie auf ein geheimes Signal hin auf. Sie umzingelten Nat, der sich rasch mit dem Rücken zur unsichtbaren Runenmauer ausrichtete. Wenigstens konnten die Bestien ihn nicht von hinten angreifen.

»Nat! Komm rein«, flüsterte Shay beschwörend. Gleichzeitig wusste sie, dass es hoffnungslos war. Also versuchte sie es mit einer anderen Taktik. »Wenn du stirbst, bin ich ohnehin Bestienfutter. Du bist meine einzige Überlebenschance.«

Nat antwortete nicht, sondern behielt die Venatoren im Auge. Die warteten seltsamerweise ab und peitschten dabei lediglich mit den Löwenschwänzen. Eine unternahm einen halbherzigen Scheinangriff, verharrte danach aber wieder. Erst da bemerkte Shay die Blicke, die die Angreifer immer wieder auf die Runen warfen. Sie waren nervös! Wegen der Runen? Aber warum? Ein Ekralus musste weit mächtiger sein, als Nat erwähnt hatte.

»Ganz genau, ihr Mistviecher. Keine einfache Entscheidung, nicht wahr?«, sagte Nat wie aufs Stichwort und bestätigte damit Shays Verdacht.

Ein Venator antwortete mit einem Knurren und startete einen Scheinangriff, den Nat gelassen abwehrte. Dann hörte Shay etwas, das ihr die Nackenhaare zu Berge stehen ließ. Polizeisirenen. Sie kamen näher und näher. Bitte nicht. Das würde in einem Massaker enden. Wie würden die Venatoren auf das Erscheinen so vieler bewaffneter Menschen reagieren? Oder ...

»Vielleicht ist das unsere Rettung«, flüsterte Shay. »Unsere Polizei hat Pistolen. Gewehre. Sie ...«

»Das juckt die Venatoren nicht. Theon hat es schon ausprobiert. Er hatte gehofft, dass eure Waffen mehr Schaden anrichten als unsere. Mitnichten. Die kleinen Kugeln bleiben in der Hautschicht der Ungeheuer stecken.« Nat hatte die Erklärung durch die Zähne gezischt, ohne sich umzudrehen. Er wirkte jetzt deutlich angespannter als zuvor. Vor allem, als die Haustür unten am Hauseingang laut und deutlich zuschlug. Jemand stürmte die Treppe herauf.

Auch die Venatoren hatten es gehört. Sie wandten ihre mächtigen Schädel zur Wohnungstür, genau wie Nat ...

Ein Fehler! Auf solch eine Unachtsamkeit hatte der hinterste Venator spekuliert und griff beinahe lautlos an. Dem zuschnappenden Kiefer konnte Nat nur mit einer Drehung ausweichen, verlor auf diese Weise aber auch seine schützende Rückendeckung. Sofort attackierten ihn die anderen Bestien.

Nat war schnell, unfassbar wendig und sehr geschickt mit dem Schwert. Pfeil und Bogen hatte er längst von sich geworfen, um besser agieren zu können. Da sah Shay es. Der Boden unter seinen Füßen leuchtete bei jedem Schritt auf. Er wob Magie bei jeder Abwehr, bei jedem Angriff. Dennoch stand er auf verlorenem Posten.

»Ein Todeskreis? Bist du verrückt geworden?«, hörte Shay in dieser Sekunde jemanden rufen. Ein riesiger Mann stand im Flur und wirkte wie einem Mittelalterfilm entsprungen. Auch er war bis an die Zähne bewaffnet.

Theon.

»Kommst du auch mal endlich?«, brüllte Nat als Antwort und verpasste einem Venatoren einen Hieb mit dem Schwert.

Ein Kratzen lenkte Shays Aufmerksamkeit von dem kämpfenden Nat ab. Ein seltsames Geräusch, direkt hinter ihrem Rücken. Sie drehte sich um und quiekte vor Schreck. Dicht hinter ihr stand eine der Bestien und buddelte sich durchs Laminat, dass die Späne flogen. Der magische Kreis flammte dabei immer wieder zornig auf.

»Nat! Theon!«, rief Shay panisch.

Die Angesprochenen reagierten gleichzeitig und versuchten zu ihr zu gelangen, allerdings verstellten ihnen die anderen Bestien umgehend den Weg. Shay verlor die beiden bei dem nun folgenden Getümmel aus den Augen, zumal sie sich hauptsächlich auf ihr größtes Problem konzentrierte. Auf das Buddelmonster vor ihr. Das schlug die Krallen immer schneller und tiefer in den Boden. Offenbar hatte es erkannt, dass dies die wirksamste Methode war. Zu den Spänen gesellte sich der graue Estrich.

Shay spürte den Puls in ihrer Schläfe pochen. Ihr Herz schlug so schnell wie noch nie zuvor. Ihr war klar, dass sie jede Sekunde um ihr Leben kämpfen musste. Gleich. Gleich würde es …

Beinahe hätte Theon den Venator töten können, doch die Bestie sprang in letzter Sekunde fauchend zur Seite und konterte mit mehreren Prankenhieben. Theons Schwert prallte teilweise an der dicken Haut ab. Als sei der Körper der Bestien aus Stahl.

»Wir müssen hier weg«, brüllte Theon seinem Bruder zu, der gerade vor einem tödlichen Biss in Deckung ging. Während Nat den Attacken meist auswich, nahm Theon sie an und konterte mit Gegenschlägen. Er kämpfte deutlich konfrontativer. Statt auf Wendigkeit setzte er auf pure Muskelkraft. Beide Taktiken waren jedoch ähnlich anstrengend und unsicher. Sowohl Theon als auch Nat bluteten bereits. Lange hielten sie nicht mehr durch.

»Wie denn?«, antwortete Nat mit reichlich Verspätung.

»In den Kreis, Nat!«

»Vergiss es!«

»In den Kreis. Das ist die einzige Chance.«

»Nein! Auf keinen …«

Dabei rutschte ihm das Schwert aus den Händen. Kurz bevor die Zähne des Untiers seine Kehle zerfleischen konnten, wehrte er den Angriff mit den Händen ab. Hätte Theon nicht eingegriffen, wäre es um Nat geschehen gewesen.

Shay war direkt vor der unsichtbaren Mauer in die Knie gegangen. Nur eine Armlänge trennte sie von dem schrecklichen Kampf. Sie bemerkte Nats vor Schock aufgerissene Augen und nahm Theons verzweifeltes Ringen um das Leben seines Bruders wahr. Beinahe hätte sie dadurch Theons Ruf überhört.

»Shay! Zieh ihn rein! Zieh! Aber bleib, so weit es geht, im Kreis.«

Shay reagierte sofort und warf sich regelrecht über die unsichtbare Grenze. Seltsamerweise fühlte sie nichts, gar nichts. Keinen Widerstand. Kein merkwürdiges Kribbeln oder Prickeln. Einfach nichts. Die Bestie über Nat versuchte sofort, Shay zu erwischen. Nat verhinderte das, indem er mit den Händen seine Kehle zuhielt. Theon beschäftigte die anderen Bestien.

Auf Knien robbte Shay zu Nat und bekam einen seiner Oberarme zu packen. Mit den Beinen war sie noch immer im Kreis. Sie zog, so fest sie konnte. Nichts rührte sich. »Nat, schieb dich rein«, flehte Shay.

»Theon, was hast du vor?«, brüllte Nat stattdessen und ignorierte Shays Worte.

»Rein mit dir. Es ist der einzige Weg. Rette Shay. Rette dich. Aber meide Amenthes. Da ist es nicht sicher.«

Nat wollte nicht. Shay spürte den Widerstand in jedem Muskel seines Arms. Aber ein Blick in die glühenden Augen seines Gegners reichte wohl. Er hatte keine Wahl. Es gab nur eine mögliche Richtung. Auf den Fersen schob er sich auf Shay zu. Die zog und zerrte zusätzlich. Die Bestie auf ihm kämpfte noch heftiger und riss an seiner Bekleidung. Zum Glück hatte er sich kurz vor dem Angriff sein seltsames Kettenhemd übergezogen.

Shay zog fester, nahm all ihre ganze Kraft zusammen. Nats Kopf rutschte über die unsichtbare Mauer, dann sein Oberkörper. Die Bestie berührte nun ebenfalls die Mauer und brüllte vor Schmerz auf. Shay roch versengtes Haar und verbrannte Haut. Mit einem Jaulen sprang der Venator von Nat runter. In der gleichen Sekunde war er endlich mit dem ganzen Körper im Kreis. Keuchend blieben sie für etwa zwei Atemzüge lang liegen und sahen gemeinsam dem Kampf hinter der Absperrung zu. Theon musste sich nun allein gegen die Bestien behaupten.

»Theon, komm rein!« Shay sprang auf die Füße und trat einen Schritt auf die unsichtbare Mauer zu. Nat riss sie so heftig zurück, dass sie strauchelte. Sie warf ihm einen hitzigen Blick zu, bemerkte dann jedoch seinen starren Gesichtsausdruck. Er wirkte entsetzt. Zutiefst entsetzt.

»Theon, nein«, rief Nat seinem Bruder zu. »Was hast du vor?«

Shay sah genau, wie sich die Blicke der beiden kreuzten. Von rechts sprang einer der Venatoren Theon an, während ein zweiter versuchte, ihm an die Kehle zu gehen. Kurz bevor er umgerissen wurde, hörten sie noch seinen Ruf.

»Zerstör dein Zeichen, Nat! Beschütz Shay!«

In Nat kam Bewegung. Er machte einen stolpernden Schritt nach vorne, kam dabei der unsichtbaren Mauer bedenklich nahe. Shay ahnte, dass er jeden Moment die schützende Linie überschreiten würde. Theon musste es ebenfalls gesehen haben, denn er rief seinem Bruder etwas Unverständliches zu.

Dann sah sie Theons Schwert aufblitzen. Diesmal schlug er es keinem Venatoren um die Ohren, sondern ...

Jetzt schrie Shay ebenfalls laut auf. Was tat Theon da? Er wollte doch nicht ... er konnte nicht ... er durfte nicht ...

Sekunden später durchbohrte sich Theon selbst mit dem Schwert, während sich ein Venator auf ihn warf. Shay sah Blut. So viel Blut. Gleichzeitig donnerte so etwas wie ein Blitz dicht neben Shay in den Boden.

Ihre Umgebung versank in einem so gleißenden Licht, dass sie geblendet die Augen schließen und sich zu einer Kugel zusammenrollen musste.

In ihren Ohren klingelte es. Sie roch versengtes Haar und nahm einen durchdringenden Geruch wahr, den sie zunächst nicht einordnen konnte. War das Blut? Vermischt mit Gras? Und was war das für ein furchtbares Geräusch?

Nur mit größter Mühe zwang sie die Augen auf. Zunächst sah sie lediglich grelle Blitze vor schwarzem Hintergrund, doch nach und nach erkannte sie viel Grün zwischen ein wenig Braun. Sie stöhnte leise und begriff dabei, dass sie mit dem Gesicht in einer Wiese lag. Das Braun war der Matsch zwischen den grünen Halmen.

Gras? Aber …

Abrupt war sie wieder im Hier und Jetzt. Sie richtete sich viel zu schnell auf die Knie auf und kämpfte gegen den Schwindel an, der die Welt sich drehen ließ. Tatsache. Sie hockte auf einer grünen Wiese. Links von ihr lag ein kleines, seltsam friedlich wirkendes Wäldchen und rechts von ihr …

… kniete Nat in einer seltsam verrenkten Haltung im Gras und schrie wie ein Irrer. So laut, so eindringlich, dass es ihr ein Schauer über den Körper jagte.

»Nat«, brachte Shay hervor und kroch noch dichter an ihn heran. Er krümmte sich, als habe er schlimme Schmerzen. Doch Shay wusste es besser.

Theon. Er hatte … er … nein!

Der Gedanke war zu ungeheuerlich, um ihn zu beenden. Entschlossen packte sie Nats Schulter und schüttelte ihn. »Wo sind wir hier?«, fragte sie ihn eindringlich. »Wo sind die Venatoren?«

Nat verstummte sofort, wirkte aber nach wie vor vollkommen entrückt. Shay bezweifelte, dass er sie überhaupt wahrnahm. Sein Blick war nach innen gerichtet. Ganz darauf konzentriert, was er gerade gesehen hatte. Die Blässe seiner Haut machte Shay sofort Sorgen, von dem Gesichtsausdruck ganz zu schweigen. Nat stand unter Schock.

Sie schüttelte ihn weiter. »Komm schon, Nat! Konzentrier dich. Wo sind wir? Ist das Amenthes?«

Nat blinzelte. Er schien sie endlich wahrzunehmen. Langsam richtete er zumindest seinen Oberkörper auf und sah sich um. »Nein. Nicht Amenthes«, sagte er schwach.

Nicht Amenthes? Aber … endlich erkannte Shay die Umgebung. Sie war hier schon einige Male hergefahren. Mit dem Fahrrad. Es war das Wasserschutzgebiet nördlich der Stadt. Eine Wiese reihte sich dort an die nächste. Wie zur Hölle waren sie hierhergekommen? Egal! Erst einmal mussten sie fort von hier.

»Kannst du aufstehen?«, fragte Shay und schnipste dabei vor Nats Nase herum, um seine Aufmerksamkeit auf sich zu ziehen.

»Ich ... bei den Federn des Feuervogels. Theon ... die Venatoren ...Theon ...« Nat wurde erneut kreidebleich und ballte dabei die Finger zur Faust. Ein Schauder ließ seinen Körper erbeben.

Nat

Seine Welt versank in Dunkelheit. Er konnte nicht atmen, nicht denken, nicht handeln. Als Einziges spürte er den Schmerz, der in der Tiefe seiner Seele wütete.

Theon. Sein Bruder. Der wichtigste Mensch in seinem Leben. Er war tot.

Tot.

Die Erkenntnis war so ungeheuerlich, dass er sich ihr kaum stellen konnte. Sein ganzes Leben hatte er sich nach Theons Rat gerichtet. Er hatte den Plan zur Rettung von Shay ersonnen. Er hatte die Richtung vorgegeben. Er hatte Nat gelenkt und beschützt.

Er war seine Familie gewesen. Sein Universum.

Und jetzt das. Er war tot, genau wie seine Eltern und all die anderen, die Nat im Laufe seines Lebens verloren hatte. Lehrer, Freunde, Bekannte, Mentoren. Sie alle waren von den Venatoren geholt worden. Einzig Theon hatte die Angriffe bisher überstanden. Zusammen hatten sie weitergemacht. Wegen Shay.

Shay.

Ihr Name brachte etwas in Nat zum Schwingen. Für sie hatten sie all das getan. Für sie kämpften sie seit Jahren auf verlorenem Posten. Für sie war Theon gestorben.

Der Gedanke an Shay erdete Nat. Der Schmerz brannte noch immer wie Säure in seinem Herzen, doch er konnte ihn verdrängen, tief in sich begraben.

Für Shay musste er tapfer sein. Für Shay musste er kämpfen und dem Tod seines Bruders Sinn verleihen. Er durfte nicht zusammenbrechen, sonst war Shay verloren.

Entschlossen atmete er tief durch und blinzelte so lange, bis er klarer sehen und hören konnte. Shay sprach mit ihm. Flehte ihn an, schüttelte ihn sogar. Das genügte, um ihn vollkommen zur Besinnung zu bringen.

Sie mussten hier weg. Sofort!

Shay

Nat schob sie unvermittelt von sich. »Nat?«, fragte Shay vorsichtig erneut. »Hörst du mich?«

Er hob den Kopf und schien deutlich klarer zu sein. Mit gerunzelter Stirn sah er sich um. »Wir müssen fliehen. So schnell und so weit wie möglich. In diesem Bereich können sie uns womöglich noch spüren.«

Shay war natürlich klar, wen er mit ›sie‹ meinte. Sie zögerte und überlegte. Sollte sie ihn auf Theon ansprechen? Nein! Besser nicht. Zunächst mussten sie sich in Sicherheit bringen. Sie stand auf. »Kannst du laufen?«

Nat reichte Shay die Hand. »Hilf mir kurz auf. Dass Theon meinen Ekralus aktiviert hat, war heftig für meine Magieadern. Mir ist schwindelig und schlecht.«

»Vor allem stehst du unter Schock.« Shay zog ihn auf die Beine und stützte ihn. Ein Buch mit dunkelbraunem Einband purzelte zu Boden, als Nat sich nach seiner Jacke bückte. Ungläubig musterte er es. »Das Teil hat mir Theon mitten im Kampf zugesteckt.«

Shay hob es auf. Es wog deutlich mehr, als sie erwartet hätte. Nat pfiff leise durch die Zähne. »Das Runenbuch einer

Benu. Das erklärt einiges. Nimm es, und hüte es wie deinen Schatz. Es rettet uns womöglich das Leben.«

Shay mochte das Buch jetzt schon nicht. Sie konnte nicht genau sagen, warum oder weshalb, aber es stank nach Magie. Wobei sie ehrlicherweise keine Ahnung hatte, wie Magie eigentlich roch. Aber allein den Einband umgab etwas Unheimliches, Grausames. Dennoch steckte sie es in den Hosenbund und stützte Nat. Gemeinsam wankten sie in Richtung Straße. Sie kamen nur wenige Schritte weit, da blieb Nat unvermittelt stehen. Mit ausdrucksloser Miene starrte er vor sich auf den Boden.

»Was?«, fragte Shay irritiert.

Nat blickte auf sein Handgelenk mit dem Tattoo. »Ich war mein Leben lang so stolz darauf, den Feuervogel tragen zu dürfen. Mit der Zeit wurde er immer lebendiger. Wilder. Er ist viel agiler als der von Theon.« Er drehte den Arm so, dass Shay das Tattoo sehen konnte.

Tatsache. Der Vogel musterte sie aus extrem wachen Augen. Shay sprang mit einem leisen Quieken zurück. »Das Vieh sieht aus, als wäre es lebendig!«

»Es verkörpert die agile, feurige Macht der Magie.«

»Bisher hat es aber noch nie geblinzelt.«

»Es will mich umstimmen.«

»Umstimmen? Warum?«

Als Shay das Messer in Nats Händen sah, hob sie hastig die Arme. »Nat! Du bist gerade gar nicht in der Lage, große Entscheidungen zu fällen. Was immer du vorhast: Verschieb das auf später!«

»Theon hat recht. Die Venatoren folgen unserer magischen Fährte. Mein Zeichen ist viel zu lebendig. Je lebendiger es ist, desto mehr spüren es auch andere magische Wesen.« Nat atmete tief durch. »Deine Zeichnung müssen wir schützen. Meine bringt uns in Gefahr.«

Ehe Shay es verhindern konnte, hatte sich Nat das Messer quer über das Tattoo gezogen. Verzweifelt warf der Feuervogel den Kopf in den Nacken und stieß einen lautlosen Schmerzensschrei aus. Er schlug sogar leicht mit den Flügeln. Dann verblasste das Tattoo ganz plötzlich, bis es kaum noch zu sehen war. Sowohl Nat als auch Shay starrten auf das Bild.

»Du hast ihn umgebracht«, flüsterte Shay, was natürlich absolut lächerlich war. Ein Tattoo war nicht lebendig. Zumindest sollte es das nicht sein. Unwillkürlich warf sie einen Blick auf ihr eigenes. Der Vogel war nach wie vor nur ein blasser Hauch. Die feurigen Farben fehlten, genau wie die klare Kontur. Einzig die Zahl war eindeutig. Eine Drei. Die Drei! Kein Wunder, dass die Venatoren die Jagd nach ihr verstärkten.

Nat humpelte entschlossen los. »Wir müssen möglichst viel Abstand zwischen die Venatoren und uns bringen. Eigentlich hatten wir geplant, dich in einem solchen Fall sofort ins Schloss nach Amenthes zu bringen, aber Theons Warnung macht mir Sorgen. Er hat uns empfohlen, hierzubleiben.«

»Endlich mal ein Punkt, in dem ich ihm zustimme.«

Shay lief neben Nat her. Zu gerne hätte sie ihm weitere Hilfe angeboten, doch mit Sicherheit hätte er abgelehnt. Er hatte soeben in den Krisenmodus geschaltet und funktionierte nur noch.

»Ich überlege, ob wir dein Tattoo auch zerstören sollen.«

Wow. Das war mal ein Vorschlag, mit dem Shay niemals gerechnet hatte. »Gerne!«

Nat warf ihr einen tadelnden und gleichzeitig sehr müden Blick zu. »Die Venatoren sind unsere Feinde. Nicht dein Tattoo.«

»Fühlt sich aber nicht so an. Seitdem diese blöde Zahl unter zehn gegangen ist, muss ich um mein Überleben kämpfen. Wenn mich meine Feinde also darüber orten können, dann ist es mir eine Freude, es loszuwerden. Ich muss keine Königin werden. Ich war mein Leben lang ein Außenseiter und war nur für mich selbst verantwortlich. Für ein ganzes Volk zu sorgen übersteigt meine Fähigkeiten. Ein durchschnittliches Leben als Sozialarbeiterin würde mir völlig reichen. Wenn ich das Tattoo zerschneiden muss, um dieses Ziel zu erreichen, dann schnippel gern drauflos.«

»Ich weiß nicht, wie sich der Verlust des Zeichens bei einer Benu auswirkt. Bei uns Wächtern heilt der Feuervogel irgendwann und unsere Magie kehrt zurück – zumindest das wenige, über das wir verfügen. Wir zaubern über Runen, über Blut. Wir haben keine relevanten eigenen magischen Kräfte. Bei den Benus sieht das völlig anders aus. Was ist, wenn ich der letzten Hoffnung meines Landes die Magie für immer nehme? Habe ich dann Amenthes zum Untergang verurteilt?«

»Was ist, wenn die Venatoren die letzte Hoffnung deines Landes über das Tattoo finden und sie in viele handliche Einzelteile zerlegen? Hast du dann nicht alle zum Tode verurteilt?«

»Du bist nicht objektiv.« Nat blieb schwankend stehen. Schweiß stand auf seiner Stirn. Offenbar war seine Magie noch immer in Aufruf. »Wie weit ist es denn noch?«

»Wo wollen wir überhaupt hin?«

»Weg. Nur weg.«

»Wenn wir so weitergehen, kommen wir zur Hauptstraße. Von dort könnten wir einen Bus nehmen zum nächsten Bahnhof. Ab da steht uns die Welt offen, immer vorausgesetzt, du hast Geld.«

Aus seiner Hosentasche zog Nat ein fettes Bündel an Scheinen hervor. »Reicht das?«

Shay starrte das Geld ehrfürchtig an. »Damit lässt sich einiges anstellen. Immer vorausgesetzt, irgendwer nimmt uns einen Fünfhunderterschein ab. Das könnte ein Problem werden.«

»Schwieriger als die Entscheidung, ob wir dein Tattoo zerschneiden sollen?«

Shay seufzte tief. »Wenn du mich fragst, haben wir ohnehin keine Wahl. Einen weiteren Kampf mit den Venatoren werden wir nicht überstehen. Vermutlich sind sie schon auf dem Weg hierher.«

»Du hast recht. Theon ist gestorben, um uns zu retten.« Ihm brach die Stimme, dann hatte er sich wieder in der Gewalt. »Er will nicht, dass wir nach Amenthes zurückkehren. Also müssen wir dafür sorgen, dass wir auf der Erde überleben. Zeig mir dein Handgelenk.«

Brav schob Shay ihren Ärmel hoch und sah genau, wie seine Gesichtszüge angesichts der Zahl kurz entgleisten. Offenbar war ihm ihr Aufrücken in der Thronfolge bislang entgangen. »Ja, hab ich auch gedacht«, sagte sie leise. »Das sieht nicht gut für mich aus.«

»Unfassbar, Shay. Bei unserem Glück bist du wirklich die wahre Königin.«

»In dem Fall nenne ich das eher Pech. Jetzt schneid schon. Das wächst bestimmt wieder nach. So viel Glück, dass ich auf diese Weise meiner zweifelhaften Nominierung als Königin entkommen kann, habe ich bestimmt nicht.«

Also schnitt Nat quer über den schattenhaften Feuervogel und sparte auch die Zahl nicht aus. Es tat weh, war aber nicht schlimmer als ein Ausrutscher mit dem Brotmesser. Shay biss fest die Zähne zusammen und wartete auf einen magischen Blitz oder zumindest ein Prickeln, doch nichts geschah.

»Ich fühle mich nicht anders als zuvor«, stellte Shay fest.

»Ich mich auch nicht. Hoffen wir, dass es trotzdem wirkt. Wie weit kommen wir, wenn wir dem Busfahrer einen Fünfhunderter in die Hand drücken?«

»Ein Bus? Schätzchen, wir nehmen definitiv ein Taxi, das uns aus dieser Hölle wegbringt. Wir schaffen das, Nat. Wir schaffen das! Du bist mit einer Überlebenskünstlerin unterwegs. Zusammen mit deinem Optimismus zeigen wir den Scheißvenatoren, wie schwer wir zu fassen sind.« Shay zögerte kurz, dann fasste sie Mut. Sie musste einfach fragen. »Wenn ich ehrlich bin, verstehe ich nicht, was geschehen ist. In einer Sekunde hocke ich in diesem Kreis und verabschiede mich von meinem Leben, in der nächsten sitze ich mit dir zusammen auf einem Feld.«

Nat mied ihren Blick und schwieg lange Zeit. Womöglich brauchte er auch all seine Puste, um den leicht ansteigenden Hügel zu erklimmen. Die Hauptstraße kam nun deutlicher in Sichtweite.

»Den Ekralus nennt man auch Todesring, eine der mächtigsten Runenzeichnungen, die es gibt. Er ist häufig der letzte Ausweg aus einer tödlichen Bedrohungssituation. Mithilfe des Rings sollen die Wächter ihre Schützlinge in Sicherheit bringen können. Wird ein Ekralus aktiviert, schafft er die Wesen im Inneren direkt zum nächsten Weltenriss.«

Sofort drehte sich Shay um und starrte das so friedlich daliegende Feld an, auf dem sie rausgekommen waren. »Hier führt ein Weltenriss vorbei?«

»Ja. Er ist unsichtbar, aber spürbar. Hätte mich Theon nicht gewarnt, wäre ich jetzt umgehend mit dir nach Amenthes gewechselt. Der Ekralus trägt allerdings seinen zweiten Namen nicht umsonst. Um ihn zu aktivieren, zahlt man einen hohen Preis.« Nat verstummte und räusperte sich lautstark. Gleichzeitig verdüsterte sich seine Miene. »Der Ekralus wird deshalb Todesring genannt, weil er nur durch ein Opfer aktiviert werden kann. Der Wächter tötet sich, um seinen Schützling fortzubringen. In dem Fall war das … Theon.«

Er hauchte den Namen seines Bruders nur noch und mied Shays Blick. Wahrscheinlich sollte sie das wahre Ausmaß seines Schmerzes nicht sehen. Shay ahnte dennoch, wie es in ihm aussah. Theon war tot. Wegen ihr.

Unvermittelt blieb sie stehen und spürte, wie ihr alles Blut aus dem Gesicht in die Beine sackte. Bevor sie jedoch panisch werden konnte, spürte sie Nats Hand auf ihrer Schulter. Er musste geahnt haben, in welche Richtung ihre Gedanken gewandert waren.

»Theon hat an dich geglaubt. Er wollte, dass du lebst – ob Königin oder nicht, ist ihm ganz bestimmt gleichgültig gewesen. Du warst schon immer das Wichtigste in seinem Leben. Sein Daseinszweck. Ich weiß, dieser Gedanke macht dir Angst. Mir auch. Letztlich läuft aber alles auf eine Sache hinaus: Du darfst jetzt nicht die Nerven verlieren. Genauso wenig wie ich. Wir müssen überleben. Das sind wir Theon schuldig.«

»Dann sag mir bitte, wie wir mit dieser Situation umgehen sollen.«

»Womit?«

Schweigend deutete Shay auf das Feld, von dem sie gerade gekommen waren. Drei Geländefahrzeuge hielten auf genau die Stelle zu, an der sie herausgekommen waren. Das Schlittern der Reifen beim Abbremsen hörten sie bis hierher.

»Was sind das für Typen?«, fragte Shay tonlos. »Die sehen nicht nach Polizei aus.«

Nat wirkte starr vor Schock, während er die Wagen musterte. Plötzlich packte er sie am Arm und zerrte sie mit sich den Hügel hinauf. »Duck dich!«, zischte er. »Wenn die uns entdecken, ist es vermutlich um uns geschehen.«

»Vermutlich?«

»Ja, vermutlich! Ich habe keine Ahnung, was das für Leute sind, aber eins kannst du mir glauben: Die wollen nicht nur plaudern. Sie sind gefährlich. Womöglich gefährlicher als die Venatoren. Wenn du also eine Möglichkeit hast, uns unauffällig ein Taxi zu rufen, dann tu dir bitte keinen Zwang an. Über die Alternative will ich lieber gar nicht nachdenken.«

Lionee

Mit einem Ruck setzte sie sich im Bett auf, den Schrei noch auf den Lippen. Der Albtraum war brutal gewesen. Überall Blut. Ein Kreis. Geschrei. Alles hatte sich so real angefühlt, als wäre sie dabei gewesen.

Schaudernd zog sie sich die Decke bis zur Brust hoch und bemerkte erst dann, dass Theon nicht wie gewohnt auf seinem Posten an der Tür stand. Beziehungsweise ... ihr fiel der Kuss wieder ein. Der Tanz in der Stille der Nacht. Die Magie, die sie miteinander geteilt hatten, und der Moment, als sie eng aneinandergekuschelt eingeschlafen waren.

»Theon?«, fragte Lionee in den leeren Raum hinein und wusste gleichzeitig, dass sie keine Antwort bekommen würde. Das ungute Gefühl, das sich gleich nach ihrem plötzlichen Erwachen in ihr ausgebreitet hatte, wurde immer stärker. Beunruhigt warf sie die Decke von sich und schwang die Beine über die Bettkante. Sie griff wie immer nach ihrem Buch auf dem Nachttischschränkchen. Ohne ihr Nachschlagewerk ging sie nirgendwohin. Als ihre Finger ins Leere fassten, erstarrte sie irritiert. Sie legte das Buch immer an die exakt gleiche Stelle, im exakt gleichen Winkel. Es war unmöglich, dass es dort nicht mehr war.

Hektisch begann sie es zu suchen, zog die einzige Schublade des Schränkchens auf, durchwühlte es, schüttelte sogar den gesamten Inhalt auf dem Boden aus. Nichts. Danach hockte sie sich hin, sah unter dem Bett nach. Bei dieser Bewegung protestierte ihre Hüfte heftig, doch sie beachtete den Schmerz kaum. Immer panischer suchte sie weiter, und gleichzeitig formte sich ein unglaublicher Gedanke in ihrem Kopf.

Nein! Das durfte nicht sein. Das war unmöglich. Theon würde so etwas niemals tun! Aber wo steckte er dann? Er durfte sich als Wächter nicht einfach davonschleichen, selbst nicht nach solch einer seltsamen Nacht wie dieser. Es sah

Theon auch gar nicht ähnlich. Er war sonst so pflichtbewusst. So verantwortungsvoll. So …

»Du bist nicht sein Schützling, selbst wenn du es gerne wärst«, flüsterte sie sich selbst zu. Sie spürte, wie die Wahrheit ihren Verstand einer Welle gleich überflutete. Nein, nein, nein!

Tränen schossen ihr in die Augen, heiß und unaufhaltsam. Sie schwächten sie, genau wie die heimliche Schwärmerei für ihren mysteriösen Wächter. Wie hatte sie nur so dumm sein können? Wieso hatte sie ihm derart vertraut? Sie wusste es doch eigentlich besser! Niemand in dieser schrecklichen Welt machte sich wirklich etwas aus ihr.

Selbst Theon nicht. Er hatte ihr Runenbuch gestohlen – vermutlich wollte er es seinem Schützling geben.

Sie ließ sich mit zittrigen Beinen aufs Bett sinken und starrte die Wand an, ließ für den Moment die bitteren Tränen des Verrats zu, bis sie sich straffte und ihre Tränen abwischte. Als sie langsam aufstand, spürte sie, wie die alte Wut auf ihre Umwelt zurückkehrte. Der Hass und die Frustration. Diese Gefühle hatten sie stets angetrieben und nicht aufgeben lassen. Genau daran klammerte sie sich nun. Sie würde nicht daran zerbrechen. Es gab immer einen Weg. Immer!

Sie hatte die Geburt überlebt und entgegen jeglichen Prognosen das erste Lebensjahr. Sie hatte den Angriff der Venatoren überstanden und ihre Wunden bekämpft. Sie konnte wieder gehen und womöglich sogar tanzen.

Da würde sie Theons Verrat nicht in die Knie zwingen.

»Das wirst du noch bereuen«, flüsterte sie der Wand zu. »Bitterlich.«

Kapitel 17

Shay

Sie hatten es mit Mühe und Not zu Fuß zurück in die Stadt geschafft und ein Taxi aufgetrieben. Dabei war sich Shay absolut sicher gewesen, jeden Moment von finsteren Typen in schwarzen Trenchcoats überfallen und entführt zu werden. Zum Glück blieb das aus. Wer immer die Männer auf dem Feld gewesen waren: Sie hatten ihre Spur verloren.

Der Taxifahrer staunte nicht schlecht, als sie ihm einen Fünfhunderter überreichte und ihn darum bat, sie so weit wie möglich zu bringen. Anschließend ging es erst mit der Bahn und danach mit dem Bus weiter. Nat gab die grobe Richtung vor. Das einzige Kriterium dabei war, dass ihr neues Ziel, wo immer es auch sein mochte, sich möglichst weit weg von einem Weltenriss und ihren unbekannten Verfolgern befand. Das war gar nicht so einfach, doch am Ende des Tages war Nat einigermaßen zufrieden, zumal er vor Erschöpfung kaum noch aufrecht stehen konnte.

Dank eines bereits vor Urzeiten besorgten gefälschten Ausweises stiegen sie in einer heruntergekommenen Pension ab, in der hauptsächlich Handwerker übernachteten. Statt sich jedoch auszuruhen, pflasterte Nat zunächst das Zimmer derart mit Runen voll, dass Shay unruhig wurde.

»Wenn du jetzt auch noch Zeichen auf die weiße Wand malst, wird uns die Hotelfrau wegen Sachbeschädigung verklagen«, merkte sie an. »Wobei ... dass du in die Tür Runen geschnitzt hast, wird sie auch nicht lustig finden.«

»Wozu gibt es gefälschte Ausweise? Bis die das merken, sind wir längst über alle Berge. Niemand weiß, wer wir wirklich sind.«

»Langfristig kommen wir dadurch aber in Teufels Küche. Wenn wir wegen Sachbeschädigung gesucht werden, kommt uns die Polizei bestimmt auf die Schliche. Wir brauchen eine dauerhafte Bleibe, wo du so viel schnitzen kannst, wie du lustig bist. Außerdem sollten wir unser Aussehen verändern. Wir werden garantiert schon überall gesucht.«

»Warum? Wir haben nichts getan!«

Schweigend schaltete Shay den verstaubten Fernseher an und zappte zu einem Nachrichtenkanal. Auf einem verwackelten Video sah sie eine riesige Schattenbestie auf einen Bus hüpfen. »Kommt dir die Szene bekannt vor? Wir sind in aller Munde. Die Polizei will sicher wissen, was das für Viecher waren und warum sie uns verfolgt haben. Ergo müssen wir unser Aussehen verändern. Außerdem schlägt meine Pflegemutter garantiert schon Alarm. Sie hat die Nachrichten bestimmt gesehen und der Polizei verraten, wer ich bin. Vermutlich sucht die halbe Nation nach uns.«

»Euer Hang zu Bildern ist wirklich lästig.«

»Zumindest, wenn man wie ein Bösewicht gesucht wird.« Shay durchsuchte sämtliche Schubladen des Hotelzimmers und fand schließlich eine halb verrostete, aber einigermaßen brauchbare Schere.

»Willst du die für deine oder für meine Haare verwenden?«, fragte Nat misstrauisch. Er hatte sich längst auf das breite Doppelbett gelegt und kämpfte mit seinen Augenlidern.

»Zuerst ruhst du dich aus. Danach spiele ich Friseur bei dir und bei mir. Ich habe sogar neue Haarfarben besorgt. Du hast Blond oder Rot zur Auswahl.«

»Ich komm schon klar, Shay.«

Am ruppigen Tonfall erkannte sie sofort, dass das Gegenteil der Fall war.

Nat

Er durfte nicht zusammenbrechen. Was auch immer geschah, er musste stark bleiben, zumal er sich unter Shays Blicken immer unwohler fühlte. Er wusste genau, dass sie ihn auf Theon ansprechen wollte. Vermutlich hatte sie Angst, dass er komplett durchdrehte.

Nein, das würde er nicht! Das konnte er sich nicht leisten.

Also konzentrierte er sich auf ihre Zukunft. Er musste eine Möglichkeit finden, Shay in Sicherheit zu bringen. Genau das würde Theon von ihm erwarten. Er musste Shay retten. Das war das Einzige, was zählte.

Shay

Sie machte sich große Sorgen um Nat, wollte ihn aber nicht bedrängen. Theons Tod hatte ihn völlig aus der Bahn geworfen. Er bemühte sich sehr, sich das nicht allzu sehr anmerken zu lassen, doch sie kannte ihn besser. Ihn ständig nach seinen Gefühlen zu fragen brachte jedoch nichts.

Für ihn stand momentan die Welt mindestens genauso Kopf wie das bei ihr seit dem Erwachen ihrer Macht war. Fast automatisch warf sie einen Blick auf ihr Tattoo. Der hässliche rote Schnitt leuchtete regelrecht und teilte es in zwei Hälften. Es pochte unangenehm. Das würde eine deftige Narbe geben. Eine, die sie auf seltsame Weise beruhigte. Sie konnte momentan so oder so nicht zaubern. Was für ein Glück. Sie hasste allein den Gedanken daran.

Dann jedoch bemerkte sie etwas, das ihr den Atem stocken ließ. Am rechten unteren Rand, dort wo die Schwanzfedern des Feuervogels auseinanderfächerten, war das Tattoo ganz zart golden geworden. Zuvor war es lediglich eine Schwarz-Weiß-Darstellung gewesen.

»Äh ... Nat?«, fragte sie zögernd.

»Hmm-hmm?«

Sie hob ihr Tattoo in die Höhe, um es in seine Richtung zu halten. »Mein Tattoo scheint noch lebendig zu sein. Zumindest verändert es die Farbe. Es wird golden.«

Sofort hatte sie Nats volle Aufmerksamkeit. Er schoss regelrecht in die Höhe, winkte sie zu sich und betrachtete das Tattoo aus der Nähe. »Es heilt viel schneller als erwartet«, stellte er danach fest.

»Ist das gut oder schlecht?«

»Es zeigt, wie mächtig du bist und wie dringend du lernen musst, dich selbst auf magische Weise zu verstecken. Quasi als zusätzlichen magischen Schutz.« Er krempelte seinen eigenen Ärmel hoch und betrachtete sein Zeichen. »Bei mir sieht es ähnlich aus. Bei den Heiligen von Amenthes. Das bedeutet, dass ich schnell wieder auf die Beine kommen muss und dass du lernen solltest. Hier!« Er griff neben sich und hob das seltsame Buch vom Bett auf, das Shay dort abgelegt hatte. »Theon hat es mir gegeben, für dich. Das Runenbuch einer Benu. Während ich neue Kraft sammle, könntest du die einzelnen Tänze mit meinen Aufzeichnungen vergleichen. Danach …«

»Nat! Hör auf. Gerade ist nicht die richtige Zeit, um aus mir einen Zauberlehrling zu machen. Wir haben ganz andere Probleme als die richtige Handhaltung bei einer Pirouette. Außerdem haben wir doch schon festgestellt, dass ich im Freestyle besser bin als im Nachtanzen. Was hilft mir da ein Runenbuch?«

»Du solltest zumindest im Kopf haben, wie die Tänze richtig ausgeführt werden müssen. Was du dann daraus machst, ist dir überlassen. Aber je weiter du dich vom Original entfernst, desto schlechter wird das Ergebnis. Und du irrst: Es gibt momentan nichts Wichtigeres als diese verdammten Tänze. Ohne die sind wir nämlich aufgeschmissen. Du bist die Nummer drei, Shay! Die drei! Das können wir nicht länger ignorieren. Die Wahrscheinlichkeit, dass eine tanzunfähige Benu auf den Thron meiner Welt gelangt, wird immer größer. Wir haben deine Ausbildung vernachlässigt, aber bei allen Benus von Amenthes: Diesen Fehler werden wir wiedergutmachen. Also setz dich hin, und schau dir die Tänze an. Sofort!«

Shay starrte Nat geschockt an und fragte sich, was aus dem gelassenen, witzigen jungen Mann geworden war. Aber dann sah sie die Trauer, die Müdigkeit und die Zukunftsangst in seinem Blick. Nat war momentan nicht er selbst. Seine Worte trafen sie dennoch ins Herz und führten ihr vor Augen, was sie schon immer gewusst hatte: Sie war einfach zu nichts zu gebrauchen. Ohne es verhindern zu können, traten ihr Tränen in die Augen. »Es tut mir leid«, flüsterte sie heiser.

»Was meinst du?«

»Dass ich mich so lange gegen die Magie gewehrt habe. Dass ich mich nicht selbst verteidigen konnte, als es bitter nötig war. Dass ihr eingreifen musstet. Dass Theon gestorben ist ... wegen mir.«

Jetzt, wo sie es endlich ausgesprochen hatte, kamen die Erinnerungen. Die messerscharfen Zähne. Das Knurren. Theons Schrei. Das Blut. Shay konnte nichts gegen das Zittern machen, das in ihrem ganzen Körper einsetzte. Es kam aus den Tiefen ihrer selbst und war wie eine Welle, die sich langsam zu einem Tsunami auftürmte.

»Shay«, sagte Nat leise zu ihr. Einen Moment zögerte er, dann nahm er sanft ihre Hände in seine und drückte sie Halt gebend. »Theon ist nicht deinetwegen gestorben. Er starb für seine Überzeugung.«

»Das kommt doch aufs Gleiche hinaus. Er hat daran geglaubt, dass ich einmal die Königin werde. Er hat mich beschützt und ist deshalb tot. Nein, Nat! Streite es nicht ab. Ich ... beachte mich nicht ... ich sollte hier nicht sitzen und heulen, und du solltest mich nicht trösten. Dein Verlust ist noch viel ... ich ... es tut mir so leid, Nat! Ich hätte früher auf euch hören sollen. Ich hätte fleißiger und aktiver sein müssen. Nicht so bockig. Aber das war alles so viel und ich …«

»Du warst und bist überfordert. Geh nicht zu hart mit dir ins Gericht. Du hast unglaubliche Dinge die letzten Monate hören und sehen müssen. Dass uns die Zeit davongelaufen ist, war nicht deine Schuld, und Theons Tod schon mal gar nicht. So viele Benus sind bereits vor dir gestorben. Benus, die mit zu den Besten gehörten. Wenn die Schattenbestien zuschlagen, dann ist es schwer, ihnen zu entkommen. Uns ist das Unmögliche gelungen, weil Theon ein kluger Kopf ist und im richtigen Moment das Richtige getan hat. Shay! Sieh mich an!«

Nur zögernd folgte Shay der Aufforderung. Sie weinte noch immer bittere Tränen und zitterte, aber sie drohte zumindest nicht mehr zu ersticken.

»Theon hat dich nicht beschützt, weil er einem Befehl folgte«, sagte Nat mit ernster Miene und seltsam tonlos. Shay sah, wie sehr er litt, doch aus einem seltsamen Grund wollte er das unbedingt vor ihr verbergen. »Ein Wächter zu sein ist viel mehr. Es ist uns eine Ehre, an der Seite einer Benu zu stehen, und es ist uns eine noch viel größere Ehre, für sie zu sterben. Wir sind deine Familie. Wir beschützen einander. Theon hat nicht nur eine Aufgabe erfüllt, als er für dich gekämpft hat. Er hat den wichtigsten Menschen in seinem Leben gerettet.«

»Ehre hin oder her: Lebend wäre er mir lieber.«

»Mir auch. Es kam jedoch wenig überraschend. Unser Leben schlittert schon lange auf diesen Moment hin. Wichtig ist jetzt nur, dass wir weiterkämpfen. Kannst du das?«

Diesmal fiel Shays Nicken deutlicher aus. Sie straffte sich und atmete tief ein. »Ich werde dafür sorgen, dass Theon nicht umsonst gestorben ist. Ab sofort lerne ich fleißiger, entschlossener und weniger widerwillig.«

»Du hast Angst vor der Magie. Das ist nur natürlich. Diese Tatsache zu verleugnen, kann gefährlich sein.«

»Ich war noch nie jemand, der vor seinen Ängsten davonläuft. Zeit, sich daran zu erinnern.« Entschlossen nahm sie das Buch in die Hand und setzte sich an den wackligen Schreibtisch. Schon beim Aufschlagen der ersten Seiten spürte sie die Kraft, die in den Zeilen und Zeichnungen steckte. Der Inhalt fühlte sich ganz anders an als die Worte in Nats grobem Skizzenheft. Das hier war ein magisches Buch. Ein Zauberbuch.

Unwillkürlich hielt sie die Luft an, als sie das erste Kapitel durchblätterte. Das hier war ein Teil einer neuen Welt. Ihrer Welt. Magisch und unheimlich. Die Wörter waren fremd und doch verstand sie jedes Wort. »Ich ... ich kann das alles lesen. Als sei es meine Sprache«, stellte sie überrascht fest.

»Das liegt daran, dass wir dich schon als Kind unsere Sprache und unsere Schrift gelehrt haben. Theon war in einigen Dingen weit vorausschauender als in anderen. Deine magische Ausbildung haben wir zu spät begonnen, doch ansonsten waren wir hoffentlich gründlich genug. Wenn du in Amenthes ankommst, wirst du instinktiv wissen, wie die Wesen heißen, denen du gegenüberstehst. Ein Vorteil des Unterrichts im Traum ist, dass es recht plastisch ist. Als Kind warst du sehr neugierig und wissbegierig.«

Shay runzelte die Stirn. »Wenn du fluchst, verstehe ich dich allerdings nicht.«

»Bedank dich bei Theon. Er war der Meinung, dass du Kraftausdrücke nicht brauchst.«

Schräg. Einfach nur schräg. Kopfschüttelnd blätterte Shay weiter durch das Buch, aber mit jeder Seite wuchs das Gefühl der Beklemmung. »Wer ist Lionee?«, fragte sie nach einer Weile.

»Die Prinzessin unserer Welt. Die Tochter unserer aktuellen Königin. Wieso?«

»Ihr Name steht vorne im Buch. Sie hat hier auch immer mal wieder kleinere Anmerkungen reingeschrieben und ... oh!« Shay zog einen Stapel eng beschriebener Seiten hervor.

Sie faltete eine auf und las die ersten Zeilen. Sofort hörte sie damit auf. Zu persönlich. »Da sind Notizen drin, ähnlich wie ein Tagebuch.«

Langsam drehte sie sich auf dem knarzenden Stuhl zu Nat zurück. Der saß reglos auf dem Bett und starrte sie an. »Was ist mir ihr geschehen? Wieso hat sie ihr Benu-Buch hergegeben? Ich dachte, das sei heilig.«

»Willst du das wirklich wissen?«

»Wenn ich einer stinksauren Mama Schrägstrich Königin gegenüberstehe, weil ich das Buch ihrer Goldtochter bei mir habe, sollte ich das durchaus erfahren.«

»Theon hat das Buch gestohlen. Nicht nur die Königin wird wütend sein, sondern auch ihre Tochter.«

»Na, das wird ja ein reizendes erstes Treffen.«

»Das bezweifle ich. Theon sagte, Lionee sei in der Rangfolge ganz weit vorne, vermutlich sogar näher dran als du. Sollten wir gezwungen sein, nach Amenthes zu reisen, weil du die Nummer Eins geworden bist, brauchen wir uns um Lionee keine Gedanken mehr zu machen.«

»Verstehe ich nicht. Wieso?«

»Weil sie in diesem Fall tot sein muss. Entweder sie wird Königin und du kommst nie nach Amenthes oder du wirst Königin – und es gibt keine Lionee mehr.«

»Klingt ja so, als hättet ihr das gut durchdacht. Dann erklär mir mal, du Schlaukopf, was deine zukünftige Königin ohne ihr Benu-Buch machen soll. Schon mal darüber nachgedacht?«

Shay sah Nat an der Nasenspitze an, dass er daran noch keinen Gedanken verschwendet hatte. Im ersten Augenblick wirkte er überrascht, fing sich aber schnell. »Lionee kommt als Königin ohnehin nicht in Frage. Sie ist gehbehindert und kann nicht tanzen. Ihre Mutter hat ihre Ausbildung schon vor Jahren beenden lassen. Lionee durfte nur aus Mitleid ihr Buch behalten.«

»Und ich bin untalentiert und kann nicht tanzen. Trotzdem sind wir beide heiße Anwärter auf den Thron. Das heißt dann wohl, dass sich Amenthes zwischen Pest und Cholera entscheiden muss. Zwei absolute Außenseiterinnen sind durch Zufall noch am Leben, weil niemand sie als Kandidatinnen auf dem Schirm gehabt hatte. Herzlichen Glückwunsch. Das sieht wirklich nach einer glorreichen Zukunft für alle Beteiligten aus.«

»Du bist zynisch.«

»Und du bist aufgesetzt megacool. Also lass mir meinen Zynis…«

»Still!« Nat hob abrupt die Hand und bedeutete Shay zu schweigen. Mit einer geschmeidigen Bewegung sprang er aus dem Bett und nahm einen Dolch vom Nachttischchen.

Shay sah ihm mit angehaltenem Atem dabei zu und presste instinktiv das Buch fest an sich. Auch sie erhob sich, sobald Nat ans Fenster getreten war und einen Blick nach draußen geworfen hatte.

Seinen Fluch las Shay nur von seinen Lippen ab. Sofort sackte ihr der Magen in die Knie. »Venatoren?«, fragte sie flüsternd.

Nat schüttelte den Kopf, schlich zur Wohnungstür und schob den Riegel vor. »Zieh dir die Schuhe an, und nimm das Buch. Wir müssen weg.«

»Warum?«

»Die Fremden vom Feld.«

Jetzt fluchte Shay ebenfalls lautlos und folgte gleichzeitig Nats Aufforderung. Sie stopfte hastig ihre Sachen in einen Jutebeutel vom Motel. Danach folgte sie Nat ins Bad. Auch hier verschloss er die Tür sorgfältig und kletterte danach auf den Toilettendeckel, um das schmale Fenster zu öffnen.

»Passt du überhaupt durch die Öffnung?«, fragte Shay atemlos.

Nat warf einen prüfenden Blick hinaus. »Wenn ich will, kann ich mich extrem klein machen. Von hier aus geht es etwa zwei Meter nach unten. Ich springe als Erster und fange dich auf.«

Shay beobachtete, wie Nat sich kopfüber durch das Fenster zwängte und sich mit einer seltsamen Verrenkung kurz vor dem Sturz noch umdrehte, sodass er mit den Füßen voran zu Boden glitt. Bei Nat sah es so einfach aus. Sie hingegen ... verdammt, verdammt ...

Ihr blieb der Fluch im Hals stecken, als sie das Klirren von Glas hörte. Jemand drang durch das Schlafzimmerfenster ins Zimmer ein. Eine Männerstimme flüsterte jemandem etwas zu. Sofort stellten sich Shay die Nackenhaare auf. Ihre Verfolger waren in der Wohnung!

Hastig sprang sie auf den Klodeckel und warf den Jutebeutel durch die Fensteröffnung. Ein leiser Schmerzensschrei war zu hören. Offenbar hatte sie Nat getroffen. *Ups.* Sie griff gerade nach dem Rahmen, als sich die Türklinke im Bad bewegte. Die Fremden durchsuchten die Räume.

Ab sofort gab sie sich keine Mühe mehr, besonders leise zu sein. Sie zog sich mit einem hörbaren Schnaufen hoch, strampelte mit den Armen und wand sich wie ein Aal durch die Öffnung. Das Buch behinderte sie mehr als gedacht, aber irgendwie gelangte sie doch hindurch und stürzte wie befürchtet kopfüber zu Boden. Sie schrie laut auf, wurde dann aber butterweich von Nat aufgefangen, der sie mit einer eleganten Drehung auf die Beine stellte.

Sie hatte keine Zeit zum Luftholen. Schon zerrte Nat sie voran. Seine Hand umklammerte ihre. Sie war erschreckend kalt und fühlte sich gleichzeitig klamm und feucht an. Ungesund. Lange konnte er das Tempo nicht mehr durchhalten. Nat musste sich vom Magieschock ausruhen. Dringend.

Gerade bogen sie um die Ecke, als ihnen jemand den Weg versperrte. Eine hochgewachsene Frau in einfacher Jeans und lockerer Bluse. Bei ihrem Anblick hob sie die Hände. Die Geste sollte vermutlich beruhigend wirken, erinnerte aber eher an eine Kampfhaltung.

Shay taumelte unsanft gegen Nat und quiekte, als er sie mit einer recht groben Bewegung hinter seinen Rücken schob. Er duckte sich. Bereit zum Kampf.

Ein Geräusch hinter ihnen ließ Shay herumfahren. Zwei Männer kamen aus dem Gebäude gestürmt. Ein dritter schwang sich vom Toilettenfenster herab. Auch zu der Frau gesellten sich zwei weitere, sodass sie nun umzingelt waren. Anders als Shay es aus Filmen her kannte, ließ Nat gar nicht erst eine Gesprächssituation aufkommen. Er griff direkt an. So schnell, so unvermittelt, dass selbst die Gegner überrascht waren. Sein erster Schlag zielte nach der Frau, die ihm in letzter Sekunde ausweichen konnte. Er zog ihr dennoch die Beine unter dem Körper fort, sodass sie hart auf dem Boden aufschlug. Gleichzeitig rief er: »Lauf, Shay! Lauf!«

Erst jetzt begriff sie, dass er ihr eine Art Lücke schuf, durch die sie fliehen sollte. Sie kam keine drei Schritte weit. Jemand packte sie mitten in der Bewegung und riss sie herum. Hände gruben sich in ihre Haare, zwangen ihren Kopf nach hinten. Gleichzeitig legte sich etwas Kühles, aber äußerst Scharfes auf ihre Kehle.

»Keine Bewegung mehr oder dein Herzblatt ist tot«, sagte ihr Angreifer seelenruhig. »Und teste ja nicht aus, ob ich scherze.«

Lionee

Die letzten Tage waren eine einzige Katastrophe gewesen. Wegen des verloren gegangenen Buchs hatte ihre Mutter getobt, und der Wächterrat war in Aufruhr geraten, als er von Theons Verschwinden hörte. Im Schloss wurde anschließend jeder Stein umgedreht, doch weder der Mensch noch das Buch tauchten auf.

Lionee wurde umgehend vom Unterricht suspendiert und auf ihr Zimmer geschickt. Damit hatte sie bereits gerechnet, dennoch tat es weh. In den letzten Wochen hatte sie sich der Illusion hingegeben, ihrem Land eventuell doch noch zu nützen. Nicht der Krüppel zu sein, den alle in ihr sahen. Sie konnte wieder laufen, bedingt tanzen und endlich Magie erlernen. Das alles hatte Theon ihr genommen.

Während der nächsten vier Stunden gab sie sich ihrem Selbstmitleid hin, vergoss bittere Tränen und haderte wie nie zuvor mit ihrem Schicksal. Ihre Mutter war kalt und abweisend gewesen, wie immer, wenn sie als Königin auftrat. Vermutlich würde sie später zu ihr hereinkommen und sie in die Arme nehmen, sie trösten. Das half aber nur wenig über die Schmach und die Schande hinweg, die Lionee hatte ertragen müssen. Sie war erneut zum Gespött der letzten überlebenden Benu geworden.

»Genug gejammert«, sagte sie laut und straffte sich. Wie so oft in den letzten Stunden warf sie dabei einen Blick auf ihr Handgelenk. Sie hatte sorgsam darauf geachtet, es niemandem zu zeigen. Das hätte nur noch mehr für Furore gesorgt. Allmählich meinte sie eine Zahl erkennen zu können. Eine Zahl, die das Schloss in Aufruhr versetzt hätte, wäre sie bekannt geworden.

Lionee war sich ziemlich sicher, dass dort eine Drei stand. Eine Drei!

Sie kannte die aktuelle Nummer Eins. Die Benu quälte sich seit Tagen und Wochen mit ihrer Mutter herum, doch die Magie ließ sich nicht übernehmen. Bald war ihre Gnadenfrist abgelaufen und man überreichte ihr das Schwert.

Bei dem Gedanken daran erschauderte Lionee. Konnte die höchste Thronanwärterin in der Rangfolge keine Königin werden, musste sie das Feld für die Nächste räumen. Das hieß nichts anderes, als dass man sie um ihren Selbstmord bat. Wobei »bat« nicht ganz richtig war. Der Druck von außen musste enorm sein. Lionee war sich außerdem sicher, dass es nichts brachte, sich zu weigern. In dem Fall wurde einfach nachgeholfen.

»Du steckst wahrhaftig in der Klemme«, stellte sie fest und ignorierte dabei die irritierten Blicke ihres neuen Wächters. Anders als Theon stand er zwischen Fenster und Tür, um beides im Blick zu haben.

Theon. Allein bei dem Gedanken an ihn wurde sie wütend und wehmütig zugleich. Wie hatte er sie nur derart hintergehen können?

Nein! In diesen Gedankenkreisel wollte sie nicht erneut geraten. Sie musste sich etwas einfallen lassen. Sollte sie zur Nummer Eins werden, musste sie ein Benu-Buch zur Verfügung haben. Nicht auszudenken, wenn sie keins besaß. Leider wurden sie entweder von der Akademie vergeben oder ...

Natürlich!

Lionee sprang auf die Beine und wäre beinahe gestrauchelt. Sie war zwar besser zu Fuß, als jemals zuvor, doch leichtfüßig wie ein Reh war sie längst noch nicht. Sie musste vorsichtig gehen. Im ersten Moment wollte sie den Stock nicht nehmen, der neben der Tür lehnte, letztlich entschied sie sich aber doch dafür. Es war ein weiter Weg bis in die Katakomben.

Ihr Plan hatte nicht viel Aussicht auf Erfolg, aber es war immer noch besser, als in ihrem Zimmer Trübsal zu blasen oder darauf zu warten, dass entweder die Venatoren oder übervorsichtige Adelige sie ins Jenseits beförderten. Ihr war durchaus bewusst, was ihr Aufrücken in der Thronfolge bedeuten konnte.

Wenn herauskam, dass sie die Nummer Eins war, geriet sie womöglich in Todesgefahr. Sie konnte nicht tanzen, besaß kein Buch und keine Rückendeckung. Ihre Mutter konnte sie nur bedingt schützen. Sobald sie die Königswürde abgegeben hatte, war sie nichts weiter als eine einfache

Benu. Die Wächter hingegen würden Lionee niemals als Königin akzeptieren. Das wiederum bedeutete …

Lionee erschauderte. Es gab genug Geschichten über Königinnenmorde, unauffällige Beseitigungen von Kandidatinnen und blutige Rangkämpfe innerhalb des Adels. Sie war sich mittlerweile sicher, dass bei Weitem nicht alle Todesfälle der Benu auf die Venatoren zurückzuführen war. Schon lange fragte sie sich, wer hinter den Schattenwesen stecken mochte. Wieso attackierten sie dermaßen gezielt die Anwärterinnen? Steckte ein raffinierter Plan dahinter? Jemand, der eine ganz bestimmte Benu auf dem Thron sehen wollte?

Lionee verließ ihr Gemach, und der Wächter folgte ihr schweigend. Sie ging langsam und bedächtig, aber mit gleichmäßigen Schritten. Den neugierigen Blicken der Schlossbewohner schenkte sie keine Beachtung. Jeder kannte ihre Geschichte. Jeder fragte sich, wann sie sich selbst aus dem Fenster stürzte, um ihr Elend zu beenden.

Darauf könnt ihr lange warten, dachte Lionee bitter. Sie musterte die neuen Risse im ehemals glänzenden Marmorboden, bemerkte die heruntergefallenen Gobelins, die jetzt statt an den Wänden in den Ecken lagen. Niemand hatte sie bislang weggeräumt. Das Schloss fiel auseinander. Offenbar hatten seine Bewohner das stillschweigend akzeptiert.

Wie immer fiel Lionee die bedrückende Stille auf. Noch vor wenigen Jahren hätte sie niemals durch diese Gänge wandeln können, ohne dass sich mindestens zwei Dutzend Bedienstete vor ihr verneigt hätten. Heute war es nicht mal eine Handvoll. Nur die Mutigsten waren geblieben. Die düstere Aura der Mauern ließ sich auf Dauer kaum ertragen.

Lionee brauchte beinahe eine halbe Stunde, um bis zu den Kellergewölben zu kommen. Dort musste sie sich zunächst auf eine Bank setzen, um neue Kraft zu schöpfen. Erst danach konnte sie weitergehen.

Die Bibliothek war in einen riesigen Berg unterhalb der Schlossmauern gehauen, deren Tunnel bis in die Erde hineinragten. Jeder fragte sich, warum das so war, doch niemand hatte eine Erklärung dafür. Es gab nur einen einzigen Eingang dort hinein, der zugleich auch der Ausgang war. Sollte diese Pforte versperrt sein, war man in der Bibliothek gefangen. Entsprechend stark beschützt wurde der Bereich. Gleich fünf Wächter stellten sich ihr in den Weg. Angesichts der Tatsache, dass es kaum noch welche gab, war das bemerkenswert. Das Wissen der Bücher war offenbar wichtiger, als so manche Benu zu schützen.

»Ich muss in die Bibliothek. Als Benu ist das mein gutes Recht«, sagte Lionee müde zum Anführer der Truppe.

Der Mann musterte sie wie eine lästige Fliege und nickte schließlich. Er trat zur Seite, um sie durchzulassen. Kurz bevor sie den letzten passiert hatte, drehte sie sich zu ihrem lästigen Schatten um. »Du bleibst auch hier draußen. Dort drinnen kann mir nichts passieren. Ich möchte allein sein!«

Zu ihrer Überraschung gehorchte der Wächter. Wahrscheinlich war er insgeheim sogar froh, seiner lästigen Pflicht zu entkommen. Lionee beeilte sich, die röhrenförmigen Gänge zu betreten, bevor er es sich anders überlegte.

Zwei Wächter schoben ein gewaltiges Gitter zur Seite, um sie hinein zu lassen. Danach folgte noch eine mit mehreren Vorhängeschlössern versehene dicke Stahltür, bis Lionee schließlich vor dem Klapptisch stand, an dem der Bibliothekar saß. Der Mann hatte kurze, graue Haare, einen struppigen Bart und eine riesige Brille. Kein Wunder, dass er schlecht sah. Immerhin verbrachte er die meiste Zeit seines Lebens in einem dunklen Gang im flackernden Licht Dutzender Fackeln.

»Prinzessin Lionee, welch seltener Gast. Tragt euch bitte hier ein. Sucht ihr etwas Spezielles?«

Lionee zögerte, aber letztlich würde es so oder so die Runde machen. »Ich brauche ein Runenbuch. Meines wurde mir gestohlen.«

Die Augen des Bibliothekars wurden immer größer. Rasch warf er dem Wachmann neben sich einen Blick zu, doch der war ganz der Soldat und starrte lediglich stur die Wand an. Lionee war sich jedoch sicher, dass er jedes Wort mit größter Aufmerksamkeit verfolgte.

»Wenn das so ist … bitte folgt mir, Hoheit.« Mit knackenden Knochen stand der alte Mann auf, nahm sich einen klimpernden Schlüsselbund und humpelte auf einen von vier abgehenden Gängen zu.

Lionee folgte ihm zögernd. Es war lange her, dass sie jemand mit so viel Respekt angesprochen hatte. Vermutlich hatte der Bibliothekar die vielen Gerüchte nicht mitbekommen, die sich um sie rankten. Es tat jedenfalls gut, keine Ablehnung zu spüren zu bekommen.

Der Mann schloss eine weitere Eisentür auf und winkte Lionee hindurch. Dabei drückte er ihr eine magische Fackel in die Hand. »Echtes Feuer ist in diesem Teil verboten. Die Bücher würden sofort in Flammen aufgehen. Wenn Ihr es mir gestattet, zeige ich Euch den Weg.«

»Sehr gerne.«

Der Gang war etwas schmaler als der erste, sodass sie hintereinander gehen mussten. Er führte in eine steinerne Höhle, an deren Wände meterhohe Regale montiert waren. Bücher über Bücher reihten sich dort aneinander. Der Geruch nach staubigem Papier kitzelte Lionees Nase.

»Ihr wisst, dass die alten Runenbücher nicht ohne Grund aussortiert worden sind? Es ist unüblich, sie als Schulungsmaterialien zu verwenden«, wandte sich der Bibliothekar an seine Besucherin.

Lionee nickte knapp. »Mir bleibt nur leider keine Wahl.«

»Dann sollten wir zusehen, dass wir zumindest das Neueste unter den alten Bänden finden. Der Brauch, die Benu mit ihren Runenbüchern zu bestatten, ist eine echte Plage geworden. Die Bücher sind zu wertvoll, um sie in einem Grab verrotten zu lassen. Leider will die Akademie an diesem Brauch nicht rütteln. Neue Zauberbücher herzustellen ist in der momentanen Zeit allerdings beinahe unmöglich. Die meisten Lehrer kämpfen um das Leben ihrer Schüler. Schon bald wird es einen eklatanten Mangel an Runenbüchern geben. Wobei ... wenn das so weitergeht, wird die Linie der Benus bald ausgestorben sein.«

»Ihr malt eine düstere Zukunft für unser Volk. Meine Mutter macht sich Sorgen, dass die Blutlinie mittlerweile zu verwaschen ist. Die Magie fließt ihrer Meinung zu wenig in ihnen. Sie sind zu schwach. Seht Ihr das ähnlich?«

Der alte Mann schnaubte abfällig. »Eure Mutter hatte schon immer ihre eigenen Theorien. Was ich darüber denke, ist irrelevant. Ich weiß nur, dass die Benus selbst schuld an ihrem Untergang sind. Sie haben ihr Wissen all die Jahre viel zu eifersüchtig behütet. Jetzt nehmen sie es mit in ihr kaltes Grab und lassen das gemeine Volk schutzlos zurück.« Er blieb stehen und warf ihr einen langen, nachdenklichen Blick zu. »Ihr seid anders. Ihr stellt unbequeme Fragen und geht einen anderen Weg als alle anderen. Seit Jahrzehnten hat niemand mehr nach den alten Runenbüchern gefragt. Ich glaube, kaum einer erinnert sich noch daran.«

»Meine Mutter hat mich mal mit hierher genommen, als ich noch ganz klein war. Ich war schon damals fasziniert von den alten Folianten. Sie strahlen etwas Erhabenes, Mystisches ab.«

»Vor allem sind sie gefährlicher als die neueren Bücher.« Der Bibliothekar klang beinahe verächtlich. »Eure Schulmaterialien sind nur Schatten der wirklich großen Zauber. Reine Zusammenfassungen.« Er ging weiter und zog eine dicke Holztür auf, die mit Riegeln gesichert war. »Da wären wir. Die Bibliothek der Runenbücher. Sie sind nicht so handlich wie Euer altes Buch, dafür aber spannender.«

Staunend betrat Lionee den dunklen Raum, der sich nur langsam auf magische Weise erhellte. Die Folianten lagen anders als die übrigen Bücher in den vorherigen Räumen nicht in Regalen, sondern auf Bänken. Jeder einzelne Band war mit durchsichtigem Stoff abgedeckt, um ihn vor Staub und Schmutz zu schützen.

»Welches Buch würdet Ihr empfehlen?«, fragte Lionee spontan.

Der Bibliothekar deutete auf eine leere Stelle zwischen zwei Büchern. »Das Buch, das dort gelegen hat, wäre meine Wahl gewesen, aber das hat Eure Mutter vor etwa fünf Jahren mitgenommen und seitdem nicht zurückgebracht. Es war das älteste und dickste Exemplar der Sammlung. Das daneben ist ähnlich wertvoll, nur recht unhandlich. Hier auf der linken Seite findet ihr die dünneren Varianten, doch wenn ich Euch einen Rat geben darf: Nehmt dieses hier!«

Er hob ein Buch von der Bank, das in ein schwarzes Tuch eingeschlagen war, und reichte es Lionee. Es lag schwer in ihren Armen. Unmöglich, es überallhin mitzunehmen.

»Wenigstens kann man es mir nicht so leicht stehlen«, murmelte Lionee.

Der Bibliothekar zwinkerte ihr zu. »Nicht nur das. Es ist auch viel spannender als Euer altes Nachschlagewerk. Für den Alltag schenke ich Euch aber dieses hier. Es gehörte einer Benu, deren Leiche niemals aufgetaucht ist und das damit auch nicht mit ihr vergraben wurde. Sie braucht es nicht mehr, aber wie gesagt: Das andere solltet ihr dennoch mitnehmen.«

Lionee war verwirrt. Sie spürte, dass der Bibliothekar etwas sagen wollte, das er nicht aussprach. Vielleicht nicht aussprechen durfte. Also nickte sie. »Wem gehörte das kleinere Buch?«, fragte sie, als sie hinter dem alten Mann das Gewölbe verließ. Auf den Armen trug sie gleich zwei Runenbücher, beide so unterschiedlich wie Tag und Nacht.

»Shay Anwen. Als sie geboren wurde, war ich mir sicher, dass sie die nächste Königin ist. Leider waren die Schattenbestien der gleichen Meinung. Ihr nützt das Buch nichts mehr. Vielleicht hilft es zumindest Euch.« Er warf ihr wieder diesen seltsamen Blick zu und deutete dabei auf ihren Arm. »Ihr solltet den Feuervogel besser vor neugierigen Augen verstecken. Ich kenne eine Menge Leute, die Euch auf gar keinen Fall auf dem Thron sehen wollen. Sie sind zu blind, um es zu sehen.«

»*Es*? Was meint ihr damit?«

»Eure Kraft und Euren Überlebenswillen. Seht euch das alte Runenbuch an, aber hängt das nicht an die große Glocke. Hier! Versteckt das Buch in diesem Beutel, und tragt nur das kleine für alle sichtbar durch die Welt. Wenn Ihr die nächsten Wochen überleben wollt, dann müsst Ihr mehr sein als unsichtbar. Ihr müsst lernen, und vor allem: verstehen, was zurzeit geschieht.«

»Ihr wisst, was geschieht? Dann erklärt es mir!«

Der alte Mann lächelte düster. »Ich setze nicht gern Gerüchte in die Welt, habe aber meine eigene Theorie zu den Schattenbestien und zur neuen Königin. Lest die Bücher! Danach können wir uns gerne noch einmal unterhalten. Falls wir dann noch am Leben sind.«

Kapitel 18

Theon

Ihm tat alles weh. Wirklich alles. Sein Körper fühlte sich an, als würde er brennen. Als stünde er in Flammen. So musste sich die Hölle anfühlen. Nur mit äußerster Mühe schaffte er es, seine Augen aufzuzwingen. Grelles Licht blendete ihn, also schloss er sie schnell wieder. Dann mühte er sich erneut ab, diesmal aber vorsichtiger.

Eine Lampe! Flackernd. Nicht wie Kerzenschein, sondern wie eine defekte Neonröhre. Das bedeutete, er musste sich noch auf der Erde befinden. Nat. Sein Wohnzimmer.

Mühsam drehte er den Kopf und starrte in das leblose Auge einer Schattenbestie. Sie hatte das Maul weit geöffnet, war aber nicht mehr zum Zubeißen gekommen. Ein Messer steckte in ihrer Kehle. Sein Messer.

Blut. Überall war Blut. Auf dem Boden. An seinem Körper. An den Bestien. Nur langsam kamen die Erinnerungen zurück. Die Rune, die Nat und Shay hatte fortbringen sollen. Der Todeskampf mit den Bestien. Sein ... sein Tod ...

Mit zitternden Fingern tastete er seinen Körper ab. Er fand schreckliche Wunden. Besonders schlimm waren der Biss im Bauch und die tiefen Krallenspuren auf seinen Oberschenkeln. Vor Schmerz konnte er kaum atmen. Sein Herz schlug unregelmäßig, und das Pfeifen in seinen Ohren wurde heftiger.

Er war gestorben und doch wieder erwacht. Oder war er nur ohnmächtig gewesen? Mit einem leisen Keuchen drehte er sich auf die Seite und kroch unter dem gewaltigen Leib der Bestie hervor. Ihr Blut bedeckte auch ihn und war in den Kreis geflossen! Hatte sie die Rune aktiviert? War das überhaupt möglich?

Egal. Er lebte. Noch.

Aber was war mit Nat und Shay? Waren sie entkommen? Lebten sie? Er horchte in sich, fand aber keinen Hinweis auf ihre Existenz. Sofort beschleunigte sich sein Herzschlag. Er fühlte sich so seltsam leer an. Verlassen.

Es ging ihnen bestimmt gut, versuchte er sich selbst zu beruhigen. Er hatte Nat geraten, seine Rune zu zerstören. Wenn er das getan hatte, war damit auch die Verbindung zwischen ihnen fort. Das schien ihm die einleuchtendste Erklärung zu sein. Alles andere war … undenkbar.

Das Geheul von Sirenen riss ihn wieder ins Hier und Jetzt. Er musste weg aus der Wohnung. Wenn ihn die Rettungskräfte oder Polizisten der Erde entdeckten, hatte er ganz andere Probleme. Sie würden ihn festnehmen und verhören.

Er brauchte noch eine Minute, um sich halbwegs hochzustemmen. Danach kroch er zum Ausgang und zog dabei eine mehr als deutliche rote Spur hinter sich her. Er musste dringend die Blutung stoppen. Während er sich mit mehreren Küchenhandtüchern notdürftig versorgte, lauschte er. Der Lärm der Rettungskräfte war weiterhin gut zu hören. Sie kamen langsam näher, als durchkämmten sie Wohnung für Wohnung. Vermutlich wussten sie nicht, wo der Kampf stattgefunden hatte. Schon bald würden sie ihn gefunden haben. Er musste sich beeilen.

Beeilen, um …

Theon atmete zischend ein und aus. Er starb. Das sah er an dem beinahe tintenschwarzen Blut, das aus seiner Bauchwunde quoll, und er spürte es in jedem Knochen. Er starb. Zu verhindern war das nicht mehr. Doch noch kämpfte er dagegen an. Da war etwas, das er tun musste. Etwas so

Dringendes, Wichtiges, dass er das Unmögliche vollbringen wollte.

Er würde nach Amenthes zurückkehren. Gleichgültig, wie schmerzhaft das war. Gleichgültig, wie kompliziert es werden würde. Er musste zurück, um sich zu entschuldigen. Um zu erklären, warum er sie hintergangen hatte. Um ihr zu sagen, dass er keine Wahl gehabt hatte.

Er musste zu Lionee. Gleichgültig, wie unmöglich das war.

Lionee

Seit Stunden las sie in dem Folianten. Sie war so tief in den Schriften versunken, dass sie kaum etwas um sich herum wahrnahm. Anders als sonst war sie nicht in ihr Gemach zurückgekehrt, sondern hatte sich in den Park verzogen. Den hatte sie ganz für sich, denn die Sträucher und Büsche waren vertrocknet. Was mit ihnen geschehen war, blieb bis heute ein Rätsel. Lionee hatte den leisen Verdacht, dass es etwas mit Nat zu tun haben könnte. Der junge Mann war so oft in diese Richtung gegangen, dass der Schluss nahe lag.

Der Vorteil des Parks war, dass ihr Wächter sich recht weit von ihr entfernen konnte. Durch die vertrockneten Büsche konnte er sie von überall sehen. Außerdem ließ sich das Areal hervorragend verteidigen.

Sie war allein – und das war auch gut so. Bei dem, was sie gerade las, brauchte sie definitiv keine Zuschauer. Es war spannend, es war neu und es war eine ganz andere Herangehensweise, als sie bislang gelernt hatte. In der Akademie lehrten sie den Benus, dass sich die Magie verbiegen ließ. Zu einem Werkzeug wurde, um ein bestimmtes Ziel zu erreichen. In diesem Buch war die Magie hingegen nicht ein bloßes Hilfsmittel, sondern ein wichtiger Teil eines Ganzen. Der Zauberer selbst war gleichberechtigt mit der Magie. Es ging um Einklang und Harmonie.

Nur wer in sich ruhte, konnte wirklich große Zauber tanzen.

Als Lionee die Augen von den vielen verschiedenen Runen zu brennen begannen, blätterte sie eher ziellos durch die Seiten, ließ sich treiben. Sie blieb an einem Tanz für Regen hängen, las sich einen für Pflanzenwachstum durch und setzte sich gleich darauf abrupt auf.

Ungläubig riss sie die Augen auf, als sie eine ganz bestimmte Seite anstarrte. Sie handelte von den Schattenwesen. Die Duatkrieger konnten damit von einer Welt in die nächste gelangen. Doch damit nicht genug.

»Das kann nicht sein«, flüsterte Lionee. Ihr Magen krampfte sich zusammen. Gleichzeitig wusste sie, dass sie eine bahnbrechende Entdeckung gemacht hatte. Die Venatoren. Die Schattengestalten. Die Duatkrieger. Unglaublich.

Aufgeregt holte sie das neuere Zauberbuch hervor und suchte darin nach dem gleichen Zauber. Nichts. Er war im neuesten Standardwerk nicht vorhanden. Nur im alten Folianten. Ein Zauber, der verloren gegangen war.

Ein Zauber, der ...

Ein seltsames Ziepen riss Lionee aus ihren Nachforschungen. Es begann als schlechter Geschmack auf der Zunge, wanderte als Prickeln in ihren Kopf und blieb dort als seltsames Reißen im Kopf hängen. Bilder schoben sich vor ihre Augen. Bilder, die nicht ihre eigenen waren.

Eine Höhle. Jemand hatte große Schmerzen. Keuchen. Blut. Und ein einziges Wort. »Lionee.«

Sie erstarrte und horchte in sich hinein. Durch den seltsamen Nachhall war die Stimme verzerrt und undeutlich, doch Lionee hatte ihn sofort erkannt. Es war Theon, der nach ihr rief.

Theon, der Verräter.

Mit angehaltenem Atem wartete sie, ob sie noch mehr zu sehen bekam, doch leider verblasste das Bild vor ihren Augen, und das Echo verschwand aus ihrem Kopf. Dafür begann ihr Tattoo wie wild zu piken und zu jucken. Bevor sie einen Blick darauf warf, sah sie sich nach ihrem allzu neugierigen Wächter um. Zum Glück hatte er ihr den Rücken zugewandt und suchte die Gegend nach potenziellen Gefahren ab.

Rasch schob sie den Saum ihres langärmligen Kleides hinauf und hätte vor Schreck fast aufgeschrien. Der Feuervogel starrte sie so intensiv an, dass sie ihr eigenes Spiegelbild in seinen glühenden Iriden erkennen konnte. Dabei schlug er beinahe unmerklich mit den Flügeln und zappelte mit den Füßen. Dann senkte er den Kopf und blickte bezeichnend auf die Zahl, die auf seinem Leib prangte.

Eine Zwei.

»Bei Amenthes«, flüsterte Lionee. Was war mit der aktuellen Nummer Eins? Versuchte sie bereits die Magie zu übernehmen? Und ...

Theon! Ihr Rang hatte zu warten. Zunächst musste sie herausfinden, was sein Ruf bedeutete. Dann schalt sie sich selbst. Sie schuldete Theon nichts. Vielmehr würde sie ihn durch den Schleifstein drehen, sollte sie ihn jemals wiedersehen.

Als ob sie das jemals tun würde. Sie wusste, dass sie sich selbst belog. Theon war ihr zu wichtig, als dass sie seinen Ruf überhören konnte. Eine Höhle. Blut. Schmerzen. Das waren beunruhigende Hinweise.

Äußerlich tat sie so, als würde sie weiterhin lesen. In Wirklichkeit überlegte sie, wo Theon stecken konnte. In der Bibliothek? Nein. Wie hätte er dort hineinkommen sollen, ohne dass sämtliche Wachen Alarm geschlagen hätten? Außerdem hatten die Wände um ihn viel feuchter ausgesehen. Wie roher Stein.

Ihr magisches Zeichen kribbelte deutlicher. Stirnrunzelnd blickte sie hinunter und erschrak zutiefst, als der Feuervogel die Augen verdrehte und demonstrativ nach rechts sah. Mit dem Schnabel deutete er nach links.

Was ...

Unauffällig linste sie in die angegebene Richtung. Der vertrocknete Rosengarten erstreckte sich vor ihr und endete ... in der Krypta der Familie Shenai. Natürlich!

Beinahe wäre sie aufgesprungen und losgerannt. In letzter Sekunde zügelte sie ihr Temperament und warf zunächst dem Wächter einen prüfenden Blick zu. Er wandte ihr noch immer den Rücken zu. Also los!

Das große Buch zurückzulassen, fiel ihr extrem schwer. Es hätte sie jedoch nur behindert. Sie schob es unter eine vertrocknete Zierstaude, betrat den Rosengarten und huschte geduckt zwischen den seltsam schleimigen Gebilden entlang, die früher prächtige Blüten geschmückt hatten. In diesem Bereich wurde der Schleim immer dicker und bildete einen hervorragenden Sichtschutz. Weiter! Schneller!

Sie lief im Zickzack, um den Wächter zu verwirren. Sollte er ihren Fußspuren folgen, wollte sie ihn auf keinen Fall direkt zu Theon führen. Verzweifelt kramte sie in ihrem Gedächtnis nach Vertuschungszaubern und wandte einen davon halbherzig an. Er war schlampig ausgeführt und dank einer schlecht gedrehten Beinbewegung fiel er ganz anders aus, als er sein sollte. Wenigstens erfüllte er seinen Zweck. Zwar waren ihre Fußspuren nicht einfach verschwunden, führten dafür aber in die andere Richtung. Gar nicht mal so schlecht.

Ab jetzt rannte Lionee auf direktem Weg zur Krypta. Sie war noch immer deutlich langsamer als andere Menschen, aber wenigstens konnte sie wieder halbwegs gleichmäßig gehen. Schon bald war sie völlig außer Atem. Trotzdem wurde sie nicht langsamer, bis sie beim Eingang der Familiengruft angekommen war und hineinstolperte. Ihre Schritte waren viel zu laut, und ihr Keuchen übertönte jedes andere Geräusch.

»Theon?«, rief sie halblaut und erhielt sofort seine Antwort. Ein lang gezogenes, schmerzerfülltes Stöhnen. Der Geruch nach Magie brannte in ihrer Nase. War das ein magisches Feuer? Oder …

»Ein Weltenriss«, flüsterte sie, kaum dass sie in der dunklen Höhle stand. Abrupt blieb sie stehen und starrte das glitzernde Band an, das einfach aus dem Nichts im Höhlenboden kam. Direkt daneben lag Theon in zusammengekrümmter Haltung.

Sie musste ihren ganzen Mut zusammennehmen, um ihn umzudrehen. Einen Schreckensschrei konnte sie dennoch nicht unterdrücken. Theon sah schlimm aus. Viel schlimmer, als sie befürchtet hatte.

»Du bist gekommen«, flüsterte er.

»Dein Ruf war kaum zu überhören«, antwortete Lionee möglichst locker, konnte aber das Krächzen in ihrer Stimme nicht verbergen. Sie war entsetzt angesichts des Anblicks, der sich ihr bot. Blut quoll aus einer tiefen Wunde in seinem Bauch hervor. Er atmete hektisch und flach.

»Ich … ich …«, setzte Theon an.

»Sei still. Ich muss mich konzentrieren.« Rasch schob sie Theons schlaffe Finger zur Seite, um sich seinen Bauch anzusehen. Das sah übel aus.

Sie war so konzentriert, dass sie zusammenzuckte, als Theon mit erstaunlicher Kraft ihre Hand umfasste und festhielt. »Lionee«, flüsterte er. »Es tut mir leid. Es tut …«

»Spar dir das. Darüber sprechen wir später. Jetzt lass los, sonst …«

Er schüttelte matt den Kopf. »Ich wollte dich nicht verletzen.«

»Hast du aber. Du hast mir mein Runenbuch gestohlen und bist ohne ein Wort verschwunden. Du hast mich schlimmer verletzt als jeder andere Mensch in meinem Leben. Also spar dir deine Ausflüchte und Erklärungen. Ich helfe dir nur, damit ich dich danach anschreien kann.«

Theon sah sie aus dermaßen geschockten und verzweifelten Augen an, dass Lionee fortsehen musste. Ihr Herz zog sich zusammen und sie hatte Mühe, ihre wütende Miene beizubehalten. Was sie hier tat, war gefährlich, aber notwendig. Sie wusste genau, warum sich Theon bis hierher geschleppt hatte. Er wollte nicht sterben, bevor sie ihm verziehen hatte.

Nun. Dann würde sie ihm einfach nicht verzeihen, bis er außer Lebensgefahr war.

»Shay lebt, nicht wahr?«, fragte sie, um Theon bei Bewusstsein zu halten und sein heftiges Atmen zu beruhigen. »Ihr habt sie über den Weltenriss nach Eatu gebracht.«

Theon nickte schwach. »Venatoren ... gefunden«, brachte er hervor. »Verteidigt.«

»Das sehe ich. Zu einem hohen Preis. Lebt Nat wenigstens noch?«

»Ich hoffe ... es.«

»Gut. Jetzt hör mir mal zu! Wenn du stirbst, dann werde ich höchstpersönlich deinen leblosen Körper verrotten lassen. Kein Begräbnis. Keine Anerkennung. Verstehst du? Du wirst vergessen. Also kämpf gefälligst, damit ich dich danach zur Rechenschaft ziehen kann. Ich laufe los und hole Verbandszeug und Hilfe. Wehe, du bist tot, wenn ich zurückkomme.«

Sie wollte aufstehen, doch er packte ihren Arm mit erstaunlicher Kraft und zog sie zu sich herunter. Weil sie damit nicht gerechnet hatte, verlor sie das Gleichgewicht und fiel auf ihn drauf. Er nutzte die Gelegenheit, um sie innig zu umarmen und an sich zu drücken.

»Lass mich nicht allein sterben«, flüsterte er mit vielen Unterbrechungen und sprach so leise, dass sie es kaum verstehen konnte.

Sie ließ kurz zu, dass er sie im Arm hielt. Danach machte sie sich ruckartig los. »Stirb einfach nicht«, sagte sie möglichst eisig und kam sich gleichzeitig wie der schlechteste Mensch auf ganz Amenthes vor. Wie sollte sie sich diese harten Worte verzeihen, wenn er starb, während sie fort war? Doch es musste sein. Um ihn am Leben zu halten.

Ihre Blicke kreuzten sich, verhakten sich ineinander. Lionees Magen zog sich zusammen, und ein Kribbeln setzte ein, das sie schon des Öfteren bei Theons Anblick bemerkt hatte. »Ich hole Hilfe«, sagte sie mit fester Stimme und stand auf, ehe Theon sie erneut aufhalten konnte. Sie sah nicht zurück, um tapfer bleiben zu können. Hätte sie seinen verzweifelten Blick gesehen, wäre sie gewiss umgekehrt.

So aber machte sie sich auf den Weg zurück ins Schloss und umging dabei Wächter und die letzten überlebenden Schülerinnen. Es waren wenige geworden. Erschreckend wenige. Eine Lehrerin wollte sie aufhalten, doch sie lief stur weiter, bis sie endlich die Unterkünfte der Dienerinnen erreichte. Dort fragte sie sich bis zu Felisi durch. Die staunte nicht schlecht, als plötzlich ihre Herrin vor ihr stand und sie in eine dunkle Nische zog.

»Erinnerst du dich an die Perlenkette mit den Rubinen und dem dazu passenden Ring?«, fragte Lionee ohne Umschweife.

»Aber natürlich. Euer kostbarster Besitz.«

»Hol die Kette, und behalte den Ring als Dank für deine Verschwiegenheit. Danach musst du für mich einen Botengang erledigen und ins Dorf Gelderli zur Heilerin Konaira laufen. Hol die Heilerin unter allen Umständen hierher, und gib ihr die Kette als Bezahlung.«

»Eure Hoheit«, setzte Felisi umgehend zum Protest an.

»Jetzt behaupte nicht, du könntest nicht nach Gelderli gelangen. Wir wissen beide, dass das nicht stimmt. Du hast mir letztens erst erzählt, dass es deiner Cousine wieder besser geht. Woher willst du das wissen, wenn du keine Verbindung zu deinen Verwandten hast?«

Felisi hatte zumindest den Anstand, rot anzulaufen. Seitdem die Venatoren die Benus immer manischer verfolgten, hatte die Königin die Tore des Schlosses versiegeln lassen. Wer es jedoch darauf anlegte, kam dennoch hinein und hinaus. Vermutlich auf ähnlichen Wegen wie Theon und sie.

»Also? Machst du es?«, fragte Lionee eindringlich.

»Konaira ist eine Schanti.«

»Ich weiß, aber die Dienerschaft hat kein Problem mit den Schantis. Das sind nur die Adeligen.«

»Aber ich arbeite für eine Adelige.«

»Konaira kennt mich. Sie war es, die mich geheilt hat. Sag ihr ... sag ihr, es gehe um Theon. Dann wird sie kommen.«

Felisis Augen wurden noch größer und sie sah nun aus wie ein Fisch auf dem Trockenen. »Prinzessin! Duatkrieger Theon wird wegen Hochverrats gesucht!«

»Das weiß ich, und mir ist bewusst, was ich von dir verlange. Deshalb auch der Ring.«

Mit einem Schlag wirkte Felisi beleidigt. »Ich bin Eure Dienerin. Ihr müsst mein Schweigen nicht erkaufen. Ich dachte, das hätte ich über die Jahre bewiesen.«

»Dieser Auftrag geht über die normalen Dienste einer Dienerin hinaus. Also?«

»Wohin soll ich Konaira bringen?«

Lionee zögerte, doch letztlich blieb ihr ohnehin nichts anderes übrig, als Felisi zu vertrauen. »Zur Kapelle der Shenais. Aber beeil dich. Es geht um Leben und Tod.«

Kapitel 19

Nat

Er wusste, wann er verloren hatte. Ein Blick in die kalten Augen seines Gegners reichte, und ihm war klar, dass der Fremde nicht scherzte. Er würde Shay töten, wenn Nat nicht gehorchte.

Langsam ließ er die Hände sinken und trat von seiner am Boden liegenden Gegnerin zurück. Die rappelte sich sofort wieder auf und warf ihm einen wütenden Blick zu. »Darüber reden wir noch«, sagte sie böse. »Fesselt ihn!«

Der vordere der beiden Männer trat auf Nat zu und zwang ihn grob auf die Knie. Mit einem Strick oder einem Seil wurden ihm die Hände gebunden. So fest, dass sein Arm zu prickeln begann. Er warf Shay einen verzweifelten Blick zu, die noch immer von ihrem Angreifer mit dem Messer bedroht wurde. Sie hatte Tränen in den Augen, gab aber keinen Mucks von sich.

»Raik, lass sie sofort los!« Eine weitere Frau bog um die Hausecke in den kleinen Innenhof ein. Anders als die übrigen Kämpfer trug sie ein schlichtes Gewand, das an die Roben der Benus erinnerte. Ihre Augen funkelten vor Zorn, als sie den Mann anherrschte. »Sofort!«

Raik gehorchte, wenn auch recht langsam. Er trat sogar einen Schritt zurück, um Abstand zwischen sich und Shay zu bringen. Die stand noch immer wie erstarrt da und rührte keinen Muskel.

Die fremde Frau lächelte ihr beruhigend zu. »Ich bin Ellin und gehöre zum hiesigen Orden der Anderlandwelt. Wir bitten euch, mit uns zu kommen.«

»Ihr bittet uns? Ist das ein Scherz?«, mischte sich Nat ein.

Ellin warf ihm einen warnenden Blick zu. »Uns tut es leid, dass wir so vorgehen mussten, doch anders hättet ihr uns niemals zugehört.«

»Dann macht mich los und wir können reden.«

Ellin lachte auf eine merkwürdige Art und Weise. Es war eine Mischung aus dreckigem Glucksen und echter Belustigung. Dabei schüttelte sie den Kopf. »Guter Versuch. Raik? Siard? Wir sollten von hier verschwinden. Gebt das Zeichen.«

Der hinter ihr wartende Mann war wohl Siard, denn er fasste sich seltsamerweise ans Ohr und sprach mit sich selbst. Oder hatte er eine dieser merkwürdigen Vorrichtungen, mit denen man beinahe unsichtbar telefonieren konnte? Nat verfluchte sich erneut dafür, dass er der hiesigen Technik nicht mehr Aufmerksamkeit geschenkt hatte.

Theon wäre das nicht passiert. Er hatte so viele Informationen gesammelt, wie es ging. Theon ...

Er war nicht mehr da. Tot. Verloren. Nat war auf sich allein gestellt und musste selbst zusehen, wie er aus dieser Situation herauskam. Es war an der Zeit, sich einen Plan zurechtzulegen.

»Der Orden der Anderlandwelt?«, hakte er nach, um Zeit zu gewinnen, doch Ellin ignorierte ihn. Sie winkte Raik zu sich, der Shay recht grob vor sich her stieß.

Nat stieß ein Grollen aus, das er gar nicht unterdrücken konnte. Wie konnten sie nur so mit ihr umgehen? Da spürte er zwei starke Hände an seinen Schultern. Eine stumme Warnung, nichts Dummes zu unternehmen. Zwei der Männer nahmen ihn in die Mitte und führten ihn mit gebührendem Abstand zu Shay um die Ecke. Dort hielten mit quietschenden Reifen zwei schwere schwarze Fahrzeuge. Sofort versteifte sich Nat. Das sah gar nicht gut aus!

»Shay«, rief er ihr noch zu, bevor Raik sie in den Van warf. Ellin sprang hinterher, schlug die Tür zu, und schon brausten sie davon. Nat war so geschockt, dass er im ersten Moment nur hinterhersehen konnte. Dann stieß er einen Wutschrei aus und machte einen Satz nach vorne. Damit hatten seine Bewacher jedoch gerechnet. Sie packten ihn und zwangen ihn mit brutaler Gewalt in den zweiten Wagen.

Shay! Er hatte nur diesen einen Auftrag von Theon bekommen. Kümmer dich um Shay. Beschütze sie! Was das anging, hatte er auf ganzer Linie versagt. Schon am zweiten Tag wurde sie vor seinen Augen von einer Horde Verrückter entführt.

Lionee

Sie fing an zu weinen, als sie Theons Herzschlag nach einer gefühlten Ewigkeit erfolgloser Suche gefunden hatte. Er lebte, wenn auch nur gerade so. Eine tiefe Ohnmacht hatte ihn eingeholt, für die sie nun dankbar war. Es verschaffte ihr Zeit, damit sie sich um seine Wunden kümmern konnte.

Um Konairas Arbeit nicht zu behindern, wusch sie zunächst nur den Schmutz heraus oder machte Druckverbände auf die besonders heftig blutenden Bissspuren. Dass sich Theon mit Venatoren angelegt hatte, war offensichtlich. Hoffentlich verheilten die Wunden besser als bei ihr.

»Ich habe den Angriff damals überlebt, dann schaffst du das auch«, sagte sie zu ihm und verfluchte die Dunkelheit der Steinhöhle. Sie sah zu wenig, um ordentlich arbeiten zu können. Wo blieb Konaira? Wenn sie noch lange auf sich warten ließ, würde es für Theon zu spät sein. Und was, wenn die Heilerin gar nicht kommen wollte?

Theon stöhnte leise. Der erste Laut, den er seit Stunden von sich gab. »Bist du wach?«, fragte sie ihn, bekam jedoch zunächst keine Antwort. Doch! Seine Hand legte sich auf ihre. Vorsichtig und eher zaghaft. Sie nahm sie und beugte sich über sein Gesicht. Er hatte die Augen einen Spaltbreit geöffnet und blinzelte mit trübem Blick zu ihr herauf.

»Wir schaffen das.« Lionee fuhr ihm liebevoll mit dem Finger über die Stirn, wischte Schweiß und Blut ab. Als sie bemerkte, was sie da tat, bemühte sie sich um eine neutralere Miene. »Du schuldest mir jede Menge Erklärungen. Wehe also, wenn du stirbst, bevor du mit mir reden kannst.«

Theon hatte keine Kraft zum Antworten und legte lediglich seine große Hand auf ihren Arm, streichelte sie ganz zart mit dem Finger. Eine seltsam intime Geste, die Lionee wie ein Blitz durchfuhr. Zwischen ihnen hatte es schon immer geknistert. Auf eine seltsame, aggressive Art. Seit ihrem Tanz hatte sich die Atmosphäre verändert. Sie war vertrauter, beinahe romantisch geworden. Ausgerechnet jetzt!

Als Lionee merkte, dass Theon erneut in die Ohnmacht abdriftete, beugte sie sich rasch vor. »Ich weiß jetzt, woher die Schattenbestien kommen«, flüsterte sie in sein Ohr.

Das holte Theon sofort wieder zurück ins Jetzt. Er drehte den Kopf, um sie fragend anzusehen. Dabei huschte sein Atem über ihr Gesicht, und obwohl sie sich dafür schämte, fiel ihr Blick unweigerlich auf seine Lippen. Sie erinnerte sich noch zu gut an den Kuss zwischen ihnen, aufgeladen mit viel zu vielen Emotionen und aufgepeitschten Gefühlen.

»Woher?«, fragte er.

Sie gab dem Drang nach und ließ ihre Lippen ganz kurz an seiner Wange bis zu seinem Mund hinunterfahren. Natürlich war sie ihm noch immer böse. Natürlich wollte sie ihn schütteln und anschreien wegen seines Verrats. Aber das hier war Theon. Der Mann, der sie schon immer fasziniert hatte.

Er seufzte leise, als ihre Lippen seine berührten. Nur für einen winzigen Herzschlag. »Ich verrate es dir, sobald es dir besser geht«, flüsterte sie an seinen Lippen und richtete sich in der gleichen Sekunde abrupt auf, brachte wieder Abstand zwischen sich. Zugegeben. Sie wandte gerade eine etwas eigenwillige Methode an, um Theon am Leben zu erhalten. Es war zugleich auch die garantiert effektivste.

»Verrat es mir jetzt«, bat Theon eindringlich. »Du hast mich ohnehin in der Hand. Bevor du nicht meine Entschuldigung angenommen hast, kann ich unmöglich sterben.«

Theon hatte sie also durchschaut. Da Lionee darauf brannte, ihre Theorie weiterzusagen, gab sie schließlich nach. »Kennst du die alten Legenden über den Feuervogel, der von einem löwenartigen Hund in den Tod begleitet wird?«, platzte sie heraus und wartete Theons Antwort gar nicht erst ab. »Es ist auf den ersten Blick eine Liebesgeschichte, doch sie ist so viel mehr. Der Feuervogel steht seit jeher für die Benus. Er verbindet sich mit ihr zu einem Wesen. Dementsprechend ist der löwenartige Hund der Duatkrieger. Theon! Die Venatoren sind die verstorbenen Duatkrieger!«

Theon starrte sie ungläubig an, dann schüttelte er den Kopf. »Unmöglich. Dafür gibt es keine Beweise.«

»Doch, die gibt es! Nur ihr Duatkrieger könnt euch in Schattengestalten verwandeln und auf die Erde wechseln. Das ist eure eigene, spezielle Magie. Die Venatoren haben genau die gleiche Aura. Es sind die verstorbenen Duatkrieger. Sie werden durch einen Zauber gebannt und in die Schattenform gepresst. Die meiste Zeit bleiben sie im Weltenriss, doch sobald sie jemand ruft, kommen sie daraus hervor.«

»Aber warum jagen die Bestien die Benus?«

»Sie werden gelenkt.« Lionee zog das alte Runenbuch heran und hielt es Theon hin. »Der Zauber ist kompliziert, und nur jemand mit großer Macht kann ihn ausführen, aber es gibt ihn.«

»Der Biestmeister«, flüsterte Theon leise. »Dann existiert er wirklich?«

»Ich glaube schon. Bleibt nur die Frage, warum und von wem sie gelenkt werden.«

»Das ist offensichtlich. Da möchte jemand seinen eigenen Kandidaten auf den Thron befördern. Aber wer wäre mächtig genug? Shay ist mittlerweile die Nummer Zwei«, überlegte Theon. »Das bedeutet, dass sie ebenfalls bald ins Visier des Biestmeisters kommen wird.«

Lionee erstarrte. Zunächst glaubte sie sich verhört zu haben. Die Nummer Zwei? Nein! Unmöglich. »Du musst dich irren«, sagte sie leise.

»Warum?«

»Weil ... weil ich die Nummer Zwei bin.« Sie schob ihren Ärmel hoch und zeigte ihm ihr Handgelenk.

Theons Augen wurden riesig, als er Lionees Tattoo sah. Vermutlich vergaß er sogar für kurze Zeit seine Schmerzen, denn er packte ihren Arm, um sich das Zeichen genauer anzusehen. Fassungslosigkeit spiegelte sich in seinen Zügen. »Aber ... heißt das, Shay ist jetzt schon die eins?« Panisch versuchte er, seinen Ärmel hochzuschieben, schaffte es jedoch nicht. Lionee half ihm schließlich und beleuchtete sein Tattoo mit einer Kerze. Sie starrten für eine ganze Weile die Zahl an.

»Unmöglich«, murmelte Lionee schließlich.

»Eine Zwei. Ich ... nein ... bei den Benus dieser Welt. Ist Shay ... sie ... ist sie ...« Theon geriet eindeutig in Panik und versuchte sich sogar aufzurichten. Sanft drückte Lionee ihn zurück auf den harten Felsen. Theon wehrte sich nur schwach dagegen. Vermutlich hatte er schlicht keine Kraft mehr. Tränen glänzten in seinen Augen.

»Theon! Es gibt bestimmt eine gute Erklärung dafür, dass wir die gleiche Zahl tragen. Zunächst musst du liegen bleiben. Du blutest noch immer beunruhigend heftig und ...«

»... siehst aus wie der leibhaftige Tod.« Konaira war so lautlos zu ihnen getreten, dass Lionee und Theon sie überhört hatten. Vor seinem Kopf ging sie in die Hocke und betrachtete seinen Körper mit gerümpfter Nase. »In dieser Finsternis kann ich nicht arbeiten.«

»Draußen sehen uns die Wächter«, wandte Lionee ein.

»Das Risiko müssen wir eingehen, aber zeigt mir zunächst eure Zeichen.«

Instinktiv legte Lionee ihren Arm hinter den Rücken und schüttelte den Kopf. »Das geht Euch gar nichts an.«

Konaira verdrehte die Augen. »Stellt Euch nicht so an. Das ist der falsche Zeitpunkt.«

Theon hatte der Heilerin sein Handgelenk bereits hingehalten, sodass sie es mit gerunzelter Stirn betrachtete. Lionee tat es ihm eher zögerlich nach und verglich immer wieder fassungslos die beiden Zahlen miteinander. Sie war fassungslos.

»Ihr seid Duat und Benu. Kein Zweifel. Hast du Shays Tod vielleicht nicht mitbekommen?«, fragte Konaira Theon, der sofort aschfahl im Gesicht wurde. Noch fahler, als er ohnehin bereits war.

»Sie lebt«, sagte er gepresst. »Nat hat sie in Sicherheit gebracht. Ganz bestimmt.«

»Hoffst du oder glaubst du das?«

»Genug, Konaira«, ging Lionee verärgert dazwischen. »Hört auf, Theon Angst zu machen. Das ist der völlig falsche Augenblick.« Sie nahm Theons Hand in ihre und drückte sie fest. »Shay lebt noch, und für uns zwei gibt es eine logische Erklärung. Vielleicht bist du zu meinem Wächter geworden, als wir zusammen getanzt haben? Wer weiß, was das mit der Magie angestellt hat.«

»Ihr habt zusammen getanzt? Magie gewirkt?«, hakte Konaira prompt nach.

Lionee durchbohrte sie mit ihrem verächtlichsten Blick. »Ich lasse mich später gerne von Euch mit unangenehmen Fragen löchern. Doch zunächst rettet Ihr meinem Wächter das Leben. Dafür habe ich Euch schließlich kommen lassen.«

Konaira wollte etwas Ruppiges erwidern. Das sah Lionee schon allein an den wild funkelnden Augen, doch ein Blick auf den blutenden Körper des Verletzten änderte ihre Meinung. »In Ordnung. Ich werde ihn verarzten, allerdings zu einer Bedingung.«

»Die wäre?«

»Solltet Ihr Königin werden und die ersten Tage überleben, ernennt Ihr mich zu Eurer rechten Hand. Ihr öffnet die Tore und hört Euch an, was das Volk zu sagen hat. Und Ihr lasst zu, dass auch die Mädchen vom Volk Benu werden dürfen.«

»Werden dürfen? Das wäre völliger Blödsinn. Es gibt keine Mädchen vom Volk mit dem Zeichen der Königin. Nur die Adeligen tragen Magie in sich.«

Konaira gab ein ersticktes Lachen voller Sarkasmus von sich. »Träumt weiter, Schätzchen! Die Magie ist kein Privileg der Adeligen.«

»Was wollt Ihr damit sagen?« Lionee spürte, dass Konaira etwas andeutete, das ihr nicht gefallen konnte. Etwas ... nein! Ein unglaublicher Verdacht schoss ihr durch den Kopf. Konaira hatte etwas Mächtiges, Geheimnisvolles an sich. Sie war die ungekrönte Königin des gemeinen Volkes. Ein Volk, das die Königin hasste und nur zu gerne stürzen wollte.

War Konaira womöglich nicht nur eine begnadete Heilerin, sondern der Drahtzieher für einen schrecklichen Plan? Verfügte sie womöglich über eine Magie, die niemand erwartete? Die Magie eines Biestmeisters vielleicht?

»Unter dem Volk gibt es einige Mädchen mit dem Zeichen«, beantwortete Konaira Lionees Frage von zuvor. Sie ahnte eindeutig nicht, was Lionee im Kopf herumging. »Sie werden nur von vornherein aus der Thronfolge ausgeschlossen. Die Mädchen des gemeinen Volkes müssen ihr Zeichen vernichten. Das ist eine bodenlose …«

»Können wir das später bereden? Ich verblute, Konaira«, mischte sich jetzt Theon ein. Mit rasselndem Atem packte er ihren Arm. »Rette mich, und wir werden uns einig, aber unterlass deine politischen Reden, während ich sterbe. Lionee wird deine zukünftige Königin sein, also behandle sie mit Respekt. Sonst verfolge ich dich als Geist dein ganzes restliches, verfluchtes Leben lang. Verstanden?«

Kapitel 20

Shay

Sie konnte vor Angst kaum atmen, als der schwarze Van kiesspritzend vor einem gewaltigen Herrenhaus mit marmorner Treppe und Brunnen in der Einfahrt zum Stehen kam. Zuvor hatten sie in viel zu schnellem Tempo die Stadt verlassen und waren nach gut einer halben Stunde Fahrzeit auf das Anwesen gefahren, das durch einen meterhohen Zaun abgeschirmt und von mehreren Wachleuten gesichert wurde.

»Wir sind da«, sagte die fremde Frau mit den unheimlichen grünen Augen zu Shay. Ihr Lächeln wirkte eher schmallippig und angestrengt.

»Wo ist Nat?«, fragte Shay zum bestimmt tausendsten Mal.

»Hinter uns. Keine Sorge. Deinem Wächter passiert nichts, solange er sich benimmt. Wir mussten ihn von dir trennen. Sonst hätte er womöglich dummes Zeug versucht. Wir beobachten euch schon eine Weile. Nat ist ein Hitzkopf, der nichts durchdenkt. Mit solchen Männern muss man vorsichtig umgehen.«

Shay sparte sich eine Antwort, da einer ihrer Entführer ausgestiegen war und sie am Arm hinter sich herzog. Mittlerweile war es dämmerig geworden und kugelförmige Lampen erhellten den seltsamen Innenhof. Zögernd folgte sie ihren Bewachern die Steinstufen hinauf durch eine kunstvoll geschnitzte Eingangstür, vor der abermals mehrere Wachen standen. Sie nickten ihnen zu und ließen sie kommentarlos passieren.

Ein Diener in altertümlich anmutender Kleidung verbeugte sich vor ihnen und führte sie eine steile, aber breite Treppe hinauf in den ersten Stock. Dort öffnete er ihnen zuvorkommend eine Flügeltür, die über und über mit Runen und Zeichnungen bemalt war. Dahinter offenbarte sich Shay ein solch prunkvoller Raum, dass sie zunächst abrupt stehen blieb und sich staunend umsah. Die Wände waren mit unzähligen Runen verziert. Manche traten plastisch aus den Wänden hervor, andere waren offenbar hineingebrannt worden. Gold, Silber und anthrazitfarbene Linien gingen ineinander über. Shay meinte sogar, die Zauberkraft jeder geschwungenen Zeichnung zu spüren. Selbst die Skulpturen in den Ecken waren mit Runen überzogen, genau wie sämtliche Möbelstücke im Raum. Im Zentrum stand ein gigantischer Rundtisch, an dem sicherlich bis zu zwanzig Leute passten. Auf der Tischplatte zu schreiben musste schwierig sein. Die Runen waren hineingeschnitzt und ließen die Oberfläche wie eine kleine Hügellandschaft erscheinen. Selbst die schweren Holzstühle trugen ähnliche Verzierungen, so wie der goldene Kronleuchter an der hohen Decke.

»Shay. Welche Ehre.« Eine ältere Dame mit elefantengrauem Haar und kristallblauen Augen erhob sich von einem goldenen Stuhl, der leicht erhöht am Ende der Tafel stand. Sie lächelte warm und freundlich, woraufhin Shay sofort auf der Hut war. Die Fremde kam um den Tisch herum auf sie zu. Shays Begleiter verbeugten sich daraufhin tief. Sollte sie das auch tun? Shay entschied sich dagegen. Sich vor jemandem zu verbeugen erschien ihr noch surrealer, als ihre Umgebung aussah. Stattdessen hielt sie der Frau die Hand entgegen.

»Ich bin Shay«, sagte sie mit möglichst klarer Stimme.

Wenn die Fremde erstaunt war, ließ sie es sich nicht anmerken. Sie nahm Shays Hand und schüttelte sie. Ihre Haut fühlte sich trocken und rissig an. Alt. »Amanda Leys. Ich freue mich, dass wir uns endlich kennenlernen dürfen.«

»Offenbar wissen Sie mehr über meine Existenz als ich über Ihre. Wo zur Hölle bin ich hier? Und wo ist Nat?«

Die ältere Dame schnalzte mit der Zunge. »Alles zu seiner Zeit. Du siehst mitgenommen aus und solltest dich ausruhen. Dann reden wir.«

»Wo ist Nat?«, wiederholte Shay stur. Dabei klopfte ihr Herz wie wild.

Die Frau sah ihre Entführer fragend an. »Lasst den Wächter kommen. Sonst wird sie sich niemals beruhigen.«

»Wie Sie wünschen, allerdings sollten wir auf der Hut sein. Nat Shenai ist nicht sehr kooperativ«, wandte die Wortführerin der Entführer ein. Dennoch nickte sie einem der Männer zu, der daraufhin aus dem Raum verschwand und nur wenig später mit einem gut verschnürten Nat zurückkam. Man hatte ihm sogar einen Sack über den Kopf gestülpt. Er konnte sich kaum auf den Beinen halten, bemühte sich aber dennoch um eine aufrechte Haltung. Jeder Muskel in seinem Körper war angespannt, und wenn sich Shay nicht irrte, knurrte er leise vor Wut.

»Musste diese unwürdige Behandlung sein?«, fragte die graue Dame in tadelndem Tonfall.

»Wie erwähnt: Er war äußerst unkooperativ.«

»Dann nehmt ihm wenigstens den Sack ab!« Das hatte eine andere Frau gesagt, die sich bislang im Hintergrund gehalten hatte. Sie stand noch immer hinter dem Tisch und war deutlich jünger als Amanda Leys. Für ihre goldenen, hüftlangen Haaren und die eisblauen Augen hätte so manches Supermodel getötet. Sie war gertenschlank und zart wie eine Elfe. Nur die Blässe ihrer Haut passte nicht zum übrigen Aussehen. Sie war nervös. Nein. Sie hatte panische Angst. Das erkannte Shay allein am flackernden Blick ihrer Augen.

Die Art und Weise, wie sie Shay musterte, gefiel Shay ganz und gar nicht. Eine Mischung aus Abneigung und Panik. Mit ähnlicher Miene betrachtete sie Nat.

Der fluchte blumig vor sich hin und verstummte erst, als der Sack mit einem Ruck von seinem Kopf gezogen worden war. Blinzelnd sah er sich um.

»Shay«, rief er erleichtert, sobald er sie entdeckte.

Shay wollte einen Schritt auf ihn zumachen, doch einer der Wächter hielt sie mit ausgestreckter Hand auf und schob sie brüsk zurück. Sie fügte sich. Nat lebte. Das war zunächst das Wichtigste. Dann jedoch sah sie, wie Nats Gesichtszüge entgleisten.

»Enwyn?«, fragte er fassungslos, als er die goldblonde Frau erblickte. »Aber ... was machst du hier? Ich dachte, du wärst tot!«

»Das Gleiche hatte ich von dir gehofft«, erwiderte die Frau mit eisiger Stimme. »Spionierst du noch immer deine Geliebten aus? Wenigstens weiß ich jetzt, was du all die Jahre über getrieben hast. Ernsthaft, Nat? Du hast uns benutzt, um an unsere Runenbücher zu kommen? Für Shay?«

Nat blieb gelassen. »Ich habe nur getan, was ich tun musste. Jetzt tu nicht so empört. Ich habe dir nie die ewige Liebe versprochen, sondern nur Spaß und ...«

Shay räusperte sich laut. Nat konnte wirklich peinlich sein. Sie spürte, wie sie rot anlief.

»Ihr kennt euch offenbar«, stellte Amanda amüsiert fest. Sie deutete auf einen Stuhl an der Tafel. »Duat Shenai, bitte setz dich doch. Wir haben einiges zu besprechen.«

»Danke, ich bleibe lieber stehen.«

Shay warf ihm einen genervten Blick zu und hatte sich bereits gesetzt, bevor Nat unsanft von seinen Bewachern nach vorne gestoßen wurde. »Setzen, sagt die Königin«, knurrte einer der Entführer.

Nat und Shay erstarrten gleichzeitig. Ersterer war sogar so verblüfft, dass er sich widerstandslos auf einen Stuhl mit deutlichem Abstand zu Shay verfrachten ließ. »Was ist das hier für ein Verein?«, fragte er scharf, nachdem er die Sprache wiedergefunden hatte. »Und warum ist Enwyn hier? Wärst du mittlerweile nicht eigentlich die Nummer Eins auf Amenthes? Zumindest, wenn du nicht tot wärst – was du ja nicht bist.«

Enwyn setzte sich betont elegant auf ihren Stuhl direkt neben Amandas thronähnlichen Sitz. Sie würdigte Nat keines Blickes. Shay wünschte sich ganz weit fort. Die Atmosphäre im Raum war ausgesprochen unangenehm.

»Ellin meinte, sie würde uns zum Orden der Anderlandwelt bringen. Ich nehme an, Sie sind die Anführerin des Ordens?«, fragte Shay schließlich zaghaft.

Amanda hatte sich mittlerweile neben Enwyn gesetzt. »Du nimmst richtig an. Wir beobachten die Vorgänge bezüglich deiner Person schon sehr lange mit wachsender Besorgnis. Uns war klar, dass die dunklen Bestien bald auf dich aufmerksam werden würden. Leider waren wir nicht zur Stelle, als es so weit war. Das tut uns sehr leid.«

Die dunklen Bestien? Vermutlich meinte sie damit die Schattenwesen. »Ihr beobachtet mich schon lange? Aber warum? Weshalb? Wer seid ihr?«

Die Tür ging hinter Shay auf. Sie hörte es als leises Klacken. Danach folgten Schritte auf dem Fußboden. Eine Frau ging an ihr vorüber, um sich schweigend auf der anderen Seite der Königin niederzulassen.

»Verzeiht die Verspätung. Ich musste zunächst einige Spuren verwischen«, sagte sie.

Shay klappte der Mund auf. Fassungslos starrte sie die Frau an, vor der sie all die Jahre Angst gehabt hatte. Die Frau, die ihr zwar ein Dach über dem Kopf, aber keinerlei Geborgenheit gegeben hatte. Ihre Pflegemutter. »Was machst du denn hier?«, fragte sie mit bebender Stimme.

»Ich bin deine inoffizielle Wächterin hier auf der Erde.«

»Niemals! Nat und Theon sind meine Wächter. Oder ... Theon war es zumindest.«

»Die zwei mögen auf Amenthes versucht haben, auf dich aufzupassen. Dabei haben sie eine recht peinliche Figur gemacht, wenn du mich fragst. Ich passe auf dich auf, seitdem wir dich auf der Erde entdeckt haben.« Sie warf Nat einen verächtlichen Blick zu, der daraufhin zornig aufsprang, von einem der Bewacher aber auf seinen Stuhl zurückgezwungen wurde.

»Hör auf zu provozieren«, tadelte Amanda die Pflegemutter mit sanfter Stimme. »Du hast deinen Job genauso schlecht gemacht, immerhin wäre Shay beinahe umgekommen. Wieso konnten die dunklen Bestien überhaupt in die Schule eindringen?«

»Und in unser Haus«, warf Shay ein.

»Könnten wir zunächst mal darüber reden, wer ihr Witzbolde überhaupt seid?«, fragte Nat dazwischen.

Amanda überging Nats durchaus berechtigte Frage, genau wie die Pflegemutter.

»Wegen dem Trottel hier haben unsere Runen nicht mehr richtig funktioniert.« Die Pflegemutter warf Nat einen bösen Blick zu. »Sie haben sich quasi gedoppelt und gegenseitig eliminiert. Leider habe ich das zu spät bemerkt. Er hat eine Menge Schutzrunen in ihrem Zimmer gemalt, die mich unauffällig davon abgehalten haben, dort nachzusehen. Ähnlich verhielt es sich in der Schule.«

Nat bleckte triumphierend die Zähne. »Da hat wohl jemand schlechtere Runen gemalt als ich.«

»Aber wenn du meine inoffizielle Wächterin auf der Erde bist, warum warst du dann so eine Hexe? Warum hast du dich nicht zu erkennen gegeben und warst netter zu mir?«, mischte sich Shay in das Streitgespräch ein.

»Ich bin schlicht keine nette Frau, aber verdammt gut als Aufpasserin. Außerdem habe ich sämtliche Klischees erfüllt, um unauffällig zu bleiben. Falls wir uns geirrt hätten und du doch als Kandidatin disqualifiziert worden wärest, hätten wir dich einfach so weiterleben lassen. Du hättest studieren gehen und dich wegen deiner ach so bösen Pflegemutter grämen können.«

»Was uns zu der Frage führt, wer ihr seid. Was wollt ihr von mir?« Shay durchbohrte Amanda mit fragenden Blicken.

»Wir sind ein magischer Zusammenschluss, der auf der Erde lebt. Seit Jahrhunderten arbeiten wir im Verborgenen. Die Gesellschaft weiß nichts von uns und unserer Existenz, was angesichts des technologischen Fortschritts in unserer Welt ein Segen ist. Wir würden sofort als Untersuchungsobjekte für falsche Zwecke missbraucht. Ein Schicksal, das wir bislang abwenden konnten. Anders als gewöhnliche Menschen verfügen wir über Magie. Wir können zaubern. Vom Prinzip her sind wir die Gegenstücke zu den Benu auf Amenthes. Ich bin seit etwa dreißig Jahren die magische Königin der Erde und damit das Oberhaupt des Ordens. Gewöhnliche Menschen ahnen nicht, wie wichtig ich für ihr aller Überleben bin. Ich sorge dafür, dass die Magie in den richtigen Bahnen verläuft, verhindere Stürme, Erdbeben oder Vulkanausbrüche. Ich bin für das Gleichgewicht zuständig – genau wie die Königin auf Amenthes. Anders als in ihrem Fall gelingt es mir noch recht gut. Leider sind dir die dunklen Bestien auf die Erde gefolgt und jagen auch bei uns die Königinnenanwärterinnen. Bislang haben wir zum Glück nur eine junge Frau verloren, aber die Angriffe nehmen an Heftigkeit zu, je intensiver wir nach meiner Nachfolgerin suchen. Auch ich muss als Königin der Erde bald abdanken, genau wie die Königin auf Amenthes. In der Regel suchen wir uns unsere Kandidatinnen unter den Erdenbewohnerinnen aus. Wir holen sie in unseren Orden, bilden sie magisch aus und eine von ihnen wird Königin. Manchmal kommt es aber auch vor, dass Benu aus Amenthes fliehen und sich auf der Erde in Sicherheit bringen. Genau das hat Enwyn getan. Sie kam hierher, um sich als Kandidatin der Erde zur Verfügung zu stellen. Enwyn? Zeig doch bitte dein Tattoo.«

Enwyn hob brav ihr Handgelenk und zeigte einen wunderschön gezeichneten Feuervogel mit einer deutlichen Eins auf der Brust. Nat gab einen erstickten Laut von sich.

»Enwyn! Bei allen Heiligen! Du bist die Königin, nach der ganz Amenthes gesucht hat. Du bist die Nummer Eins! Was machst du hier? Du bringst deine Welt in Gefahr.« Bevor Nat erneut aufspringen konnte, hatten ihm bereits zwei Wächter rechts und links die Hände auf die Schultern gelegt. Eine deutliche Warnung an ihn, nichts Unüberlegtes zu tun.

Enwyn sah Amanda zunächst fragend an, die ihr die Erlaubnis zum Sprechen mit einem Nicken gewährte. »Ich mag mein Leben und hatte keine Lust, von deiner Königin hingerichtet zu werden.«

»Meiner Königin?«, krächzte Nat ungläubig. »Was redest du für wirres Zeug? Sie ist auch deine Königin.«

Enwyn lachte humorlos auf. »Sag bloß, du hast die Gerüchte nicht mitbekommen?«

»Welche Gerüchte denn?«

Jetzt beugte sich Enwyn vor und starrte Nat eindringlich an. Ihr Blick funkelte regelrecht. »Die Königin von Amenthes hat nicht vor, ihren Thronanspruch aufzugeben. Sie verfolgt andere Ziele. Sobald eine Benu das Zeichen der Königin trägt, wird mit ihr das Ritual durchgeführt, allerdings mit so minimalen Fehlern, dass die Magie nicht überspringen kann.«

»Du lügst«, flüsterte Nat tonlos.

»Ich wünschte, es wäre so. Ich habe mit eigenen Augen gesehen, wie das abläuft. Nachdem die Benu immer und immer wieder getestet wurde und natürlich durchgefallen ist, überreicht man ihr feierlich das Schwert. Sie soll sich selbst umbringen, um Platz für die nächste Anwärterin zu machen, die genauso scheitert wie jede andere zuvor. Wen die Venatoren nicht umbringen, den erledigt die Königin.«

»Lügnerin!« Nat wehrte die Hände auf seinen Schultern ab und sprang auf. Danach ging alles sehr rasch. Seine Bewacher wollten zupacken, doch Nat war schnell, wendig und vor allem kampferprobt und stinksauer. Der Bewacher rechts von ihm landete mit einem Knall auf dem Tisch, der andere ging zu Boden, bevor jemand reagieren konnte.

Nat wäre vermutlich wie ein durchdrehender Stier auf Enwyn losgegangen, wenn Shay nicht eingeschritten wäre. »Nat!«, brüllte sie. »Setz dich hin!«

Nat erstarrte mitten im Hechtsprung und sah Shay an. »Setz dich hin, Nat! Ich will hören, was sie noch zu sagen hat«, bekräftigte Shay.

In der gleichen Sekunde stürzten zwei weitere Bewacher auf Nat zu und zerrten ihn grob auf seinen Platz zurück.

Enwyn wartete, bis sich die beiden von Nat zu Boden geschickten Männer wieder aufgerappelt hatten. »Dein Bruder Theon hat auch gespürt, dass etwas mit unserer Führungselite nicht stimmt, genau wie euer Vater«, sagte sie danach. »Deshalb hat er euch aufgetragen, Shay auf die Erde zu bringen. Weit weg von Amenthes. Ich bin eurem Beispiel gefolgt. Nachdem die Venatoren meinen Wächter getötet haben, floh ich zur Erde. Ich will in keinem sinnlosen Ritual ermordet werden. Ich will leben.«

Die Stille im Raum wurde erdrückend.

Amanda räusperte sich. »Wir nahmen sie gerne auf. Viele unserer Anwärterinnen stammen von Amenthes. Auch ich. Die Königin davor war allerdings eine Erdenbürgerin. Es hängt immer ein bisschen davon ab, welche Nummer Eins zu uns passt.«

Diese Nachricht musste Shay erst einmal sacken lassen. Hoffnung keimte in ihr auf. »Heißt das, ich muss nicht zwingend nach Amenthes zurück?«

»Shay ...«, hob Nat mahnend an, doch Amanda nickte bereits.

»Du bist mächtig. Mächtiger, als ich bisher so manche Anwärterin erlebt habe. Kein Wunder. Deine Mutter kam von der Erde und besaß damit eine unverzweigtere Blutlinie als die Anwärterinnen von Amenthes. Dein Vater gehörte auch nicht zum alten Adel von Amenthes, sondern war ein Knecht des Volkes. Wie genau er zum Duatorden kam, weiß ich leider nicht. Ich weiß nur, dass deine Familie von der Blutlinie her kaum Berührungen mit dem alten Magiegeschlecht hatte. Du bist anders als die anderen Benu. Daher bist du auch so wertvoll. Das war deiner Mutter von Anfang an klar, genau wie deinem Vater. Leider erkannten sie die Tragweite zu spät.«

»Was meinen Sie?«, fragte Shay atemlos und hörte gleichzeitig nur den einen Satz: Deine Mutter kam von der Erde.

»Du bist die größte Konkurrentin für Liv. Es war klar, dass sie dich möglichst schnell loswerden wollte.«

»Nat, bleib sitzen«, sagte Shay, ohne zu ihrem Wächter zu blicken. Nats Zähneknirschen war Antwort genug. Sie hingegen ließ Amanda keine Sekunde aus den Augen. »Ich war die Nummer 753. Für viele, viele Jahre. Das hat sich erst in den letzten Monaten geändert. Der Rang klingt nicht sehr bedeutend.«

»Das war, bevor deine Magie erwachte. Lass mich raten. Seitdem wechselt dein Tattoo im Stundentakt die Zahl.«

Shay hätte gerne widersprochen, aber Amanda hatte recht. Seit ihrer Blutung war sie in rasender Geschwindigkeit zur Nummer zwei geworden. Zum ersten Mal in ihrem Leben schob sie den Ärmel hoch und präsentierte freiwillig ihr Tattoo. »Wir haben es zerschnitten. Damit uns niemand finden kann«, sagte sie.

»Das Beben in der Magie haben wir gespürt. Wir bedauern euer Vorgehen, können es in Anbetracht der Umstände aber auch verstehen. Es ändert dennoch nichts am Ergebnis.«

»Das wäre?«

»Anders als in Amenthes fordern wir die Nummer Eins nicht zum Freitod heraus, wenn sie von der Magie abgelehnt wird. Es gibt einen recht einfachen Zauber, um auf den Thron zu verzichten. Er wird auf Amenthes als Frevel angesehen. Das sieht unser Orden anders. Wir haben Enwyn gebeten, sich für die Erde testen zu lassen. Das Ergebnis war eindeutig. Eine andere als sie soll Königin werden. Wir haben sie als Nummer Eins gelassen, bis wir die wahre Königin in Sicherheit bringen konnten. Wir wollten die Venatoren nicht noch deutlicher auf unsere Kandidatin aufmerksam machen. Die Eins zu tragen ist eine mächtige Bürde. Jeder Magieträger kann ihre Kraft wahrnehmen.«

Shay spürte, was jetzt gleich kommen würde. Sie versteifte sich und warf Nat einen verzweifelten Blick zu. Der starrte Amanda mindestens genauso ungläubig an.

»Shay, du bist möglicherweise die Königin von Amenthes, aber eins ist sicher … du bist zweifellos die magische Königin der Erde.«

Kapitel 21

Lionee

»Ich habe Euch Proviant für vier Tage eingepackt und die unheimliche Schanti zu den Geheimgängen zurückgeleitet. Wenn Ihr mich fragt, ist sie gefährlich. Sie hat ihre eigenen Pläne. Aber wer fragt mich schon? Ihr hattet außerdem recht: Der Bibliothekar war sofort bereit, Euch zu decken. Offiziell nehmt ihr jetzt unter seiner Obhut eine Auszeit und studiert die älteren Schriften, um innere Balance zu erlangen. Woher kennt Ihr den Bibliothekar so gut, dass er Euch sofort helfen wollte?« Felisi musterte Lionee aus ihren großen, dunklen Augen. Vor Aufregung hatte sie ganz rote Wangen und atmete schwerer als normal. Da es am frühen Morgen kühl war, schwebten weiße Wölkchen vor ihrer Nasenspitze.

»Kennen ist zu viel gesagt. Sagen wir so: Wir haben uns von Anfang an gut verstanden. Ich bin froh, dass er mir helfen will. Auch dir danke ich herzlich. Hat man mich bereits zu suchen begonnen?«

»Euer schnöseliger Wächter hat ein riesiges Theater veranstaltet, aber letztlich hat er sich mit der Erklärung des Bibliothekars zufrieden gegeben. Er war dennoch recht ... ungehalten. Wenn Ihr wiederauftaucht, müsst Ihr Euch auf eine Standpauke gefasst machen.«

»Damit komme ich klar. Jetzt lauf schnell wieder ins Schloss, bevor dich jemand vermisst.«

Felisi nickte zwar dienstbeflissen, rührte sich jedoch nicht vom Fleck. »Prinzessin«, hob sie zögerlich an. Lionee versteifte sich unwillkürlich. Sie wusste genau, was jetzt kam. »Seid Ihr Euch sicher, dass Ihr für diesen Mann so viel riskieren wollt?«

»Er ist mein Wächter, Felisi. Er hat mir schon oft das Leben gerettet. Auf vielerlei Weise. Ja, ich bin mir sicher. Er ist es wert. Vertrau mir. Und Felisi ... sobald du die Gelegenheit dazu hast, solltest du dem Schloss den Rücken kehren. Es ist gefährlich hier. Viel gefährlicher, als du glaubst. Geh zu deiner Cousine, und bleib dort.«

Felisi wirkte mit einem Schlag besorgt, nickte jedoch knapp. Schließlich wandte sie sich zum Gehen. »Eure Mutter hat heute Morgen nach Euch gefragt. So bald wie möglich solltet Ihr bei ihr vorbeischauen«, sagte sie leise.

Lionee lief ein Schauer über den Rücken. Das war nicht gut. Wenn ihre Mutter sie vermisste und suchen ließ, konnte ihr Schwindel schnell auffliegen. Hoffentlich war es nur eine kurze Eingebung gewesen. Ihre Mutter vergaß sie für gewöhnlich so schnell, wie sich auf Amenthes die Stimmung änderte.

Lionee winkte Felisi noch ein letztes Mal zu, dann verschwand sie wieder in der Höhle und hockte sich neben Theon. Seit Konaira gegangen war, lag er nahezu reglos auf dem harten Steinboden. Er hatte schon bei der Versorgung der ersten Wunde das Bewusstsein verloren und war seitdem nicht mehr wach geworden. Das dauerte schon fast einen ganzen Tag lang an.

Wenn sie an Konaira dachte, bekam sie eine Gänsehaut. Da stimmte etwas nicht mit ihr. Konnte sie womöglich hinter den Venatoren stecken? Skrupellos genug war sie jedenfalls. Wenigstens verstand sie ihr Handwerk. In kürzester Zeit hatte sie Theon versorgt und Lionee allerhand Medizin dagelassen. Ihrer Aussage nach würde er überleben, musste sich aber mehrere Wochen lang schonen.

»Wochen«, flüsterte Lionee und schloss erschöpft die Augen. Sie hatten keine Wochen! Wie sollte sie ihn so lange hier verstecken? Wie sollte sie ihn am Leben erhalten, ohne von ihren Bewachern entdeckt zu werden? Sie zweifelte keine Sekunde daran, dass ihre Mutter Theon umgehend in die Minen werfen lassen würde. Er galt als Verräter und würde entsprechend behandelt. Dass er Lionees Wächter war, spielte dabei keine Rolle mehr. Er war zu weit gegangen.

Dass er in den Minen in seinem Zustand keinen Tag überleben würde, war unstrittig. Sein Leben lag also in Lionees Hand. Fragte sich nur, wie sie ihn retten sollte.

»Verräter«, sagte sie etwas lauter zu ihm und legte dabei alle Verachtung in ihre Stimme, die sie aufbringen konnte. Ganz ungewollt schlich sich ein etwas sanfterer Ton darunter. Ja, er hatte sie verraten, aber er war auch zu ihr zurückgekehrt und hatte sich entschuldigt. Im Angesicht des Todes hatte er nur diesen einen Gedanken gehabt. Wie konnte sie ihm da böse sein?

Sie breitete eine der von Felisi mitgebrachten Decken aus und setzte sich darauf. Danach schüttelte sie eine magische Kugel so lange, bis sie ein schwaches Licht ausstrahlte, und nahm das dicke Runenbuch zur Hand. In den letzten Stunden hatte sie bereits mehrere Kapitel gelesen und konnte noch immer nicht fassen, wie anders die Zaubersprüche dargestellt wurden. Ganze Abhandlungen waren im Laufe der Zeit verloren gegangen. Abhandlungen, die durchaus von Interesse waren.

Vor allem, weil sie ihre Ansicht von magischen Tänzen auf den Kopf stellten. Es musste nicht immer der ganze Körper mitgehen. Viele kleinere Zaubersprüche ließen sich auch mit einem einfachen Handwink oder einer bestimmten Kopfbewegung handhaben. Lionee hatte auf diese Weise bereits eine Kerze angezündet. Eine einzige Drehung mit den Fingern hatte gereicht. Laut ihrem Lehrbuch hingegen musste der ganze Körper mitgehen. Wieso war dieses Wissen verloren gegangen? War es absichtlich geschehen? Oder eher unwissentlich?

Nachdenklich blätterte sie zum Inhaltsverzeichnis und suchte sich die Kapitel über Wundheilung heraus. Für diesen Bereich gab es bei den Benus eine Spezialausbildung. Nur die Besten durften sich daran versuchen.

So wie die Lage aussah, hatte Lionee allerdings keine große Wahl.

Die nächsten vier Stunden war sie damit beschäftigt, sich die einfachsten und gleichzeitig nützlichsten Zauber in Bezug auf Genesung herauszusuchen. Besonders interessierte sie das Kapitel über beschleunigte Wundheilung. Sie testete es zunächst an sich selbst, indem sie sich mit einem Messer ritzte. Danach probierte sie verschiedene kleinere Zauber aus. Es war erstaunlich, wie viel größer die Auswahl in diesem Zauberbuch war. Viele Wege mit unterschiedlichen Schwierigkeitsgraden führten zu einem ähnlichen Ergebnis. Lionee kannte nur die komplizierteste Vorgehensweise: Ein Tanz mit mehreren Drehungen, um Wunden doppelt so schnell verheilen zu lassen. Lionee suchte sich die Taschenspielertricks heraus und testete es sie gezielt. Das Ergebnis war erstaunlich. Die Wunde hörte sofort auf zu bluten und verschorfte. Die Narbe verschwand nicht gänzlich, wie es bei dem komplizierten Zaubertanz der Fall gewesen wäre. Trotzdem war sie zufrieden.

»Wehe, du stirbst wegen mir«, warnte sie Theon. Danach wendete sie die Zauberei auf ihn an. Als Erstes konzentrierte sie sich nur auf die vielen Kratzer und Blutergüsse an seinen Armen. Danach ließ sie ihn für vier Stunden in Ruhe und wartete auf mögliche Nebenwirkungen. Als diese ausblieben, wagte sie sich an die schlimmste Bauchwunde. Wenn sie auch nur ein wenig schneller verheilte, war viel gewonnen.

Im Nu vergingen zwei Tage. Lionee aß, las, zauberte und wartete immer nervöser auf Theons Erwachen. Als ihr bei den schlechten Lichtverhältnissen die Augen zu sehr tränten, kuschelte sie sich möglichst sanft an Theon und deckte ihn sorgfältig zu. Müde versuchte sie zu schlafen, doch die Sorgen waren erdrückend. Spätestens morgen musste sie sich wieder im Schloss blicken lassen. Sonst würde man bestimmt nach ihr schicken lassen.

»Du bist noch da.«

Schlagartig war sie wieder wach. »Theon«, rief sie erleichtert und umarmte ihn ohne zu überlegen recht ruppig. Prompt zuckte er zusammen, erwiderte die Umarmung aber mindestens genauso leidenschaftlich. Eine ganze Weile hielten sie sich einfach fest und lauschten dem Atem des jeweils anderen. Lionee hatte das Gesicht an seinem Hals vergraben und kämpfte gegen die aufsteigenden Tränen der Erleichterung an. »Ich hatte solche Angst, dass du nie wieder aufwachst.«

»Alles wird gut.« Theon drückte sie noch fester an sich. Noch immer war er bleich, aber in seine Augen war etwas Leben zurückgekehrt. Vorsichtig ergriff er ihre rechte Hand und hielt sie einfach fest. »Danke«, sagte er schlicht.

»Bedank dich erst später. Zunächst musst du Konairas Medizin schlucken. Während du ohnmächtig warst, hast du sie entweder direkt ausgespuckt oder erbrochen.« Lionee entkorkte eine übel riechende Flasche und nahm einen Löffel zur Hand.

»Konaira war hier?«, fragte Theon verwirrt, dann schien es ihm wieder einzufallen. »Oh. Stimmt.« Er ignorierte den Löffel und starrte stattdessen Lionees deutlich im Dunkeln schimmerndes Zeichen an. Sein eigenes reagierte prompt darauf und funkelte mit ihrem um die Wette.

»Eine Zwei.« Theon fuhr die Zahl an Lionees Arm entlang und jagte ihr damit sofort eine Gänsehaut über den Rücken. Sie hielt den Atem an und bemühte sich, ihr davongaloppierendes Herz einzufangen. »Ich bin dein Wächter.« Er schloss die Augen, versuchte sich zu sammeln. Trotzdem sah Lionee deutlich, dass er mit den Tränen rang. »Bei Amenthes, ich spüre Nat nicht mehr«, flüsterte er tonlos.

»Dafür gibt es bestimmt eine gute Erklärung.«

»Sie sind tot. Nat und Shay haben es nicht geschafft. Zu viele Venatoren. Zu viele … ich …«

»Theon, hör auf! Quäl dich nicht selbst. Du hast getan, was du konntest. Nat lebt!«

»Was macht dich da so sicher?«

»Ich kenne deinen Bruder und habe ihn lange genug beobachtet. Er ist ein Überlebenskünstler. Wenn er noch lebt, dann geht es Shay ebenfalls gut. Du musst dich jetzt auf dich konzentrieren. Auf uns.«

»Aber wenn Shay noch lebt, warum bin ich dann dein Wächter geworden?«

»Das weiß ich nicht. Wir werden es herausfinden, sobald es dir besser geht. Jetzt musst du schlafen.« Lionee legte sich wie zuvor dicht neben ihn und umarmte ihn dabei möglichst vorsichtig. Als sie schon dachte, er sei wieder eingeschlafen, spürte sie seine Lippen an ihrer Stirn. Er küsste sie sanft und vorsichtig.

»Nimmst du jetzt endlich meine Entschuldigung an?«, fragte er leise.

»Werde erst wieder gesund, danach schreie ich dich an, und anschließend verzeihe ich dir vielleicht.« Sie milderte ihre Worte mit einem Lächeln ab und seufzte leise auf, als er sie zart an sich zog und gleich darauf eingeschlafen war.

Er wird wieder gesund, dachte Lionee. Er muss es schaffen!

Sie ließ sich noch etwa eine Stunde in seiner Umarmung treiben, dann nahm sie das Buch wieder zur Hand. Der Bibliothekar hatte ihr geraten, es genau zu studieren. Einen Hinweis auf die Venatoren hatte sie bereits entdeckt. Der Eintrag hatte ihr den Atem stocken lassen und sie konnte es kaum erwarten, Theon davon zu berichten. Doch noch musste er schlafen und gesund werden. Nicht auszudenken, wenn er sofort aufspringen und die Welt retten wollte.

Sie schüttelte das Lichtchen etwas länger, um bessere Leseverhältnisse zu bekommen. Danach blätterte sie eher ziellos durch die Seiten, bis sie beim letzten Kapitel stutzte. Die Magieübergabe. Das Zeichen der Königin.

Dieser Tanz war anders als die übrigen genauso kompliziert wie in ihrem ursprünglichen Lehrbuch. Tatsächlich war er sogar ganz genauso, bis auf ...

Lionee erstarrte. Las die Eintragung noch einmal. Fing von vorne an, ging alles bis zum Ende durch. Verwirrt runzelte sie die Stirn. Sie kannte den Tanz wie keinen anderen. Natürlich hatte sie ihn noch nie ausprobiert, aber die theoretischen Schrittfolgen hatten sich fest in ihr Bewusstsein eingebrannt. Jede Benu übte heimlich dieses Ritual, um für den Fall der Fälle gerüstet zu sein. Nur dass dieser hier in einer winzigen, beinahe unbedeutenden Kleinigkeit ganz anders war als in ihrem Lehrbuch.

Eigentlich brauchte sie nicht nachzusehen, aber sie wollte Gewissheit haben. Daher holte sie das kleinere Lehrbuch hervor und blätterte zu der entsprechenden Stelle. Danach ging Lionee jeden einzelnen Schritt durch. Tatsache. Da fehlte eine Kleinigkeit und an anderer Stelle war etwas dazugekommen. Etwas, das bei näherem Nachdenken tatsächlich eher weniger in die Abfolge passte und wie ein Fremdkörper wirkte.

Beinahe sofort schlug ihr Herz schneller. Der Gedanke war absurd, beinahe unverschämt. Aber was, wenn sie recht hatte? Was, wenn ...

Sie blätterte beim kleinen Buch nach vorne, um nach dem Druckdatum zu suchen. Zwanzig Jahre war es alt. Sie erinnerte sich ganz genau, dass ihr Buch ein ähnliches Datum aufwies. Vielleicht ein oder zwei Wochen eher. Es war die einunddreißigste Auflage des Standardwerks für Benu. War etwa bei der Überarbeitung des Buches was schiefgelaufen?

Gab es einen Fehler im Tanz aller Tänze, sodass die Übergabe der Magie deshalb nicht funktionierte?

Sie musste mit ihrer Mutter darüber sprechen. Sofort! Vermutlich würde sie Lionee auslachen und eine einleuchtende Erklärung haben, aber was, wenn …

Lionee sprang auf, schnappte sich das dicke und das dünne Buch und weckte dabei Theon. »Ich bin gleich wieder zurück«, sagte sie zu ihm. »Schlaf weiter, und werde gesund. Ich muss kurz etwas abklären.«

»Mitten in der Nacht?«

»Es ist zu wichtig, um es aufzuschieben. Bis gleich.«

»Lionee! Sag mir doch wenigstens, worum es geht.«

»Um Benu-Angelegenheiten. Mach dir keine Sorgen. Ich bin gleich wieder da.« Sie rannte bereits gebückt aus der Höhle, stieß sich am Ende recht unsanft den Kopf und huschte dann so schnell es ihre Hüfte zuließ durch den verdorrten Rosenpark, den Irrgarten und über das Übungsfeld hinüber zum Schloss. Einige Wachen stellten sich ihr zunächst in den Weg, wichen allerdings aus, sobald sie sie erkannten. »Die Königin sucht nach Euch«, rief einer von ihnen ihr nach.

»Ich weiß!« Sie wählte den direktesten Weg zu den Gemächern ihrer Mutter und stoppte erst, als der Wächter an der Tür ihr stur den Weg versperrte.

»Ich muss zu meiner Mutter. In einer dringenden Angelegenheit«, keuchte Lionee.

Der Wächter setzte eine gewichtige Miene auf und schüttelte den Kopf. »Bedaure. Die Königin ist nicht zugegen.«

»Und wo finde ich sie?«

»Sie ist im Thronsaal, um die Magie an die Nummer Eins abzugeben und gegebenenfalls andere Schritte einzuleiten.«

Andere Schritte einzuleiten? Lionee spürte, wie ihr das Blut aus dem Gesicht wich. Bitte nicht! Die aktuelle Nummer Eins schien schon all ihre Versuche verspielt zu haben. Sie musste ihre Mutter aufhalten. Sofort! Es waren womöglich schon viel zu viele Benu auf diese unwürdige Weise ums Leben gekommen.

Lionee drehte sich auf dem Absatz um und stürmte zum Thronsaal. Ihre Hüfte pochte nun deutlich heftiger. Solch einen Marathon war sie nicht gewohnt. Lionee gab dennoch alles. Mit letzter Kraft und vermutlich hochrotem Kopf kam sie vor der gewaltigen Pforte des Thronsaals an. Hier standen gleich acht Soldaten wie in einem Spalier Wache. Sie alle drehten bei ihrem Erscheinen den Kopf.

»Ich muss die Königin sprechen. Sofort!« Lionee wartete die Antwort gar nicht erst ab, sondern hinkte so schnell sie konnte durch die Mitte hindurch. Die letzte Wache in der Reihe traute sich schließlich, ihr den Weg zu versperren. »Gerade wird das Übergaberitual durchgeführt. Ihr dürft das nicht stören.«

Kurzerhand riss sich Lionee den langen Ärmel ihres Kleides hoch und zeigte ihr Tattoo. »Ich bin die Nummer zwei und soll mir das Ritual noch einmal ansehen. Leider hat mich die Nachricht zu spät erreicht, da ich mich in der Bibliothek auf meine neue Aufgabe vorbereitet habe. Es ist unerlässlich, dass ich dabei bin. Ich werde auch leise sein. Versprochen.« Der Wächter zögerte und roch vermutlich die Lüge in ihren Worten. Daher hieb Lionee in die verwundbare Stelle, die jeder vom Hofstab besaß: »Die Königin wird sehr erzürnt sein, wenn sie hört, dass Ihr mich aufgehalten habt. Es geht um die Zukunft des Reiches, also tretet zur Seite!«

Das gab den Ausschlag. Der Wächter wechselte einen kurzen Blick mit den anderen, nickte und zog ihr die schwere Eichentür einen kleinen Spalt auf. »Aber seid leise«, raunte er ihr zu.

So schnell ihre Beine sie trugen, eilte Lionee in den Thronsaal. Ihr pochte das Blut in den Schläfen, und in ihren Ohren rauschte es so laut, dass sie kaum etwas hörte. Hoffentlich hatte sie sich nicht völlig verausgabt. Über eine so lange Strecke war sie noch nie gerannt.

Als sie die Szenerie vor sich erkannte, blieb sie unvermittelt stehen. Die Benu mit der Nummer Eins stand beinahe nackt vor der Königin. Sie trug ein durchsichtiges weißes Hemd, das ihre Blößen kaum bedeckte. Ihr Blick war starr auf das Schwert gerichtet, das die Königin ausgestreckt vor ihren Körper hielt. Die Klinge zeigte eindeutig auf ihr Herz.

»Im Namen von Amenthes, sei tapfer. Sei eine Heldin. Sei eine Benu«, sagte ihre Mutter mit strenger Stimme.

Lionee vergeudete wertvolle Sekunden, um das Gesehene zu verstehen. Aber ... sie sollten doch noch tanzen! Sie ...

Sie schrie zeitgleich mit der unglücklichen Nummer Eins auf. »Nein«, rief Lionee und streckte die Hand aus, als könne sie das nun Kommende dadurch aufhalten. Sie sah noch, wie sich sämtliche Wächter im Saal zu ihr umdrehten, sah ihre Mutter, die nur kurz zu ihrer Tochter blickte. Doch vor allem sah sie das junge Mädchen, das sich in das Schwert stürzte. Ihr Duatwächter löste sich in der gleichen Sekunde mit einem schrecklichen Schrei in Rauch auf und verschwand wie ein Schatten in einem dunklen Loch aus Nichts.

Nat

Er wollte protestieren. Rumbrüllen. Toben. Das alles war eine Farce. Eine Lüge. Doch dann stieß Shay einen seltsam erstickten Laut aus und schrie in der gleichen Sekunde laut auf. Sie krümmte sich. Als hätte sie Schmerzen.

Ihn hielt nichts mehr auf seinem Sitz. Den Tod seines Bruders hatte er tatenlos mit ansehen müssen. Er hatte seitdem nicht einmal die Zeit gehabt, um darüber nachzudenken. Auch die Entführung hatte er nicht verhindern können, aber er würde Shay beschützen. Komme, was wolle!

Die Wachen wollten ihn zurückhalten, doch er rammte dem einen sein Bein und dem anderen den Stuhl gegen die Beine. Dazwischen schlüpfte er hindurch und hechtete auf Shay zu. »Was ist los?«, rief er.

Auch Shay war aufgesprungen, genau wie alle Anwesenden. Einzig Enwyn war sitzengeblieben. Als Nat ihrem Blick begegnete, wusste er die Antwort auf seine eigene Frage. »Du hast auf den Thron verzichtet«, flüsterte er fassungslos.

Enwyn nickte mit fest zusammengekniffenen Lippen. »Ich musste es tun. Shay ist die wahre Nummer Eins.«

Die Wachen ergriffen ihn, bevor er Shay erreichte. Die junge Frau umklammerte ihr Handgelenk und starrte mit glasigem, beinahe wahnsinnigem Gesichtsausdruck auf ihr Tattoo. Funken stoben davon auf und ein goldener Feuervogel erhob sich majestätisch aus ihrer Haut. Er schlug mit den Flügeln und rief etwas in seltsam hoher und mädchenhafter Stimmlage. Nat verstand die Worte erst nach einer Weile. »Die Königin ist erwacht«, rief der Vogel. Drei Mal wiederholte er den Satz, dann explodierte das Wesen in einem Funkenmeer und sank als Tattoo geformt zurück in Shays Haut. Das war die Sekunde, in der Shay in Ohnmacht fiel und mit der Stirn voran gegen die Tischkante knallte.

Kapitel 22

Lionee

Im Saal herrschte Totenstille. Alle starrten Lionee an, die noch immer unbeweglich am Eingang stand. Ihr Blick wanderte zwischen dem toten Mädchen mit dem Schwert in der Brust zu ihrem magischen Zeichen, das plötzlich funkelte und glühte. Die Augen des Feuervogels waren nun geöffnet und zwinkerten ihr triumphierend zu. Noch immer hallte die unheimliche Stille des magischen Wesens in ihren Ohren wider.

»Die Königin ist erwacht.«

Ihre Mutter löste sich als Erste aus der Starre und kam mit klackernden Absätzen auf sie zu. War sie blasser als sonst? Fast sah es so aus. Ihr Blick haftete an der deutlich sichtbaren Zahl auf Lionees Tattoo.

Die Eins.

Mit hartem Griff packte sie Lionees Handgelenk und zog sie zu sich heran. »Unmöglich«, hauchte sie fassungslos. Jetzt war sich Lionee sicher, dass sie Tränen in den Augen ihrer Mutter sah. Verwirrt wich sie einen Schritt zurück, doch die Königin gab ihr Handgelenk nicht frei.

»Tyr, komm sofort her«, sagte sie mit angespannter Stimme. Sofort löste sich der Duatwächter ihrer Mutter aus den Reihen der wartenden Krieger und kam zu ihr herüber. Auch er wirkte besorgt. Als sie den Blick hob, funkelten ihre Augen vor Wut. »Wie konnte das passieren?«

»Ich ...«

»Sie ist die Nummer Eins«, schrie die Königin unvermittelt los. »Meine Tochter ist die Nummer Eins!«

»Ich …«

»Hinaus! Alle zusammen! Hinaus!« Die Königin war leichenblass geworden. Selbst die Magie passte sich ihrer Stimmung an und versetzte ihre dunklen Gewänder in ein rotes Glimmen. Noch nie hatte Lionee ihre Mutter so erlebt. Wütend kannte sie sie. Streng und gereizt ebenfalls. Aber das hier war etwas anderes. Schließlich wurde ihr klar, was es war. Ihre Mutter hatte Angst um die Tochter! Schreckliche Angst!

Die Männer beeilten sich, den Saal zu verlassen. Beinahe wäre Lionee mitgegangen, doch ihre Mutter hielt sie weiterhin fest, zog sie jetzt sogar in die Raummitte. Lionee sträubte sich instinktiv. An dieser Stelle lag die tote Benu. Die Blutlache hatte sich mittlerweile um sie herum ausgebreitet.

Die Königin blieb stehen und starrte auf den Leichnam hinunter. Sie weinte wirklich.

Nie hätte Lionee gedacht, dass ihre sonst recht hartherzige Mutter zu solchen Gefühlen fähig war und den Tod eines jungen Mädchens beweinte. Dass sich diese zur Rettung des Reichs in ein Schwert stürzen musste, hatte die Königin ernst, aber unbewegt hingenommen. Und doch sah sie es nun vor sich. Ihre Mutter vergoss bittere Tränen.

»Lionee«, hob sie nach einer ganzen langen Weile an und schüttelte den Kopf. »Ach, Lionee …«

»Ist schon gut, Mutter. Mach dir keine Sorgen. Ich schaffe das. Ich bin stärker, als du denkst.«

Endlich sah ihre Mutter sie an, und zum ersten Mal hatte Lionee das Gefühl, dass sie sie wirklich wahrnahm. Dass sie bemerkte, was Lionee ausmachte. Stur und stark, zielstrebig und fleißig, klug und pflichtbewusst. »Ich kann Königin werden«, bekräftigte Lionee.

Langsam schüttelte die Königin den Kopf. »Unmöglich. Ich weiß nicht, nach welchem Gesetz sich die Magie wandelt. Dass du jetzt die Nummer Eins bist, zeigt lediglich, wie hoffnungslos die Lage ist.«

Die Worte trafen Lionee bis ins Mark, doch sie bemühte sich um eine ausdruckslose Miene. Sie hatte immer gewusst, was ihre Mutter über sie dachte. Das war nichts Neues. Aber dass sie weiterhin diese Meinung über sie aufrechterhielt, obwohl Lionee mittlerweile gehen konnte, war erschreckend.

Erst jetzt erinnerte sich Lionee wieder, weshalb sie hergekommen war. Die Bücher hatte sie einfach zu Boden fallen lassen, als das Zeichen losgeschrien hatte. »Ich weiß, was das Problem bei der Übergabe ist«, sagte sie hastig, machte sich mit einem Ruck von ihrer Mutter los und holte die Bücher.

Die Königin riss die Augen auf, als sie das größere der beiden Bücher entdeckte. »Woher hast du das?«

»Aus der Bibliothek. Es gehörte einst einer Benu, die vor mehr als hundert Jahren auf Amenthes lebte.« Lionee trat an einen kleinen Tisch in der Ecke des Saals und blätterte im Buch bis zum letzten Kapitel vor. »Mutter, ich glaube, dass das Übergaberitual nicht gelingen kann. Bei der letzten Fassung hat sich ein Fehler eingeschlichen. Zwei Tanzschritte sind in der neuen Version schlicht falsch abgedruckt. Schau!«

Ihre Mutter sah ihr über die Schulter und drängte sie schließlich zur Seite, legte beide Bücher nebeneinander. Sie wirkte konzentriert und äußerst angespannt. Lange Zeit sagte sie kein Wort, sondern verglich den einen Tanz mit dem anderen. Dann holte sie zischend Luft. »Wenn das stimmt, dann ist das eine Katastrophe. Es würde bedeuten, dass ...« Sie sprach es nicht aus, denn die Antwort war offensichtlich.

Jede Benu mit der Nummer Eins war umsonst gestorben.

Ihre Mutter brauchte noch eine Weile, um ihre Fassung zurückzugewinnen. Vielleicht dachte sie auch nur nach. Dann jedoch wandte sie sich mit ernster Miene an ihre Tochter, ergriff ihre Hand. »Du musst mir jetzt gut zuhören«, sagte sie mit einem seltsamen Unterton in der Stimme. »Und du musst mir vertrauen.«

Lionee nickte.

»Wir müssen dein Tattoo zerstören. Ein für alle Mal. Es ist jetzt wichtiger denn je, dass wir dich von der Königinnenfolge ausschließen.«

Lionee fühlte sich, als hätte ihr ihre Mutter eine deftige Ohrfeige verpasst. »Du scherzt«, brachte sie schwach hervor.

»Ich scherze nie. Lionee, mit deiner Behinderung darfst du nicht Königin werden. Du würdest unser Land nur ins Unglück stürzen.«

»So wie du?« Die Worte waren heraus, ehe Lionee darüber nachdenken konnte.

Die Ohrfeige, die ihr die Königin verpasste, war diesmal echt. »Wie kannst du es wagen, so etwas zu mir zu sagen? Nach allem, was ich für dich aufs Spiel gesetzt habe?«

»Aufs Spiel gesetzt? Mutter, wovon redest du? Wann siehst du endlich ein, dass ein unversehrter Körper nicht alles ist? Ja, ich bin anders als die meisten. Ja, ich kann kaum gehen. Aber ich lerne es, und ich werde besser. Ich bin zäh und stark. Vor allem bin ich klug. Wieso erkennst du das nicht?«

Wieder schimmerten Tränen in den Augen ihrer Mutter. »Wieso siehst du nicht, dass ich dich nur beschützen möchte? Mach es mir doch nicht so schwer!« Sie zog ein Messer aus dem Gürtel.

Angstvoll wich Lionee zurück. »Was hast du vor?«

»Wir müssen dein Zeichen endgültig zerstören. Es hat mich lange genug zur Verzweiflung getrieben.«

»Endgültig?« Lionees Stimme brach, als ihr das Unfassbare bewusst wurde. Nein! Das ... nein!

»Ich habe es bereits direkt nach deiner Geburt zerstören wollen. Damit dich die Venatoren nicht finden können. Damit du beschützt und behütet aufwachsen konntest. Leider ließ sich deine Macht kaum überdecken. Es heilte viel zu schnell, und die Venatoren fanden dich. Du warst nach dem Angriff kaum noch am Leben, aber dein verdammtes Zeichen hatte alles unbeschadet überstanden. Daraufhin vernichtete ich es erneut in der Hoffnung, dass es endgültig war. Jetzt sieh dir an, was daraus geworden ist.« Mit zorniger Miene deutete die Königin auf Lionees funkelnden und äußerst lebendigen Feuervogel. »Du sollst meine Nachfolge antreten, Lionee? Du weißt nicht, worauf du dich da einlässt.«

Lionee hob beruhigend die Hände und ging gleichzeitig rückwärts, bewegte sich langsam fort von ihrer Mutter. War sie verrückt geworden? Ließ sie überhaupt noch mit sich reden? Vermutlich nicht.

»Du hattest einen harten Tag, Mutter. Lass uns morgen in Ruhe miteinander sprechen. Wenn du etwas geschlafen hast. Der Verlust einer weiteren Benu ist hart, das weiß ich, aber ...«

»Hart? Du weißt überhaupt nicht, was hart ist«, ging die Königin dazwischen. Ihr ruhiger und dennoch bestimmter Tonfall war schlimmer, als wenn sie gebrüllt hätte. Sie wirkte so manisch. So unmenschlich. Jetzt war sich Lionee sicher. Sie hatte den Verstand verloren. Unwillkürlich wechselte Lionee beim Zurückweichen ganz leicht die Richtung, um mit dem Rückwärtsgehen der Ausgangstür näher zu kommen. Leider erkannte die Königin ihre Absichten und schnitt ihr den Weg ab. Drohend hob sie das Messer.

»Als meine Tochter bitte ich dich, mir zu gehorchen. Als meine Untertanin befehle ich es dir! Komm her!«

Im Leben nicht, dachte Lionee. Die Erkenntnis, dass ihre Mutter für ihr zerstörtes Zeichen verantwortlich war, lag wie ein Stein in ihrem Magen. Darüber musste sie später nachdenken. Erst musste sie diese schreckliche Situation überstehen.

»Du ahnst überhaupt nicht, welche Opfer ich für dieses Land gebracht habe und noch immer bringe. Niemand weiß das. Ich habe Entscheidungen getroffen, die andere Leute um den Verstand gebracht hätten. Entscheidungen, die ...«

Königin Liv unterbrach sich selbst. Offenbar hatte sie bemerkt, dass sie sich in Rage redete und zu viel ausplauderte. Lionee überlegte ganz andere Dinge. Wenn sie jetzt losrannte – konnte sie es bis zur Tür schaffen? Und dann? Dort draußen warteten ein Dutzend Wachen auf die Befehle der Königin. Ein Wort von ihr, und sie würden Lionee sofort ergreifen.

Blieb also nur diplomatisches Geschick.

Mit einem Ruck wurde die Tür zum Thronsaal aufgerissen, und Tyr, der Wächter ihrer Mutter, stürmte herein. »Liv, wir haben keine Zeit mehr! Wir müssen den Duat einfangen, sonst verlieren wir ihn! Lass uns deine Tochter erst mal festsetzen. Danach können wir immer noch besprechen, was mit ihr geschehen soll.«

»Nein! Als Erstes müssen wir ihr Zeichen vernichten. Bevor es noch mächtiger wird und andere es bemerken. Es reicht schon, dass so viele der Wächter ihre Ernennung mitbekommen haben.« Ihre Mutter warf sich unerwartet nach vorne und versuchte, Lionee zu packen. Die drehte sich in letzter Sekunde zur Seite und machte einen Satz zur Tür. Leider stand dort Tyr! Sie saß in der Falle. Mittlerweile waren noch weitere Wächter in den Raum gekommen.

Als Lionee in das entschlossene Gesicht ihrer Mutter blickte, wusste sie, dass die Zeit für vernünftige Verhandlungen verstrichen war. Da war ein Ausdruck in ihren Augen, der Lionee frösteln ließ. Das Feuer in den Augen der Königin erinnerte sie an Flammen aus der Hölle. Es brannte entschlossener denn je. Und zorniger als sonst. Ihre Mutter würde nicht zuhören.

Ein Geräusch ließ sie herumfahren. Tyr war die Treppenstufen heruntergesprungen und stand vor ihr, umkreiste sie nun genau wie ihre Mutter. Sie drehte sich verzweifelt mit, um beide Gegner im Auge zu behalten und wusste dennoch, dass sie keine Chance hatte. Nicht gegen die beiden.

Sie saß in der Falle. Ein Entkommen war unmöglich.

Shay

Sie wachte mit einem Stöhnen auf und starrte eine Decke mit so vielen Runen an, dass sie keine einzige klar erkennen konnte. Bunte Striche wechselten sich mit schwarzen und weißen Linien ab. Dazwischen erkannte sie zarte Tierbilder und grobe Skizzen von Bäumen und Pflanzen.

Die Kälte eines Steinbodens drang durch ihre Kleidung, und das Geschrei von streitenden Menschen ließ ihre Ohren klingeln. Nur mühsam drehte sie den Kopf und starrte die Szene an, die sich ihr bot.

Nat tobte. Obwohl er noch immer gefesselt war und ihn gleich drei Männer zu Boden drückten, versuchte er weiterhin zu ihr zu gelangen. Dabei brüllte er wie ein Wahnsinniger und war vor Wut oder Fassungslosigkeit rot angelaufen. Apropos Flammen. Langsam hob Shay ihren Arm an und betrachtete das unheimlich lebendige Tattoo. Der Feuervogel zwinkerte ihr erneut zu, als wolle er sie beruhigen. Jetzt, da er sie nicht mehr anbrüllte, wirkte er viel freundlicher. Beinahe friedlich. Schön und faszinierend.

»Du hast mir einen ziemlichen Schrecken eingejagt«, sagte sie zu dem magischen Symbol auf ihrer Haut. Augenblicklich kehrte Totenstille im Saal ein.

»Sie ist wach«, rief eine dunkle Frauenstimme erfreut. Eindeutig die magische Königin der Erde. Wie hieß sie doch gleich? Amanda. Genau.

»Shay! Shay, hörst du mich?«, fragte Nat umgehend.

»Meine Ohren fiepen, aber sonst geht es mir gut«, murmelte sie. Noch immer liegend sah sie sich um. Man hatte sie lang auf den Boden ausgestreckt. Um sie herum war ein Kreis gezeichnet, in dessen Linien kleinere und größere Runen eingeflochten waren. Das war nicht gut. Als sie das letzte Mal in einem ähnlichen Kreis gelegen hatte, war Theon gestorben.

Abrupt setzte sich Shay auf. Mindestens zehn Personen hatten sich um sie herum versammelt und starrten auf sie nieder. Einzig Nat kniete und war umringt von einer Traube Bewacher. Wenigstens hatte er mit dem Rumgetobe aufgehört.

»Der magische Schock war zu viel für deinen Körper«, mutmaßte die Königin. »Da hat sich dein Gehirn ausgeklinkt.«

Shay hatte eher eine andere Erklärung. Sie war vermutlich vor Schreck in Ohnmacht gefallen. Magische Tattoos, die sie anbrüllten – das war zu viel für ihren Verstand gewesen. Ihre Theorie behielt sie aber lieber für sich. Wegen zu viel Magie ohnmächtig zu werden klang viel cooler als wegen einer Panikattacke umzukippen.

»Warum liege ich in diesem Kreis?« Vermutlich wollte sie die Antwort gar nicht hören, hatte letztlich aber keine Wahl, als sich der Realität zu stellen. So irre sie auch sein mochte.

»Wir wollen mit dir das Ritual durchführen.«

Shay blinzelte. Was? Das war ja noch schlimmer als gedacht! »Das Ritual?«, krächzte sie. »Welches Ritual?« *Bitte nicht*, dachte sie gleichzeitig. *Sag es nicht!*

»Ich möchte dir meine Magie übergeben. Du kennst nicht zufällig den dafür notwendigen Benu-Tanz?«

»Nein.« Hoffnung keimte in Shay auf. Das war hoffentlich ihre Ausflucht!

»Deshalb haben wir dich in den Kreis gelegt. Es ist unüblich, aber durchaus vorgekommen, den Tanz wegzulassen und die Runen zu benutzen. Wir warten noch auf fünf weitere Ordensschwestern, die uns unterstützen werden. Dann können wir loslegen.« Amanda sagte das, als spräche sie übers Wetter.

Shay sah Nat fragend an, der vor Anspannung mit den Zähnen knirschte. »Sie ist die Königin von Amenthes.« Er klang so, als hätte er das in den letzten Minuten schon recht häufig gesagt.

»Vielleicht. Vielleicht auch nicht. Sie ist vor allem die Königin der Erde.«

»Ihr verurteilt Amenthes damit zum Tode! Die Magie hat bislang jeder Nummer Eins den Thron verweigert. Bei Shay wird das anders sein. Sie ist die eine. Die Richtige! Bitte. Amenthes stirbt. Wenn ihr Shay zu eurer Königin macht, ist sie für meine Welt verloren.« Nats Stimme klang beinahe flehend.

Shays Magen zog sich zusammen. Das war ihr bislang noch gar nicht in den Sinn gekommen.

»Sie ist ein Kind der Erde. Du hast sie dazu gemacht«, antwortete Amanda in erstaunlich mitfühlendem Ton. Überhaupt wirkte sie keineswegs angriffslustig oder aggressiv. Vielmehr verständnisvoll. Als könne sie Nat gut verstehen. Shay musterte die Königin eingehend. Sie musste um die siebzig Jahre alt sein und war in Würde gealtert. Ihre Haare waren steingrau. Sie trug sie zu einem kunstvollen Zopf geflochten, der Shay an Filme über das Mittelalter erinnerte. Die Kleidung hingegen war das komplette Gegenteil davon. Amanda war in einen mitternachtsblauen Blazer mit einer schicken, locker fallenden Anzughose gehüllt. Eher eine Geschäftsfrau als eine Königin. Die moderne Version für die Erde.

Als sie Shays Blick bemerkte, wandte Amanda sich ihr zu. »Shay, wir beobachten dich schon seit vielen Jahren, und ich kann verstehen, dass du mit den Ereignissen überfordert bist. Aber willst du nicht lieber auf der Erde bleiben, als in einer untergehenden Welt gegen Intrigen und Ränke zu kämpfen? Die Königin von Amenthes ist anders als ich. Sie hat noch nicht erkannt, dass ihre Zeit gekommen ist. Ich hingegen übergebe dir meine Magie mit Freuden. Es wäre mir eine Ehre, dich danach einzuarbeiten. Gemeinsam können wir die Erde weiterhin beschützen.«

»Amenthes stirbt«, wiederholte Nat.

»Das ist nicht Shays Schuld. Auch die Erde wird in Gefahr geraten, wenn wir nicht rasch eine passende Nachfolgerin finden. Ihr spürt es alle, sonst würden wir hier nicht diskutieren. Shay ist die Königin der Erde, und sie möchte hierbleiben.«

»Ich kann für mich selbst sprechen«, brachte Shay schließlich heraus und fragte sich gleichzeitig, wie sie diese unmögliche Entscheidung fällen sollte.

Sie wollte auf der Erde bleiben. Unbedingt. Hier fühlte sie sich wohl, hier hatte sie eine Zukunft. Krieg, Magie und tödliche Gefahren ließen sich hier viel eher leugnen. Alles wirkte friedlicher. Vor Amenthes hatte sie schlicht Panik. Sie kannte die Welt nicht. Sie erschien ihr wenig lebenswert: dunkel, umkämpft und voller Gefahren.

Dann aber sah sie in Nats aufgerissene Augen, sah die Verzweiflung in seinem Blick. Er hielt sie für die letzte Hoffnung seiner Welt. Für die Retterin. Die Auserwählte der Magie. Sein Bruder und er hatten ihr ganzes Leben geopfert, um sie zu beschützen, waren Tag und Nacht in ihrer Nähe gewesen. Sie waren ihre Familie. Die einzige, die sie hatte. Theon war für sie gestorben. Er hatte an sie geglaubt.

Wie sollte sie das ignorieren und die egoistischste Wahl ihres Lebens treffen? Konnte sie damit leben? Nein!

»Ich bin die zukünftige Königin von Amenthes seit meiner Geburt. Sucht euch eine eigene Kandidatin.« Entschlossen trat sie aus dem Kreis … oder wollte es vielmehr. Denn in der gleichen Sekunde erschütterte ein so gewaltiger Schlag das gesamte Haus, dass Putz von den hohen Decken fiel, Bilder von den Wänden krachten und Stühle umkippten. Die Runen im gesamten Raum flammten zornig rot auf und Shays Tattoo erwachte abermals zum Leben: Die Zeichnung darauf stieß einen empörten Schrei aus und erhob sich in die Luft, um wie ein lebendiger Vogel über ihren Kopf zu kreisen.

»Die Königin von Amenthes«, rief Amanda ihren Ordensmitgliedern zu. »Sie ist zur Erde gekommen!«

Kapitel 23

Lionee

»Mutter, lass uns in Ruhe darüber reden«, versuchte es Lionee noch einmal mit einem Appell an die Vernunft ihrer Mutter.

»Wir haben keine Zeit mehr.« Liv sprang unvermittelt nach vorne. Lionee wollte zurückweichen und spürte in der gleichen Sekunde, wie sich starke Arme um ihre Schultern wanden. Tyr! Sie hatte den Duatkrieger ihrer Mutter vergessen.

Sie versuchte, ihn zu schlagen. Auszuweichen. Vergebens. Er hielt sie gepackt. Alles Strampeln half nichts. Gleichzeitig angelte er fluchend nach ihrem Arm, um ihn ihrer Mutter hinzuhalten. Jetzt wehrte sich Lionee mit aller Kraft. Das war ihr Symbol! Ihr Zeichen! »Ich bin deine künftige Königin«, brüllte Lionee Tyr an, der natürlich nicht reagierte.

Sie fühlte, wie die Königin das kühle Messer auf ihrer Haut ansetzte und sie anritzte. Vor Schmerz und Schock zuckte sie zurück, doch Tyr hielt sie gnadenlos fest. »Nein! Das dürft ihr nicht!«

»Es ist zu deinem eigenen Besten«, entgegnete ihre Mutter und wollte das Messer quer über das Zeichen ziehen, als ihr einer der Wächter hinter ihr ein Schwert an den Hals legte.

»Waffe weg«, knurrte er böse. »Lasst Lionee los. Sofort!«

Sie erkannte die Stimme sofort. Theon! Doch was machte er hier? Wie kam er in den Thronsaal? Er wirkte grimmig und entschlossen, aber auch müde und abgekämpft. Seine Haltung sah bedenklich aus, doch er bemühte sich sichtlich, die Schwäche zu verschleiern.

»Tyr! Lass sie los! Majestät! Das Messer weg. Sofort!«

»Theon Shenai, du würdest niemals deine Königin töten«, antwortete Lionees Mutter. Offenbar hatte sie seine Stimme ebenfalls erkannt. »Dein Vater würde sich im Grabe umdrehen.«

»Mein Vater hat mir aufgetragen, meine Schützlinge mit meinem Leben zu verteidigen und mein Land zu retten. Genau das tue ich. Er wäre stolz auf mich. Messer weg, Majestät!«

Lionee hielt den Atem an. Ihr Herz klopfte so heftig, dass sie den Schlag in ihrem Hals pulsieren fühlte. Noch nie in ihrem Leben hatte sie so große Angst gehabt. Um sich, um ihr Volk, aber vor allem auch um Theon. Ihr war klar, dass ihre Mutter ihn jetzt und hier töten lassen würde. Die Königin mit einem Messer zu bedrohen war Hochverrat.

Endlich reagierte Tyr. Er lockerte seinen Klammergriff um Lionees Arme und stieß sie von sich. Sie stolperte einige Schritte nach vorne, ehe sie sich hinter Theon in Sicherheit brachte. Erst jetzt bemerkte sie, dass sich die übrigen Soldaten nähergeschlichen hatten und sie in einem Halbkreis umzingelten. In ihren Mienen war deutlich abzulesen, was sie von Theons Handlungen hielten. Sie brannten darauf, ihn umzubringen.

»Lionee, zurück zur Wand«, sagte Theon mit angespannter Stimme zu ihr. Verwirrt befolgte sie seinem Befehl und bewegte sich rückwärtsgehend zur steinernen Wand in ihrem Rücken. Dabei kam sie an dem Tisch mit den beiden Büchern vorbei. Hastig nahm sie beide in die Arme. Gleichzeitig zog Theon seine Geisel mit sich.

»Es gibt kein Entkommen für euch«, merkte ihre Mutter an. »Wenn du jetzt aufgibst, gewähre ich dir einen schnellen Tod.«

Das klang wenig motivierend. Theon ignorierte ihre Worte natürlich. »Kommt nicht näher«, sagte er drohend zu den anderen Duatwächtern.

Lionee war mittlerweile an der Wand angekommen und stieß mit den Hacken dagegen. »Was jetzt?«, fragte sie leise.

»Weißt du noch die Rune, die ich damals gezeichnet habe? Um zum Dorf zu gelangen?«

Natürlich! Die Geheimgänge, die sich auf sein Zeichen hin verschoben. Trotz ihres damaligen elenden Zustands erinnerte sie sich noch recht gut daran. Neue Runen faszinierten sie so sehr, dass sie sich die geschwungenen Linien sofort eingeprägt hatte. Jetzt war sie dankbar, dass ihre Mutter sie bereits mit dem Messer verletzt hatte. Der Schnitt blutete noch immer. Sie benutzte die Tropfen dafür, um die Rune möglichst großflächig auf der Wand aufzubringen.

»Lionee, wenn du ihm hilfst, machst du dich ebenfalls strafbar«, warnte sie ihre Mutter.

»Du lässt mir keine Wahl. Ich werde dich nicht mein Zeichen zerstören lassen. In deinen Augen mag ich nicht die beste Wahl für deine Nachfolge sein, aber so, wie es ausschaut, bin ich die Einzige, die infrage kommt.«

»Im Moment gibt es noch fast hundert Benu, die deinen Platz einnehmen könnten. Noch.«

Sowohl Theon als auch Lionee erstarrten. »*Noch*?«, fragte Lionee. »Was meinst du damit?«

»Ich meine damit, dass sich Amenthes gerade selbst von allzu verwaschenen Blutlinien reinigt. Die Magie ist bei jedem Einzelnen kaum noch zu spüren. Es wird Zeit, dass sie neu gebündelt in einer einzigen Person erwacht.«

Lionee wusste nicht, was sie darauf erwidern sollte. Was wollte ihre Mutter damit andeuten?

»Lionee, die Rune«, erinnerte sie Theon in diesem Moment.

Sie vollendete das Zeichen mit Schwung. Die Rune flammte kurz auf und ein Rumpeln ertönte. Gleich darauf öffnete sich wie von selbst ein Spalt in der Wand.

Theon stieß die Königin daraufhin so abrupt von sich, dass diese zu Boden stürzte. In der gleichen Sekunde zog er Lionee am Handgelenk in den Tunnel und wischte mit der Hand über die verbindende Rune im Inneren des Ganges. Sofort verschloss sich der Zugang mit einem Krachen. Atemlos verharrten sie in vollkommener Dunkelheit. Lauschten.

Lionee streckte sie die Hände aus, berührte Theon. Sie brauchte jetzt seine Nähe. Seine Haut an ihrer. Er nahm sie so fest in die Arme, dass sie seinen Herzschlag spürte.

»Ich dachte wirklich, das ist jetzt unser Ende«, murmelte sie.

»Ich auch.«

»Wie bist du denn in den Thronsaal gelangt? Und überhaupt, wie …« Lionee schrie erschrocken auf, als Theon langsam in die Knie ging. Sie versuchte seinen zusammenbrechenden Körper möglichst sanft auf den Boden zu legen, doch der Aufprall war trotzdem heftig. »Bei Amenthes, Theon! Du gehörst ins Bett.«

»Ich weiß, dass ich besser liegen geblieben wäre«, keuchte er und versuchte vergeblich, wieder auf die Beine zu kommen. Schließlich gab er auf und blieb für den Moment liegen. »Ich hatte keine Wahl. Alles in mir hat dagegen rebelliert, dich alleine zu deiner Mutter gehen zu lassen. Nenn es Instinkt, der mich gewarnt hat. Ich bin dir gefolgt, habe einen Wächter niedergeschlagen und dessen Kleidung angezogen. Danach bin ich weiter zum Thronsaal gegangen.«

»Das erklärt zumindest deine Wächterkleidung.«

»Ich konnte mich den Wachen vor der Tür anschließen. Als sie plötzlich in den Thronsaal gestürmt sind, hat mich keiner beachtet. Da habe ich gesehen, was deine Mutter mit dir vorhatte. Lionee! Wollte sie dich umbringen?«

»Nein, aber mir mein Zeichen ein für alle Mal aus der Haut schneiden.« Lionee schluckte, sammelte all ihren Mut, um die bittere Wahrheit aussprechen zu können. »Theon, meine Mutter hat von Anfang an versucht, mich aus der Rangfolge auszuschließen. Sie hat sogar meine Rune absichtlich zerstört. Welche Mutter tut so etwas? Und warum?«

»Ich weiß es nicht. Vielleicht war ihr die Bürde als Königin zu schwer, und sie wollte dir solch ein Schicksal ersparen?« Theon versuchte auf die Beine zu kommen. »Darüber sollten wir später diskutieren. Erst einmal müssen wir hier weg. Der Durchgang zum Thronsaal ist zwar durchbrochen, aber ich weiß nicht, wie gut deine Mutter noch zaubern kann. In ihren besten Jahren hätte sie uns schon längst gefunden. Gänge zu verschieben war ihr Markenzeichen. Man wusste nie, wo sie auftaucht.«

»Sie ist schwach, und die Verbindungsrunen sind zerstört. Gönn dir einen Moment zum Durchatmen. Du bist noch immer sterbenskrank.« Lionee bemühte sich, die Sorge aus ihren Worten zu tilgen. Was sollte sie machen, wenn Theon erneut ohnmächtig wurde?

»Es wird nicht besser ohne Medizin. Komm, wir müssen weiter.« Diesmal kam Theon mit Lionees Hilfe auf die Beine.

»Wohin denn?«

»Zur Erde. Auf Amenthes bin ich mittlerweile unerwünscht. Es gibt nur diese eine Möglichkeit.«

»Aber was ist, wenn ich wirklich die Königin dieser Welt bin? Ich kann doch nicht einfach gehen.«

»Du gehst auch nicht für immer. Nur für eine Weile. Ich muss erst wieder zu Kräften kommen, und wir brauchen einen Plan, um deine Mutter zu ...« Er unterbrach sich.

»... zu stürzen? Ja, daran habe ich auch schon gedacht.« Lionee atmete tief durch, um ihren unglaublichen Verdacht in Worte zu fassen. »Ich glaube, sie will ihre Macht gar nicht abgeben. Theon! Der Tanz für die Übergabe der Magie ist fehlerhaft. All die Benus mit der Nummer Eins sind umsonst gestorben! Im Lehrbuch wird der Tanz falsch beschrieben. Die Frage ist jetzt, ob das ein dummes Versehen war oder … ob Absicht dahintersteckt.«

»Aber warum sollte jemand absichtlich so etwas … oh!« Theon wurde noch bleicher, als er verstand. »Willst du andeuten, dass deine Mutter damit etwas zu tun haben könnte?«

»Ich weiß im Moment überhaupt nicht mehr, was ich denken soll. Kennst du die Gerüchte über den Biestmeister? Dass er die Venatoren erschaffen haben soll? Ich dachte zwischendurch, dass es Konaira ist. Dass sie die Bestien lenkt, aber mittlerweile bin ich mir da nicht mehr sicher.« Sie konnte es nicht laut aussprechen. War ihre Mutter wirklich zu so etwas fähig?

»Etwas stimmt nicht mit deiner Mutter«, gab Theon zu. »Sie hat sich in den letzten Jahren verändert, ist düsterer geworden. Ich hatte immer gedacht, das läge an ihrer schwindenden Macht, aber vielleicht gibt es auch einen anderen Grund. Was immer es ist, wir müssen zusehen, dass wir hier verschwinden. Sobald wir in der Gruft meiner Eltern sind, stürzen wir uns durch den Weltenriss. Ich habe ihn bereits geöffnet. Ich weiß, ich weiß! Schau nicht so entsetzt, aber mir war klar, dass es eventuell rasch gehen muss.«

»Was ist, wenn meine Mutter schneller dort eintrifft als wir? Sie könnte zur Erde gelangen.«

»Die Gelegenheit dazu hätte sie schon öfter haben können. Natürlich wäre sie dann nicht an der gleichen Stelle herausgekommen, wo wir immer rauskommen, aber es wäre für sie ein Leichtes gewesen. Hast du Licht? Ich muss die Verbindungsrune zur Gruft malen. Im Stockdunkeln kann ich das nicht.«

Lionee durchwühlte ihre Taschen, jedoch vergebens. Schließlich hob sie einen Stein auf und verwandelte ihn mit einigen einfachen Zeichen in eine Leuchtkugel. In seinem Lichtschein sah sie, wie Theon sie verblüfft anstarrte.

»So etwas bewirkst du einfach so aus dem Handgelenk?«, fragte er.

»Ich habe ein Buch gefunden, das viele Zaubersprüche vereinfacht. Während du geschlafen hast, habe ich so manche ausprobiert und mir gemerkt. Das hier war nur einer von vielen. Los jetzt! Zeichne! Wenn uns meine Mutter findet, sind wir geliefert.«

Theon folgte ihrer Aufforderung sofort. Dabei bemerkte Lionee durchaus, dass er schwankte und sich mehrmals an der Wand abstützen musste. Sie stützte ihn möglichst unauffällig, bis endlich die Rune aufflammte und ein Loch im Stein erschien. Der Gang war kurz und spuckte sie direkt in der gewünschten Grotte aus. Lionee pfiff leise durch die Zähne. An diese Art von Reisen konnte sie sich gewöhnen. Als sie jedoch an das Endziel dachte, bekam sie eine Gänsehaut.

Die Erde. Sie hätte nie gedacht, dass sie einmal dorthin kommen würde.

Theon ging voraus und betrat die Höhle als Erster. Lionee wartete gar nicht auf sein Zeichen, dass die Luft rein war. Wenn dem nicht so sein sollte, war das ohnehin ihr Ende. Jetzt sah sie auch den glimmernden Strich im Stein, der mal feuerrot, mal sonnengelb aufflammte. Der Weltenriss.

»Wir …«, setzte Theon an, wurde jedoch unterbrochen.

»Hier sind sie, Eure Majestät! Ich habe sie gefunden«, brüllte ein Mann.

Lionee fuhr herum und entdeckte einen Soldaten, der am Höhleneingang stand. Er kam allerdings nicht näher, sondern rief weiter nach Verstärkung.

»Schnell!« Theon schubste Lionee Richtung Weltenriss. In ihr sträubte sich alles, sich den Funken zu nähern. Theon ließ sie jedoch nicht los.

Sekunden später sah Lionee nichts mehr, hörte nur noch dumpf, und ehe sie vor Schreck aufkeuchen konnte, stand sie auf einer grünen Wiese. Es roch seltsam. Wie nach einem Blitzeinschlag.

Der Gedanke verflog, als Theon dicht hinter ihr auf der Wiese erschien und sie vorwärtszog. Weiter und immer weiter.

Ängstlich drehte sich Lionee um und warf einen Blick zurück. Das Portal war noch vorhanden und flimmerte in der Luft wie Sternenstaub. Darunter glitzerte das seltsame Feuer.

»Müssen wir das Tor nicht schließen?«, keuchte Lionee.

»Es schließt eigentlich von selbst. Dass es so lange dauert, ist kein gutes Zeichen. Jemand hält es am Leben.«

Sie brauchten nicht darüber zu diskutieren, wer dieser jemand war. Lionee hielt dennoch inne. »Theon, was geschieht, wenn meine Mutter uns hier aufspürt?«

Theon wandte sich ihr zu, die Augen dunkel vor Sorge, die Haut blass vor Anstrengung. Blutflecken vermehrten sich auf seinem Leinenhemd, breiteten sich aus, wurden dunkler und dunkler. Lange hielt er nicht mehr durch. Daran gab es keinen Zweifel.

Lionee wollte ihn gerade darauf hinweisen, als es hinter ihr einen Knall gab und eine magische Druckwelle sie zu Boden warf. Noch im Fallen drehte sie sich um und sah, wie ihre Mutter aufrecht durch den Weltenriss trat.

Es war geschehen. Das Undenkbare war eingetreten.

Die Königin von Amenthes war auf die Erde gekommen.

Kapitel 24

Nat

Alle Anwesenden im Saal drehten durch. Zumindest kam es Nat so vor. Sie rannten wild durcheinander, schnappten sich seltsam aussehende Waffen und verteilten alte Bücher an jeden. Selbst Amanda rüstete sich, genau wie Enwyn. Sie war auch die Einzige, die ihm einen mahnenden Blick zuwarf. *Tu jetzt nichts Dummes*, schien sie zu sagen. Sie kannte ihn gut. Viel zu gut.

»Shay«, rief er der jungen Frau über den Tumult hinweg zu. Shay stand noch immer wie angewurzelt im Runenkreis und sah sich staunend um. Grauer Putz hatte sich wie eine feine Staubschicht auf ihre Haare gelegt, und ihr Gesicht starrte vor Schmutz und Dreck. Wenigstens war sie unverletzt. »Komm zu mir!«

Seine Hände waren noch immer auf dem Rücken gefesselt, aber er war allein. Seine Bewacher hatten momentan anderes zu tun. Das war die Gelegenheit, um zu verschwinden.

Shay lief entschlossen los. Kurz bevor sie den Fuß über die äußere Runenlinie setzte, zögerte sie und hielt eindeutig die Luft an, schloss sogar die Augen. Auch Nat erstarrte. So mancher Bannkreis reagierte recht ungehalten, wenn man sein Innerstes verließ. Dieser hier flammte lediglich zornig auf, dann verblasste der Zauber. In der gleichen Sekunde war Shay bei Nat angekommen.

»Was ist los?«, fragte sie mit zitternder Stimme.

»Ich schätze, Liv ist soeben hier aufgetaucht.«

»Liv?«

»Die Königin von Amenthes.«

»Aber was will sie hier? Und warum bricht gerade alles zusammen?«

»Eine gute Frage.« Nat warf einen Blick zur Decke. »Die meisten Runen bewahren diesen Ort vor einer Entdeckung. Mit dem Auftauchen einer fremden Allmacht sind alle Zeichen gleichzeitig aktiviert worden. Es sieht nach einer Art Überstimulation aus. Wir sollten sehen, dass wir hier verschwinden.«

»Das sehe ich genauso.« Lautlos war Enwyn zu ihnen getreten. Mit dem Messer, das sie in der Hand hielt, durchschnitt sie Nats Fesseln. »Liv hat es sicher auf die Nummer Eins abgesehen.«

»Aber warum? Sie hat doch all die Jahre versucht, die Magie abzugeben!«

»Hat sie das? Bist du dir da sicher? Oder hat sie nur so getan?«

Nat starrte Enwyn fassungslos an. Ihre Worte waren so ungeheuerlich, dass er sie kaum erfassen konnte. »Bist du deswegen aus Amenthes fortgelaufen?«, fragte er tonlos.

»Es gibt schon lange ziemlich üble Gerüchte unter den Benus. So manche Mutter hat das Zeichen der Königin vorzeitig bei ihrer Tochter zerstört, um sie zu schützen. Man munkelt, Liv habe das sogar höchstpersönlich bei Lionee getan. Ich weiß nicht, ob das stimmt. Ich weiß nur, dass die Königin von Amenthes eigene Pläne schmiedet. Pläne, die sie womöglich auf die Erde ausweiten will.«

»Shay.« Amanda trat zu ihnen und umfasste Shays Handgelenk so fest, dass Nat drohend auf sie zuging. »Du musst mit uns kommen. Ich muss nachsehen, was los ist, und kann dich unmöglich allein hier zurücklassen. Die dunklen Bestien kommen immer zahlreicher auf die Erde. Sie suchen dich, und obwohl du dein Tattoo zerschnitten hast, werden sie dich schon bald aufgespürt haben.« Sie sah Nat scharf an.

»Ich weiß, dass du sie beschützen willst und wirst. Lass uns zusammenarbeiten.«

»Sie ist nicht eure Königin.«

»Das können wir später ausdiskutieren. Jetzt müssen wir nachsehen, was genau los ist!«

Nat gab sich geschlagen und nickte. Als eine Wache an ihm vorüberging, nahm er ihm ohne Nachfrage seinen Dolch aus der Hand und steckte ihn ein. Ähnlich verfuhr er mit einem Säbel und einem kleineren Messer. Wenn er schon in unbekannte Gefilde aufbrach, dann gewiss nicht unbewaffnet.

Das Messer hielt er Shay hin, die es eher widerwillig annahm. Danach folgten beide den königlichen Wachen hinaus. Amanda und Enwyn schlossen sich ihnen an. Die schwarzen Vans, die Shay und Nat zur Villa gefahren hatten, warteten im Innenhof auf sie. Nat achtete sehr genau darauf, sich neben Shay in einen Wagen zu setzen. Die missbilligenden Blicke der Wachleute nahm er ganz bewusst nicht zur Kenntnis.

»Fliehen wir, wenn es möglich ist?«, flüsterte ihm Shay ins Ohr, als er sich zum Anschnallen näher zu ihr hinüberbeugte. Er wiegte den Kopf hin und her.

»Das müssen wir kurzfristig entscheiden«, antwortete er und entdeckte pure Angst in Shays Augen. Sie war es einfach nicht gewöhnt, in einen Kampf zu ziehen. Sein Herz wurde schwer, als er sie so sah. Am liebsten hätte er sie vor der ganzen Welt beschützt, ihr die Ängste genommen. Leider war das Unmöglich. Um sie zu beruhigen, nahm er ihre Hand und drückte sie. Es fühlte sich wie immer seltsam an, sie zu berühren. Verboten gut. Im Moment war ihm das aber egal. Shay wirkte allein und verloren. Sie brauchte das jetzt, genau wie er.

Die ganze Fahrt über schwiegen sie. Nat ging in Gedanken die verschiedensten Szenarien durch, doch letztlich lief alles auf eine Sache hinaus: Solange er nicht wusste, wie die Königin auf Shay reagierte, konnten sie unmöglich nach Amenthes zurückkehren. Zu gefährlich. Was, wenn Enwyns Andeutungen wahr waren? Verfolgte die Königin ihre eigenen Ziele?

»Meine Mutter kam von der Erde?«, riss Shay ihn aus seinen Überlegungen.

»Das war auch mir neu. Sie war eher die stille Beobachterin im Hintergrund. Viel gesagt hat sie nie. Ähnlich wie du.« Er versuchte es mit einem provozierenden Grinsen, um Shay abzulenken. »Es sei denn, ich fordere dich heraus. Dann hast du eine Menge zu sagen.«

Sein Versuch prallte an Shay ab wie ein Flummi. Sie starrte ihn lediglich an und schien ihn dabei gar nicht zu sehen. »Wenn sie von der Erde kam ... vielleicht bin ich dann doch die Königin von Eatu. Kann doch sein, oder?«

»Ich weiß es nicht. Lass uns ...« Er unterbrach sich, weil die Wiese in sein Sichtfeld kam. Sämtliche Männer und Frauen in dem Achtsitzer beugten sich genau wie er vor, um besser sehen zu können.

Nat fühlte sich, als habe man ihn abrupt in einen Strudel voller Wasser geworfen. Er konnte vor Schock kaum atmen, kaum denken.

»Das ... ist das ...«, stotterte Shay. Auch sie konnte kaum glauben, was sie sah.

»Theon«, flüsterte Nat. War das wirklich sein Bruder, der über das Feld wankte? Eine Frau stützte ihn und bemühte sich, ihn vorwärts zu drängen. Denn hinter ihnen ...

»Was zur Hölle ist das?«, fragte der Wächter ihm gegenüber ungläubig.

Das war eine gute Frage. Die Luft hinter Theon und der Frau schien zu brennen. Als würde sich Sonnenschein in flimmernder Hitze spiegeln. Der Weltenriss stand in Flammen. Zumindest sah es so aus. Darin schälte sich ein gigantisches Etwas heraus. Schwarz, in Rauch gehüllt und von Feuer umtost. Es schwebte gut einen Meter über dem Erdboden und wirkte dadurch riesiger, als es in Wirklichkeit war. Ganz allmählich meinte Nat Konturen erkennen zu können. Einen Körper. Schlank, beinahe grazil. Die Beine wurden von einem flatternden Rock verdeckt, und die langen Haare peitschten um ein Gesicht, das …

»Liv. Die Königin von Amenthes. Sie ist wirklich gekommen«, sagte Nat tonlos. Aber warum schwebte sie?

Das Auto hielt an, zwei Männer rissen die Türen auf und wollten aus dem Wagen springen. Nat war schneller. Er war schon draußen, bevor ihn jemand zurückhalten konnte.

»Bleib im Wagen, Shay«, brüllte er. Dann rannte er los, um seinem Bruder zu helfen.

In der gleichen Sekunde kamen Schattenbestien aus dem Riss. Erst eine, dann zwei, dann immer mehr und mehr. Sie achteten nicht auf die schwebende Königin direkt über ihnen, denn sie hatten ein ganz anderes Ziel:

Theon und die Frau.

Nat schrie und winkte. Sein Bruder hatte ihn längst entdeckt, bemerkte die lautlose Gefahr hinter sich jedoch nicht. Die Frau an seiner Seite hingegen schon. Sie drehte sich um. Ihren Schrei hörte Nat bis zum Rand der Wiese. Mit einem gewaltigen Satz übersprang er einen Holzzaun und jagte danach weiter. So schnell er konnte.

Noch einmal würde er seinen Bruder nicht den Bestien überlassen. Nie wieder! Ihm war zwar schleierhaft, wie er ihn mit einem einfachen Dolch verteidigen sollte, aber eins war gewiss. Er würde ihn retten. Komme, was wolle.

Hinter ihm brüllten jetzt auch Amandas Männer Warnungen. Nat meinte Shays Stimme vernommen zu haben, doch er rannte weiter. Jetzt hatte auch Theon die Gefahr wahrgenommen und sich zu den Angreifern umgedreht. Er schob die Frau hinter sich, wollte sie beschützen. Eine seltsam hilflose Geste, angesichts der unzähligen Schattenbestien, die mit riesigen Sprüngen auf sie zurasten. Gleich würden sie die beiden erreicht haben und ganz sicher in Fetzen reißen.

Sie rannte los. Warum, wusste sie selbst nicht genau, doch es war wie ein Zwang. Alles in ihr protestierte und wollte sie zum Umkehren zwingen, aber ihre Instinkte hatten die Kontrolle übernommen.

Statt vor der tödlichen Gefahr zu fliehen, hielt sie genau darauf zu.

Sie sah nur Nat, der ihr wichtiger war als jeder andere Mensch und entdeckte Theon, den sie bislang selten zu Gesicht bekommen, aber jederzeit und überall erkannt hätte. Die beiden waren ihre Familie. Sie konnte sie unmöglich sterben lassen. Nicht noch einmal.

Amanda rief ihr hinterher, sie solle stehen bleiben, doch da hatte Shay bereits erstaunlich behände den Zaun überwunden. Das viele Training machte sich langsam doch bemerkbar. Sie stolperte nicht einmal beim Aufkommen und rannte direkt weiter. Das Messer, das Nat ihr gegeben hatte, lag bereits in ihren Händen. Sie bezweifelte, dass sie damit viel ausrichten konnte, wollte es aber zumindest versuchen. Das war sie den beiden Männern schuldig, die sich ihr ganzes Leben um sie gekümmert, gekämpft und gelitten hatten.

Theon bemerkte sie als Erster und riss die Augen auf. »Shay, zurück«, brüllte er ihr zu und sorgte dafür, dass sich Nat in vollem Lauf umdrehte. Schock und Entsetzen spiegelten sich in beiden Augenpaaren.

Die Venatoren waren beinahe bei Theon angekommen. Der vorderste fuhr bereits die Krallen aus, wollte zupacken. Instinktiv streckte Shay die Hand aus, als wolle sie die Bestie dadurch aufhalten. Als könne das irgendetwas bewirken.

Die erste Bestie prallte gegen eine unsichtbare Mauer, keine zwei Fingerbreit von Theons Nacken entfernt. Sie ging jaulend zu Boden. Eine zweite wurde ähnlich gestoppt, danach eine dritte, woraufhin der Rest abrupt stehen blieb. Der Angriff kam zum Stillstand.

Nat war mittlerweile bei seinem Bruder angekommen. Er zog ihn heftig zurück und stellte sich vor ihn und die Venatoren. Auch Shay war wenig später bei ihnen und blieb keuchend neben der fremden jungen Frau stehen, die sie allerdings nicht beachtete. Sie hatte nur Augen für das menschenähnliche Wesen, das sich aus dem Spalt geschält hatte und schwebend auf sie zukam. Es blieb hinter den wartenden Bestien stehen und musterte die vier eingehend.

Erst jetzt erkannte Shay inmitten der Rauchschwaden die Silhouette einer Frau. Ihr langes, dunkelrotes Haar umwogte sie wie eine zweite Haut, und ihre lange Ballrobe flatterte in einer Aura aus Wind. Sie trug ein hellblaues Kleid mit weißen Perlen und Stickereien. Der weite Ausschnitt ließ viel blasse Haut erkennen, die von dunkelgrauen Runen durchzogen wurden. Als versuche die Magie höchstselbst aus ihr herauszukrabbeln. In den Händen hielt sie eine filigrane Krone, in deren Goldglanz sich Blitze zu spiegeln schienen. Ein unheimlicher Anblick. Doch am schlimmsten waren die Augen des Wesens. Dunkelrot. Feuerglühend. Shay bekam unwillkürlich Gänsehaut. Vor allem, weil das Wesen ... die Königin ... sie eingehend musterte.

»Shay«, sagte sie mit einer Stimme, die seltsam lieblich und gleichzeitig kalt klang. »Wie schön, dass wir uns endlich kennenlernen.«

»Hallo, Königin von Amenthes.« Shay hob die Hände zum Gruß. Das war gewiss keine für eine Königin angemessene Begrüßung, doch mehr fiel ihr gerade nicht ein. Sollte die Königin von Amenthes nicht eigentlich auf ihrer Seite stehen? Doch warum versammelten sich dann die Schattenbestien um sie herum, als seien es ihre Schoßhunde?

Die Königin warf ihr lediglich einen verächtlichen Blick zu, danach sah sie links neben Shay. »Amanda. Welch Freude, dich wiederzusehen.«

»Leider kann ich deine Freude nicht erwidern, und auf ein Willkommen musst du vergeblich warten. Was willst du hier, Liv? Du hast hier nichts zu suchen.«

»Ich möchte meine törichte Tochter zurückholen und verlange, dass du mir Shay und ihre Wächter auslieferst. Sie müssen sich vor dem Gericht von Amenthes verantworten.«

»Shay ist ein Kind der Erde und damit sind es ihre Wächter ebenfalls. Sie stehen unter meinem Schutz. Deine Tochter scheint sich von dir losgesagt zu haben. Wenn sie es möchte, darf sie um Asyl bitten. Geh wieder nach Amenthes zurück und feiere den Weltuntergang, Liv. Und nimm deine dunklen Bestien gleich mit.«

Shay erstarrte, als sie den Zusammenhang jetzt ebenfalls erkannte. Die Venatoren. Sie hörten eindeutig auf die Königin. Auf Liv. Aber ... wieso?

Der Rauch rings um die Königin wurde eine Spur dunkler. Shay erkannte feurige Blitze darin und wich instinktiv einen Schritt zurück, rempelte dabei die junge Frau hinter ihr an. Lionee. Die Tochter der Königin.

»Wenn du sie mir nicht freiwillig hergibst, werde ich kämpfen«, warnte die Königin von Amenthes mit schneidender Stimme. »Vergiss nicht, wer dich zeit deines Lebens besiegt hat, Amanda. Gegen mich kommst du nicht an, weder in magischer noch in kämpferischer Hinsicht. Diesmal wird Eatu keine ausgebildete Benu-Überläuferin dazu überreden können, ihre Königin zu werden. Es gibt keine mehr, die dazu in der Lage wären. Wenn du stirbst, vergeht die Magie auf der Erde und ewige Dunkelheit senkt sich über euch. Also reiz mich nicht, und übergib mir die vier hier!«

Mit anmutiger Geste deutete sie auf Shay, Theon, Nat und Lionee. Sie alle rührten sich nicht von der Stelle. Einzig Nat trat vor, nahm Shay an der Hand und zog sie sanft hinter sich her. Die Königin sah es und lachte trocken auf.

»Zur Not hole ich sie mir mit Gewalt. Lionee? Sei vernünftig, und kommt mit mir. Sonst wirst du es bitterlich bereuen.«

Kapitel 25

Lionee

Jedes Wort ihrer Mutter war wie ein Dolchstoß in ihr Herz. Mittlerweile war sie sich sicher, was die Rolle ihrer Mutter betraf. Sie war die Böse. Aber was trieb sie an?

»Lionee, ich befehle es dir. Komm zu mir«, wiederholte die Königin ihre Worte von zuvor in diesem unheimlichen und zugleich ruhigen Tonfall.

»Niemals.« Obwohl Lionee vor Angst zitterte, klang ihre Stimme fest und entschlossen. Sie trat nach vorne, bis sie dicht vor der schwebenden Königin stand. Um sie ansehen zu können, musste sie den Kopf in den Nacken legen. »Du warst das, nicht wahr? Du hast die Schattenbestien erschaffen.«

»Wer sonst hätte über die Macht dazu verfügt? Natürlich habe ich sie erschaffen. Die Benus ließen mir keine andere Wahl.«

»Die Benus? Was haben die mit deinem Größenwahnsinn zu tun?«

»Lionee«, ermahnte Theon leise. »Reiz sie nicht.«

Die Königin beachtete ihn nicht. Sie hatte nur Augen für ihre Tochter. »Schatz, sei vernünftig. Ich habe mein ganzes Leben versucht, dich zu beschützen. Zwing mich nicht dazu, dich als meine Feindin zu betrachten.«

»Du hast mich beschützt?« Lionee lachte bitter auf. »Gib es gleich vor allen hier zu: Du hast mein Zeichen zerstört, als ich noch ein Baby war. Du hast den größten Frevel begangen, den eine Mutter in unserer Welt machen konnte.«

»Unser Plan besteht schon länger, als du auf der Welt bist. Ich konnte nicht mehr zurück, selbst als du als Benu geboren wurdest. Natürlich habe ich deine Runen zerstört. Du bist meine Tochter. Ich liebe dich und musste dich schützen. Vor den Venatoren, unserem Plan und zur Not auch vor dir selbst.«

»Und was ist euer toller Plan? Wer ist außer dir noch beteiligt?«

Die Königin ballte die Finger zur Faust zusammen. »Die Benus sind schwach geworden. Die Magie ist in so vielen Splittern wiedergeboren worden, dass sie an Kraft verloren hat und kaum noch spürbar ist. Selbst auf mich trifft das zu. Jede neue Königin war schwächer als ihre Vorgängerin. Viel schwächer. Ich war nur die Erste, die mutig genug war, das Undenkbare zu tun.«

»Das wäre?« Bei ihrer Frage hielt Lionee die Luft an. Die Antwort konnte vernichtend ausfallen.

»Ich habe das Geschlecht der Benus ausgelöscht und mit ihnen die Duat. Die Krieger habe ich in meine Dienste gezwungen und als Venatoren neu erschaffen. Sie helfen mir, Amenthes zu retten. So wie es ihre Pflicht ist. Sobald das letzte Zeichen vergangen ist, wird eine neue Generation Königinnenanwärterinnen geboren. Es werden viel weniger sein als zuvor, und sie werden so mächtig werden wie in den Anfängen. Sie können Amenthes retten. Sie allein.«

»Und was willst du dann mit Shay?«, mischte sich Amanda unerwartet ein. »Sie ist nicht die Königin von Amenthes. Sie ist die Königin der Erde. Unsere Nummer Eins.«

Verblüfft drehte sich Lionee zu Shay um, musterte das Mädchen. Sie war etwas jünger, als sie selbst, hatte aber eine Stärke im Blick, die ihr Mut machte. Das also war Theons wahrer Schützling? Die berühmte Shay?

»Du trägst eine Nummer Eins?«, fragte Lionee leise.

Shays Blick schweifte von der Königin zu ihr. Dann nickte sie knapp und enthüllte mit einer Handbewegung ihr Zeichen. Der Feuervogel kreischte leise, als er die frische Luft spürte, und schlug mit den Flügeln. Lionees eigenes Tattoo reagierte darauf und antwortete mit einem ähnlichen Fauchen. Auch Lionee zog den Ärmel hoch.

»Ich bin ebenfalls eine Nummer Eins«, erklärte sie.

»Das darf doch wohl nicht wahr sein«, flüsterte Theon hinter ihnen, und auch Nat wirkte entsetzt.

Die Königin hingegen wirkte wenig überrascht. »Das kommt dir bestimmt bekannt vor, nicht wahr, Amanda? Zwei junge Mädchen mit der gleichen Zahl. Wer macht das Rennen um Amenthes? Wie schade, dass du zur Erde geflüchtet bist, bevor ich dich in die Schranken weisen konnte.«

»Die Klügere gibt nach«, entgegnete Amanda trocken. Sie war mittlerweile neben Lionee angekommen und sah genau wie sie zur Königin hinauf. »Verschwinde, Liv! Lass uns diese Begegnung unblutig beenden. Du kehrst in deine Welt zurück, und ich nehme diese vier jungen Menschen bei mir auf. Dadurch haben alle gewonnen.«

»Ganz die Diplomatin, nicht wahr? Doch leider ist das nicht möglich. Die derzeitige Königinnenanwärterin von Amenthes kann ich nicht leben lassen. Sonst bringt sie das ganze Gefüge durcheinander.«

»Dann ist es tragisch, dass die wahre Königin deiner Welt ausgerechnet deine Tochter ist.«

»Das sehe ich anders.«

Mit diesen Worten hob die Königin die Hand. Lionee meinte, etwas Silbernes hervorschießen zu sehen. Instinktiv packte sie Shay und zerrte sie aus dem Weg. Dennoch wäre sie zu langsam gewesen, doch Amanda war schneller. Ein Schutzwall ringsum flammte auf, als die magische Kraft ihrer Mutter dagegenprallte.

»Shay ist unsere zukünftige Königin. Wir werden sie mit allen Mitteln verteidigen«, rief Amanda.

»Viel Erfolg dabei, denn ich werde euch allesamt vernichten.« Die Gestalt ihrer Mutter verwandelte sich in ein Flammenmeer, aus dem ein grauschwarzer Feuervogel herausflog und auf sie zuhielt. Gleichzeitig griffen die Schattenbestien erneut an.

Die Königin! Sie befehligte tatsächlich die Venatoren!

Lionee kreischte, als eins der Biester sich auf sie stürzen wollte. Nat wehrte es ab und bemühte sich gleichzeitig, Shay in Sicherheit zu bringen. Theon stand zwar noch, doch er schwankte und hatte kaum die Kraft, zu laufen. An Kämpfen war nicht zu denken.

Zum Glück hatte sich Amanda ganz nach vorne geschoben und lieferte sich ein heftiges Gefecht mit ihrer Gegnerin. Parallel hielt sie zwei Bestien in Schach, die Lionee sonst womöglich angefallen hätten. Trotzdem war klar, dass sie fliehen mussten. Die Königin war außer Kontrolle geraten. Sie wollte sie töten. Um jeden Preis.

Lionee packte Theons Arm, um ihn in die Höhe zu ziehen. Als ein Blitz dicht neben ihren Füßen einschlug, duckten sich beide. Shay hielt sich direkt hinter ihnen.

»Wir brauchen mehr Abstand«, rief Lionee und war dankbar für Shays Hilfe, die wie selbstverständlich an Theons andere Seite gelaufen war, um ihn von dort zu stützen. Allein dass er das mit sich machen ließ, sagte alles. Theon war am Ende seiner Kräfte.

Nat hielt ihnen den Rücken so frei wie möglich, während grelle Blitze und magische Schlieren um sie herum den Boden beben ließen. Lionee hatte noch nie erlebt, dass sich zwei Benus bis aufs Blut bekämpften. Es war verstörend, vor allem, weil eine davon ihre Mutter war.

Ihre Mutter!

»Ich schließe den Weltenriss, Liv«, brüllte Amanda.

»Das wagst du nicht!«

»Und ob ich das wage. Ich werde dich von deiner Magie abschneiden und du wirst für immer auf der Erde leben müssen. Wenn du Amenthes noch einmal sehen willst, dann verschwinde von hier.«

»Du bist gar nicht mächtig genug, um den Riss zu verschließen.«

»Bei dem Riss, der von Amenthes ausgeht, mag das stimmen, aber die Erde gehorcht mir.«

Hinter Lionees Rücken schien die Welt zu brennen. Alarmiert drehte sie sich um und sah ihre Mutter mit einem dumpfen Knall auf dem Boden aufkommen. Sie strauchelte kurz, hielt sich aufrecht und hatte die Hände erhoben, wollte den Riss mit aller Macht verteidigen, doch er schloss sich bereits.

Ihre Blicke begegneten sich. »Komm mit mir, Lionee«, rief ihre Mutter ihr zu. »Komm zurück nach Amenthes und überlass Eatu ihrem Schicksal.«

Lionees Herz zog sich zusammen. Sie wollte auf keinen Fall auf der Erde bleiben! Gleichzeitig konnte sie unmöglich mit ihrer Mutter nach Amenthes gehen. Die Königin war jenseits aller Argumente. Womöglich tötete sie sogar ihre eigene Tochter, um ihren Machtanspruch zu sichern.

Dann sah sie Theon an, der müde den Kopf schüttelte. Auch ihm war klar, dass sie nicht zurückkehren konnten.

»Das ist deine letzte Gelegenheit, um nach Amenthes zurückzukehren«, wiederholte Amanda, und Lionees Unsicherheit verflog.

»Verschwinde von hier«, rief sie ihrer Mutter über das Brausen der Magie hinweg. »Dank endlich ab, und überlass die Krone einer Jüngeren.«

Ihre Mutter warf ihr einen glühend zornigen Blick zu und passte einen Moment lang nicht auf. Amanda nutzte das, um sie mithilfe eines starken Windstoßes in die Feuerlinie des Weltenrisses zu treiben. Die Königin schrie zum Protest auf, war aber machtlos. Als die Schattenbestien bemerkten, dass ihre Herrin das Schlachtfeld verlassen hatte, folgten sie ihr hastig. In der gleichen Sekunde verblasste die Feuersbrunst des Weltenrisses zu einer winzigen, glimmenden Linie.

Amanda brach in der gleichen Sekunde zusammen, genau wie Theon.

Nat

Hätte er nicht so schnell reagiert, wäre Theon mit dem Gesicht voran hart auf der Erde aufgekommen. So hielt Nat seinen Sturz gerade noch auf und ließ ihn sanft zu Boden gleiten.

»Theon.« Er drehte seinen Bruder so, dass er sein Gesicht sehen konnte. Es wirkte seltsam grau und wächsern. Blut floss ihm aus der Nase und dem Mund. Nat riss die Augen auf, als er Theons Zustand erkannte.

Theon hob die Hand, damit Lionee sie ergreifen konnte. Sie kniete bereits neben ihm und weinte.

»Ich habe versucht, ihn zu heilen, aber die Zeit war zu kurz.« Sie strich Theon sanft über die Stirn. »Gib jetzt nicht auf. Hier sind Menschen, die dir helfen können.«

Nat drehte sich zur Erdenkönigin, die auf den Knien im Gras kauerte und von ihren Ordensmitgliedern umringt wurde. »Amanda«, rief er. »Wir brauchen dich hier. Sofort.«

Doch als er in Theons leichenblasses Gesicht blickte, wusste er, dass das nicht mehr von Belang war. Es ging zu Ende.

»Tu mir das jetzt nicht an, Bruderherz. Wir haben noch viel vor«, beschwor er ihn.

Theon warf ihm einen schmerzerfüllten Blick zu. »Ich fürchte, Amenthes musst du retten.«

»Aber wie?«

»Dir fällt schon was ein. Dir fällt immer was ein.« Jetzt sah er Lionee an. »Verzeih mir«, flüsterte er ihr zu. »Ich musste dein Runenbuch stehlen.«

»Darüber reden wir später.«

»Es wird kein Später geben.«

Lionee ignorierte seine Worte. Diesmal brüllte sie in Richtung Amanda. Tatsächlich kam Bewegung in den Tross. Einer der Wächter hob die Königin in die Höhe und trug sie zu ihnen herüber. Bei ihrem Anblick wurde Nat die Kehle eng. Amanda sah schrecklich aus. Bleich und ausgezehrt. Als hätte sie der Kampf völlig entkräftet. Der Wächter setzte sie vorsichtig ab, umfasste ihre Schultern aber weiterhin fürsorglich. Sie schwankte leicht hin und her, während sie Theon musterte. »Was ist mit ihm?«, fragte sie.

»Schattenbestien haben ihn vor einigen Tagen erwischt und ihn beinahe getötet. Die Flucht vor Liv war zu viel für ihn«, antwortete Nat. Er hatte mittlerweile das Hemd seines Bruders hochgeschoben, um nach der Ursache für das viele Blut zu suchen. Er erstarrte, als er den durchweichten Verband um Theons Bauch entdeckte.

Die Königin musterte die Wunden ebenfalls. Sie wirkte zerknirscht. »Es tut mir leid. Den Weltenriss gegen Livs Willen zu schließen war schwieriger als erwartet. Die Magie verlässt mich unaufhaltsam. Ich glaube nicht, dass ich noch was ausrichten kann.«

Die Nachricht musste Nat zunächst verdauen. Amanda war seine letzte Hoffnung gewesen. Sie war immerhin die Königin von Eatu. Liv vermutlich ebenbürtig. Wenn sie nicht helfen konnte, war Theon verloren.

Der letzte Rest Hoffnung zerstob. Mutlos sank er in sich zusammen. Einzig Lionee gab nicht auf. Sie schob ihn zur Seite und fing an, seltsame Zeichen auf Theons Hand zu malen. Dabei bewegte sie sich erstaunlich geschickt.

»Was tust du da?«, fragte Nat.

»Handeln, statt reden. Ich stabilisiere ihn, bis wir uns eine Lösung haben einfallen lassen.« Sie verharrte in der Bewegung, ganz in Gedanken versunken. Nat konnte förmlich sehen, wie es in ihrem Kopf arbeitete. Unvermittelt erhob sie sich und wandte sich an Amanda. »Mach mich zur Königin«, forderte sie. »Dann kann ich ihn retten.«

»Lionee, nein! Du könntest niemals wieder nach Amenthes zurückkehren«, protestierte Theon schwach. Er fasste nach ihrer Hand, doch sie entzog sie ihm. Stattdessen starrte sie Amanda in Grund und Boden. Tränen traten in ihre Augen. »Ich lasse Theon nicht sterben«, sagte sie mit zitternder Stimme.

Amanda seufzte. »Das ehrt dich, aber ich spüre bei dir nicht das Gleiche wie bei ...«

»Ich mach es«, platzte Shay dazwischen.

Nat fühlte sich, als habe man ihm in den Magen geboxt. »Nein«, ging er sofort dazwischen. »Das geht nicht.«

»Und ob das geht!« Shay sah jetzt ihn an. »Nat, ich weiß, dass du meine Entscheidung nicht gutheißt, aber ich bin mir sicher. Ich will Theon retten. Außerdem verliert Amanda mit jeder Sekunde an Macht. Es wird bereits dunkler.«

Tatsache. Erst jetzt bemerkte Nat, dass sich eine Art Schleier vor die Sonne gelegt hatte. Da der Himmel zuvor wolkenlos gewesen war, gab es dafür eigentlich keinen Grund. Drohte der Erde jetzt ein ähnliches Schicksal wie Amenthes?

Nat schüttelte vehement den Kopf. »Theon würde nicht wollen, dass du für ihn die Königin der Erde wirst. Du bist für Amenthes bestimmt. Das warst du schon immer.«

»Ihr irrt euch«, widersprach Amanda. »Ich wurde mein Leben lang auf mein Königinnendasein auf Amenthes vorbereitet. Seit meiner Geburt war ich unter den ersten Hundert Kandidatinnen. Liv und ich wetteiferten seit Kindesbeinen um die Krone. Doch als wir uns der Eins immer weiter annäherten, zogen unsere Nummern plötzlich gleich. Wir rückten im selben Abstand vor. Da wurde mir klar, dass etwas nicht stimmte. Ich habe auch zum ersten Mal gespürt, wie gefährlich Liv werden kann. Sie wollte den Thron um jeden Preis. Meine Mutter war es, die mir von Eatu erzählte. Sie stammte von dort und war als Jugendliche nach Amenthes geholt worden, um frisches Blut in die Benu-Reihen zu bringen. Sie schickte mich fort, um mich zum einen in Sicherheit zu bringen und zum anderen Königin der Erde zu werden. Bei euch spielt es sich ähnlich ab. Zwei junge Frauen. Zwei Zeichen. Zwei Welten. Eine ist für die Erde, die andere für Amenthes bestimmt. Es besteht kein Zweifel, welche wohin gehört.«

»Das sehe ich anders«, erwiderte Nat hitzig. Alles in ihm sträubte sich dagegen, Shay Königin der Erde werden zu lassen. Der Gedanke war ungeheuerlich. Doch dann sah er Shay an, die kämpferisch das Kinn nach vorne schob und sich aufrichtete.

Seine Shay. Sie hatte bereits eine Entscheidung getroffen. Musste er sie dabei nicht unterstützen?

»Amenthes wird untergehen«, sagte er leise. Seine Heimat. Er würde ihr den Todesstoß versetzen, wenn er Shay zur Erdenkönigin werden ließ. Lionee konnte nicht tanzen. Sie wäre der Untergang von Amenthes. Konnte er das zulassen?

Er blickte hinunter auf seinen Bruder, der nur noch flach und hektisch atmen konnte. Theon bemühte sich, ihm etwas zu sagen, schaffte es jedoch nicht mehr. Angst und Qual standen in seinen Augen.

Nat musste für sie beide entscheiden. Zum ersten Mal in seinem Leben.

Schließlich nickte er. »Wenn du das möchtest, dann werde ich dich darin unterstützen«, sagte er schweren Herzens zu Shay.

»Was muss ich tun?«, fragte Shay, nachdem sie die Absolution von Nat erhalten hatte. Sie spürte, dass sie sich beeilen mussten. Nicht allein deshalb, weil Theon starb, sondern weil sie sich sonst vielleicht umentschieden hätte. Sie hatte panische Angst, Königin zu werden. Die Aufgabe konnte sie in die Knie zwingen und veränderte ihr gesamtes Leben. Doch sie hatte ihre Entscheidung getroffen, und die fühlte sich richtig an.

»Wir schaffen es nicht bis zu den Runen. Du wirst tanzen müssen«, sagte Amanda. Auch sie hatte keine Kraft mehr, um zu stehen. Daher saß sie auf der Wiese. Bleich, erschöpft und wenig königlich.

Panik überrollte Shay. Verdammt, verdammt, verdammt! Warum hatte sie nicht fleißiger gelernt? »Ich kann den Tanz nicht«, platzte sie heraus.

»Aber ich. Ich werde dich stützen.« Lionee stellte sich neben sie. Sie wirkte zu allem entschlossen.

Die Königin runzelte irritiert die Stirn. »Stützen? Wie soll das gehen?«

»Es ist möglich. Das verspreche ich. Können wir jetzt beginnen?«

Shay musterte die zarte Gestalt neben sich. So zerbrechlich Lionee auch aussah, so stark war sie in ihren Ansichten. Also nickte Shay und reichte ihr die Hand. »Zeig es mir.«

»Ich muss dich bei der letzten Drehung alleinlassen. Sonst werde ich nachher doch noch die Königin. Aber ansonsten tanzen wir zusammen.« Sie warf Theon einen Blick zu, der sie aus halb geschlossenen Augen beobachtete. »Theon hat es mir gezeigt.«

Shay war so aufgeregt, dass sie kaum atmen konnte. Trotzdem nickte sie. Danach begann Lionee zu tanzen. Es wirkte abgehackt und seltsam, viel weniger anmutig, als Shay sich das vorgestellt hatte. Erst jetzt erinnerte sie sich daran, was Nat erzählt hatte. Wegen einer Gehbehinderung konnte Lionee nicht tanzen, doch was ihr an Kraft fehlte, machte sie durch Entschlossenheit wieder wett.

Sie zwang Shay dazu, ihren Bewegungen zu folgen. Drehte sie in die eine Richtung, hob ihre Arme an, bewegte ihre Hände gemeinsam. Sie stützten sich gegenseitig, und nachdem sie sich ein wenig aneinander gewöhnt hatten, tanzten sie zusammen.

»Ich danke dir«, flüsterte Lionee ihr bei einem besonders schwierigen Schritt ins Ohr. Dann versetzte sie ihr einen leichten Stoß, sodass sie die Drehung allein ausführte.

In der gleichen Sekunde spürte Shay es. Die Magie. Ihr Tattoo streckte sich ihr entgegen, und der Feuervogel breitete sich über sie aus. Ihr gesamter Körper begann zu brennen und zu prickeln. Lionees Silhouette verblasste und verschwand. Nur noch das Feuer war wichtig und die Schwingen, Federn und Bewegungen des Vogels. Er zwang sie in die richtigen Bewegungen, sorgte dafür, dass sie nicht strauchelte und zeigte ihr, was sie nicht wusste. Sanft leitete er sie an, rief dabei immer mehr Magie zu sich. Shay spürte die Macht, die um sie wogte. Genoss die Wärme und das Gefühl, gehalten und beschützt zu werden. Zum ersten Mal in ihrem Leben fühlte sie sich sicher und geborgen. Geliebt. Die Magie umschmeichelte ihren Körper, ihre Seele und flüsterte ihr zu, wie wunderschön sie sei.

Die Macht umhüllte Shay vollständig, sickerte ihr tief unter die Haut und verband sie mit der Welt und den Geschöpfen, die darauf wandelten. Die Wolken hießen sie als Herrscherin willkommen, genau wie die Sonne und der Mond. Das Gras wisperte ein Hallo, und die ersten Tiere lächelten sie in ihrem Kopf an.

Als das Feuer und die Magie ihr Herz erreichten, ließ die Kraft es zunächst stocken, verzehrten es und verwandelten es in ein neues Wesen jenseits der Zeit. Nur der Teil, der Shay selbst ausmachte, blieb noch übrig. Mit einem Ruck öffnete sie die Augen und spürte dabei die Flammen in ihrer Iris toben. Die Wächter um sie herum beugten ehrfürchtig ihre Köpfe, genau wie Amanda, die vor Erleichterung weinte und sich gleichzeitig mit einem leisen Seufzen auf den Boden legte, um sich auszuruhen.

Mit flammendem Blick sah Shay Nat an, dem vor Verblüffung der Mund aufklappte. Theons Aura hingegen verblasste mit jedem seiner Atemzüge. Magie und Blut sickerten als steter Strom aus ihm heraus. Seine Zeit lief ab.

»Ich gebe zu, du bist wirklich beeindruckend, aber können wir das Flammenspektakel kurz unterbrechen und stattdessen Theon heilen?«, mischte sich eine Frau ein, die sich dreist in ihr Blickfeld schob.

Sie war klein, voller Narben und alter, nur teils verheilter Wunden. Etwas in Shay warnte sie vor ihr, denn auch sie trug das Königinnenzeichen. Der Feuervogel einer anderen Welt zwinkerte ihr zu und fauchte eine Kampfansage. Shay ignorierte sein Gebaren und konzentrierte sich stattdessen auf die Frau.

Lionee. Sie erinnerte sich an ihren Namen. Theon liebte sie. Das war ihr schon in der ersten Sekunde klar geworden, als sie die beiden zusammen gesehen hatte. Shay liebte wiederum Theon als Bruder, als Familienmitglied. Lionee war damit eine Freundin. Sie lächelte schwach.

»Auf Theon wartet der Feuervogel«, sagte sie wie fremdgesteuert. Der Feuervogel von Eatu sprach aus ihr.

»Bei dir piept wohl der Feuervogel in deinem Kopf herum. Los jetzt! Heil ihn gefälligst!« Aufgebracht deutete Lionee auf den Kranken, und als Shay nicht sofort reagierte, packte Lionee sie am Arm und zog sie mit sich.

Der Feuervogel von Eatu hätte sie für diese Dreistigkeit beinahe in Asche verwandelt, doch Shay hielt ihn in letzter Sekunde auf. Lionee musste sich dennoch kräftig an ihr verbrannt haben, denn sie ließ sie hastig wieder los.

Nat hockte noch immer neben seinem Bruder und hatte seinen Kopf in seinem Schoß geborgen. Shay kniete sich neben ihn und legte die Hände auf Theons eisige Haut. Ein Zittern durchlief seinen Körper, als sie ihre Magie durch seinen Körper schickte.

»Wir sollten ihn ziehen lassen«, stellte der Feuervogel in ihr fest.

Daraufhin streckte Lionee Shay ein dickes Buch entgegen. Herausfordernd tippte sie auf einige alte Runen, die der Feuervogel gut kannte, allerdings lange nicht mehr gesehen hatte.

»Du hast dich nicht geopfert und bist Königin geworden, um jetzt aufzugeben. Zeichne die Runen hier. Sie sind sehr wirkungsvoll, nur wirklich kompliziert. Mit deiner Macht kann es gelingen«, verlangte Lionee.

»Lionee, nimm dich zurück«, ermahnte Nat sie leise. »Ich bin mir nicht sicher, wie viel von Shays Persönlichkeit momentan in diesem Wesen zu finden ist.«

Der Feuervogel überlegte lange, ehe er sich zum Handeln entschloss. Er war neugierig, ob die alten Runen noch funktionierten. Daher begann er zu zeichnen, ließ Shays Finger tanzen und wirbeln. Ihr Körper legte sich mit in die Bewegung, stieß aber bald an seine Grenzen. Shays Muskeln waren nur bedingt in der Lage, die komplizierten Verrenkungen auszuführen. Der Feuervogel glich es so gut wie möglich aus und ließ letztlich Theons Körper in einem orangefarbenen Ton aufleuchten. Er aktivierte die bereits eingezeichneten Runen auf dessen Körper. Schutz. Schnelligkeit. Konzentration. Das alles half und ließ ihn heilen. Schneller als der Vogel selbst erwartet hatte.

Er hörte erst auf, als Theons Atmung gleichmäßiger wurde und er die Augen aufschlug. In der gleichen Sekunde zog sich der Feuervogel zurück und überließ Shay wieder die Führung.

Theon sah ihr einige Herzschläge lang in die Augen. Dann hob er die Arme und zog sie fest zu sich heran. Nat gesellte sich dazu, und zu dritt umklammerten sie einander, gaben sich gegenseitig Halt.

»Du bist die Königin von Eatu«, wiederholte Theon immer wieder fassungslos. »Von Eatu! Nicht von Amenthes!«

Shay ahnte, was das für die Brüder bedeutete. »Es tut mir leid wegen Amenthes«, brach es aus ihr heraus. »Amenthes ist nicht meine Heimat und wird es niemals sein. Ihr habt mich auf die Erde und damit den Stein ins Rollen gebracht. Jetzt müssen wir mit den Folgen leben. Ich bin die Königin der Erde. Ich hoffe, ihr könnt mir eines Tages meine Wahl verzeihen.«

Kapitel 26

Theon

Er sah den Schmerz in den Augen seines Bruders. Shay hatte unwissentlich auch über Nat und ihn das Urteil gesprochen. Verließ sie das magische Gefüge von Amenthes, zwang sie ihre Wächter ebenfalls dazu. Amenthes war für sie Vergangenheit.

Er lockerte seinen Griff um Shay, um zu Lionee sehen zu können. Sie stand völlig verloren abseits und wirkte schrecklich einsam. Immerhin lächelte sie ihn erleichtert an.

»Wir müssen los.« Enwyn hockte sich neben sie. »Einige unserer Leute haben das magische Spektakel vor der Öffentlichkeit verbergen können, aber die Polizei ist trotzdem unterwegs. Wir sollten verschwinden, bevor sie uns entdecken. Magie ist in unserer Welt nicht so beliebt wie in Amenthes.« Enwyn nickte zwei Männern zu, die ihre Königin sanft hochhoben und Richtung Straße trugen. Amanda war zwar wach und ansprechbar, aber offenbar zu schwach zum Gehen. Kein Wunder. Sie hatte soeben all ihre Macht, aber auch ihre Verantwortung verloren.

»Kannst du gehen?«, fragte ihn Nat. Theon versuchte es, scheiterte jedoch. Daraufhin hoben ihn Nat und ein anderer Wächter vorsichtig hoch und stützten ihn. Lionee blieb dicht neben ihnen.

»Du lebst«, sagte Nat leise und drückte ihn unmerklich ein wenig an sich.

»Ich bin zäh.«

»Aber wieso? Wie hast du das geschafft? Der Todeskreis hat funktioniert, demnach musst du gestorben sein.«

»Es war ein Venator, der ihn aktiviert hat. Er ist an meiner statt gestorben. Zumindest vermute ich das.«

»Aber der Todesring funktioniert nur bei einem Duatkrieger«, protestierte Nat.

»Hast du die Zusammenhänge noch immer nicht erkannt?«, mischte sich Lionee in ihrer typisch ruppigen Art ein. »Die Venatoren sind Duatkrieger.«

Die darauffolgende Stille war bezeichnend. Niemand der Anwesenden hatte auch nur eine Sekunde daran gedacht.

»Erklär den anderen deine Theorie, Lionee«, bat Theon, nachdem man ihn möglichst vorsichtig in eins der drei wartenden Fahrzeuge verfrachtet hatte. Er lag jetzt auf dem harten Boden. Shay und Nat setzten sich hinter ihn, während Lionee neben ihm kauerte. Die schrecklichen Schmerzen waren dank Shays Eingreifen erträglich geworden, doch er war so unendlich müde. Als müsse er mindestens ein Jahrhundert schlafen, um wieder der Alte werden zu können.

Der Schlaf musste jedoch warten. Das Gespräch war dafür zu wichtig! Lionee blieb zunächst stumm, da sie mit Staunen beschäftigt war. Als die Tür des großen Fahrzeugs von außen zugeschoben wurde, zuckte sie zusammen. Natürlich. Sie war noch nie auf der Erde gewesen und mit den technischen Neuerungen bestimmt überfordert.

Theon nahm wie selbstverständlich ihre Hand und drückte sie. Dabei ignorierte er Nats fragenden Blick. Dem Spott seines Bruders musste er sich später stellen.

»Es wird gleich laut«, sagte er zu Lionee. »Sieh es als fahrende Kutsche an, nur ohne Pferde.«

Lionee atmete tief durch, beobachtete misstrauisch, wie sich zwei Männer im vorderen Teil des Fahrzeugs niederließen, und erstarrte, sobald der Motor grollend zum Leben erwachte. Als das Auto ruckartig anfuhr, krallte sie sich in Theons Hand, entspannte sich aber erstaunlich schnell.

Stattdessen schlug sie das dicke Buch auf, das sie die gesamte Zeit über krampfhaft festgehalten hatte.

»Hier ist der Zauber für das Erschaffen von Venatoren genau beschrieben. Das Buch ist eine alte Ausgabe eines Benu-Leitfadens. Viele Zauber sind in Vergessenheit geraten. Vor allem dieser hier. Meine Mutter muss ihn gefunden und für ihre Zwecke missbraucht haben.«

Theon hatte nicht die Kraft, das eng beschriebene Blatt zu lesen. Als Lionee die fragenden Blicke ringsum bemerkte, fasste sie ihr Wissen für alle zusammen. »Es gibt eine alte Sage auf Amenthes. Ich kannte sie schon als Kind. Wenn der Feuervogel in Flammen aufgeht, begleitet ihn ein löwenartiger Hund, geboren aus Schatten und Rauch, in den Tod und beschützt ihn auf seinem Weg, bis der Vogel wiedergeboren ist. Versteht ihr? Der Löwe ist ein Teil des Feuervogels. Der Zauber verwandelt nach dem Tod der Benu den verbliebenen Duatkrieger in einen löwenartigen Hund. Eigentlich sollte diese Kreatur seine Benu auf dem Weg ins Totenreich begleiten, doch meine Mutter ... meine ... die Königin hat den Zauber abgewandelt. Sie hat die Kreatur in ihre Dienste gezwungen, um weitere Benus zu jagen. Eine Perversion der eigentlichen Aufgabe, sozusagen.«

Theon sah, wie Lionee mit den Tränen kämpfte. Was ihre Mutter geplant hatte und tatsächlich gerade in die Tat umsetzte, war einfach unglaublich. Es musste ihr gesamtes Weltbild erschüttern. Die Königin. Sie hatten alle zu ihr aufgesehen und sie verehrt. Schweigend nahm er Lionee in die Arme. Sie verbarg ihr Gesicht an seiner Schulter und bemühte sich um ihre Fassung.

»Wir werden sie aufhalten«, flüsterte Theon ihr ins Ohr.

»Wie denn? Der Weltenriss ist geschlossen. Wir können nicht zurück nach Amenthes.«

»Wir finden eine Lösung. Wir müssen. Du bist die zukünftige Königin von Amenthes. Ich werde persönlich dafür sorgen, dass du den Thron eroberst. Ich bin dein Wächter.

Deine Zahl und meine sind eins. Egal, was geschieht, zusammen schaffen wir das.«

Es störte ihn nicht, dass Nat und Shay sie beobachteten. Er gab Lionee einen sanften Kuss auf die Lippen und schmeckte dabei ihre Tränen.

»Ich verzeihe dir, Theon«, antwortete sie leise und erwiderte den Kuss.

In der Sekunde wurde ihm klar, dass er sich in Lionee endgültig verliebt hatte. Hoffnungslos verliebt. Anders als erwartet, machte ihm das jedoch keine Angst mehr. Sie hatten einander gefunden, und er würde sie immer beschützen.

Selbst wenn er dafür höchstpersönlich ihre Mutter vom Thron jagen musste.

Shay

Sie hatte sich in ihr neues Zimmer zurückziehen wollen, doch zuvor hatten sie gefühlt tausend Leute sprechen wollen. Theon hatte man auf die Krankenstation gebracht, und Lionee war ihm gefolgt, dadurch waren die vier eher unfreiwillig getrennt worden. Vor allem, weil Shays Hofstaat sie mit einer Vehemenz vereinnahmte, die ihr Angst machte. Ihr Hofstaat! Schon allein seine bloße Existenz bereitete ihr Magenschmerzen.

Die Frauen und Männer redeten durcheinander und drängten sie zu dieser oder jener Aufgabe. Nat beendete das Spektakel letztlich recht ruppig, indem er Shay vehement in einen Raum schob und die Tür abschloss.

»Es tut mir leid«, sagte Shay spontan.

Nat runzelte die Stirn. »Was meinst du?«

»Ich habe dich zu einem Wächter der Erde gemacht. Leugne es nicht. Ich spüre es genau. Du liebst Amenthes. Ich kann mir nur bedingt vorstellen, was du gerade durchmachst.«

»Ich komme klar. Viel wichtiger ist: Wie geht es dir?«

Shay wusste nicht so recht, was sie antworten sollte. Wie ging es ihr? »Ich bin müde und völlig erschlagen von den Ereignissen. Ich möchte mich gerne irgendwo zusammenrollen und ein wenig weinen. Aber ansonsten geht es mir erstaunlich gut.« Sie hob den Arm und sah sich staunend die bunten Federn an, die sich über ihre Haut wanden und wild funkelten. Sie spürte den Kopf des Vogels auf der Brust. Obwohl sie ihn nicht sah, wusste sie, dass er Nat misstrauisch beäugte. »Die Magie macht mir erstaunlich wenig Angst. Sie ist jetzt ein Teil von mir und weniger fremd als befürchtet. Der Feuervogel ist freundlich und gütig. Das hilft.«

»Wie du Theon geheilt hast, das war unglaublich. Als wüsstest du genau, was du tust.«

»Das war der Feuervogel. Er hat mich ermahnt, meinen Körper besser zu trainieren. Teilweise konnte er bestimmte Bewegungen nicht machen. Außerdem hat er sich beschwert, dass er mich zu viel anleiten muss. Die Runen sollten aus mir kommen, nicht aus ihm. Sonst können wir nicht unsere volle Kraft entfalten.«

»Du warst trotzdem beeindruckend.« Nat nahm ihre Hand. »Wir gehen diesen Weg gemeinsam, Shay. Es ist in Ordnung.«

»Und was wird jetzt aus Amenthes?« Gegen ihren Willen kamen Shay die Tränen. Sie fühlte sich weiterhin wie eine Verräterin an einem Land, das sie nicht einmal kannte. Für sich hatte sie den bestmöglichen Weg gewählt. Aber galt das auch für das Land, das Nat so sehr liebte?

»Das hängt ein wenig von dir ab. Kannst du den Weltenriss wieder öffnen?«

»Keine Ahnung. Ich ergründe erst noch, was ich alles kann. Wir könnten Lionee fragen, wie ich das machen soll. Sie erscheint mir äußerst kompetent.«

Nat schnaubte verächtlich. »Lionee weiß zwar viel, hat aber von der Praxis keine Ahnung. Sie kann keine Königin werden.«

»Nat.« Shay sah ihn mahnend an. »Sei nicht so ein Arsch.«

Nat wollte eindeutig protestieren, doch letztlich gab er nach. »Vielleicht hast du recht. Ich sollte ihr eine Chance geben. Es ist nur so, dass ich sie als ... wie soll ich es nett ausdrücken? Als absolute Nervensäge kennengelernt habe. Sie war die Oberzicke, die es allen anderen schwer gemacht hat.«

»Menschen können sich ändern. Dein Bruder hält jedenfalls große Stücke auf sie.«

»Jaaaaa«, sagte Nat gedehnt. »Ist mir auch schon aufgefallen. Vermutlich hat er seine eigene Regel bezüglich Wächter und Schützling ein wenig aufgeweicht.«

»Ist er denn ihr Wächter?«

Nat wirkte unsicher. »Wir sollten sie fragen. Ich spüre jedenfalls, dass Amenthes in meinem Herzen verblasst und die seltsam grobe Magie deiner Erde anklopft. Ich werde zum Erdenwächter.«

Shay tat es weh, wie schwermütig Nat dabei klang. Wenigstens überschüttete er sie nicht mit Vorwürfen, wofür sie ihm sehr dankbar war. Er wirkte viel gefasster als erwartet. Vielleicht war er mittlerweile doch erwachsen geworden.

Sie hielt ihm die Hand hin. »Lass uns zu den beiden gehen und mit ihnen reden. Wenn wir Amenthes retten wollen, sollten wir uns schnell etwas einfallen lassen.«

Es war erstaunlich kompliziert, zu Theon und Lionee vorzudringen. Die Erdenwächter stürzten sich erneut auf sie und bedrängten sie, tausend wichtige Dinge zu erledigen. Shay scheuchte jeden einzelnen davon und verlangte, Theon zu sprechen. Schließlich brachte sie Enwyn zu seinem Zimmer.

Theon saß erstaunlich munter in einem riesigen Bett und hielt die schlafende Lionee in den Armen. Als er dem bezeichnenden Blick von Nat begegnete, verzog er das Gesicht. »Ich war machtlos gegen ihren Charme«, erklärte er mit einem seltsamen Unterton.

»Reden wir hier wirklich von Lionee, Prinzessin von Amenthes? Die Frau hat jeden ihrer Wächter in den Wahnsinn getrieben.« Shay gab Nat einen Stoß mit dem Ellbogen, woraufhin er seufzte. »Aber gut, dein Frauengeschmack ist schon immer einzigartig gewesen.«

Theon wirkte mit einem Schlag wie ein gefährliches Raubtier. »Pass auf, was du sagst, Nat«, sagte er ruhig, doch der drohende Unterton war deutlich. »Du kennst sie nicht, und ich dulde solche Reden in ihrer Nähe nicht. Hast du mich verstanden?«

»Ruhig Blut. Ich wollte dich nur ein bisschen kitzeln, damit du wieder Farbe ins Gesicht bekommst.« Nat zog sich lässig einen Stuhl ans Bett und setzte sich verkehrt herum darauf. Nach kurzem Zögern schwang sich Shay aufs Bettende und weckte damit Lionee auf. Als sie die Besucher im Zimmer bemerkte, setzte sie sich hastig auf und wischte sich über das müde Gesicht.

»Entschuldigt. Die letzten Tage waren heftig«, murmelte sie, blieb aber weiterhin neben Theon sitzen. Sie nickte Shay zu. »Hoheit, es ist mir eine Ehre.«

Shay stöhnte. »Bitte nicht! Ich komme mir sowieso schon wie ein seltenes Zootier vor, da musst du das nicht auch noch betonen. Ich bin Shay. Ich freue mich ebenfalls, dich endlich kennenzulernen. Wie es scheint, haben wir eine Gemeinsamkeit.« Sie deutete auf Theon, der seltsamerweise errötete. »Ist Theon jetzt noch immer mein Wächter, oder ist er deiner?«

»Wenn ich auf seine Magie lausche, dann gehört er weiterhin zu Amenthes, genau wie ich. Schau!« Lionee hob Theons Arm an und zeigte ihr das Tattoo. Der Feuervogel trug noch immer eine Eins, genau wie Lionee. »Bei dir hat sich das Zeichen der Königin über den ganzen Körper verteilt, genau wie bei Nat. Er unterdrückt es noch, weil er sich noch nicht mit der Erde anfreunden kann. Theon hingegen hat sich nicht verändert. Er gehört zu mir. Vielleicht war er seit meiner Geburt mein Wächter. Es hat nur nie jemand mitbekommen, weil mein Zeichen von Beginn an verstümmelt war.« Mit triumphierender Miene betrachtete sie ihn. Theon antwortete mit einem liebevollen Blick.

»Das heißt, du bist für Amenthes noch im Rennen?«, hakte Nat nach.

»Ja. Hast du ein Problem damit?« Die Herausforderung in Lionees Stimme war deutlich zu hören.

Nat gab sich betont cool. »Du warst nicht gerade ein Favorit aus einer Menge von etwas mehr als dreitausend Bewerberinnen.«

»Und du ...«

»Schluss jetzt ihr beiden Zankhähne. Ihr könnt später Armdrücken spielen und euch gegenseitig fertigmachen, aber erst mal müssen wir eine Welt retten«, ging Theon scharf dazwischen. »Nat! Lionee kann besser tanzen als du glaubst. Mit ein wenig Unterstützung ist sie eine vollwertige Benu. Vergiss bitte auch nicht, dass es offenbar keine anderen Königinnenanwärterinnen mehr gibt. Liv hat sie allesamt ermordet.«

»Das heißt, wir setzen unsere gesamte Hoffnung auf Lionee. In dem Fall hätte ich einen Plan.«

Nicht nur Theon wirkte überrascht. Selbst Shay war es. »Du planst etwas im Voraus?«, fragte sie leicht spöttisch.

»Wenn es um die Rettung der Welt geht, sollte man das tun. Also konzentriert euch, denn mein Plan hat einige Schwachpunkte.«

Was Nat nun erzählte, überraschte Shay sehr. Sie hatte zwar gewusst, wie ernst die Lage in Amenthes war, aber dass das Reich kurz vor einer Revolte stand, war ihr neu.

Nats Plan klang waghalsig und irrsinnig, aber auch durchführbar. Mangels Alternative nickte Theon schließlich, sah dann aber Shay ernst an.

»Traust du dir das zu?«

»Muss ich wohl. Ich vertraue meinem Feuervogel. Er wird es schon richten.« Sie bemühte sich um reichlich Optimismus, doch in Wirklichkeit zitterte sie vor Angst und war sich keineswegs sicher, ob ihr Feuervogel das leisten konnte, was von ihm verlangt werden würde. Sie war nicht stark genug für so eine Aktion und stellte damit die Schwachstelle dar. Hoffentlich glich das die Magie des magischen Geschöpfes aus.

Ihr Hofstaat war wie erwartet wenig erbaut von den Neuigkeiten, die Shay wenig später verkündete. Sie bemühte sich verzweifelt, möglichst selbstbewusst aufzutreten, doch schon bald entglitten ihr die Fäden. Es war Lionee, die alle Anwesenden im Thronsaal zurechtwies und für Ordnung sorgte.

»Sie ist eure Königin. Das mag alles neu und fremd für euch sein, aber die Magie hat sie erwählt. Gehorcht ihr«, sagte sie ruppig und erntete dafür sowohl Stirnrunzeln als auch Zustimmung.

Shay musterte die junge Frau nicht zum ersten Mal nachdenklich. Unter anderen Umständen wäre Shay Lionee aus dem Weg gegangen. Ihr Auftreten wirkte hart und unnahbar, doch schon nach wenigen Stunden wusste sie genau diese Art zu schätzen. »Du wirst eine richtig gute Königin abgeben«, sagte sie anerkennend.

Lionee lachte trocken auf. »Sag das einmal Nat und den übrigen Zweiflern. Der Einzige, der an mich glaubt, ist Theon. Und jetzt auch du. Ich danke dir.«

Sie lächelten sich an, und Shay fühlte zum ersten Mal seit dem Verlust von Jenny, dass sie vielleicht noch andere gute Freundinnen finden konnte. Sie musste sich nur trauen. Sich darauf einlassen. Sofort nahm sie sich vor, Lionee nicht wie alle anderen in ihrem Leben zu meiden, sondern sie in ihrem Leben willkommen zu heißen. Wie immer dieses Leben aussehen mochte, das auf sie zukam.

»Wenn du den Weltenriss wieder öffnen willst, müssen wir üben. Du musst vorbereitet sein. Bereit?«, fragte Lionee und Shay nickte. Sie war so bereit, wie es ihr nur möglich war.

Kapitel 27

Nat

Sie standen nervös vor dem verblassten Weltenriss und warteten darauf, dass Shay ihre Magie wirkte. Selbst Theon war angespannt. Er machte sich Sorgen. Um Shay, um Nat, um Amenthes und vor allem um Lionee. Sein großer Bruder hatte sich ernsthaft verliebt! Unglaublich.

Lionee hatte ihr Bestes gegeben, um Shay vorzubereiten. Sie hatte mit ihr geübt, trainiert und sogar Prüfungen geschrieben. Nats Achtung vor ihr wuchs. Er stritt zwar noch oft mit ihr, aber sie hatten sich so weit zusammengerauft, um sich zur Durchführung von Nats Plan zu verbünden. Letztlich lief es aber auf eine Sache hinaus ... sie konnten sich noch so gut vorbereiten, aber Shays Rückstand würden sie nicht so schnell aufholen.

»Glaubst du wirklich, Konaira lässt sich darauf ein?«, fragte Theon leise in seine Richtung. Er hatte sich in den letzten Tagen erstaunlich schnell erholt.

»Sie hat Lionee und dir jetzt schon zwei Mal geholfen und Shay als Baby das Leben gerettet. Sie ist zusammen mit Shay unsere einzige Hoffnung. Shay? Alles in Ordnung bei dir?«

»Mal abgesehen davon, dass ich einen magischen Riss in eine andere Dimension öffnen soll, um mich dort heldenhaft in einen Krieg zwischen einer irren Königin und ihrem Volk zu werfen, ist alles paletti«, kam prompt die ironische Antwort. Shay hatte sich allen Bitten zum Trotz nicht in traditionelle Gewänder kleiden lassen, sondern sich für einen schwarzen Trainingsanzug und Turnschuhe entschieden. Sie beharrte darauf, in dieser Kleidung die größte Bewegungsfreiheit zu haben. Nat hatte es schließlich akzeptieren müssen.

»Denk dran, Lionee, du darfst den Weltenriss in unserer Familiengruft nicht anzielen. Da wartet bestimmt schon eine Armee auf uns, um uns festzunehmen. Wir brauchen den bei Gelderli.« Nat wurde nicht müde, das zu erwähnen. Es war schwierig, den Strom zu verändern. Magie war wie ein Fluss, der sich am liebsten in seinem gewohnten Bett bewegte. In dem Fall war das der Weg von der Gruft auf Amenthes zum Feld auf der Erde und zurück. Diesen Fluss galt es nun umzulegen.

»Ich weiß, Nat. Konzentrier du dich darauf, uns vor den wild gewordenen Geschöpfen des Dorfes zu verteidigen. Sobald sie auch nur den Hauch von Königin spüren, werden sie durchdrehen.« Nicht zum ersten Mal warf ihm Lionee einen beinahe tödlichen Blick zu.

»Ich möchte noch einmal darum bitten, unsere Königin auf der Erde zu lassen. Shay! Wir brauchen dich hier!« Amanda hatte sich von ihrem Krankenlager erhoben und war mit ihnen zum Weltenriss gekommen. Seitdem war sie es nicht müde geworden, ihnen ins Gewissen zu reden. »Du könntest den Weltenriss von hier öffnen und warten, bis Nat zurückkommt, um uns zu berichten. Du musst nicht mitgehen!«

»Doch, das muss ich. Wie sollen Lionee und Theon die Königin besiegen? Ich bin die einzige halbwegs ebenbürtige Gegnerin.«

»Bist du nicht, und das weißt du auch«, protestierte Amanda. »Du bist zu unerfahren und …«

»Könntet Ihr es bitte unterlassen, unsere einzige Hoffnung zu demotivieren? Wir brauchen Shay und wer sagt Euch, dass Euch meine Mutter für alle Zeiten in Frieden lässt? Wenn Amenthes untergeht, kommt sie womöglich zur

Erde, und dann habt Ihr die einzige Chance verloren, Euch zu retten.«

Nat schmunzelte in sich hinein. Niemand hätte es gewagt, derart mit einer ehemaligen Königin zu sprechen. Lionee hingegen hatte jegliche Scheu vor Hoheiten verloren und Amanda bereits einige Male in den letzten Tagen in die Schranken gewiesen. Ob das klug war, ließ sich diskutieren. Im Moment jedenfalls war es sehr hilfreich.

»Ich werde auf mich aufpassen, Amanda«, versprach Shay deutlich diplomatischer. »Außerdem nehme ich die Kavallerie mit. Die beschützen mich.«

Die über fünfzig Wächter von Eatu, die sich hinter ihr aufgereiht hatten, nickten zustimmend. Sie waren ebenfalls mit einfachen Trainingshosen bekleidet, hatten sich aber zu Hemden überreden lassen, wie sie in Amenthes üblich waren. So fielen sie nicht sofort auf. Einzig Theon trug eine für seine Welt passende Hose. Dafür hatte er recht lange suchen müssen.

Nat warf seinem Bruder einen nachdenklichen Blick zu. Normalerweise hätte er sich in solche Diskussionen eingemischt und die Führung übernommen. Jetzt aber hielt er sich zurück. War er vielleicht doch noch krank? »Hast du nichts dazu zu sagen?«, fragte Nat ihn leise.

»Das klären die Damen schon unter sich. Wenn ich mich jetzt auch noch einmische, kommen wir hier nie weg.« Er räusperte sich und sagte dann laut in die Runde. »Wollen wir?«

Statt einer Antwort zog Lionee Shay ganz nach vorn. »Bereit?«

Shay nickte. Er wechselte einen aufmunternden Blick mit ihr und hob rasch den Daumen, um ihr Mut zu machen. Dabei rückte er unwillkürlich etwas näher an sie heran. Sie zu beschützen würde schwierig werden, solange sie sich in dieser exponierten Lage befand. Alles in ihm rebellierte gegen den Gedanken, doch letztlich hatte er keine Wahl. Er musste auf ihr Können vertrauen und hoffen, dass sie sich selbst beschützen konnte.

Shay begann zu tanzen. Ihre Art, sich zu bewegen, sah immer etwas fremdartig aus. Ganz anders als bei den übrigen Benu. Hölzerner und ohne Taktgefühl, aber nicht weniger faszinierend. Lionee unterstützte sie in den Bewegungen, ohne selbst mitzutanzen. Vielmehr korrigierte sie mit sanfter Hand falsche Anfänge oder stabilisierte Shay, wenn sie sich drehen musste.

Am Boden erglühte die erste zarte Flamme. Ein gutes Zeichen. Shay hatte die fest verschlossene Pforte wieder geöffnet. Ihre Aufgabe war erfüllt. Ab jetzt übernahm Lionee. Sie vollführte die gleichen Zeichen, die Theon und Nat immer benutzt hatten, um von einer Welt in die nächste zu kommen. Obwohl es nicht schön aussah, war Lionees Art des Tanzes erfolgreich. Schon bald war die Pforte groß genug, um sie zu passieren.

Vor Begeisterung stieß Theon seinem Bruder mit dem Ellbogen in die Rippen und grinste ihn breit an. Er wirkte in diesen Momenten vollkommen verändert. Anders. Natürlich war er noch immer ernst, streng und pflichtbewusst, aber da war auch eine entspanntere Note an ihm. Als müsste er nicht mehr länger die Last der ganzen Welt alleine auf den Schultern tragen. Nat war sich noch nicht ganz sicher, was er von dem neuen Theon halten sollte. Eins war jedoch sicher: Er war deutlich glücklicher als der alte.

Erst jetzt bemerkte Nat, dass Shay ihn ansah. Er war unglaublich stolz auf sie. Sie hatte in den letzten Tagen so viel gelernt und war über sich selbst hinausgewachsen. Sie war mutig und klug und ...

Hör auf, ermahnte er sich. Seine Schwärmerei für Shay musste warten. Sie hatten später noch genügend Zeit, um sich langsam anzunähern. Ohne Zwang. Ohne Drama. Zumindest hoffte er das.

»Dann lasst uns mal Amenthes retten. Los geht es«, murmelte Theon neben ihm. Er setzte sich bereits in Bewegung und zog sein Schwert. Nat schloss sich ihm an, ging an Shay vorüber und wartete, bis sie sich hinter ihm aufgestellt hatte. Der Rest ihrer Begleiter formierte sich am Ende der Reihe. Dicht an dicht durchschritten sie den Bereich.

Wie immer wurden sie durchgerüttelt, sobald sie die eine Welt verlassen hatten und die andere erreichten. Nat war schwindelig und übel. Mehrere Männer und Frauen übergaben sich, kaum dass sie auf Amenthes rauskamen. Auch Shay sah leicht grün im Gesicht aus. Nur Lionee wirkte vollkommen gelassen.

»Ich hab schon Schlimmeres durchgemacht«, sagte sie zu ihm, als sie seinen Blick bemerkte. Sie klopfte ihm spöttisch auf den Rücken. »Kein Grund, dich zu schämen.«

Er hätte ihr gerne die Zunge rausgestreckt, ließ es dann aber sein, als er Theons warnenden Blick bemerkte. Sie hatten andere Probleme, als die Seekrankheit nach einer Pfortendurchquerung. »Alle da?«, fragte er laut in die Runde.

Ein allgemeines Stöhnen antwortete ihm. Die Anführer der einzelnen Gruppen zählten rasch durch, kamen aber zu keinem Ergebnis, bevor die Gelderli-Bewohner sie erreichten.

Es waren viele. Sehr viele. Und sie alle sahen wild aus. Voran stapften natürlich die streitsüchtigen Gladiolen. Mit ihren perfekten menschlichen Oberkörpern und der schimmernden Aura um ihre Haare waren sie hübsch anzusehen. Leider waren ihre Gesichter genauso grimmig wie schön. Hinter ihnen hüpften etwa fünf Dutzend Pikars. Wie immer traten die Biberähnlichen Wesen im Pulk auf und gaben dabei wilde Pfiffe als Kampfansage von sich.

»Ach du heilige Krone.« Nat hatte gehofft, dass sie zunächst einen Unterhändler schicken und nicht direkt zum Angriff übergehen würden. Da die Luft jedoch stickig und das Licht düster war, lagen die Nerven bei dem gemeinen

Volk eindeutig blank. Die Zeit für Unterredungen war vorüber. Die andersartigen Wesen wollten kämpfen, um zu überleben.

Über dem Tross flogen die mit Feen verwandten Feyris und selbst die unheimlichen Legunen schlängelten auf sie zu. Einzig die Schantis waren nicht darunter.

»Wo ist Konaira?«, fragte Nat nervös. Er versicherte sich hastig, dass Shay hinter ihm stand und suchte sich einen festen Stand. Wie es aussah, mussten sie kämpfen.

»Konaira«, brüllte Theon in der Sekunde so laut er konnte. »Wir sind hier, um auf dein Angebot zurückzukommen. Wir wollen mit dir gegen die Königin kämpfen, um wieder Licht in die Welt zurückzubringen.«

Was nun geschah, war geradezu unheimlich. Der gesamte Tross hielt inne, als hätte ihn jemand mit einem Zauber belegt. Ein ratloses Murmeln erhob sich. Die Gladiolen drehten sich um, als suchten sie nach jemandem. Einzig die Legunen schlängelten sich zwischen den Beinen der anderen Wesen hindurch, um Theon und Nat in vorderster Reihe böse anzuzischeln.

Als sich die Reihen in der Mitte teilten, um jemanden durchzulassen, entspannte sich Nat sofort. Es gab nur ein Wesen, auf das all diese Völker hörten. Wie eine wahre Königin trat Konaira nach vorn. Zur Überraschung aller lächelte sie breit.

»Das wurde auch Zeit. Wir haben unseren Sturm auf das Schloss bereits vorgeplant. Es fehlte lediglich eure Unterstützung. Jetzt, wo ihr hier seid, können wir loslegen.«

Shay

So viel Angst hatte sie noch nie in ihrem Leben gehabt. All die fremdartigen Wesen. Die Schwerter. Die knisternde Magie ringsum. Dazu noch die Dunkelheit und die Anspannung in der Luft. Shay hatte sich eine Schlacht heroischer vorgestellt. Stattdessen überfiel sie eine entsetzliche Furcht. Nat blieb zum Glück stets an ihrer Seite. Wann immer es möglich war, ergriff er unauffällig ihre Hand und drückte sie. *Ich bin hier,* sagte er ihr damit. *Ich passe auf dich auf.*

Dass sie das Zentrum jeglicher Pläne war, machte die Sache nicht besser. Sie sollte die Königin herausfordern und ablenken. Sie sollte sie vernichten. Sie sollte ... sie war am Arsch!

»Wir bleiben stets bei dir. Bleib gelassen, Shay. Du schaffst das«, flüsterte ihr Nat zu und schlang seine langen Arme um ihre Schultern, drückte sie an sich.

Shay sammelte in seiner Umarmung Kraft und nickte. »Eins steht jedenfalls fest: Anschließend schuldest du mir die dickste Pizza der Welt und den gemütlichsten Fernsehabend des Jahres. Ich darf das Programm auswählen, und du musst alles ansehen – ohne zu murren.«

»Wenn wir das hier überleben, lade ich dich bestimmt nicht zu einer Pizza ein. Ich mache dir dann den Hof mit Kerzenschein und Schnulzenmusik.«

»Du meinst, du willst mich zu einem Date einladen?«

Nat grinste frech. »Ich muss da noch einen peinlichen Kuss geradebiegen. So können wir das nicht zwischen uns lassen. Zu peinlich für beide Seiten.«

Shay blieb stehen und sah Nat einen langen Moment an. Dass ihr dabei ein halber Tross unheimlicher Krieger beinahe in die Hacken gelaufen wäre und gezwungenermaßen murrend zum Stehen kam, ignorierte sie.

»Ich hatte noch nie ein Date.«

»Ich weiß. Geht mir genauso.«

»Was? Meinst du das ernst?«

»Ich bin auf schnelles Vernaschen spezialisiert und nicht auf romantisches Bezirzen mit langfristigen Beziehungs-Absichten. Bei dir würde ich aber eine Ausnahme machen. Du bist anders. Das warst du schon immer für mich. Etwas Besonderes.«

»Das sagst du mir ausgerechnet jetzt?«

»Ich dachte mir, es könnte die letzte Gelegenheit für mich sein. Ich mag dich sehr, selbst wenn Theon das nicht gutheißen konnte. Doch das Herz will, was es will. Theon ist das beste Beispiel dafür. Erinnerst du dich, was ich damals nach deinem verunglückten Kuss gesagt habe?«

»Dass ich eine miserable Küsserin bin?«

»Das habe ich ganz bestimmt nie gesagt! Nein, ich sagte, dass ich eigentlich nur einer einzigen Frau den Hof machen würde, wenn ich die Wahl gehabt hätte.«

Shays Herzschlag beschleunigte sich. Sie ahnte, was gleich kommen würde, und fragte sich, wie sie sich verhalten sollte.

»Die Frau, von der ich da gesprochen habe, warst du. Es ging immer nur um dich. Und ich habe auch nicht übertrieben. Wenn du mich lässt, werde ich die treueste Seele auf Amenthes und auf Eatu für dich sein.«

Shay wollte etwas erwidern, doch Nat unterbrach sie rasch. »Falls du ähnlich fühlst, sollten wir uns nach unserem kleinen Abenteuer darüber unterhalten. So von Mann zu Frau, wenn du verstehst.«

Shay spürte, dass sie knallrot wurde. Leider fehlten ihr die Worte, um etwas Kluges und Angemessenes zu erwidern.

»Küss sie endlich, und dann lass uns in die Schlacht ziehen«, knurrte ein grobschlächtiger Riese in einer seltsamen Kriegsmontur aus Badehose und Kettenhemd.

Nat küsste sie natürlich nicht. Er nahm lediglich ihre Hand und zog sie weiter. Sie folgte ihm mit weichen Knien. Zunächst war sie leicht verärgert. Die ganze Zeit hatte sie versucht, mit Nat über den verunglückten Kuss zu sprechen. Er hatte immer abgeblockt. Ausgerechnet jetzt fing er damit an. Auf der anderen Seite sorgten seine Worte für ein wohlig-warmes Gefühl in ihrem Inneren. Sie schenkten ihr Kraft und Hoffnung.

Ja, verdammt! Sie würde diesen Tag überleben und als stolze Siegerin mit dem heimlichen Schwarm ihres Lebens ausgehen. Sie würde sich küssen lassen und vor Glück zerspringen. So wie sie es laut ihrem Punkteplan vorgesehen hatte.

Doch zunächst musste sie diese verflixte Schlacht überleben.

Lionee

Wenn sie an ihre Mutter dachte, zitterte sie vor Angst. Sie musste dieses Gefühl überwinden. Ihre Angst abschütteln. Zu viel hing davon ab, dass sie einen klaren Kopf behielt. Dieses Wesen, das über ihnen geschwebt und einen unmenschlichen Plan enthüllt hatte, war kaum noch als ihre Mutter zu erkennen gewesen. Sie war zu einem Monster verkommen, das sie aufhalten musste.

Angespannt beobachtete sie, wie Theon sorgfältig seine streng geheim gehaltenen Runen auf den Geheimgang von Gelderli zum Schloss auftrug. Für ihn musste die ganze Situation noch unerträglicher sein als für sie. Er, der pflichtbewusste und stets regelvernarrte treue Untertan der Krone, beging einen Hochverrat nach dem nächsten. Jetzt war er sogar im Begriff, eine möglicherweise feindselige Streitmacht ins Herz der Burg zu führen. Wie viele seiner Freunde in der Garde würden das mit ihrem Leben bezahlen?

Das Felsentor begann zu glühen und öffnete sich ohne Zögern. Theon ließ die Runen verblassen, damit der Rest des gemeinen Volkes sie nicht abzeichnen konnte. Der Schaden war jedoch so oder so geschehen. Der Gang war offenbart.

Von hinten reichte jemand erst ihr, dann Theon eine Pechfackel. Danach ging es hinein in die Erde, wo es noch dunkler, kühler und stickiger war als auf dem freien Feld. Amenthes war wirklich dem Untergang geweiht. Sie mussten sich beeilen.

Die nächsten Minuten kamen Lionee wie eine Ewigkeit vor. Vorbei ging es an kleinen und großen Abzweigungen. Sie wusste, dass sie schon einmal hier gewesen war, erinnerte sich aber nicht mehr daran. Damals war es ihr sehr schlecht gegangen.

Kurz bevor sie ihr Ziel erreicht hatten, blieb Theon stehen und wandte sich zu ihr um. »Ich liebe dich«, sagte er schlicht. »Pass auf dich auf!«

Bevor sie etwas darauf erwidern konnte, war er bereits durch den Geheimgang ins Schloss geklettert. Von hinten drängelte die übrige Streitmacht, sodass sich Lionee beeilen musste. Gleich! Gleich würden sie auf die Gegenseite treffen. Gleich mussten sie kämpfen. Doch nichts geschah.

»Wo sind die Bewohner?«, flüsterte Lionee ängstlich. Das Schloss war noch stiller geworden als in den letzten Jahren. Keine Stimmen. Kein Stiefelscharren. Nicht mal das Knurren der Hofhunde.

Zur Warnung legte Theon die Finger auf die Lippen und zog sie zur Seite, um Platz für die Nachfolgenden zu machen. Sie sammelten sich zunächst in dem schmalen Gang, dann schlichen sie weiter. Es war unheimlich, wie leise mehr als hundert unterschiedliche Gestalten sein konnten. Einzig das Flattern der Feenflügel hallte seltsam laut zwischen den Mauern wider.

Theon hob jedes Mal das Schwert, bevor er sich um eine Ecke herumschob, doch niemand stellte sich ihm in den Weg. Auf diese Weise näherten sie sich dem Thronsaal, und die Luft wurde immer stickiger. Ringsum schien sich die Dunkelheit zu ballen, sodass selbst die Pechfackeln kaum noch Licht spendeten. Schwarze Schatten lagerten wie Abfall in den Ecken, umgaben die Mauern, die Gemälde und die

Vorhänge. Ganz allmählich erstickten sie das gesamte Schloss.

Lionee erstarrte, als sie um die nächste Ecke bog. Bei Amenthes! Was war hier geschehen? Mehrere Wachen lagen auf dem Boden. Reglos. Tot. Die meisten hatten die Hände abwehrend erhoben und die Münder zu lautlosen Schreien geöffnet. Ihre Haut war von Dunkelheit überzogen. Wie ein fester Film.

Zögernd näherte sich Lionee den Toten, beugte sich prüfend über einen von ihnen. Keine offenen Wunden. War der Mann von der Dunkelheit ermordet worden? Sie schauderte. »Was ...?«, hob sie an, doch Theon legte mahnend seinen Finger auf die Lippen und schüttelte den Kopf. Sie mussten still sein.

Was immer die Wachen getötet hatte, war vermutlich noch da. Als Theon weitergehen wollte, hielt Lionee ihn rasch auf. Sie drückte Shay ihre Fackel in die Hand und öffnete ihr altes Zauberbuch. Bevor sie das Rätsel um die toten Wachen nicht gelöst hatten, konnten sie nicht weiter. Was immer die Wächter getötet hatte, musste schnell und brutal vorgegangen sein. Womöglich lauerte der Feind hinter der Tür und wartete auf sie.

Konzentriert blätterte sie durch die Seiten und ignorierte dabei das unruhige Gemurmel um sie herum. Theon brachte die Meute mit einem einzigen Wink zum Schweigen. Schließlich hatte Lionee gefunden, wonach sie suchte. Sie tippte auf eine Seite, die sich auf das Kapitel über die Schattenbestien bezog.

Verbrannte der Feuervogel in seinem eigenen Feuer, ohne eine neue Heimat gefunden zu haben, zog er anstelle des Lichts die Dunkelheit an und verdichtete sich zu einem lebendigen Geschöpf, das jedes Leben aussaugte. Die Schattenbestien wurden zu seinem Gefolge, der Tod zu seinem Begleiter. Es sickerte durch Mauern und verpestete das Sein.

»Es ist das Schloss selbst«, wisperte sie Theon zu. »Es wendet sich gegen uns. Wir müssen schnell sein, oder das Schloss selbst wird uns alle umbringen. So wie jeden Bewohner in diesem Schloss.«

»Dann weiter. Shay? Spürst du die Königin?«

Shay kniff die Augen zusammen und horchte in sich hinein. Schließlich nickte sie. »Ich glaube, sie ist hinter dieser Tür da. Zumindest fühlt es sich an, als lauere dort der Tod auf uns.«

»Kannst du sie lange genug ablenken, damit ich meinen Tanz beginnen kann?« Lionee wurde bei dem Gedanken an ihre Aufgabe mulmig zumute und bemühte sich, das nicht nach außen hin zu zeigen. Shay hatte bereits genug Angst für sie beide.

»Ich vermute, sie wird mich direkt angreifen. Die Schatten da in der Ecke kommen jedenfalls definitiv auf mich zu. Als wären sie lebendige Geschöpfe.« Shay schauderte sichtbar. »Hinter der Tür meine ich aber noch andere Präsenzen zu fühlen.«

»Könnten es Schlossbewohner sein? Überlebende? Irgendwo müssen die doch sein.« Die Hoffnung in Theons Stimme schmerzte Lionee in der Seele. Sie kannte die Antwort schon, bevor Shay sie aussprach.

»Nein. Keine Schlossbewohner. Etwas Lebendiges spüre ich nur hinter uns. Unser Heer. Ich denke, hinter der Tür lauern Schattenbestien. Sehr viele. Sie scharren sich um ihre Herrin, um sie zu verteidigen. Frag mich nicht, woher ich das weiß, aber ich bin mir sicher.«

»Kann eine Königin überhaupt gezwungen werden, ihr Zeichen an eine Nachfolgerin abzugeben? Ich dachte immer, das ginge nur mit einem komplizierten Tanz, den beide weben.« Konaira warf immer wieder beunruhigte Blicke in die schattenverseuchten Ecken, zum Thronsaal und zu ihren Anhängern. Für sie stand alles auf dem Spiel.

Lionee und Shay sahen sich vielsagend an. Über dieses Problem hatten sie sehr lange und ausgiebig mit Amanda diskutiert und alle Zauberbücher zurate gezogen, die sie hatten finden können. »Es geht durchaus, wenn der Tanz fehlerfrei getanzt wird und die Nachfolgerin mächtig und würdig genug ist, um das Licht über die Finsternis hinweg zu sich zu locken«, sagte Lionee leise.

»Aber da reden wir doch über dich«, rief Konaira so laut, dass selbst die Legunen sie zischelnd zur Ruhe ermahnten. Sofort senkte sie die Stimme. »Du bist mit deinen vielen Verletzungen viel zu schwach, Lionee. Gibt es nicht eine bessere Alternative? Wie willst du denn die Königinnenwürde erlangen?«

Lionee war zu sprachlos, um zu antworten. Konairas Worte waren Gift für ihre alten Wunden. Sie klang genau wie ihre Mutter.

Zu ihrer Überraschung antwortete Nat in einem für ihn ungewöhnlich scharfen Ton. »Lionee tanzt besser, als du denkst. Ich wollte es selbst kaum glauben, aber die letzten Wochen haben mich eines Besseren gelehrt. Sie kennt jede verdammte Rune genauer als alle Benus, die ich kenne. Sie ist präzise, detailverliebt und eine verdammt gute Kandidatin für den Thron. Hast du sie jetzt genug erniedrigt? Können wir weiter? Eine Alternative haben wir nämlich nicht, es sei denn unter deinem zusammengerotteten Heer verlotterter Gestalten findet sich eine ausgebildete Benu mit enormem magischem Potenzial und einer tätowierten Eins auf ihrem Handgelenk. In dem Fall darf sie gerne nach vorne treten. Nein? Dachte ich mir. Lionee wird uns alle retten, also verhalte dich ihr gegenüber gefälligst respektvoll.«

Die Ermahnung saß. Konaira blitzte Nat zwar böse an, nickte dann aber. Sie wusste, dass er recht hatte.

»Danke«, flüsterte Lionee. Nat antwortete mit einem schrägen Grinsen.

Dann standen sie vor der Tür. Theon hob die Hand, um sie zu öffnen. Ein letztes Mal sah er fragend in die Runde. »Bereit?«

»Bereit.«

Theon

Die Hölle brach los, kaum dass er den Thronsaal betreten hatte. Mehr als hundert Schattenbestien erhoben sich zeitgleich und sprangen auf ihn zu. Er wollte bereits wieder zurückweichen und die Tür zuschlagen, doch da strömte bereits ein übereifriges Heer aus den finstersten Gesellen des Landes an ihm vorüber. Brüllend warfen sie sich der Meute aus geifernden, kratzenden und knurrenden Bestien entgegen. Der zuvor so unheimlich still daliegende Saal verwandelte sich in ein Höllenloch.

Lionee war zunächst von der Wucht des Heers in den Thronsaal gezogen worden, brachte sich aber mit einem verzweifelten Hechtsprung an den Rand in Sicherheit. Zumindest für den Moment. Theon wusste, dass er eigentlich weiter nach vorne stürmen musste, um ihr eine Bresche Richtung Thron zu schlagen, doch sein Herz verweigerte sich dem Vorhaben. Stattdessen kämpfte er sich neben Lionee, um sich schützend vor sie zu stellen und die erste Schattenbestie mit dem Schwert abzuwehren.

Lionee hinter ihm fluchte undamenhaft. »Siehst du meine Mutter?«, rief sie über den Kampflärm hinweg.

Theon musste erst eine Bestie abwehren, ehe er nach der Königin Ausschau halten konnte. »Dort drüben!«

Er deutete auf ein Wesen, das langsam in die Höhe schwebte und in der Mitte des Saals auf der Stelle flog. Das Rot des Feuervogels war verschwunden, einzig Schatten und Rauch umwaberten ihre Gestalt. Langsam drehte sie sich im Kreis. Was sie suchte, war offensichtlich.

»Ich bin hier«, brüllte Shay ihr prompt zu. Das war das Zeichen für Lionee. Das Ablenkungsmanöver hatte begonnen.

»Fang an«, sagte Theon zu Lionee. Aus den Augenwinkeln nahm er wahr, dass sie bereits das Buch zur Seite gelegt hatte und in ihrer kleinen Nische mit dem Tanzen begann. Erst vorsichtig, dann zuversichtlicher. Noch immer konnte sie viele Bewegungen nicht richtig ausführen, was natürlich fatal war. Er musste sie stützen, sonst war der Zauber verloren. Das bedeutete aber auch, dass sie beide für den Moment schutzlos sein würden.

»Konaira«, brüllte er, so laut er konnte. »Konaira!«

»Hier drüben! Ich komme! Du da und du! Mitkommen!« Theon konnte die Schanti zwar nicht sehen, aber sehr gut hören. Nur Sekunden später tauchte sie zerzaust und blutig zwischen mörderischen Bestien auf. »Verteidigt die beiden«, befahl er einem Trupp Gladiolen, der tatsächlich gehorchte.

Theon drehte sich zu Lionee um, die ihre Bewegungen langsam und präzise ausführte. Er wartete, bis er eine geeignete Lücke in ihrem Tanz fand, dann trat er zu ihr und bewegte sich mit ihr. Sie hatten jede einzelne Drehung, jede Pose und jede Haltung immer und immer wieder geübt, bis sie alles beherrschten. Er wusste, wann sie Hilfe brauchte und wann er sich besser zurückziehen musste. Anders als bei den vorherigen Übungen war jetzt auch Magie im Spiel. Sie gesellte sich anfangs nur zögernd hinzu, musste sich quasi erst durch die Dunkelheit und das Chaos hindurchzwängen. Der erste Lichtstrahl ließ sich nur unwillig in die Bewegung drehen, danach folgten immer mehr Strahlen. Auch Theon umschmeichelten die wirbelnden Magiestränge, strichen ihm sanft über die Haut und freuten sich über seine Anwesenheit. Sie freuten sich! Vielleicht war es tatsächlich wahr, dass in früheren Zeiten auch die Duatkrieger magische Tänze eingesetzt hatten.

Er sah Lionees konzentriertes Gesicht, auf dem sich langsam ein Lächeln ausbreitete. Auch sie spürte die Schönheit des Moments. Ihre Augen glänzten vor Freude, als hätte sie vollkommen vergessen, dass um sie herum ein tödlicher Kampf tobte. Theons Herz flog ihr zu. Sie war die Frau, die er all die Jahre gesucht hatte. Die eine, die ihm endlich Ruhe und Gelassenheit geschenkt hatte. Ihr Lächeln war alles, was er zum Leben benötigte.

Bis über den Lärm des Kampfes eine Stimme kreischte. Hoch. Laut. Voller Wahnsinn.

»Lionee! Das wagst du nicht! Noch eine Drehung, und ich werde dich töten!« Die Königin hatte das Vorhaben ihrer Tochter durchschaut und kam, um sie aufzuhalten.

Kapitel 28

Shay

Die Königin war zunächst wie eine Furie auf sie zugeflogen und hatte dabei an einen Todesengel erinnert. Ihr Flammenschweif bestand aus Asche und Rauch, ihr ehemals rotes Kleid war so schwarz wie die Nacht. Auch ihre Haare erinnerten an Finsternis und Grauen, von ihrem Gesicht ganz zu schweigen. Die Augen bestanden aus dunklen Löchern.

Nat und sie hatten für diesen Fall drei verschiedene Tänze einstudiert, allesamt Abwehrzauber. Sie woben sie so schnell wie möglich und hörten die Gegnerin daraufhin vor Zorn kreischen. Ein Tosen und Brausen erhob sich. Die Königin holte zum Schlag aus. Shay tanzte unbeeindruckt weiter. Nun kam ihr zugute, dass sie in all den Jahren als Waisenkind gelernt hatte, in Deckung zu bleiben und gleich darauf zum Angriff überzugehen. Sie zeichnete eine Rune nach der nächsten, so präzise, wie sie konnte. Die Magie um sie herum fühlte sich fremd und seltsam an, doch sie zwang sie in ihre Dienste. Der Feuervogel unterstützte sie, umschlang sie wie einen schützenden, Halt gebenden Kokon. Dennoch spürte Shay, dass etwas schieflief. Die Königin warf sich ihnen entgegen, viel mächtiger und aggressiver als erwartet. Von ihrer jahrelang währenden Schwäche war nichts mehr zu spüren. Dieses Wesen bezog seine Kraft nicht mehr länger aus dem Licht, sondern benutzte die Dunkelheit.

Liv hob die Hände und zeichnete eine Rune in die Luft, die Shay nicht kannte. Sie spürte, dass das Zeichen eine tödliche

Waffe war. Viel mächtiger als alles bisher Dagewesene. Lionee hätte es vielleicht gekannt, Shay aber nicht

Als die Magiewelle sie traf, brach sie in die Knie. Sie verlor Nats Hand und stürzte schwer. Ihre Haut dampfte! Funken tanzten über ihren Arm. Ihr Feuervogel wehrte sich auf seine Art. Er warf sich der fremden Macht entgegen, brüllte und tobte. Auf Shays Körper begann sich ein eigenes Schlachtfeld auszubreiten. Tödlich und schrecklich.

Shay krümmte sich. Verzweifelt versuchte sie sich an Schutzrunen zu erinnern. An irgendwas! Da sah sie die allererste Rune, die ihr Nat auf den Arm gemalt hatte. Sie hatte sie sich vom Tätowierer beim Orden nachstechen lassen, um sie nicht zu vergessen.

Stärke. Heilung.

Mit letzter Kraft fuhr sie darüber und konnte endlich wieder atmen. Jetzt vernahm sie auch das wahnsinnige Gelächter der Königin. Sie labte sich an ihrer Qual.

Ihre Blicke begegneten sich, und ein unheimliches Grinsen breitete sich auf dem Gesicht der Königin aus. »Von Magie hast du keine Ahnung, du schwaches Ding«, höhnte sie. Entsetzt sah Shay, wie sie erneut die Rune von zuvor zeichnete. Doch mittendrin stockte sie und warf sich herum, spähte in die Menge.

»Lionee«, schrie sie wutentbrannt, und Shays Herzschlag setzte aus. Nein! Das war zu früh. Lionee konnte den traditionellen Tanz unmöglich beendet haben, um das Zeichen zu übernehmen. Sie brauchte Zeit dafür! Zeit, die Shay ihr eigentlich hatte verschaffen sollen.

Leider hatte die Königin bemerkt, was ihre Tochter versuchte. Shay musste sie ablenken. Dafür sorgen, dass sie Lionee in Ruhe ließ. Aber wie? Wenn Shay sie erneut herausforderte, war das ihr garantierter Untergang. Noch einen solchen Angriff konnte sie nicht überstehen.

Verzweifelt mühte sie sich wieder auf die Beine. Nat lag stöhnend neben ihr. Ein dunkles Geflecht hatte sich über seine Haare und seine Stirn gelegt. Shay brauchte ein paar Sekunden, um zu erkennen, was es war.

Die Schatten hatten ihn zusammen mit dem Fluch der Königin erwischt. Jene Schatten, die den Wächtern vor dem Thronsaal den Garaus gemacht hatten.

Er brauchte sofort Hilfe. Doch da war keine. Die Schatten hatten sich erhoben, um in den Kampf einzugreifen. Ein weiterer Gegner. Mächtiger und gefährlicher als jedes Schwert. Überall kämpften Schattenbestien gegen das gemeine Volk von Amenthes. Blut und Magie tropften zu Boden. Wer hinfiel, den verschlangen die Schatten. Es sah schlimm aus. Sehr schlimm.

Der Feuervogel auf ihrer Haut rebellierte noch immer. Er wollte sie auf etwas aufmerksam machen. Auf die Königin zum Beispiel, die ihr einen kurzen Blick zuwarf und dann davonflog. Kreischend und fluchend. Was sie rief, konnte Shay nicht verstehen, doch ihre Haltung war eindeutig. Sie wollte Lionee töten. Ob Tochter oder nicht – das war diesem Wesen völlig gleichgültig.

Sie wollte eine Rune in die Luft zeichnen, um sie aufzuhalten. Dabei bemerkte Shay die Flecken auf ihrer Haut. Ihre Finger waren bereits taub und gefühllos, genau wie ihr linkes Ohr. Die Schatten hatten auch sie gefunden und fraßen sich durch ihr Fleisch in einer Geschwindigkeit, die ihr Angst machte. Gleichzeitig wusste Shay, dass die Königin jede Sekunde bei Lionee angekommen sein würde. Sie spürte, wie sie die Arme zum Todesstoß erhob. In diesem Moment wusste Shay, dass Liv zu mächtig geworden war, um ihr das Zeichen gegen ihren Willen fortzunehmen. Ihr Plan war gescheitert. Sie mussten etwas anderes tun. Etwas, das die Königin nicht erwartete. Etwas Unkonventionelles. Wahnwitziges.

Shay sah auf Nat hinab, der sich vor Schmerzen wandte und kaum noch bei Sinnen war. Sie sah die Kämpfer um sich herum und hörte Theon eine Warnung brüllen. Sie alle waren verdammt, wenn sie sich nicht schnell etwas einfallen ließ.

Amenthes würde fallen und die Erde gleich danach.

Also handelte Shay. Sie schloss die Augen und versetzte sich auf die Wiese zurück, auf der sie zum ersten Mal Magie gewirkt hatte. Voller Glück und Zufriedenheit hatte sie ihren ganz eigenen Tanz gewoben. Einen Tanz, der in keinem Lehrbuch stand. Ihr Tanz des Lebens.

Genau das tat sie jetzt auch. Sie wob ihren eigenen Zauber und hoffte, dass die Magie verstand, was sie von ihr verlangte – und dass Lionee ihr eines Tages verzeihen konnte.

Lionee

Wie eine Furie stürmte ihre Mutter auf sie zu. Schneller, als es ein menschliches Wesen vermocht hätte. Die Hände hatte sie wie Krallen ausgestreckt, die Zähne gebleckt. »Du nimmst mir nicht die Macht. Nicht du! Stirb, damit Amenthes frei von eurer zersplitterten Magie wird.«

Lionee sah die Rune und wusste, wie tödlich sie war. Ein alter, äußerst gefährlicher Angriffszauber. Man konnte sich wirkungsvoll dagegen wehren, indem man eine kleine Handbewegung machte. Eine Handbewegung, die aber nicht zu ihrem eigenen Tanz passte. Eine solche Ablenkung würde den Zauber zerstören, den sie so konzentriert wob, um das Zeichen übernehmen zu können.

Lionee entschied sich innerhalb des Bruchteils einer Sekunde. Noch einen Schritt. Eine Drehung. Dann war der Tanz vollendet. Der Zauber für die Zeichenübernahme gewebt. Die Magie in und um sie herum explodierte in einem feurigen Schauer und warf sich der Königin entgegen. Die erkannte die Gefahr und brach hastig ihre begonnene Todesrune ab. Ohne zu zögern, wich sie der herannahenden Magie aus und wob eine neue Rune. Ein Schutzwall gegen Lionees Versuch, ihr das Zeichen zu entreißen.

Lionees Magie prallte wie Wasser an einer Mauer ab und glitt daran zu Boden Richtung Schatten. Verzweifelt bemühte sie sich, den Sturz aufzuhalten, setzte all ihr Können hinein. Sie hatte nur diesen einen Versuch. Versagte sie, würde die Königin sie töten. Sie und alle anderen.

Die ersten Funken versanken im schwarzen Stein und erloschen knisternd, begleitet vom höhnischen Gelächter der Königin. Doch noch gab Lionee nicht auf. Einige Magieströme ließen sich umlenken, nur waren es zu wenige. Viel zu wenige, um sie gegen eine unwillige Königin einzusetzen.

Sie war zu schwach.

Allein bei dem Gedanken geriet Lionee ins Schwanken. Alle ihre Zweifler hatten letztlich recht gehabt. Sie war nicht stark genug, um die Bürde einer Königin zu tragen. Sie …

Etwas krachte seitlich in ihren magischen Strom hinein. Weiße Funken und rötlich schimmernder Rauch umhüllten ihre noch übrig gebliebene Magie. Ehe Lionee schreien oder sich schützend zu Boden werfen konnte, hatte sie genau dieser neue Strom erreicht.

In der gleichen Sekunde hörte sie Shays Stimme in ihrem Kopf. »Du bist jetzt die Königin der Erde. Ich übergebe dir das Zeichen von Eatu. Töte die Hexe von Amenthes!«

Die Macht, die Lionee jetzt umhüllte, war gewaltig. Sie zischte durch ihren gesamten Körper, versengte jeden Zweifel und jedes Zaudern. Der Feuervogel von Eatu erhob sich auf ihrem Körper. Seltsam vertraut und fremd zugleich.

Lionee schossen die Tränen in die Augen, als sie verstand. Shay hatte sie zur neuen Königin der Erde gemacht. Sie hatte ihr das Werkzeug gegeben, um den größten Feind von Amenthes zu besiegen. Ihre Mutter.

Das bedeutete für Lionee auch, dass sie niemals Königin ihrer Heimat werden konnte. All das, wofür sie die ganze

Zeit gekämpft hatte, rückte in unerreichbare Ferne. Die Krone von Amenthes war für sie verloren. Für immer.

Gleichzeitig fühlte sie die gewaltige Kraft von Eatu in sich toben. Der Feuervogel dieser Welt war bereit, sie als Teil von ihm willkommen zu heißen. Er war freundlich, gütig und unvoreingenommen. Statt gegen sie zu rebellieren, verband er sich, ohne zu zögern, mit ihr und lud sie ein, gemeinsam gegen ihren Feind vorzugehen.

Gemeinsam zu kämpfen.

Lionee hob die Hände und formte eine Rune, die sie sich niemals zugetraut hätte. Andere Benus mieden solche Zeichen, da eine ungenaue Ausführung oder auch nur der Hauch von Schwäche sie gegen sich selbst richtete. Lionee hingegen blieb keine Wahl.

Auch die Königin tanzte. Ihre Rune war fast vollendet.

»Lionee, pass auf«, rief Theon warnend.

In all dem Trubel hatte sie ihren Wächter beinahe vergessen. Sie sah ihn nur kurz an. »Halt dich zurück«, sagte sie zu ihm. Sie konnte nicht gleichzeitig auf ihn aufpassen und ihre Mutter besiegen.

Zu ihrer Überraschung gehorchte Theon und wich nach hinten aus. Überließ ihr das Feld. Er vertraute ihren Fähigkeiten. Das hatte er schon immer getan.

Mit der Rechten vollendete Lionee ihre eigene Rune. So schnell es ging und doch nicht schnell genug. Der Fluch ihrer Mutter traf sie bis ins Mark. Ihr Schutz bekam überall Risse. Roter Rauch tanzte über ihre Haut, doch der Feuervogel auf ihr war mächtig. Er löschte den Brand und zwang Lionee gleichzeitig, ihren Angriff auszuführen.

Sie wusste, dass er ihre Mutter treffen würde. Ihre Hybris, ihre Eitelkeit und ihre Hochnäsigkeit wurden ihr zum Verhängnis. Sie hatte nie gelernt, sich zu verteidigen. Stets war sie die Stärkste gewesen, stets die Mächtigste. Vorsicht war ein Fremdwort für sie.

Die unheimlichen Augen ihrer Mutter weiteten sich, als sie die Macht des Zaubers herannahen spürte. Sie hob noch die Hand, als wolle sie ihn aufhalten.

Ihre Blicke trafen sich ein letztes Mal. Die Königin von Amenthes wusste, dass sie verloren war. Das schwarze Wesen begehrte noch ein letztes Mal auf, doch die Mutter in ihr ließ jeden Schutz sinken und akzeptierte den Todesfluch mit einem anerkennenden Nicken in Richtung ihrer Tochter.

Er traf sie mit voller Wucht.

Fast sofort explodierte der schwarze Feuervogel in einer gewaltigen Rauchwolke. Er schrie seinen Tod hinaus, breitete noch ein letztes Mal die Flügel aus und verschwand in einer tosenden Feuersbrunst. Die Hitze war so gewaltig, dass sich alle Anwesenden zu Boden warfen. Selbst Lionee stürzte, wurde aber von Theon aufgefangen, der sich gleichzeitig schützend über sie warf. Die Hitze brannte ihr wie rote Glut im Hals, und für einen schrecklichen Moment fürchtete sie zu ersticken, doch dann war das Schlimmste vorüber. Der Rauch löste sich auf, als hätte es ihn nie gegeben.

In der gleichen Sekunde ging über Amenthes die Sonne auf und schickte warme Strahlen über verdorrtes, karges Land.

Eine neue Zeit war angebrochen. Eine Zeit ohne Königin.

Epilog

»Du musst hier auf den Knopf drücken, damit die Rollos hochgehen. Neee, nicht da. Da!« Genervt nahm Shay Lionee die Fernbedienung aus der Hand und sorgte mit einem Klick dafür, dass Licht in das Zimmer flutete.

»Raff ich nicht«, merkte Lionee trocken an und stupste sie dabei breit lächelnd in die Seite. »Hast du gehört? Ich hab *raff ich nicht* gesagt! Langsam beherrsche ich sogar den Slang der Erde!«

Shay verdrehte die Augen und reichte ihr die Fernbedienung zurück. »Bis du nicht die einfachsten technischen Errungenschaften bedienen kannst, wirst du immer auffallen wie ein bunter Hund. Da hilft dir der passende Slang auch nicht.«

»Dafür kann ich das hier.« Mit einer einzigen Handbewegung sorgte Lionee dafür, dass es im Zimmer plötzlich stockdunkel war.

Shay seufzte. »Angeberin«, sagte sie, kam aber zu keiner weiteren Entgegnung, da Nat um Hilfe rief.

»Shay, der Mixer ist kaputt!«

»Der ist nicht kaputt. Ich habe da nur die Batterien herausgenommen, damit du dich damit nicht eines Tages umbringst. Finger weg vom Mixer!«

»Ich brauche den aber für unser Date!«

Shay schauderte. »Wir gehen essen«, sagte sie mit fester Stimme und ging in die Küche, wo Nat gerade die Einrichtung auseinandernahm.

»Auf Amenthes ist es üblich, dass der Herr als Zeichen seines außerordentlichen Interesses ein Mahl für seine Auserwählte zubereitet. Natürlich koche ich für dich.«

Nur über meine Leiche, dachte Shay für sich, ließ das Thema aber lieber fallen. Es brachte nichts, mit Nat über solche Entscheidungen zu diskutieren. Dazu war er nach wie vor zu stur, wobei er mittlerweile wenigstens bei ernsthaften Fragen mit sich reden ließ.

Sie hatten alle zusammen einen riesigen Flügel des schlossähnlichen Anwesens vom Orden der Anderlandwelt bezogen. Lionee hatte den Schock, plötzlich Königin der Erde zu sein, einigermaßen überwunden, selbst wenn sie von allen am meisten mit Anpassungsschwierigkeiten zu kämpfen hatte. Kein Wunder. Theon und Nat kannten die Erde zumindest vom Anschauen her als Schattengestalten. Für Lionee war jede Kleinigkeit Neuland.

Shay hatte all ihren ganzen Mut aufbringen müssen, um nach dem Kampf mit Lionee zu sprechen. Sie war sich sicher gewesen, einer Todfeindin gegenüberzustehen. Doch das Gegenteil war der Fall. Lionee war glücklich, Amenthes und Theon gerettet zu haben. Alles andere war für sie nebensächlich.

Natürlich hinterließen die vier ein schweres Erbe.

Die Schlossbewohner lebten nicht mehr, und sämtliche Benus waren gestorben. Der teuflische Plan der Königin war aufgegangen: Die alte Adelslinie war erloschen, genau wie der Feuervogel. Die letzten Überlebenden Shay und Lionee waren zur Erde übergewechselt. Für Amenthes blieb niemand mehr übrig.

Entsprechend niedergeschlagen waren alle gewesen, nachdem sich der erste Jubel über den Sieg gelegt hatte. Was sollten sie ohne Königin anfangen?

Bis ihnen bewusst geworden war, dass die Sonne schien. Obwohl das Zeichen verloren war, lebten sie noch. Die Welt war nicht untergegangen. Der Himmel nicht herabgestürzt.

Sie lebten. Also machten sie weiter.

Zunächst hatte Konaira das Zepter übernommen, das Chaos gelichtet und Theon, Nat, Lionee und Shay auf die Erde verbannt. Ihre Zeit sei vorbei. Ein Irrtum, wie sich rasch herausstellte.

»Lionee? Bist du bereit für den Unterricht? Nat! Stell den Mixer weg und lade Shay zum Essen ein, wie das hier auf der Erde üblich ist. Wir müssen langsam los.« Theon war wie immer der Einzige, der pünktlich fertig geworden war. Er trug die alte Garde-Uniform der Duatkrieger und strahlte eine Gelassenheit aus, die Shay sehr an ihm zu schätzen gelernt hatte. Er lächelte sie entschuldigend an. »Kommst du ohne uns klar?«

»Natürlich. Geht ihr ruhig los und erzieht kleine Kinder. Ich büffle für meine Abschlussprüfung und warte auf euch.« Amanda hatte ihre Beziehungen spielen lassen und erreicht, dass Shay ihre so wichtige Prüfung nachholen durfte. Seitdem blieb sie glückselig zurück, um zu lernen, während die anderen nach Amenthes überwechselten und ihr Wissen weitergaben. Denn entgegen jeder Erwartung gab es doch Überlebende mit dem Zeichen der Königin. Allerdings kamen sie nicht aus dem Adel, sondern aus dem gemeinen Volk.

Das drei Wochen alte Baby mit der Nummer Eins stammte vom Volk der Noelen ab, den friedlichsten Wesen auf Amenthes. Shay musste immer noch grinsen, wenn sie an Theons glückseliges Lächeln dachte, als er die Nachricht erhielt. Er freute sich über die Wahl.

Der Feuervogel war im Begriff, nach Amenthes zurückzukehren. Wenn auch auf andere Weise als erwartet. Das Zeichen war lebendig und lebte. Die Magie war ihren eigenen Weg gegangen. Jetzt musste der Feuervogel nur noch schlüpfen – sobald das Baby bereit war, mit ihm gemeinsam zu tanzen.

Shay blickte auf ihr eigenes Handgelenk. Der Feuervogel verblasste bereits, genau wie die Erinnerung an seine unglaubliche Macht. Shay war nicht länger eine Benu. Zum Glück. Im entscheidenden Moment hatte sie die Magie akzeptiert und zur rechten Zeit weitergegeben. Sie brauchte keine Superkräfte oder einen hoheitlichen Titel.

Sie hatte endlich das gefunden, was sie all die Jahre gesucht hatte.

Eine Familie.

Danksagung

Dieses Buch würde es ohne euch Leser nicht geben. Ich danke euch, dass ihr dieses Buch unter den vielen anderen herausgepickt und gelesen habt. Das finde ich noch immer ganz unglaublich. Danke aber auch an jene Fans, die mich bereits im Vorfeld unterstützt und dafür gesorgt haben, dass diese Geschichte geschrieben werden durfte. Nur mit eurer Hilfe konnte Shay sich mit den Venatoren anlegen. Vielen, vielen Dank an die Verlagsmitarbeiter für ihre Begeisterung und an meine Coverdesignerin. Ich bin noch immer sehr verliebt! Danke auch an meinen Agenten Niclas Schmoll, der meine eher ungewöhnliche Arbeitsweise mitträgt und das Beste daraus macht. Ein besonderer Dank geht aber wie immer an meine Familie, die mir die Zeit fürs Schreiben freigeräumt hat – obwohl ich ihr versichert hatte, wegen meiner Schwangerschaft kürzer zu treten. Das hat nur semioptimal geklappt, ich weiß. Ich liebe euch.

Eure Liane